Debra Johnson

Maybe One Day

LIEBE FINDET DICH

Roman

Aus dem Englischen
von Susanne Goga-Klinkenberg

FISCHER Krüger

Aus Verantwortung für die Umwelt hat sich der S. Fischer Verlag zu einer nachhaltigen Buchproduktion verpflichtet. Der bewusste Umgang mit unseren Ressourcen, der Schutz unseres Klimas und der Natur gehören zu unseren obersten Unternehmenszielen.

Gemeinsam mit unseren Partnern und Lieferanten setzen wir uns für eine klimaneutrale Buchproduktion ein, die den Erwerb von Klimazertifikaten zur Kompensation des CO_2-Ausstoßes einschließt.

Weitere Informationen finden Sie unter:
www.klimaneutralerverlag.de

MIX
Papier aus verantwortungsvollen Quellen
FSC® C083411
FSC www.fsc.org

Deutsche Erstausgabe
Erschienen bei FISCHER Krüger
Frankfurt am Main, Mai 2021

Die englische Originalausgabe
erschien 2020 unter dem Titel »Maybe One Day«
bei Orion, London.

Redaktion: Birgit Albrecht

Satz: Dörlemann Satz, Lemförde
Druck und Bindung: CPI books GmbH, Leck
Printed in Germany
ISBN 978-3-8105-3053-0

Für Mr. Igel, in Liebe

1. Kapitel

Tausende Lieder und Gedichte und Geschichten wurden über die Liebe geschrieben. Millionen Seiten wurden mit Milliarden Wörtern gefüllt; zahllose traurige Lieder wurden in zahllosen traurigen Bars von zahllosen verlebten Männern mit ramponierten Gitarren gesungen. In endlosen Nächten wurde fiebrig nach dem perfekten Gegenstück gesucht, mit dem alles gut wird. Nach dem »einen« Menschen, mit dem alles – *einfach alles* – besser wird.

Wenn du Glück hast, erlebst du die Liebe schon früh. Mit Eltern, die dich vergöttern, mit Aufmerksamkeit und Freundlichkeit und Nachgiebigkeit. Mit Büchern voller gezeichneter Hasen, die dich raten lassen, wie sehr sie dich lieben. Mit Freunden oder Geschwistern oder Tanten oder Opas, einer ganzen Welt aus Liebe, die dich wie eine schützende Blase umhüllt.

Doch bald geht es nicht mehr um gezeichnete Hasen oder Mama oder Papa, sondern um eine ganz andere Welt der Liebe. Es geht um den Jungen, der in Erdkunde vor dir sitzt, der mit den tollen Haaren und dem frechen Grinsen und den coolen Turnschuhen. Bei dem dir schwindlig wird, wenn er lächelt, dessen Nachnamen du heimlich auf dein Federmäppchen kritzelst, um ihn schon mal im Hinblick auf die unvermeidliche Hochzeit auszuprobieren.

Du redest mit deinen Freundinnen pausenlos über ihn und denkst an nichts anderes mehr. Du analysierst jedes Wort, jede Bewegung, jedes beiläufige Kauen auf jedem klebrigen Klumpen Kaugummi. Er ist das Einzige, was zählt, das Einzige, das sich real anfühlt. Es läuft nicht immer gleich. Ein Mädchen schmachtet einen Jungen an, ein Junge ein Mädchen, ein Mädchen ein Mädchen oder ein Junge einen Jungen, jede Kombination ist denkbar. Es kann passieren, wenn du vierzehn oder vierzig bist. Aber irgendwann wird es passieren – und die Suche nach der Liebe beginnt.

Du bist nicht allein mit deiner Besessenheit. Im Gegenteil, selten wurde ein Thema so gründlich diskutiert und so wenig verstanden – denn anscheinend versteht niemand so ganz, worum es bei der Liebe geht. Wir alle haben sie erfahren, aber nie in derselben Version.

Die Stimmen aus dem Radio und den iPods und den Plattenspielern dieser Welt; die Wörter auf den Seiten der Bücher in Bibliotheken und Geschäften und staubigen Regalen; die Namen und Herzen, die in Baumstämme geritzt wurden – sie alle haben eine Meinung über die Liebe. Nur können sie sich nicht einigen.

Ist sie ein »many splendoured thing« oder ein »crazy little thing«? Ein Schlachtfeld oder eine Droge? Eine »red red rose« oder eine »unchained melody« oder eine »labour lost«? Und ist sie wirklich »all you need«, wie die Beatles uns weismachen wollten?

Ich habe keinen Schimmer – es hat mich schon immer verwirrt.

Eins aber weiß ich, und zwar mit absoluter Gewissheit: Ich habe die Liebe erlebt. Ich habe ihre Berührung gespürt und bin unter ihr erblüht und von ihr verwandelt worden. Ich bin von ihr gesegnet und verbrannt worden. Ich habe die Narben gespürt, die bleiben, wenn sie einem entrissen wird, den Schmerz der Leere, den sie hinterlässt. Ich habe gesehen, wie sie in einem kleinen weißen Kasten durch den Mittelgang einer Kirche getragen wurde.

Ich habe mit Liebe gelebt und lebe seit vielen Jahren ohne sie – und weiß genau, was mir lieber ist.

Also habe ich heute Abend unter der allzu vertrauten Daunendecke in einem allzu vertrauten Haus, umgeben von allzu vertrauten Geräuschen, beschlossen, dass ich tapfer sein muss. Ich muss den Mut haben, wieder nach der Liebe zu suchen. Ich muss nach ihr greifen und sehen, wie meine Geschichte endet. Muss ihn finden und festhalten und ihm sagen, wie sehr ich die schrecklichen Dinge bereue, die zwischen uns passiert sind. Die schrecklichen Dinge, die uns beiden passiert sind.

Nichts in meinem Leben gibt mir Grund, an Märchen oder ein Happy End zu glauben. Ich bin keine Disney-Prinzessin, und in meiner Welt gibt es keine perfekten Augenblicke und bewegenden Reden und leidenschaftliche Sehnsucht.

Heute Abend aber bin ich lange aufgeblieben und habe im Licht des silbrigen Vollmonds gelesen, der durch die offenen Vorhänge scheint. Heute Abend habe ich meine Entscheidung getroffen – nach dem glücklichen Ende zu greifen, falls ich es jemals finden sollte.

Die Sonne ist vor etwa zehn Minuten über die Bäume gekrochen, Gold erobert Silber. Eine frische Dämmerung. Ein neuer Anfang. Ich werde das, was ich verloren glaubte, neu entdecken.

Vor nur vierundzwanzig Stunden bin ich aufgestanden, habe mir die Zähne geputzt und allein in einer stillen Küche Tee getrunken, während ich mich auf ein Begräbnis vorbereitete. Auf den letzten Abschied von einer Frau, die ich geliebt habe. Kaum zu glauben, dass es erst einen Tag her sein soll.

Ein Tag, der mit einem Begräbnis begann und mit Hoffnung endete. Der Hoffnung, die ich, eingewickelt in Seidenpapier, versteckt in einem Karton, zwischen vergessener Kleidung und kaputten Nähmaschinen und zerfallenden Spinnweben auf einem lange unberührten Dachboden entdeckt hatte. Der Hoffnung, von der ich nicht wusste, dass sie existiert, und die mein ganzes Selbst erhellt wie Sonnenlicht, das auf frisch gewaschene Wäsche mit Zitronenduft fällt.

Hoffnung. Wie habe ich je ohne sie gelebt?

2. Kapitel

Der Anfang – Der Tag davor

Das Begräbnis meiner Mutter ist eine traurige kleine Angelegenheit, die an einem sonnigen Frühsommertag stattfindet, der das fehlende Trara noch schlimmer macht. Die Natur schmeißt eine Party, und keiner geht hin.

Das Krematorium ist malerisch, die baumgesäumten Zufahrten liegen im Schatten rosa und weißer Kirschblüten, so schwer und voller Leben, dass sie herabfallen und sich über die Wege ergießen. Die Blütenblätter flattern und tanzen im Wind und lassen sich auf dem Leichenwagen nieder, während ich allein im schwarzen Wagen des Bestattungsinstitutes hinterherfahre.

Ich schaue durchs Fenster und sehe Leben und Energie und Wiedergeburt; ich höre die Stimmen der Vögel und das leise Summen der Insekten. Ich spüre die wohltuende Wärme der Sonne auf der Haut und schließe die Augen und versuche, mich nicht daran zu erfreuen. Es erscheint mir respektlos, an einem solchen Tag Freude zu empfinden.

Wir sind nur zu fünft bei der Trauerfeier, die Geistliche

eingeschlossen. Oder die Zelebrantin oder wie immer man die Dame mittleren Alters nennt, die vorn steht und versucht, eine Frau, der sie nie begegnet ist, in zusammenhängenden Sätzen zu würdigen. Deren Leben zu klein und eng erscheint, um fünf Minuten mit Plattitüden zu füllen. Sie war meine Mum, und ich habe sie geliebt – aber es gibt nicht viel zu sagen.

Wir bilden eine kleine Reihe, betupft von buntem Licht, das durch die Fenster fällt. Die ganze Welt meiner Mutter: ich, meine Tante Rosemary, mein Onkel Simon und mein Cousin Michael. Meine Mutter hat die Trauerfeier nicht geplant – sie war kein Mensch, der besondere Wünsche für das Ende seines Lebens äußert.

Sie hätte es auch nicht gekonnt, da mehrere Schlaganfälle sie vor vier Jahren außer Gefecht gesetzt hatten. Danach konnte sie kaum allein einen Wackelpudding essen, geschweige denn ihre letzten Wünsche artikulieren.

Die Feier ist zum Glück kurz, die Peinlichkeit schnell vorüber. Wieder wird mir klar, wie eng das Leben meiner Mutter war, wie kontrolliert die Umgebung, in der sie nicht gedeihen konnte. Eine Bühne ganz in Beigetönen. Ich wünschte, es hätte mehr Freude, mehr Ausgelassenheit, mehr Regelverstöße gegeben.

Ich schaue zu Rosemary. Die Schwester meiner Mutter sitzt starr und aufrecht da. Falls sie etwas empfindet, zeigt sie es nicht – sie schnieft nicht in ein fest umklammertes Taschentuch, sie lässt sich nicht von ihrem Mann die Hand halten. Nichts an ihr verrät, dass meine Mutter, mit der sie aufgewachsen ist, mit der sie in einfacheren Zeiten gespielt und gelacht haben muss, nicht mehr ist. Es fällt mir schwer, sie mir als Kinder vorzustellen, sorglos und abenteuerlustig.

Ich wollte immer eine Schwester, habe davon geträumt, wie schön das wäre. Jemanden, mit dem ich meine Erfolge und Sorgen teilen und der mir durch Tage wie diesen helfen könnte. Doch wenn ich meine Tante ansehe, hätte es auch ganz anders kommen können.

Sie ist die verkörperte Schmallippigkeit, und das ist ansteckend. Es gibt den Ton vor und steuert unser Verhalten, als wir uns von einer Frau verabschieden, die eine Ehefrau, eine Mutter, irgendwann wohl mal eine Geliebte, ein angstgeschüttelter Teenager und ein kleines Mädchen mit Zahnlücken gewesen ist. Sie muss Hoffnungen und Träume und wilde Augenblicke und Leidenschaften und Reue erlebt haben – das hoffe ich zumindest.

Ich kann mich an sie nur als Mum erinnern – und Rosemary ist nicht der Typ, der Geschichten erzählt. Vielleicht schmerzt es sie zu sehr. Vielleicht tue ich ihr unrecht, und unter ihrem ruhigen, kalten Äußeren verbirgt sich ein tiefer Schmerz, den sie kaum ertragen kann.

Auch mein Schmerz ist da, meine eigene nur notdürftig zusammengehaltene Hölle. Ich habe mich jahrelang um meine Mum gekümmert; mein Leben wurde von ihren Gewohnheiten, Ritualen und Bedürfnissen bestimmt. Vom Wissen, dass ihr Körper zwar geschädigt und ihre Kommunikationsfähigkeit beeinträchtigt sein mochte, sie aber tief drinnen noch immer meine Mum war.

Ich gebe zu, dass ich dann und wann von Freiheit geträumt habe, losgelöst zu sein von den Zeitabläufen und dem Pflegepersonal und den Krankenhausterminen und dem ständigen Wissen, dass ich mir keinen einzigen spontanen Moment erlauben durfte.

Heute habe ich diese Freiheit, und sie ist ein ungewolltes Geschenk, das ich am liebsten ungeöffnet zurückgeben würde. Das Geschenk der Freiheit erscheint mir überschätzt, vor allem, wenn es in Schuldgefühle gewickelt und mit einer großen, glänzenden Schleife aus Kummer verschnürt ist.

Meine Mutter war nicht mehr jung. Meine Mutter war nicht gesund. Meine Mutter hatte gelitten. Meine Mutter hatte sich nach Frieden gesehnt, wie alle, die sie gepflegt haben, nach ihrem Tod angedeutet oder laut gesagt haben.

Ob man nun glaubt, sie säße auf einer Wolke, umgeben von himmlischen Heerscharen und vereint mit ihren Lieben (ihre Pflegehelferin Elaine), oder sie habe immerhin keine Schmerzen mehr (unser Hausarzt) oder sie lebe in der Geisterwelt (die Dame aus der Apotheke, die Kristallanhänger trägt), man ist jedenfalls einhellig der Ansicht, dass sie – grob gesagt – tot besser dran sei.

Wer weiß, vielleicht haben sie recht. Keiner kann es beurteilen, aber es mischt sich in den Wirbel in meinem Kopf. Ich fühle mich schuldig, weil ich mir Freiheit gewünscht habe. Ich fühle mich schuldig, weil ich möchte, dass sie noch am Leben ist, obwohl sie leiden musste. Um unser beider willen bin ich erleichtert, dass sie tot ist, und fühle mich dennoch schuldig. Ich fühle zu viel und dann auch noch ständig etwas anderes. Es ist wie eine äußerst unangenehme Achterbahnfahrt, aus der ich nicht herauskomme.

Natürlich unterdrücke ich das alles. Ich möchte mich nicht gehen lassen und Tante Rosemary einen Herzinfarkt bescheren. Es ist sicher in meinem Inneren verstaut – ordentlich aufgerollt, doch zornig und wild darauf, aus mir hervorzubrechen.

Ich werde keine Schwäche zeigen. Nicht vor der Geistlichen oder den Kirchenhelfern oder dem Bestatter oder dem, was von meiner Familie übrig ist. Meine Mutter wäre entsetzt, wenn ich öffentlich Gefühle zeigte. Sie sparte sich die Tränen für die Figuren ihrer Seifenopern und weinte mit ihnen um verlorene Lieben und gescheiterte Ehen und miese Schürzenjäger. In der wirklichen Welt war sie bis zu ihrer Krankheit stets präzise, ordentlich und beherrscht.

Und so hätte sie sich das hier wohl gewünscht. Diese Trauerfeier, diesen Abschied. Kein Aufhebens, keine Tränen und Heulereien und Schuldbekenntnisse. Ruhig und würdevoll und schnell. Genau wie sie muss auch das hier präzise, ordentlich und beherrscht sein.

Also unterdrücke ich alles, höre kaum die Worte und zwinge mich, nicht zum Sarg zu sehen, der vor uns emporragt. Wenn ich diese Kiste ansähe, wäre es mit meiner Beherrschung vorbei, denn in dieser Kiste liegt meine Mutter. Diese Kiste beweist, dass sie wirklich tot ist.

Als alles vorbei ist, gleitet der Sarg auf Schienen hinter den magischen Vorhang. Es erscheint mir seltsam und surreal, als passierte es jemand anderem, als stünde ich neben mir und betrachtete es von außen.

Wir verlassen den Raum und bleiben im Schatten des viktorianischen Gebäudes stehen, schützen die Augen mit den Händen gegen das dreiste Sonnenlicht, das sich um Ecken windet und durch die Lücken in der Regenrinne dringt. Wir bilden ein verlegenes Häufchen sozialer Nettigkeit, ganz in Schwarz gekleidet.

Schon rollt die nächste Gruppe auf dem Fließband des Todes an – sie ist gewaltig, ein Konvoi glänzender Autos, begleitet von lautem, nassem Weinen und kolossalen Blumengestecken, auf denen in Lilien und Nelken das Wort »Großvater« steht. Frank Sinatras »My Way« schwebt in der Luft, als die Familie hineingeht. Bei ihnen gibt es danach sicher einen Leichenschmaus – mit Schweinepastete und Schottischen Eiern und viel Alkohol und Tränen und Familienstreit. Sie machen es eben auf ihre Weise.

Ihre Weise ist natürlich nicht die unsere, und Rosemary betrachtet es äußerst missbilligend, als wäre es unverzeihlich vulgär und typisch für die Unterschicht, seine Trauer offen zu zeigen. Sie schnipst schweigend ein verirrtes Blütenblatt von der Schulter ihrer schwarzen Jacke.

Bei uns gibt es keinen Leichenschmaus, keinen Empfang. Kein tränenreiches Karaoke in einem Pub, in dem wir Kriegsgeschichten und kostbare Erinnerungen und trauriges Gelächter teilen. Wir gehen einfach wieder getrennte Wege.

»Immerhin muss sie nicht mehr leiden«, sagt Rosemary.

»Im Grunde ist es ein Segen«, fügt Simon hinzu.

»Ihr habt natürlich recht. Danke, dass ihr gekommen seid«, erwidere ich, weil man das von mir erwartet. Um meiner Mutter willen bleibe ich präzise, ordentlich und beherrscht, wenigstens noch ein paar Minuten.

Meine Tante und mein Onkel umarmen mich höflich, weil man auch das erwartet – so steht es zweifellos im Buch der akzeptablen Umgangsformen für Hinterbliebene. Es ist eine flüchtige Umarmung, die den Körperkontakt auf das gebotene Minimum beschränkt und mit gleichermaßen geringem Enthusiasmus angeboten und angenommen wird. Erleichtert schaue ich ihnen nach, als sie zu Simons Jaguar gehen.

Michael bleibt bei mir. Positiv betrachtet, weil er mir in Zeiten der Not beistehen will. Negativ betrachtet, weil er möglichst wenig Zeit mit seinen Eltern verbringen möchte. Dann kommt mir der Gedanke, dass vielleicht beides zutrifft.

Wir sind alle getrennt zur Trauerfeier gekommen – ich im Wagen des Bestattungsinstitutes, Michael in seinem Fiat 500, seine Eltern im Jaguar –, und man muss nicht Freud sein, um das zu analysieren. Wir könnten ebenso gut T-Shirts mit der Aufschrift »dysfunktionale Familie« tragen.

Die schwarzen Limousinen des Bestatters sind verschwunden, um anderswo den Verkehr aufzuhalten. Nach einer kurzen Diskussion bietet mein Cousin mir an, mich nach Hause zu fahren, was ich dankbar annehme. Mir ist nicht danach, mit einem Taxifahrer zu plaudern. Er quetscht seinen großen Körper in den winzigen Fiat, und neben ihm sitzend, denke ich bei mir, dass er wie ein Riese hinter dem Steuer eines Liliputaner-Autos aussieht.

Wir sagen nichts, noch durchdrungen vom tiefverwurzelten Glauben unserer Familie, dass Schweigen die einzig würdevolle Art der Kommunikation sei. Wenn man schweigt, kann man keine Szene machen oder etwas Peinliches sagen. Er macht Musik an, und wir lächeln beide schuldbewusst, als Katy Perry losröhrt. Es klingt misstönend, unangemessen, witzig. Rosemary wäre entsetzt, was unser boshaftes Vergnügen nur noch steigert.

Begleitet von Katy Perry, erreichen Michael und ich das Haus, in dem ich aufgewachsen bin.

Es ist ein schönes Haus mit sechs Zimmern, freistehend, edwardianisch, aus hellem Stein und mit großen Fenstern beiderseits der Tür. Es wurde für eine sehr viel größere Familie als meine gebaut; für mehr Leben, als während unserer Eigentümerschaft geherrscht hat. Für mehr Lärm, als wir je geschlagen haben.

Es steht in einem ruhigen Teil des ehemaligen Dorfes, das nach der Errichtung eines großen Neubaugebietes in den fünfziger Jahren beinahe unfreiwillig zur Kleinstadt geworden ist.

Die älteren Gebäude sind hübsch und können mit Fachwerk aufwarten. Es gibt einen schwarzweiß gestrichenen Pub für die Touristen und ein reizendes Rathaus und eine bunt zusammengewürfelte Reihe alter Cottages, in denen man heute Süßigkeiten und Kunsthandwerk kaufen kann.

Im neueren Teil gibt es einen Kettenpub und einen Aldi und einige wahrhaft hässliche Betonblöcke, in denen Wettbüros und Läden für E-Zigaretten und Handys untergebracht sind. Sodom und Gomorrha, wie meine Familie sagen würde.

Unser Haus steht zweifellos im eleganten Teil der Stadt, in einer baumbestandenen Straße nahe einem Ententeich, unweit des Postamts und der Grundschule, in der ich arbeite.

Ich schließe die große Holztür auf und stehe in der kühlen Luft, die typisch für alte Gebäude an heißen Tagen ist. Um mich herum Splitter vom Leben meiner Mutter, tief eingegraben in die Haut des Hauses. Ich sehe den Rollator, den sie selten benutzte; den Fernsehsessel, in dem sie praktisch wohnte; den Beistelltisch mit Medikamenten und den Blutdruckmonitor, dessen Kabel wie eine schlummernde Schlange aufgerollt ist.

Ich sehe Tage und Monate, Jahre und Jahrzehnte, eingegraben in Wände, Tapetenschichten und altmodische Lampen, die in den 1980ern beliebt waren, höre sie im Rascheln der schweren Brokatvorhänge, die verhinderten, dass sich das

Licht im Fernseher spiegelte, während sie dasaß und die Seifenopern schaute, die sie angeblich gehasst hatte, als mein Vater noch lebte.

Er hatte die Serien mit jeder Faser seines Körpers verachtet. Er wäre nie auf den Gedanken gekommen, die Sorgen und Nöte gewöhnlicher Menschen mit gewöhnlichem Akzent zu verfolgen.

Nachdem er gestorben war, hatte ich geglaubt, meine Mutter würde sich vielleicht befreien. Aus der Enge ihres ach so anständigen Lebens auftauchen und auf Technopartys gehen oder nackt Fünf-Minuten-Terrinen essen oder in einen A-cappella-Chor eintreten.

Stattdessen fing sie an, »EastEnders« und »Coronation Street« zu schauen. Vielleicht war es ihre Art zu rebellieren. Vielleicht war es alles, wozu sie noch fähig war.

Michael schüttelt erschrocken den Kopf. Sein Gesicht erinnert mich an Shaggy aus Scooby Doo, als sie zum ersten Mal ein Spukhaus betreten.

Natürlich war er sehr oft hier – aber ohne sie fühlt es sich anders an. Das Haus wirkt altmodisch, in der Zeit erstarrt, als wäre das Leben urplötzlich stehengeblieben. Selbst mir erscheint es fremd mit seinem muffigen Geruch und den verblichenen Teppichen und dem Echo tickender Uhren, die irgendwie streng klingen, obwohl ich mein Leben lang hier wohne.

Michael verschwindet mit seiner Tasche in der Küche, während ich die Überbleibsel eines unterbrochenen Lebens untersuche und mich frage, was ich damit anfangen soll.

Ich sollte eine Entrümpelungsfirma beauftragen oder alles auf den Müll werfen oder einen Trödelstand vor unserem

Haus aufmachen. Das würde die ganze Nachbarschaft empören: alles zu Sonderpreisen, Toilettenstuhl – nur eine penible Vorbesitzerin.

Als ich die schweren Vorhänge zurückziehe und das Sonnenlicht hereinströmt, kommt mir der Gedanke, es einfach so zu lassen. Dann wäre ich bereit für meinen eigenen Niedergang. Der Fernsehsessel und die Sammlung von Fernbedienungen, die nicht mehr funktionieren, aber nie entsorgt wurden, werden mir gehören, mir allein. Mein Schicksal erwartet mich.

Ich höre ein Klirren, dann taucht Michael im Wohnzimmer auf. Er hält zwei große Gläser in der Hand und lächelt, als hätte er an einer besonders fruchtbaren Wegkreuzung einen Pakt mit dem Teufel geschlossen. Die Gläser sind gefüllt mit einer zischenden Flüssigkeit, und er hat bunte Cocktailrührer mit Pappflamingos hineingestellt. Die Drinks sehen nach Cocktailbar in Miami aus.

»Pink Gin!«, verkündet er triumphierend. Als ich eine Augenbraue hochziehe, fügt er hinzu: »Sie hätte es so gewollt …«

»Ehrlich?« Ich nehme ihm das Glas ab und schnuppere misstrauisch daran. »Meine überaus anständige, abstinente Mutter, die die Verwendung von Teebeuteln als Zeichen eines moralisch fragwürdigen Charakters ansah, soll gewollt haben, dass wir am Tag ihres Begräbnisses Pink Gin trinken? Mit Flamingos?«

»Wohl nicht. Sie hätte die Flamingos sicher besonders vulgär gefunden. Aber Jess, Süße, schauen wir den Tatsachen ins Auge – ich sage es ungern so direkt, aber sie ist tot. Und du lebst. Und siehst aus, als könntest du einen Gin gebrauchen, Darling.«

Michael lockert seine schwarze Krawatte, öffnet den obersten Hemdknopf und streift die eleganten Schuhe ab, worauf Socken mit aufgestickten Wochentagen sichtbar werden. Auf dem linken Fuß steht Mittwoch, auf dem rechten Samstag, und eigentlich haben wir heute Dienstag. Womöglich hat er es absichtlich getan, um sich skandalös zu fühlen – dafür braucht es in unserer Familie nicht viel.

Michael ist erst einundzwanzig – und könnte so gerade mein Sohn sein, wenn ich eine »Trägerrockmama« wäre, ein Ausdruck, den ich als Teenager oft gehört habe. Ich war tatsächlich eine Trägerrockmama – aber nicht für Michael. Er ist das verspätete Produkt einer äußerst respektablen Ehe, und ich argwöhne, dass meine Tante und mein Onkel nur einmal Sex hatten und selbst da vermutlich im Dunkeln, vollständig bekleidet und mit möglichst wenig Aufwand.

Trotz des Altersunterschieds stehen mein Cousin und ich einander nahe. Jedenfalls näher als alle anderen in unserer überaus sonderbaren Familie – wir sind wie zwei Überlebende, die sich im Rettungsboot aneinanderklammern. Nur gibt es kein Rettungsboot, und wir müssen hektisch Wasser treten, um irgendwie den Kopf über den Wellen zu behalten.

Michael war zu mir gekommen, nachdem er zum ersten Mal Sex gehabt und befunden hatte, dass er ihm nicht gefiel. Und auch später, nachdem er festgestellt hatte, dass es nicht der Sex war, der ihm nicht gefiel, sondern die Tatsache, dass er ihn mit einer Frau gehabt hatte.

Er war zu mir gekommen, als er seinen ersten Freund hatte und als man ihm zum ersten Mal das Herz brach und als er mit dem Gedanken spielte, seinen Eltern mitzuteilen, dass er weder heiraten – jedenfalls kein »nettes Mädchen« – noch die erwarteten Enkelkinder liefern würde.

Letzteres hat er noch nicht geschafft. Nicht dass seine Eltern speziell gegen Schwule wären – sie sind einfach gegen alles, das nicht genauso ist wie sie.

Sie verbringen ihren Urlaub in Hotels, in denen nur wohlhabende Engländer absteigen, und ihr Sozialleben dreht sich um einen Golfclub, dessen ethnische Struktur so grellweiß ist, dass man davon blind werden könnte. Diese Menschen sind nicht flexibel, was ihre Weltsicht betrifft. Sie sind nicht böse – nur so steif, als hätte die Leichenstarre bereits eingesetzt, während sie, technisch gesehen, noch am Leben sind.

Michael ist nicht die typische glamouröse Tunte – außer wenn er unterhaltsam sein will. Er geht, wie er sagt, notfalls als »Normalo« durch. Und doch kann ich mich des Eindrucks nicht erwehren, dass Rosemary es tief im Inneren weiß.

Allerdings vermute ich, dass sie schlicht und einfach beschlossen hat, es zu ignorieren, und hofft, dass es sich wieder legt. Dass er zur Vernunft kommt. Dass es eine vorübergehende Phase ist, albern und rebellisch, als würde er in die Labour Party eintreten oder R & B hören. Es liegt ihr jedenfalls fern, etwas so Unappetitliches wie Sexualität ans Tageslicht zu zerren und darin herumzustochern.

Ich sinke aufs Sofa und beschließe, den Pink Gin zu trinken. Ich habe nichts zu verlieren außer meiner Nüchternheit, und die wird gewaltig überschätzt. Ich verziehe das Gesicht, als ich feststelle, dass es hauptsächlich Gin ist, spüre dann aber ein angenehmes Brennen in der Kehle, das die Kühle des Eises verdrängt. Der Flamingo starrt mich mit einem gigantischen Auge an, während ich trinke.

Michael entscheidet sich für den Sessel meiner Mutter, auf dessen Armlehne die Fernbedienungen wie Soldaten aufgereiht sind. In dem sie ihre letzten Jahre verbracht hat, zu dem sie täglich von ihrem Bett im Zimmer gegenüber halb schlurfte, halb getragen wurde. Er drückt den Knopf, mit dem man die Fußstütze hochfahren kann, und präsentiert seine unterschiedlichen Socken.

»Hat ›EastEnders‹ schon angefangen?«, fragt er und gackert boshaft.

»Michael, du bist eine gefühllose Kreatur. Ich war gerade beim Begräbnis meiner Mutter. Vielleicht bin ich noch nicht bereit, darüber zu lachen.«

»Ich denke schon«, sagt er weise und wedelt mit dem Flamingo in meine Richtung. »Ich glaube, du hast dich schon vor Jahren von deiner Mutter verabschiedet. Ich glaube, du weißt, dass sie schon lange nicht mehr richtig lebendig war. Dass sie zu einer langen Reihe von Frauen gehört, die sich darauf spezialisiert haben, nicht richtig lebendig zu sein, selbst wenn sie keinen Schlaganfall als Entschuldigung haben. Ich bin traurig, dass Tante Ruth gestorben ist – aber ich wäre noch trauriger, wenn du nicht anfangen würdest, wieder dein eigenes Leben zu leben.«

Ich will mich nicht von einem Mann herumkommandieren lassen, der einen flamingoförmigen Cocktailrührer schwenkt, gestehe mir aber ein, dass seine beiläufigen Einsichten über meine Mutter und mich einer gewissen Weisheit nicht entbehren.

Mich ärgert, dass an seinen Worten etwas dran ist. Und dass es mir womöglich Angst macht. Ich gestehe mir ein, dass auch ich an einer Kreuzung stehe und befürchte, der Teufel könnte an meiner Seele gar nicht interessiert sein. Weil ich ihm zu langweilig bin. Ich entscheide mich für die vernünftige Option und kippe den Gin hinunter.

»Ich muss den ganzen Kram entsorgen«, sage ich und betrachte den Alte-Damen-Müll und die hässlichen Töpferwaren und die Pflegehilfen, die nie geholfen haben und nie wirklich pflegend waren.

»Mach das!« Michael beugt sich begeistert vor. »Wir besaufen uns und spülen die Oma aus dem Haus – denn es sieht omamäßig aus, selbst wenn sie keine Oma war!«

Mir stockt der Atem, ich schlucke würgend und spüre, wie eine Ader an meiner Stirn pocht und etwas in meinem Brustkorb flattert. Die Signale habe ich lange nicht gespürt, sie sind wie alte Freunde, die ich nie wiedersehen wollte. Die Vorboten von Angst und Panik, das vertraute Gefühl, dass sich meine Kehle zuschnürt und ich ersticke, weil es im ganzen bekannten Universum nicht genügend Luft gibt, um meine ausgehungerten Lungen zu füllen.

Meine Mutter *war* eine Oma gewesen – wenn auch nicht lange. Nicht lange genug. Michael versteht nicht, was er gerade gesagt, welche Reaktion er unwissentlich ausgelöst hat. Er weiß, dass ich eine Geschichte habe – dass ich das schwarze Schaf der Familie war, noch bevor er bäh sagen konnte –, aber er war zu klein, um es mit mir zu erleben. Und jetzt ist er nicht alt genug, um zu begreifen, dass sich der Kummer von hinten anschleichen kann wie jemand, der dir am Geldautomaten über die Schulter sieht, die PIN ausspioniert und dir eins überbrät.

Er begreift es nicht – und ich hoffe um seinetwillen, dass er es auch noch lange nicht tut.

Er springt auf und verkündet: »Ich hole noch Gin. Und viele Müllsäcke.«

Ich nicke und lächle und spüre, wie mein rechtes Auge angespannt zuckt, während ich darauf warte, dass er mich allein lässt. Ich atme lange und tief durch die Nase ein und durch den Mund aus. Ich absolviere die Übungen, die man mir vor langer Zeit beigebracht hat, an einem Ort mit dumpfgrünen Wänden und Alarmvorrichtungen an den Türen und sanfter Musik aus Lautsprechern, bei der man sich fühlte, als wäre man in einem Walzer aus einem Horrorfilm gefangen. Einem Ort mit kaputten Menschen, die auf Plastikstühlen im Kreis saßen und ihre Ängste mit einem Mann teilten, der jahrelang Schmerz studiert, ihn aber nie wirklich verstanden hatte. Einem der Orte, an die mich meine Eltern brachten, wenn die Wirklichkeit einfach verschwand – wenn ich hinuntergezogen wurde wie ein Fohlen, das in Treibsand geraten ist. Einem der Orte, von denen sie nie wieder sprachen, die sie durch einen Code des Schweigens auslöschten, dem ich mich nur zu gern gefügt hatte.

Ich weiß noch immer nicht, warum wir taten, als wäre es nicht passiert. Als wäre ich nie dort gewesen. Als wäre das »Problem mit meinen Nerven« etwas, das wir alle gemeinsam halluziniert hatten und unter Halbwahrheiten und Ausflüchten begraben mussten. Vielleicht wollten sie mich beschützen. Vielleicht verstieß es gegen ihren Ordnungssinn. Meine Mutter und mein Vater sind tot. Ich werde es nie erfahren. Selbst wenn sie noch hier wären, würden sie die Fragen nicht beantworten. Meine Neugier wäre zu vulgär.

Ich drücke eine Hand an die Brust, als Michael zurückkommt, als könnte ich so mein Herz beruhigen.

»Alles gut?«, fragt er, den Kopf schief, einen Gin in jeder Hand und eine Rolle schwarzer Müllsäcke unter dem Arm.

»Bestens«, lüge ich, stehe auf, nehme den Gin und kippe ihn so schnell hinunter, dass er große Augen macht. »Womit fangen wir an?«

»Mit einem Besuch bei AA, wenn du so weitertrinkst ...«

»Werde ich nicht«, erwidere ich entschlossen. »Das war Medizin. Das hier ist nicht einfach. Ich bin nicht einfach. Meine Mutter war nicht einfach. Wenn du gehen willst, dann geh – ich kann das auch allein.«

Ich klinge aggressiv, und das ist unfair, weil Michael nichts verbrochen hat. Er erlebt mich nur zum falschen Zeitpunkt, denn ich bin gestresst und derart angespannt, dass ich förmlich vibriere und summe wie eine Stimmgabel.

Er starrt mich an, bemerkt vielleicht mein zuckendes Augenlid, meine blassen Wangen, meine geballten Fäuste, meine Fingernägel, die sich in die Handflächen bohren. Vielleicht fragt er sich, ob er loslaufen und mehr Alkohol kaufen soll.

»Keine Chance, liebste Cousine«, erwidert er und reicht mir einen Müllsack. »Ich stehe auf billige Kicks. Ich will sehen, ob es hier irgendwelche dunklen Geheimnisse gibt – du weißt schon, die Dildosammlung deiner Mutter, die blonden Nuttenperücken deines Vaters, den 50-Shades-Spielplatz auf dem Dachboden ...«

Er will mich absichtlich schockieren. So verhält sich mein Cousin Michael, wenn er verunsichert ist. Er weiß, dass ich es ihm durchgehen lasse – bei mir darf er umherstolzieren und fluchen und schmollen, wie es ihm gefällt.

Bei seinen Eltern muss er den wohlerzogenen, absolut konventionellen Sohn spielen, der Jura studiert und ein Leben und eine Karriere plant, die ihnen gefallen. Wenn sie nicht dabei sind, platzt die ganze aufgestaute Zügellosigkeit aus ihm heraus und ergießt sich wie ein vulgärer Ölteppich über jeden, der gerade in der Nähe ist. Ich lächle, damit er weiß, dass ich noch immer ich bin – dass alles gut ist.

»Die Sklavenmasken und paillettenbesetzten Nippelquasten habe ich schon entsorgt«, sage ich und umklammere den Müllsack so fest, dass meine Finger ihn durchbohren. »Es gibt ein paar Nacktfotos von mir auf dem Dachboden. Allerdings war ich da erst ein Jahr alt.«

Michael reckt die Rolle mit den Müllsäcken in die Luft, als wäre er ein Komponist, der ein Symphonieorchester dirigiert, und verkündet: »Auf zum Dachboden, Ladys und Gentlemen!«

3. Kapitel

Die Treppe zum Dachboden ist steil und schmal, auf beiden Seiten türmen sich Bücher und Stapel gestärkter, gefalteter Bettwäsche, die seit zehn Jahren kein Bett berührt hat. Man kann kaum einen Fuß vor den anderen setzen, und jeder Schritt könnte der letzte vor dem Absturz sein.

Der Dachboden war wohl ursprünglich als zusätzliches Schlafzimmer vorgesehen, vielleicht auch für ein Kinder- oder Hausmädchen.

Für mich war er ein geheimnisvoller, aber uninteressanter Raum, den meine Mutter als Müllhalde benutzte. Hier wurde aller mögliche Krimskrams schamvoll versteckt. Ich sollte nicht herkommen – und wenn ich es ab und zu doch tat, fand ich es so langweilig, dass der Dachboden bald jeden Reiz für mich verlor.

Er war das Reich meiner Mutter, das sie glühend verteidigte. Mein Vater, Steuerberater einer längst erloschenen Firma, die Angelruten hergestellt hatte, durfte ihn nur betreten, um seine alten Akten dort zu deponieren – was selbst für ein neugieriges Kind nicht sonderlich verlockend oder magisch klang. Mum stritt selten mit meinem Dad, funkelte ihn aber in Grund und Boden, wann immer er vorzuschlagen wagte, ihr Dachbodenreich anderweitig zu nutzen.

Sie hatte ihr Handarbeitsmaterial hier gelagert, als sie noch geschickt und kräftig genug war, um sich diesem Zeitvertreib zu widmen. Ich weiß noch, wie sie hinaufgestiegen war, Stoffbündel an die Brust gedrückt, Fäden hinter sich herziehend.

Heute wage ich mich zum ersten Mal seit Jahren die Treppe hinauf. Ich hatte nie das Bedürfnis verspürt, auf den Dachboden zu gehen – das Haus war auch so groß genug, um mich einsam zu fühlen.

Michael und ich setzen unsere Schritte vorsichtig, klammern uns ans hölzerne Geländer und versuchen, die Türme beiderseits der Stufen nicht ins Wanken zu bringen.

»Warum kommt es mir vor, als würden wir etwas total Verbotenes tun?«, flüstert er. »Und wieso flüstere ich?«

»Keine Ahnung«, flüstere ich zurück, als ich um ein Haar auf einem Stapel *Home and Garden* ausrutsche, die mindestens zwanzig Jahre alt sein müssen. »Geht mir aber genauso.«

»Ein bisschen unheimlich, oder?« Er bleibt oben an der Treppe stehen, so dicht hinter mir, dass ich seinen Atem im Nacken spüre. »Als würde hier eine Miss-Haversham-Geschichte laufen. Oder als könnten wir jeden Augenblick die mumifzierte Leiche von Juan, dem gutaussehenden Gärtner aus Guatemala entdecken, der seit Sommer '79 vermisst wird …«

Ich halte inne, die Hand am Türknauf, und drehe mich zu ihm um.

»Was ist?«, fragt er entrüstet.

»Michael, du … du bist wirklich an die Juristerei vergeudet. Du solltest das lassen und lieber Schriftsteller werden.«

»Das ist der Plan. Ich muss nur ein Jahr schaffen, bevor ich der neue schwule John Grisham werde und in jedes Buch ›ehemaliger Anwalt‹ schreibe, damit mich die Leute ernst nehmen. So. Ich sage das selten, aber reden wir nicht über mich – machst du jetzt die Tür auf? Ich liebe dich sehr, Jess, aber ich möchte nie wieder mit dem Gesicht so nah an deinem Hintern sein.«

Ich stoße lachend die Tür auf. Auf dem Dachboden ist es dunkel, und obwohl ich es nie zugeben würde, gruselt es mich ein bisschen. Und ich bin auch ein bisschen betrunken.

Ich taste nach der Strippe, ziehe dran, und dann erhellt das Licht einer einzigen Glühbirne, die ohne Schirm von der Decke baumelt, den Dachboden.

Ich steige die letzte Stufe hinauf und trete in den Bereich, in dem man gerade noch aufrecht stehen kann, ohne sich den Kopf zu stoßen. Ich jedenfalls kann das – Michael ist deutlich über eins achtzig und schlurft gebückt vorwärts. Er war schon als Kind ungewöhnlich groß und ging als schüchterner Teenie immer leicht gebeugt, so dass mir die Haltung sehr bekannt vorkommt.

Es riecht muffig; Staub überzieht alle Gegenstände, auch die zerfallenden Spinnweben. Von jeder Oberfläche, die wir berühren, steigen graue Wolken auf, die im künstlichen Licht schweben.

Meine Nasenlöcher zucken, wehren sich gegen die Staubwirbel, und bei jedem Atemzug spüre ich, wie eine sandige Schicht von innen meine Kehle überzieht. Auf dem Boden liegt ein alter Teppich, vermutlich ein Stück vom Treppenläufer, und jeder Schritt verursacht eine kleine Schmutzwolke.

Michael verzieht angewidert das Gesicht. Er macht sich ungern schmutzig und trägt noch seine Begräbniskleidung. Vermutlich überlegt er schon, wie er sich später sauber schrubben kann, während er den Raum nach Spuren von Asbest und Killerschimmel durchsucht.

Ich entdecke die vertrauten Umrisse der Aktenschränke, in denen mein Vater seine Unterlagen aufbewahrte. Ich fahre mit dem Finger über das stumpfe Metall und frage mich, weshalb meine Mutter sie nach seinem Tod behalten hat. Wer sollte die Steuerunterlagen einer erloschenen Firma brauchen? Vielleicht war es ihr zu viel Arbeit, sie zu entsorgen – oder eine Erinnerung an ihn. Noch etwas, das ich nie erfahren werde.

Michael öffnet eine Schublade und niest mehrmals, als eine Staubgranate in seinem Gesicht explodiert.

»Tausendmal Gesundheit«, sage ich und stochere mit einem Finger in der Schublade. Das Papier darin ist vergilbt und verrottet, an den Ecken eingerissen, geschmückt mit einer längst verstorbenen Spinne, die sich zu einem spröden Ball eingerollt hat. Ich ziehe abrupt die Hand weg, und Michael knallt die Schublade zu, als berge sie ein schmutziges Geheimnis, dem er sich nicht aussetzen will.

»Was für ein Vergnügen …«, murmelt er. »Nach diesem Abenteuer brauche ich eine sehr lange Dusche. Körperlich und geistig. Eine Art spirituellen Wellness-Tag.«

Ich nicke und weiß genau, was er meint. Es ist nicht nur der Staub, der unsere Kleidung und die Haut durchdringt, sondern auch der Geruch. Der Geruch von Schimmel und dunklen, feuchten Ecken und längst vergessenem Leben. Der Geruch von kleinen und großen Todesfällen und verlassenen Dingen, die sich in gemeinschaftlichem Kummer aneinanderdrängen.

In einer Ecke der Dachschräge entdecke ich die alte Nähmaschine meiner Mutter, und sofort überfällt mich eine sehr lebhafte Erinnerung: ein sonniger Morgen, die Nähmaschine stand auf ihrem Tisch hinten im Haus. Ich war im Garten und spielte dort phantasievoll und überintellektuell, wie Einzelkinder es tun, unterhielt mich mit Würmern und freundete mich mit den Asseln an, die unter dem Baumstumpf lebten.

Ich muss sehr klein gewesen sein, vielleicht vier oder fünf. Ich weiß noch, wie ich zum großen Erkerfenster hochgeschaut habe, wo meine Mutter an ihrer Nähmaschine saß. Sie hatte innegehalten, saß einfach ganz still da und schaute mir zu. Einen Sekundenbruchteil fühlte ich mich wie das am meisten geliebte und vergötterte Geschöpf auf dem ganzen Planeten. Der Bann wurde gebrochen, als ich ihr winkte und sie sich sofort wieder der Arbeit zuwandte, als schämte sie sich, weil ich sie in einem unbedachten Augenblick erwischt hatte.

Jetzt steht die Nähmaschine in einem Teich aus Dämmerlicht, das Schwarz und Gold, das früher glänzte, ist dumpf und angelaufen. Um sie herum Haufen von Material, Stofffetzen und -rollen, verschiedene Farben, verschiedene Strukturen, halbfertige Kleidung und Vorhänge und Projekte. Ein Festbankett für Motten.

Sie hatte schon lange vor dem Schlaganfall aufgehört zu nähen. Im Grunde hatte sie mit fast allem aufgehört – als hätte sie die Fähigkeit zum Leben verloren. Als hätten der frühe Tod meines Vater und all die Traumata, die ich verursacht hatte, sie innerlich ausgehöhlt. Die Schlaganfälle waren nur eine Fortsetzung, sie war zuvor schon in jeder Hinsicht gestorben.

Mir kommen die Tränen, für mich, für sie, für alles, was

hätte sein können und niemals war und nie sein wird. Ich blinzle sie weg – dafür ist später noch Zeit. Wenn ich allein im Schlafzimmer des Hauses bin, das jetzt mir gehört, und ein Leben beginne, von dem ich überhaupt nicht weiß, wie ich es leben soll.

Michael untersucht behutsam einen Stapel Fotoalben, seine Neugier überwindet den Ekel. Er klappt eins auf, und ich höre, wie der Rücken knackend bricht, während er entschuldigend das Gesicht verzieht.

»Jackpot!«, ruft er dann und grinst mich an. »Jess fast nackt! Du siehst verdammt heiß aus in dem Badeanzug, Babe!«

Ich muss lachen und schaue mir das Foto an. Es steckt in einem dieser Alben mit Klebeseiten und Zellophanabdeckung. Michael, der zur Generation Digital gehört, kennt so etwas vermutlich nicht.

Die Seiten sind vergilbt, das Plastik verknittert. Das Foto zeigt in der Tat mich, wie ich in einem aufblasbaren Planschbecken im Garten sitze und einen altmodischen Badeanzug mit Rüschen trage.

Ich sehe ein bisschen verwirrt aus, was als Kind wohl meine Grundeinstellung war. In den Achtzigern hatte man noch »richtige« Kameras, und es war eine große Sache, wenn man fotografiert wurde. Mein Vater hielt nichts davon, Film zu verschwenden, und brauchte zehn Minuten für jedes Foto. In dieser Familie existieren keine Schnappschüsse – nur gestellte Fotos mit einem gestressten Kleinkind.

Mein kleines Ich tut mir leid – stirnrunzelnd im rüschenbesetzten Badeanzug, als ahnte es vage, was noch kommt. Ich blättere weiter und sehe Fotos von meiner Mutter, meinem Vater, nie von beiden zusammen, einer war immer hinter der

Kamera. Ich an meinem ersten Schultag, auch hier den Tränen nah.

Michael zieht weitere Alben aus dem Pappkarton und schüttelt jedes, wobei Staubwolken aufsteigen. Er liefert amüsante Kommentare, während er aus zweiter Hand durch meine Kindheit reist, erfreut sich an meinen katastrophalen Zähnen und meiner schlaksigen Gestalt und meinem fortwährend gequälten Gesichtsausdruck.

»Du siehst auf jedem Foto aus, als müsstest du einen richtig dicken Haufen machen«, sagt er. »Hast du als Kind unter Verstopfung gelitten?«

»Ja. Ich hätte für Abführmittel werben können. Es war … na ja, es waren andere Zeiten. Wir haben damals unser Leben nicht in sozialen Medien ausgebreitet. Niemand hat sein Essen fotografiert und seinen Freunden gezeigt. Niemand hat Selfies gemacht. Das hier sind Momentaufnahmen, keine 24-Stunden-Überwachung wie bei deinem Handy.«

»Ein Glück!«, ruft er und legt in gespieltem Entsetzen die Hand aufs Herz. »Damit hättest du Instagram augenblicklich lahmgelegt!«

Er greift zum nächsten Album, und ich sehe mich als Teenager: Cargohose aus den Neunzigern, die an den Mädels der Band TLC richtig cool aussah, an meinen mageren Beinen aber nicht zur Geltung kam, dazu ein Khaki-Top, darüber ein offenes schwarz-rotes Karohemd. Sowie ich dem Haus und dem wachsamen Blick meiner Eltern entkommen war, vervollständigte ich das Ensemble mit großen Creolen und schlecht aufgetragenem Make-up.

Ich wollte provokant aussehen, wirkte aber nur verwirrt – ich hoffte, die Leute würden mich für einen Grunge-Fan halten, weil die Szene in Seattle cooler war, liebte aber insgeheim die Spice Girls. Ich war ein Mädchen, das sich nach den Abenteuern aus »Buffy – Im Bann der Dämonen« sehnte und sich davor fürchtete, in den Bus zu steigen.

Auf diesem Foto lächle ich wenigstens – ein echtes Lächeln, nicht die verzerrten Grimassen, zu denen ich mich sonst gezwungen hatte.

Ich weiß noch, wann das Foto gemacht wurde – es war an meinem ersten Tag im Sixth Form College. Ich hatte das Mädchengymnasium verlassen, das ich viel zu lange besucht hatte, und ging zum ersten Mal ohne die scheußliche grüne Uniform mit Faltenrock zur Schule. Ich war fest entschlossen, mich neu zu erfinden, ich würde funky, hip und insgesamt ganz toll sein.

An diesem Tag beschloss ich, Jess zu sein, nicht Jessica, und ein geheimes Leben voller Wunder zu führen. Die Welt war da, ich musste nur danach greifen, und dies war der erste Schritt auf einer Straße, die mit Magie und Überraschungen gepflastert war. Kein Wunder, dass ich lächelte.

Ich hatte schwer darum gekämpft, das Gymnasium und die Faltenröcke hinter mir zu lassen. Meine Eltern waren entsetzt, als ich aufs College wollte – einen großen Kasten aus Klinker und Beton, fast eine Stunde mit dem Bus entfernt, der auf einer umständlichen Route, die sich durch unser Dorf und zwei weitere Kleinstädte schlängelte, in die Außenbezirke von Manchester fuhr.

Es war nicht einmal in Manchester selbst – aber nah genug für meine Eltern, um das College als Höhle des Lasters zu betrachten, in der ich womöglich Drummer aus irgendwelchen Bands oder Männer mit Tattoos oder Mädchen mit Choker-Ketten und andere satanische Kreaturen kennenlernen würde, die ihr Baby verderben könnten. Rückblickend habe ich mehr Verständnis für sie – ich hatte ein behütetes Leben geführt, und was ich als erstickend oder kontrollierend empfand, war in ihren Augen der Versuch, mich zu beschützen.

Damals stritt ich selten, aber in diesem Sommer war ich wild entschlossen und eigensinnig wie nie zuvor. Entweder ich machte mein Abitur auf dem College oder gar nicht. Irgendwann gaben sie nach, eine Entscheidung, die sie bald bereuen sollten – das ultimative »Wir haben es doch gleich gesagt«.

Mit mir geschah viel nach diesem ersten Tag, an dem das Foto entstand. Alles veränderte sich, und nichts war je wieder wie zuvor. Meine ganze Welt geriet außer Kontrolle, zuerst im besten und dann im schlimmsten Sinn.

Ich nehme Michael das Album aus der Hand und klappe es sanft zu, so dass der Staub zu der nackten Glühbirne aufsteigt und in ihrem blassgelben Schimmer eine Polka tanzt.

Ich kann noch nicht in diesen Teil meines Lebens zurückkehren. Womöglich kann ich es nie – und schon gar nicht am Tag der Beerdigung meiner Mutter.

Er sieht mich an und runzelt die Stirn, als wollte er herausfinden, weshalb ich die nostalgische Reise abgebrochen habe.

»Lange Geschichte«, sage ich nur. »Ein anderes Mal. Außerdem will ich nicht, dass du meine gefakte Hip-Hop-Phase siehst.«

Michael nickt, scheint aber zu begreifen, dass mehr hinter meiner Entscheidung steckt als unglückliche Modetrends. Ich beiße mir auf die Lippe und schaue ihn flehend an, damit er aufhört und mich vom Haken meiner eigenen Vergangenheit lässt.

»Na schön.« Er legt das Album zurück in den Karton. »Darüber können wir immer noch lachen, Queen Latifah.«

Er schließt den Karton, und ich will dankbar nach seiner Hand greifen.

Wir halten beide inne, verlegen, fast peinlich berührt – wir wurden gleich erzogen, und allzu große körperliche Nähe steht nicht auf der Liste sozial akzeptablen Verhaltens. Es ist, als taumelten wir am Rand eines tiefen, dunklen Brunnens, und keiner von uns weiß, wie er reagieren soll.

Michael entscheidet sich, weiterzusuchen, gräbt Schätze aus, die er mir zeigt und die wir dann gemeinsam untersuchen.

Er findet ein gerahmtes Hochzeitsfoto meiner Eltern aus den siebziger Jahren, beide steif und bedrückt, Michaels Mum Rosemary überraschend jung und hübsch als Brautjungfer.

Die Wanderstiefel meines Vaters, mit Schlamm überzogen, der so alt ist, dass man darin Fossilien finden könnte.

Eine Sammlung von Kochbüchern, versehen mit Anmerkungen in der ordentlichen Handschrift meiner Mutter, die Flecken und Spritzer auf dem Papier verraten, dass sie sie oft benutzt hat.

Eine kleine Holzkiste voller Modeschmuck, den ich nie an ihr gesehen habe. Eine Tüte Kerzen, manche intakt, andere halb heruntergebrannt, das Wachs zu harten Kügelchen erstarrt. Alter Weihnachtsschmuck in einem knittrigen Müllbeutel, sein Glitzer längst verblasst.

»Bisher war alles ganz schön zahm«, sagt Michael. »Und so traurig, dass ich mich gleich mit *Les Misérables* aufheitern muss.«

Er greift nach einem schweren weinroten Samtvorhang mit

goldenen Quasten, unter dem sich ein weiterer Haufen Kram verbirgt.

»Wenn hier irgendwo was Gutes steckt, dann sicher unter rotem Samt und goldenen Schnüren … Das ist wohl der VIP-Bereich!«

Er schlägt den Stoff mit einem dramatischen »Ta-da!« zurück, und wir starren gemeinsam in die Staubwolke, bis sie sich gesetzt hat. Was sich uns darbietet, ist ein zutiefst enttäuschendes Ensemble aus zwei kaputten Liegestühlen mit verbogenen Metallbeinen, einem Haufen bunt zusammen gewürfelter Teller und einem alten Schuhkarton.

Der Schuhkarton gehörte meinem Vater – ich erkenne die Marke; er trug sein ganzes Leben lang die gleichen Budapester zur Arbeit. Immer schwarz, niemals etwas so Unerhörtes wie Hell- oder Dunkelbraun, und er kaufte sie immer im selben teuren Geschäft in London. Er war nicht gerade Oscar Wilde, stand aber auf schöne Schuhe.

Michael öffnet den Karton. Der Inhalt ist in verblasstes rosa Seidenpapier gewickelt. Ich kann nicht erkennen, was es ist. Jedenfalls keine Budapester.

Er zieht die Augenbrauen hoch, schürzt die Lippen und stößt ein aufgeregtes »Oooooh!« hervor.

»Das ist es«, sagt er gespielt feierlich. »Ich spüre es in jedem Knochen. Ein diamantenbesetztes Diadem. Oder eine Voodoopuppe. Oder eine Sammlung falscher Pässe und ein Bündel Devisen, weil dein Dad in Wahrheit ein Auftragskiller der CIA war. Jedenfalls etwas Lebensveränderndes.«

Ich verdrehe die Augen und nehme ihm den Karton aus der Hand, der erstaunlich schwer ist. Ich schlage das Seidenpapier zurück und schaue hinein.

Es sieht aus wie Briefe mit aufgerollten Rändern und verfärbten Ecken, hier und da ist Handschrift zu erkennen.

Obenauf liegt eine Geburtstagskarte. Eine Geburtstagskarte für ein kleines Mädchen, vorne drauf ein Teddybär mit blauer Nase. Der Bär sieht ein bisschen traurig aus, obwohl er ein Bündel roter Luftballons in der Hand hält. Auf der Karte steht in glänzender Prägeschrift »Für meine Tochter« und eine große 5.

Eine solche Karte hätten meine Eltern nie für mich gekauft. Das ist überhaupt nicht ihr Stil. Ich starre das kunterbunte Ding an. Es ist nur das oberste in einem ganzen Stapel aus Karten, Briefen und Ansichtskarten, die um meine Aufmerksamkeit wetteifern: Schau mich an, schau mich an, schau mich an ... Willst du nicht wissen, was ich bin? Willst du nicht meine Geheimnisse ans Licht zerren?

Die Karte beginnt zu zittern, und ich merke, dass es an meinen Händen liegt.

Einerseits will ich sie zurück in den Karton legen, unter Seidenpapier und Feigheit vergraben, den Deckel schließen, den Karton unter einem kaputten Liegestuhl verstecken und so tun, als hätte ich ihn nie gesehen.

Andererseits weiß ich, dass es albern ist – es ist doch nur eine alte Geburtstagskarte, oder? Ich kann mich nicht an sie erinnern, aber ich war auch erst fünf. Sie muss für mich gewesen sein. Sie *muss* für mich gewesen sein – denn die einzige Alternative zündet eine Phosphorgranate in meinem Schädel.

Der traurige Bär verschwimmt vor meinen Augen. Alles verschwimmt, sogar die Geräusche. Ich höre Michael reden, kann seine Worte aber nicht von statischem Rauschen unterscheiden. Mein Gehirn summt, meine Augenlider blinzeln hektisch, ich fühle mich losgelöst von der Welt um mich herum.

Ich klappe die Karte auf. Ich sehe die Handschrift, lauter Gekritzel und ausladende Bögen und Leidenschaft.

»Für unseren geliebten Engel Gracie. Wir drei gegen die Welt. Ich liebe euch beide. Für jetzt und immer, Daddy Joe Joe xxx«

Ich sage mir, dass ich mich irre. Dass sie nicht von ihm sein kann. Dass er längst weg war, als Grace fünf geworden wäre. Dass er mich – dass er uns – da schon verlassen hatte, weggeschwommen war vom Wrack unseres Lebens, hin zu neuen Ufern.

Ich stochere im Karton, schiebe Dinge hin und her. Alles in diesem explosiven Nicht-Budapester-Karton ist entweder eine Geburtstagskarte oder zumindest mit derselben ausladenden Schrift bedeckt. Jeder einzelne Gegenstand in diesem Karton stammt von ihm.

Ich begreife schnell und langsam zugleich, was das bedeutet. Ein Teil meines Gehirns erkennt es in einer Nanosekunde; der andere rollt bedächtig darauf zu. Schließlich treffen sie einander, und die unausweichliche Tatsache leuchtet in Neonfarben auf.

Die Tatsache, dass er nicht davongeschwommen ist. Dass er uns nicht im Stich gelassen hat.

Was wiederum bedeutet, dass meine Eltern gelogen haben. Es heißt, dass alles, was ich so lange für wahr gehalten habe, auf einer Lüge beruht. Ich habe mein Leben im Schatten dieser Lüge verbracht, nach Licht hungernd, still überlebend, nie erblühend.

Es heißt, dass die Menschen, von denen ich dachte, dass sie

mich am meisten lieben, meine Mutter und mein Vater, mich in der heiligsten aller Fragen betrogen haben.

Ich spüre, wie alle Kraft aus meinen Beinen weicht, als hätte mir jemand die Füße abgehackt, als würden alle Muskeln und Sehnen und jedes wesentliche Element, das mich zusammenhält, aus meinem Körper strömen. Ich kann nicht schlucken. Mein Gesicht brennt plötzlich, und ich weiß, dass ich mich setzen muss, bevor ich falle.

Michael nimmt mir die Karte aus den schlaffen, marshmallowweichen Händen und liest sie.

»Wer zum Teufel ist Joe Joe?«

4. Kapitel

September 1998

Sobald sie sicher im Bus sitzt und ihre steif winkende Mutter in der Ferne verschwunden ist, atmet Jessica erleichtert aus und holt die Große Geheimtüte hervor.

Zuerst weichen die braven Goldohrstecker, die sie seit Jahren trägt, den Creolen, mit denen sie wie eine leicht rebellische Nonne aussieht.

Dann setzt sie die Kopfhörer auf, was mit diesen Ohrringen schwieriger ist, als man denkt. Die Drähte verfangen sich ständig in den Creolen. Also bindet sie die dunkelblonden Haare zu einem unordentlichen Pferdeschwanz, damit sich nicht alles verheddert, und schaltet den Sony Discman ein.

Sie hört »Don't Speak« von No Doubt, weil Gwen Stefani genau das coole Mädchen ist, das sie auch gern wäre – ganz im Gegensatz zur Idealvorstellung ihrer Eltern, die sich eher an der frühen Prinzessin Diana orientiert.

Als Nächstes kommt das Make-up. Sie hat sich nie stark geschminkt und wenig Erfahrung damit. Ihre letzte Schule war sehr streng, was das anging, und eine Lehrerin namens Mrs. Bone pa-

trouillierte auf dem Schulhof, bewaffnet mit einer Packung Babytücher, um etwaige Kosmetikverbrechen zu beseitigen.

Jessica hat abends in ihrem Zimmer geübt und auch mit einigen Freundinnen, aber das Projekt ist noch in Arbeit. Die meisten Pickel sind zum Glück verschwunden. Sie hat während der gesamten neunten und zehnten Klasse unter einer schlimmen Akne gelitten, die an die Abbildungen grauenhafter mittelalterlicher Krankheiten erinnerte. Crusticus explodicus.

In der Großen Geheimtüte hat sie einige kostbare Gegenstände gesammelt, darunter einen Lippenstift in mattem Nude-Ton und braunen Lipliner. Laut Sugar ist das alles, was eine junge Frau braucht, und sie rechnet damit, im Nu wie Kate Moss auszusehen.

Nach der doppelten Herausforderung von Temposchwellen und fehlendem Knowhow beschließt sie irgendwann, dass ihr Sehvermögen wichtiger ist als eine weitere Schicht Mascara. Vermutlich hat Kate Moss eine Maskenbildnerin, die das alles für sie erledigt, und muss sich niemals schminken, während sie im Bus sitzt.

Als sie die Tuben und Fläschchen einpackt, ist sie nicht wirklich überzeugt, dass sie besser aussieht als zuvor. Wie die meisten 16-jährigen Mädchen begreift sie nicht, wie schön sie eigentlich ist. Sie ist so damit beschäftigt, sich zu kritisieren, dass kaum Platz für Selbstvertrauen bleibt. Das Make-up hat sie nicht so sehr verwandelt wie erhofft. Jessica sieht noch immer wie sie selbst aus – nur ein bisschen vollgekleisterter.

Während der Bus über Land bis in die Vororte holpert, steigen immer mehr Teenager ein. Als sie sich dem College nähern, werden die Gruppen größer, lauter und dreister, und mit jeder Haltestelle schwindet Jessicas Aufregung und verwandelt sich in etwas Archaischeres.

Irgendwann ist der Bus so voll, dass die Jugendlichen im Gang stehen, an den Haltestangen baumeln, einander auf dem Schoß sitzen, und Jessica fühlt sich, als wäre sie in einem fahrenden Zirkus gefangen.

Neben ihr sitzt eine kolossale Frau, deren Hintern fast zwei Sitze beansprucht, und verzieht missbilligend das Gesicht.

Jessica hat ihren CD-Player ausgeschaltet, aber noch die Kopfhörer auf. Es scheint ein praktikabler Weg, um sich von der Wolfsmeute zu distanzieren.

Sie versucht, sich lässig zu geben und Selbstvertrauen und Sorglosigkeit zu verbreiten, ohne jemandem in die Augen zu sehen. Bloß keine Aufmerksamkeit erregen. Das alles kommt ihr fremd und unbehaglich und furchteinflößend vor. Nicht nur der Lärm und die wachsende Klaustrophobie, sondern auch die schiere Anzahl dieser fremden Spezies – Jungen.

Natürlich hat Jessica Jungen kennengelernt – sie war auf einer Mädchenschule, nicht auf dem Mars. Sie hat sogar ein paar geküsst, in den grauenhaft peinlichen Stehblues-Phasen der grauenhaft peinlichen Discoveranstaltungen mit der Jungenschule, die unter den wachsamen Augen von Lehrerinnen und Elternvertretern stattfanden. Sie ist froh, dass sie es getan hat – es wäre tödlich, mit fast siebzehn ungeküsst zu sein –, hat aber nicht kapiert, warum die Leute so viel Aufhebens darum machen.

Es war ein bisschen, als würde man mit einem Tintenfisch knutschen – dicke tastende Zungen und viel Spucke. Aber vielleicht, denkt sie, ist sie nur noch nicht dem richtigen Jungen begegnet. Oder sie ist lesbisch, was ihren Eltern vermutlich den Rest geben würde. Sie gehören nämlich zu der Sorte Mensch, die schockiert war, als sie erfuhr, dass Freddie Mercury schwul war.

Die Jungen im Bus sehen furchteinflößend aus, Jeans und Leder und aggressiv geschwungene Rucksäcke. Jessica kommt sich vor wie in einer Doku über Wildtiere, vor ihrem inneren Auge schwingen sie sich grölend und schreiend durch den Gang wie paarungsbereite Paviane. Sie posieren und stolzieren und sehen aus, als würden sie jeden Moment ihren Arsch präsentieren.

Sie erstarrt für die letzten zehn Minuten Fahrt, stellt sich tot und hofft, dass kein Raubtier sie bemerkt.

Die Fenster sind von Teenagerkörpern blockiert, mit Teenageratem beschlagen und von Teenagerpheromonen vernebelt, und sie weiß nicht mehr genau, wo sie aussteigen muss. Na ja, wenn alle in einer Flut aus Farben, Lärm und rempelnden Schultern den Bus verlassen, wird es wohl Zeit, sich ihnen anzuschließen.

Jessica entschuldigt sich bei der dicken Frau, die neben ihr sitzt, klettert über ihre Oberschenkel und eilt durch den rasch leer werdenden Bus. Sie steigt als Allerletzte aus, sieht ihn davonfahren und wünscht sich insgeheim, sie säße noch drin.

Sie steht allein da, den Rucksack über einer Schulter, und blinzelt in die helle Herbstsonne. Die Schülermassen fluten um sie herum, Stimmengewirr umhüllt sie.

Ein paar rempeln sie an; manche murmeln ein rasches »Sorry«, andere starren sie an, als wäre sie bis zu diesem Zeitpunkt unsichtbar gewesen. Eine – ein Mädchen in vollem Goth-Look, neben dem sich Jessica zahm und schüchtern vorkommt – funkelt sie aus schwarz umrandeten Augen an, schürzt die pflaumenblauen Lippen und sagt: »Hast wohl deine Pflegerin zu Haus gelassen.« Dann stolziert sie davon, dass ihr schwarzer Spitzen-Tutu über den violetten Leggings wippt.

Nachdem sich der erste Ansturm gelegt hat, schaut Jessica sich auf dem Schulgelände um. Am Tag der offenen Tür, als sie ihre Eltern noch verzweifelt überzeugen wollte, dass sie genau das hier wollte, hatte ihr Vater sich flüchtig umgesehen und gesagt: »Sieht aus, als hätten Rote das gebaut …«

Es ist eine seiner ultimativen Beleidigungen, aber wenn sie ehrlich ist, kann sie es nachvollziehen. Das große Hauptgebäude besteht aus unattraktiv grauem Beton. Die Doppeltüren stehen offen, die Leute drängen in Vierer- und Fünferreihen hindurch.

Drinnen ist es eindrucksvoller – ein Labyrinth aus Klassenzimmern und Laboren, ein Auditorium, eine gewaltige Bibliothek und eine Cafeteria. Es gibt Werkstätten, Garagen und geheimnisvolle Orte, an denen die Schülerinnen und Schüler vernünftige Dinge lernen – wie man Autos repariert und Elektriker wird. Es gibt einen gigantischen Aufenthaltsraum mit Verkaufsautomaten, Postern an den Wänden und Zeitschriften, und sie hat sich schon darauf gefreut, mit ihren coolen neuen Freundinnen dort abzuhängen.

Doch als Jessica nun dort steht, mit zitternden Beinen und zerbissenen Lippen, ist sie sich nicht mehr so sicher. Es ist schon ganz anders als alles, was sie gewohnt ist – gepflegte Rasenflächen, bunte Blumenbeete und der viktorianische Backstein ihrer ehemaligen Schule, an der alles seinen rechten Platz hatte. Sie war ihr zahm und sicher und auch langweilig vorgekommen – doch jetzt fragt sie sich, wie interessant etwas sein muss, bevor es einen zu Tode erschreckt.

Auf dem Außengelände gibt es nur ein paar Fleckchen verblasstes Grün, einige Hecken kurz vor dem Exitus und im Gebüsch eine eindrucksvolle Sammlung weggeworfener Chipstüten, Zigarettenkippen und Coladosen.

Neben dem Gebäude befindet sich ein großer Parkplatz mit getrennten Bereichen für Personal und Schüler. Ein ramponierter alter Ford Fiesta fährt vor, aus dessen Auspuff schwarzer Rauch quillt, und kurvt mit quietschenden Reifen in eine Parklücke.

Laute Musik ertönt – irgendwas Grungemäßiges, das sie nicht erkennt –, und als die Türen aufgehen, wabern Rauchwolken hervor. Sie riechen seltsam würzig – also kein normaler Rauch –, und ihr wird klar, dass sich hier gerade die schlimmste Sorge ihrer Mutter manifestiert: eine Marihuana-Höhle auf Rädern.

Aus dem Auto steigen fünf Leute – vier Jungen und ein Mädchen. Das Mädchen ist hinreißend und furchteinflößend – sie sieht wild und exotisch aus wie eine Figur aus einem Film, ihre dunklen Haare sind zu Cornrows geflochten und mit Schmetterlingsklemmen geschmückt. Sie trägt eine Latzhose, deren Latz halb herunterhängt, und darunter ein Batik-Shirt.

Sie hievt sich den Rucksack auf den Rücken und beäugt Jessica im Vorbeigehen.

»Was gibt's?«, blafft sie. »Noch nie 'ne schwarze Bitch gesehen, Baby Spice?«

Jessica ist doppelt beleidigt: zum einen wegen der Andeutung, sie könne irgendwie rassistisch sein, zum anderen wegen die Anspielung auf Baby Spice – sie will modisch und sophisticated wirken und wird nächste Woche siebzehn. Sie fürchtet sich zu sehr, um etwas zu erwidern, und das Mädchen marschiert an ihr vorbei, gefolgt von drei Jungen, die ihre Zigaretten noch zu Ende rauchen. Der Fahrer schließt sorgfältig die Türen ab, auch wenn kaum jemand einen solchen Wagen stehlen würde.

Die Jungen scheinen Jessica alle gleichzeitig zu bemerken. Sie drängen sich um sie, lachen und stoßen einander an, einer pustet ihr absichtlich Rauch ins Gesicht. Sie steht kerzengerade da, fest entschlossen, das auszuhalten, macht aber jeglichen Versuch, cool zu wirken, zunichte, als ihr die Tasche auf den pockennarbigen Beton fällt.

Starr vor Entsetzen schaut sie zu, wie ihr Make-up hervorrollt, dazu der Discman und – das ist das Allerschlimmste – ein einzelner Tampon. Ihr Gesicht brennt, und sie kauert sich hin und versucht, alles gleichzeitig aufzuraffen. Sie ist den Tränen nah, fühlt sich gedemütigt, ist sich plötzlich sicher, dass sie einen schrecklichen Fehler begangen hat. Dass ihre Eltern recht hatten und sie an diesem Ort nicht überleben wird. Sie hat heute Morgen öfter das Wort mit F gehört als in ihrem ganzen bisherigen Leben, und das ist f-ing beängstigend.

Tränen und Verlegenheit überwältigen sie, und in ihren Ohren rauscht es dumpf, als sie dort kniet und nach der Wimperntusche greifen will, die ihre Peiniger hin und her kicken. Steinchen bohren sich durch den dünnen Stoff der Cargohose, ihr Haarband rutscht heraus. Es ist der absolut schlimmste Moment ihres ganzen Lebens.

Jessica hält die Augen gesenkt, um nach der fehlenden Wimperntusche zu suchen, aber auch, damit die Jungen sie nicht weinen sehen. Immerhin ist sie klug genug, ihre Verletzlichkeit zu verbergen. Dann kommen ein paar abgestoßene Doc Martens auf sie zu, karierte Schnürsenkel, darüber der ausgefranste Saum einer Jeans.

»Hört auf damit!«, sagt jemand, und sie hört es durch das statische Rauschen, es durchdringt das Gelächter und Gejohle der anderen. »Sofort!«

Jessica riskiert einen raschen Blick und sieht, wie die anderen zurückweichen, noch immer lachend, noch immer johlend, aber sie weichen zurück. Einer von ihnen sagt etwas Boshaftes wie »Ganz ruhig, Opa!«, aber sie gehorchen. Es ist ein bisschen, als hätte das Alphatier gesprochen, und dann verschwinden sie in einer Wolke aus Rauch und Lärm.

Jemand nimmt ihr entschlossen den Rucksack aus der Hand und stopft alle Sachen wieder rein. Sogar den verirrten Tampon, zum Glück kommentarlos.

»Alles okay mit dir?« Er streckt ihr die Hand hin, um ihr aufzuhelfen. »Gehst du rein, oder willst du den ganzen Tag da unten hocken bleiben?«

Jessica holt tief Luft und kneift die Augen zu, um die letzten Tränen wegzudrücken, und dann stellt sie sich die vielleicht dämlichste Frage, die ihr jemals in den Sinn gekommen ist: Was würde Buffy an meiner Stelle tun?

Buffy wäre wohl ebenso ängstlich wie sie – aber sie würde es packen. Und zwar so was von.

Sie ergreift die Hand und wird hochgezogen, und dann steht sie ihrem Retter von Angesicht zu Angesicht gegenüber. Ihr bleibt förmlich die Luft weg, denn er ist möglicherweise das coolste und sexyste Geschöpf, das sie je gesehen hat. Es ist, als hätte ein Lkw sie gestreift. Jessica blinzelt schnell und will etwas sagen, das nicht total idiotisch klingt, scheitert aber auf ganzer Linie.

Er ist groß – größer als ihr Dad. Er hat breite Schultern und lange Beine und sieht wie ein Mann aus, nicht wie ein Junge. Kein Wunder, dass sie nicht reden kann – sie ist es wirklich nicht gewöhnt, solchen Leuten zu begegnen. In ihrer Welt sind Männer entweder Freunde ihrer Eltern oder Lehrer oder pickelige Jugendliche. Das hier ist eine vollkommen neue Kategorie, die sie sprachlos macht.

Sie weiß genau, dass ihr später lauter witzige Bemerkungen einfallen werden, die sie hätte anbringen können. Geniale Sätze, die bewiesen hätten, wie clever und entspannt und intelligent sie ist, Sprüche, die aus einer Comedysendung stammen könnten – doch in diesem Augenblick ist ihr Kopf ganz leer.

Er trägt Baggy-Jeans und einen ausgeleierten, löchrigen Pullover, was trotzdem gut aussieht. Dichte dunkle Haare quellen unter einer dunkelgrauen Beanie hervor, und er hat ein Piercing oben im Ohr, das aussieht, als hätte es richtig weh getan.

Er trägt eine Sonnenbrille – die Sonne scheint ziemlich hell, also lässt sie ihm das durchgehen, so wie sie ihm fast alles durchgehen lassen würde. Außerdem ist es eine ovale Brille, wie Kurt Cobain sie getragen hat. Er nimmt sie ab und enthüllt dunkelbraune Augen.

Er lächelt sie an, irgendwie. Es ist ein halbes Lächeln, eher ein hochgezogener Mundwinkel, aber genug, um Jessica das Gefühl zu geben, sie müsse sich sofort wieder hinsetzen.

»Kann ich meine Hand zurückhaben, Bambi? Die brauche ich später noch«, sagt er, und sie wird wieder rot, weil sie jetzt erst merkt, dass sie seine noch immer festhält. Sie zieht sofort ihre Finger zurück und nimmt ihm den Rucksack ab.

»Danke«, bringt sie schließlich heraus. »Ich … ich habe heute meinen ersten Tag.«

»Tatsächlich?« Er zieht eine Augenbraue hoch, und ein Lachen tanzt in seinen dunklen Augen. »Darauf wäre ich nie gekommen. Hör mal, mach dir nichts aus denen – die sind halt … wie eine Herde wilder Tiere, und du hast ausgesehen wie Frischfleisch. Die meinen das nicht so.«

Er spricht mit einem komischen Akzent – ein bisschen Großstadt, aber da ist noch etwas anderes, das sie nicht identifizieren kann. Jedenfalls könnte sie ihm den ganzen Tag zuhören. Sie würde ihn sogar dafür bezahlen, dass er ihr das Telefonbuch vorliest. Er klingt so cool und selbstsicher – was sie auch sein möchte und nicht ist. Wenn ich in seiner Nähe bleibe, überlegt sie, springt vielleicht etwas von ihm auf mich über, in einer Art sozialer Osmose.

»Ich werde mich wohl dran gewöhnen«, sagt sie und hängt sich den Rucksack über die Schultern, damit sie ihn nicht die ganze Zeit anstarren muss. »Vielleicht lerne ich sogar, zurückzubeißen.«

»Richtig so. Bloß nicht von den Arschlöchern kleinkriegen lassen – mein Lebensmotto.«

Wieder begegnet sie diesen Augen und spürt, wie ihr Herz aufgeregt dahintrippelt. Er grinst, aber in seiner Stimme liegt eine gewisse Schärfe – als wäre er in seinem Leben so manchem Arschloch begegnet und hätte hart darum gekämpft, sich nicht kleinkriegen zu lassen. Oder sie hat einfach zu viele Teeniefilme und romantische Komödien gesehen und ihm eine romantische Geschichte aufgepappt, die gar nicht existiert.

»Na los«, er nickt zum Gebäude und dem verlassenen Eingang hinüber. »Ich bring dich rein. Du willst doch an deinem ersten Tag nicht zu spät kommen, oder?«

Sie muss kurz verarbeiten, was er sagt. Dann nickt sie, reißt sich zusammen und geht neben ihm her zum Schulgebäude. Drinnen brennt helles Licht, in den Fluren herrscht Gedränge, in den Klassenzimmern lärmen Hunderte junger Menschen, die einen ganzen Sommer voller Neuigkeiten zu erzählen haben.

Jessica hält inne, spürt eine leise Panik, als sie begreift, dass sie nicht genau weiß, wohin sie muss. Dann bemerkt sie eine gigantische Tafel mit der Überschrift »Informationen für neue Schüler«.

»Da steht, in welchen Raum du musst«, sagt er und führt sie hin. »Du schaust einfach deine Klasse nach, dann siehst du die Zimmernummer. Es gibt drei Etagen, und jedes Klassenzimmer hat einen Buchstaben – 3B oder 2A und so weiter. Du kapierst das schon, Bambi.«

Sie nickte ihm dankbar zu und spürt einen plötzlichen Anfall von Mut.

»Wieso nennst du mich dauernd Bambi?«, fragt sie, als er gerade gehen will.

»Weil du süß bist und große Augen hast und wacklige Beine. Und weil ich deinen richtigen Namen nicht weiß.«

Nun, denkt sie, es könnte schlimmer sein. Er findet sie süß – nicht gerade das Image, auf das sie abzielt, aber besser als »widerwärtig«.

»Ich heiße Jessica … nein. Jess. Einfach Jess«, sagt sie mit fester Stimme.

Das scheint ihn zu belustigen, und er zwinkert ihr zu.

»Na schön, Einfach Jess. Ich bin Einfach Joe. Vielleicht sehen wir uns später noch. Und noch was, Einfach Jess. Du solltest besser zuerst auf die Toilette gehen. Dein ganzes Gesicht ist voller Wimperntusche – sieht fast aus, als hättest du geweint.«

Ihre Hände fliegen zu den Wangen, und ihr Mund klappt auf, und sie würde am liebsten unsichtbar werden. Oder tot umfallen.

Joe lacht und schüttelt in gespielter Missbilligung den Kopf. »Und reg dich nicht so auf, Bambi – du bist immer noch süß.«

5. Kapitel

Ich drücke den Schuhkarton an die Brust und wanke die Treppe hinunter. Auf den letzten Stufen rutsche ich aus und lande so ungeschickt auf dem Hintern, dass die verstaubten Zeitschriften in einem bunten Wirbel durch die Luft flattern.

Verwirrt bleibe ich einen Augenblick lang einfach sitzen, dann untersuche ich mich schnaufend auf Verletzungen. Michael kommt angerannt, seine Schritte klingen schwer und weit entfernt.

»Jess! Jess! Geht es dir gut? Was ist los?«, schreit er, doch seine Stimme dringt nur als schrilles Summen in mein Gehirn. »Rede mit mir, Herrgott nochmal!«

Ich kicke die Zeitschriften und einen einsamen Korb mit Wollknäueln beiseite und richte mich auf. Dann taste ich mich an der Wand des Treppenabsatzes entlang, möchte weglaufen, mich verstecken, allein sein.

Aber ich bin nicht allein. Plötzlich steht Michael neben mir, packt mich an den Schultern und zwingt mich, ihn anzusehen. Seine Augen sind weit aufgerissen, er sieht schockiert und verängstigt aus, sein Mund bewegt sich, doch die Worte dringen nicht zu mir durch.

Ich schüttle ihn ab und sprinte die nächste Treppe hinunter in den Flur, schlittere in Socken über das Parkett.

Ich kenne dieses Haus in- und auswendig. Ich kenne es seit meiner Geburt, kenne jedes Knarren und Stöhnen, die verborgenen Schränke und von Spinnen heimgesuchten Ecken. Ich kenne es, und doch erstarre ich und weiß nicht, wohin ich mich wenden soll.

Ich bin voller Energie, sie zischt in mir, erschüttert Körper und Geist, als hätte man mir eine manische Injektion aus Antriebskraft und Raserei verpasst.

Die Küche, denke ich, und renne hin. Die Küche mit ihrem großen Tisch aus Kiefernholz und dem Erkerfenster und den altmodischen, tadellos gepflegten Töpfen und Pfannen.

Ich stelle den Schuhkarton auf den Tisch und trete einen Moment zurück, starre ihn an. Male mir aus, wie er von selbst zum Leben erwacht und eine Animation mit Musik abspielt, die mir verrät, was ich als Nächstes tun soll.

Ich drücke die Hand an die Brust, mein Herz schlägt von innen heftig gegen meine Finger: Lass mich raus, lass mich raus, lass mich raus, ich bin schon viel zu lange eingesperrt …

Ich erkenne die Zeichen, die Spielchen, die mein Verstand mit mir treibt. Alles fühlt sich ein bisschen psychedelisch an, die Geräusche sind zu laut, die Farben zu grell, die Organe meines Körpers reden mit mir. Ich schließe die Augen und zähle langsam, atme tief durch, konzentriere mich auf die Realität.

Dann steht Michael neben mir, und ich greife blindlings nach ihm, finde seine Hand, umklammere sie fest. Michael ist real. Er ist hier, aus Fleisch und Blut, an ihm kann ich mich festhalten. Ich kann seine Haut spüren und seine gepflegten

Fingernägel und seinen warmen Körper. Er ist hier. Ich bin real, und ich bin hier.

Ich beruhige mich so weit, dass ich die Augen öffnen kann. Mich an Worten versuchen.

»Es tut mir leid«, sage ich nur und sehe ihm in die Augen, damit er weiß, dass ich es ehrlich meine. Dass ich noch im Land der Lebenden bin, dem Land der Funktionierenden, dem Land der geistig Zurechnungsfähigen. Es ist lange her, dass ich das zuletzt tun musste – mich beruhigen und vergewissern, dass es mir gutgeht –, und kommt mir alt und schmerzhaft vertraut vor.

»Nur eins, liebste Cousine – tu mir das nie wieder an. Wenn du am Rad drehst, muss ich dir Gin ins Gesicht kippen, und das wäre eine Verschwendung des feinsten Tropfens, den man bei Bargain Booze kaufen kann. Fuck, was war das gerade?«

»Du benutzt das Wort mit F viel öfter als früher«, sage ich und löse meine Finger sanft aus seinen. Dann sehe ich mich in der Küche um, nutze ihre Vertrautheit und Gemütlichkeit als Anker. Die Welt muss in Ordnung sein, wenn die Le-Creuset-Pfannen meiner Mutter noch an der Wand hängen, wenn die blau-weiß gestreifte Keksdose noch mit Teegebäck gefüllt ist.

»Ich glaube, ich darf mir ein paar F-Granaten erlauben«, sagt Michael und schaut mich nervös an, als wäre ich ein zerbrechlicher Gegenstand aus Glas, der zwei Zentimeter über einem Steinboden schwebt. Als müsste er die Hand ausstrecken und mich auffangen, bevor ich zerschelle. »Und ich glaube, ich brauche was zu trinken. Du bleibst hier – NICHT bewegen!«

Ich nicke und lächle gekünstelt und versichere ihm, dass ich nicht an Flucht denke. Was auch stimmt. Ich gehe nirgendwohin – nicht bevor ich den Karton geöffnet habe. Nicht bevor ich das Seidenpapier entfernt habe, das den Inhalt umhüllt, und das Seidenpapier der Lügen, das mein Leben umhüllt.

Mehr als fünfzehn Jahre habe ich an einen Betrug geglaubt, der so schmerzhaft war, dass er mich in eine Zelle der Angst gesperrt hat. Mehr als fünfzehn Jahre habe ich an eine Wahrheit geglaubt, die mich gehorsam gemacht und beschützt und abgeschottet hat. Mehr als fünfzehn Jahre habe ich mein Leben in Schwarzweiß statt in prachtvollem Technicolor gelebt.

Der Inhalt des schäbigen, unschuldig aussehenden Schuhkartons, der auf dem blank polierten Küchentisch steht, könnte alles verändern – und das macht mir Angst. Diese Dinge sollten nicht in einem Schuhkarton verborgen sein. Sie sollten in einem Safe liegen, mit Absperrband und mit gelben Warnaufklebern für Radioaktivität versehen.

Ich merke kaum, dass Michael im Hintergrund mit Gläsern und Flaschen hantiert und zwei neue Pink Gin mixt. Diesmal ohne Flamingo. Er reicht mir einen, seine Hände zittern. Ich rieche daran, und mir wird flau.

»Am allerliebsten hätte ich eine schöne Tasse Tee«, sage ich entschieden.

Der Gedanke scheint ihn zu entsetzen, doch er füllt pflichtschuldig den Wasserkocher, schaut mich alle paar Sekunden über die Schulter hinweg an und wirft einen Teebeutel in einen Becher. Die paar Tropfen, die danebengehen, wischt er sofort weg, spült das Tuch aus und faltet es fein säuberlich. Wir wurden beide so erzogen, handeln wie auf Autopilot – Unsauberkeit ist schlimm, Aufräumen ist wichtig, man huldigt auf Knien dem Gott der Ordnung.

Ich setze mich an den Tisch und wärme meine Hände am Becher. Michael setzt sich gegenüber und kippt so verzweifelt seinen Gin, als wäre er einer der zahnlosen Trunkenbolde auf einem Gemälde von Hogarth.

»Wie viel weißt du über mich?«, frage ich. »Über meine ... wie hätte deine Mutter es ausgedrückt ... meine ›dunklen Zeiten‹?«

»Du meinst die Zeiten, von denen wir alle wissen, die wir aber nie erwähnen?«

»Genau die.«

Er runzelt die Stirn und trinkt von seinem Gin und scheint im Geist eine Liste dessen zusammenzustellen, was er im Laufe der Jahre aus Gesprächen herausgefiltert hat, die nur aus Subtext und bedeutungsvollen Blicken bestanden.

»Na ja, nicht gerade viel. Du weißt ja, wie das ist – Gott behüte, dass wir über etwas so Unschönes wie Gefühle sprechen oder eine unerfreuliche Vergangenheit oder Körperteile, die schmatzende Geräusche machen. Meine Mutter gibt nicht einmal zu, dass sie auf die Toilette geht – wie sollte sie darüber sprechen, was mit dir passiert ist? Aber ich habe mir zusammengereimt, dass du ... krank warst. Psychisch krank. Du musstest in eine Klinik, und das war es auch schon – den Grund weiß ich nicht. Ich weiß auch nicht, wie lange du dort warst. Eigentlich weiß ich gar nichts.«

Ich nicke, als er bestätigt, was ich schon vermutet habe.

»Ist es nicht seltsam«, sage ich und starre in den Garten mit den säuberlich gestutzten Hecken und perfekt geformten Nadelbäumen, die wie Kindersoldaten aufgereiht sind, »dass du so wenig weißt?«

»Nein – nicht in unserer Familie. Bei uns muss man nur

lange genug so tun, als wäre etwas nicht passiert, dann hört es einfach auf zu existieren. Wie dass ich schwul bin oder du in ein Heim für unglückliche Frauen gesteckt wurdest oder mein Dad seine Sekretärin bumst.«

»Ehrlich?«, frage ich staunend. Es fällt mir schwer, die Vorstellung zu verdauen – Onkel Simon ist ein ernsthafter Mann mit dünnen Lippen, der sich nur über seine Arbeit definiert. Ich kann kaum glauben, dass er irgendjemanden bumst, nicht einmal Tante Rosemary. Vor allem nicht Tante Rosemary.

»Na ja, das Letzte habe ich mir ausgedacht, nur so als Beispiel, und außerdem heißen die heutzutage persönliche Assistentin … aber ich habe so einen Verdacht. Er arbeitet lange, kommt mit leicht verrutschter Krawatte nach Hause, und ich ertappe ihn gelegentlich bei einem echten Lächeln … Du weißt schon, die klassischen Anzeichen. Mum weiß es vermutlich ohnehin – sie ignoriert es nur, weil alles andere den Betrieb stören würde.«

Er hat recht. Falls Simon eine Affäre hätte, würde Rosemary wie üblich die Augen davor verschließen, außer es bestünde die Gefahr, dass es an die Öffentlichkeit gelangen und sie blamieren würde. Dann würde sie vermutlich einen Killer anheuern und Simons Leiche in Säure auflösen.

»Ich weiß, wie unsere Familie ist, Michael – du hast völlig recht. Aber ist es nicht verrückt, dass wir beide nie darüber geredet haben? Wir stehen uns doch nahe, oder? Warum hast du nie gesagt: ›Hey, Cousinchen, erzähl mal, wie du damals ein bisschen plemplem geworden bist?‹ Deine Generation ist viel sensibler für psychische Probleme als meine – wir haben einander aus Spaß Schizo und Psycho genannt. Ihr nehmt das viel ernster – einige Tabus werden endlich gebrochen.

Da ist es schon seltsam, dass wir nie darüber geredet haben, oder?«

Er wird blass und runzelt die Stirn, wirkt sehr verlegen und jung und ganz so, als würde er die Tabus lieber nicht antasten.

»Ist es wohl«, sagte er schließlich achselzuckend. »Aber es fühlte sich nie richtig an. Einerseits dachte ich, es könnte dich aufregen, andererseits ... die Gehirnwäsche hat ja funktioniert. Ich hab es einfach geschluckt, das Familienethos aufrechterhalten – unbewusst entschieden, dass diese Dinge besser ungesagt bleiben. Willst du ... willst du darüber reden?«

Ich muss lachen, als ich seinen Gesichtsausdruck bemerke – hin und her gerissen zwischen angeborener Neugier und der Furcht, dass sich tiefe, dunkle Emotionen über ihn ergießen könnten.

»Wollen ist wohl nicht der richtige Ausdruck. Aber der Karton und meine Reaktion darauf sind eine schmutzige Bombe, die jeden Augenblick hochgehen kann. Sobald ich mich stabil genug fühle, um ihn zu öffnen, sehe ich mir den Inhalt ganz genau an. Ich werde die Karten lesen und die Briefe, und es wird vermutlich alles verändern. Du hast die Wahl – vielleicht möchtest du nicht darüber sprechen, es nicht erfahren. Wenn das der Fall ist und es dir zu viel wird, solltest du gehen. Ich nehme es dir nicht übel und liebe dich noch immer ganz wahnsinnig, versprochen. Aber wenn du bleibst ... könnte es schmutzig werden.«

»Und damit meinst du nichts, das ich mit einem Lappen und einem Spritzer Küchenreiniger beseitigen kann, oder?«

»Schön wär's. Dann wäre es viel leichter.«

Er klopft mit den Fingern einen leisen Trommelrhythmus

auf den Tisch, und sein Kiefer bewegt sich, während er auf der Lippe kaut und nachdenkt.

»Okay«, verkündet er und klatscht entschlossen in die Hände. »Ich bin dabei. Ich bin einfach zu neugierig, und außerdem würde ich mir wie ein Scheißkerl vorkommen, wenn ich dich an diesem Tag alleinlasse, kurz nach einem Beinahe-Zusammenbruch ... Das war ganz schön erschreckend, diese Girl-Interrupted-Nummer. Was soll ich ... ich meine, wie soll ich mich verhalten, wenn das wieder passiert?«

»Du meinst, wenn ich durchdrehe?«

»Ja – obwohl das vermutlich kein politisch korrekter Begriff ist, Jess. Nicht für mich und meine Weichei-Generation, wie du sehr richtig erklärt hast.«

Ich ziehe ihn ein bisschen auf, was nicht fair ist. Vielleicht will ich die angespannte Situation entschärfen, indem ich leichthin über etwas spreche, das sehr bedenklich werden kann.

Es wird ihn kaum beruhigen, dass ich unter einer Art posttraumatischer Belastungsstörung gelitten habe, also hebe ich mir die technischen Details für später auf. Fürs Erste reicht »durchdrehen«.

»Wenn ich ganz ehrlich bin, Michael, weiß ich nicht hundertprozentig, wie du dich verhalten sollst. Als ich sehr krank war, ging es mir so schlecht, dass ich mich an nichts erinnern kann. Ich erinnere mich überhaupt an sehr wenig, was vielleicht ein Segen ist. Aber in den Jahren nach dem ersten Zusammenbruch habe ich viele Therapien gemacht. Ich meine wirklich viele – und die waren alle ziemlich schrecklich und harte Arbeit, und ich zucke innerlich zusammen, wenn ich daran denke. Aber ich habe eine Menge nützlicher Techniken gelernt und gute Ratschläge bekommen und kenne einige erstklassige Methoden, um ruhig zu bleiben und nach vorn zu schauen.

Ich weiß, wie ich meinen Atem kontrollieren und mich innerlich verankern kann, ich erkenne die Anzeichen einer Panikattacke schon von weitem, selbst wenn sie verkleidet daherkommt. Vermutlich bin ich besser gerüstet als der Durchschnittsmensch. Alles, was ich in der letzten halben Stunde getan habe – hier in diesem Zimmer sein, mit dir reden, mit mir selbst reden, all das hat mich von dieser ersten Reaktion weggeholt. Ich fühle noch immer, was ich vorhin gefühlt habe, trete aber auf die Bremse. Ergibt das einen Sinn?«

»Wie wenn du zu viel gekokst hast und danach einen Joint brauchst, um dich zu beruhigen?«

»Ich habe keine Ahnung, da ich weder das eine noch das andere je probiert habe und aufrichtig hoffe, dass das auch für dich gilt. Aber ja, vielleicht, falls der Vergleich für dich funktioniert.«

»Keine Sorge«, sagt er und legt tröstend seine Hand auf meine. »Das ist nur die Secondhand-Erfahrung eines Zuschauers. Ich halte mich an Gin. Also, wo starten wir diese wahrhaft erschreckende Reise durch Zeit und Raum?«

Ich schaue zu dem Karton und spüre, wie mich Aufregung und Angst überkommen. Eine gute Frage – wo fangen wir an? Am Anfang, mit unseren ersten Dates, unseren ersten Küssen, unseren ersten Liebeserklärungen? Seiner ersten Begegnung mit meinen Eltern, denen er nicht gut genug war? Dem Tag, an dem ich ihnen gesagt hatte, es sei mir egal, was sie dächten, und der Nacht, die ich in Joes Armen auf dem Rücksitz eines Autos verbracht hatte, das nach einer Fahrt zum Lake Windermere unter den Sternen parkte?

Oder am blutigen, bewusstseinsverändernden, grauenhaften Ende, bei dem all unsere Liebe und all unsere gemeinsamen Erfahrungen nichts mehr zu bedeuten schienen?

Oder an der besten Stelle von allen, der hinreißend schönen Mitte – der furchterregendsten und glücklichsten Zeit meines Lebens?

6. Kapitel

Oktober 1999

»Sie ist so winzig, Joe – wenn ich sie anziehe, habe ich immer Angst, ihr ein Ärmchen abzubrechen, als wäre es ein Zweig …«

»Das wird nicht passieren, Babe. Sie mag klein sein, aber sie ist tough. Genau wie ihre Mum. Und auch genauso schön.«

Er beugt sich vor und küsst das Baby auf die Stirn, dann wiederholt er die Geste bei Jess. Sie fühlt sich gerade nicht besonders schön. Sie ist müder, als sie je für möglich gehalten hätte, ihre Brüste sind so wund, dass sogar der BH weh tut, und wenn sie pinkeln muss, fühlt es sich an, als würden ihre Eingeweide herausfallen.

Sie bricht bei Anzeigen für Hundefutter in Tränen aus und riecht nach saurer Milch und Verzweiflung und fragt sich, wie sie die Unmengen an Liebe und Angst bewältigen soll, die sie gerade überfluten.

Nichts fühlte sich real an, bis das Baby tatsächlich da war, ein lebendes, atmendes, rotgesichtiges Ding, das abwechselnd tobsüchtig und absolut ruhig war. Sie hier zu haben, sich um sie zu kümmern, dafür verantwortlich zu sein, dieses kostbare Ding ge-

sund und am Leben zu erhalten ist ganz anders, als sie sich vorgestellt hat. Es ist schwerer als erwartet.

Sie erinnert sich, wie ihre Mum vor Enttäuschung geweint hat, als sie herausfand, dass Jess nicht nur von zu Hause weggehen, sondern auch ein Kind mit Joe aufziehen würde, der für sie die Verkörperung Satans war.

»Du hast ja keine Ahnung«, hatte ihre Mutter ungewohnt laut gesagt, »wie das ist! Du hast ja keine Ahnung, wie schwer es ist, ein Baby zu versorgen – du bist doch selbst noch ein Kind!«

Damals hatte es sie auf die Palme gebracht. Sie noch entschlossener gemacht, es allen zu zeigen. Zu beweisen, dass sie kein Kind mehr war, sondern eine Frau. Eine Mutter. Ein Mensch mit einem eigenen Leben.

Nun muss sie sich eingestehen, dass ihre Mum womöglich recht gehabt hat. Sie ist erst achtzehn, voller Selbstzweifel, überwältigt von Angst, erschöpft – selbst wenn das Baby schläft, bleibt sie wach und sieht zu, wie sich seine Brust sanft hebt und senkt, muss sich vergewissern, dass es noch atmet.

Jess hatte geglaubt, sie habe alle Schlachten hinter sich – die schrecklichen Szenen daheim, die hektische Suche nach Geld, dass sie ihr Abitur verschoben hatte, dass Joe einen Job in einer Autowerkstatt gefunden hatte. Dass sein Pflegevater sie gemustert hatte, als wäre sie ein Stück Fleisch im Fenster einer Metzgerei.

Ihre Eltern waren entsetzt gewesen, als sie ihnen die Neuigkeit eröffnet hatte. Jess zerstöre ihr Leben – sie solle zu einem »Facharzt« gehen, um den schrecklichen Fehler zu beseitigen. Als sie sich weigerte, gab es Geschrei, Tränen und Vorwürfe und – was am schlimmsten war – den traurigen, feierlichen Abscheu ihres Vaters, der von seinem kleinen Mädchen grausam enttäuscht worden war.

Ihre Eltern hatten gedroht, Joe verhaften zu lassen – wenn Jess das Kind schon behalten wollte, sollte sie wenigstens bei ihnen wohnen. Vielleicht hofften sie auch, Jess zu überreden, es zur Adoption freizugeben. Auf jeden Fall wollten sie Joe aus ihrem Leben tilgen.

Sie weiß noch, wie sie gebrüllt hat: »Ihn verhaften lassen? Wofür denn? Jemanden zu lieben ist nicht illegal, verdammte Scheiße!«

Im Rückblick kommt es ihr unwirklich vor. Damals war sie tapfer – zornig und rebellisch. Sie liebte Joe. Er liebte sie. Sie würden ihr Baby lieben und sich ein gemeinsames Leben aufbauen. Es war so einfach.

Es hatte einfach ausgesehen – weil sie es nicht besser wusste. Selbst nachdem sie in die enge, feuchte Einzimmerwohnung in Manchester gezogen waren, hatte es für sie noch einfach ausgesehen.

Sie hatten kein Geld. Ihre Möbel stammten aus zweiter Hand, sie aßen Instant-Nudeln und hörten ständig Musik, weil sie keinen Fernseher hatten. Die Nachbarn waren laut und angsteinflößend – bis vor kurzem hatte sie sich kaum auf die Straße getraut.

Aber sie hatte Joe – nur darauf kam es an. Joe war hart und stark und clever, und er würde sich um sie kümmern. Sie brauchte weder ihre Eltern noch deren Meinung oder säuerliche Missbilligung oder den unterdrückten Kummer, der in ihnen brodelte. Er gab ihr alles, was sie sich nur wünschen konnte – der Junge, der an jenem ersten Tag im College ihr Herz im Sturm erobert hatte und seither an ihrer Seite war. Es war schwer, sich ein Problem vorzustellen, das Joe nicht lösen konnte.

Jetzt aber macht sie sich Sorgen. Jetzt hat sie Angst. Sie weiß nichts über Babys – das erste Neugeborene, das sie je im Arm gehalten hat, ist ihr eigenes, nach fast zwei Tagen Wehen. Die irische

Hebamme hatte es ihr triumphierend überreicht und erklärt, sie sei prächtig.

Zwei Tage später brachten sie Gracie nach Hause. Jess war die Treppe in den dritten Stock hochgestiegen, das Baby fest im Arm, zerschlagen und gebrochen an Körper und Geist. Joe hatte alles geputzt, Blumen in eine Vase gestellt, den Wickeltisch samt Windeln und Tüchern und Cremes aufgestellt. Er hatte alles richtig gemacht – und doch hatte sie immer noch schreckliche Angst.

Jess war insgeheim davon überzeugt, dass das Baby sie nicht mochte. Das Stillen war ein ständiger Kampf, ihre Brustwarzen ein Kriegsgebiet, die noch unkoordinierten Augen starrten zu ihr hoch, als wollten sie sagen: »Was? Du bist meine Mum? Da habe ich doch wohl was Besseres verdient ...«

Sie waren seit einer Woche zu Hause, und Jess fragte sich, wann der Zauber beginnen würde. Wann sie wie die Frauen in Büchern und Filmen empfinden würde. Wann sie aufhören würde, zu weinen und zu bluten, und sich benehmen könnte wie die superkompetente Erwachsene, die sie sein wollte.

Gracie reißt sie aus ihrem Selbstmitleid, indem sie nach ihrem Finger greift. Ihr Griff ist sehr fest, und ihre winzigen Nägel mit den rosa-weißen Halbmonden sind perfekt. Jess schaut auf sie hinunter und lächelt. Dann und wann geschieht so etwas – wenn sie sich besonders schlecht fühlt, völlig am Boden, gibt es einen kleinen, aber zauberhaften Augenblick. Einen Augenblick, in dem es ihr vorkommt, als würde das Baby sie vielleicht, ganz vielleicht doch nicht hassen.

Joe steht da und schaut sie an, ein albernes Grinsen im Gesicht. Seine dunklen Augen glänzen, und er sieht so glücklich aus. Als hätte er den Jackpot des Lebens gewonnen.

»Siehst du?« Er streicht Jess eine Haarsträhne aus dem Gesicht.

»Sie weiß, dass du sie liebst. Du wirst ihr nicht die Arme brechen oder sie im Bad fallen lassen oder versehentlich im Laden vergessen. Und sie schmiedet kein geheimes Komplott, um dich im Schlaf zu ermorden, sobald sie ein Messer halten kann …«

Jess nickt und muss lächeln. Das alles sind Dinge, die sie erwähnt hat, in ihren dunkleren Zeiten. Jetzt klingen sie dumm, als sie hier sitzt, erfüllt von Liebe und der flüchtigen Euphorie, die der Griff einer Babyhand auslösen kann.

»Wie kommt es«, fragt Jess, »dass etwas so Winziges wie dieses Baby unser Leben vollkommen beherrschen kann? Sie hat nicht mal Stimmungen. Sie hat nicht mal Meinungen. Sie ist nur ein kleines Geschöpf, das sich nicht mal umdrehen oder hinsetzen oder alleine essen kann, und doch hat sie das Sagen. Wie kann das sein?«

Joe setzt sich neben sie aufs Sofa und legt ihr den Arm um die Schultern. Selbst jetzt, wo sie sich wie ein nasser Lappen fühlt, ausgewrungen und ohne Energie, lässt Joe ihr Herz schneller schlagen.

Irgendwie schafft er es immer, dass sie sich besser fühlt – besonders, geliebt, geschätzt. Als würde alles gut.

»Ich weiß es nicht, Jess. Es ist schon clever eingerichtet, was? Und es wird leichter, ehrlich. Ich weiß noch, als eine meiner älteren Pflegeschwestern ein Kind bekommen hat. Einen kleinen Jungen. Sie war allein, vollkommen fertig, und ich habe keine Ahnung, wie sie das geschafft hat, jetzt, wo ich weiß, wie schwer es ist. Sie hat erzählt, dass sie alles hinwerfen wollte, ihn weggeben oder aus dem Fenster werfen oder eine Flasche Wodka trinken. Und da hat er angefangen zu lächeln – und das hat alles verändert. Als hätte die Evolution es so programmiert.«

Jess nickt und schaut in das winzige Gesicht ihrer Tochter. Ihrer Tochter … allein der Gedanke ist sonderbar. Vor nicht allzu langer Zeit hat sie sich noch heimlich mit Joe getroffen, seinen Namen in ihre Schulhefte gekritzelt, hat Heathcliff im Englischunterricht sein Gesicht verpasst. Sie hat von ihm geträumt, wenn sie getrennt waren, hat ihn vergöttert, wenn sie zusammen waren, hat dann doch herausgefunden, warum Mädchen gerne küssen. Und auch, warum Mädchen auch andere Dinge gerne tun – sonst würde Gracie wohl nicht existieren.

»Ich hoffe, es wird leichter«, sagt sie und lehnt sich an Joes Brust. »Im Augenblick fühle ich mich nämlich wie eine Totalversagerin. Als würde ich dich und sie im Stich lassen und ... einfach alles versauen. Ich liebe sie so sehr, ganz ehrlich, aber ich habe das Gefühl, ich mache alles falsch. Ich kann viel besser Shakespeare analysieren als mich um ein Baby kümmern. Ich hätte nie gedacht, dass ich Hamlet vermissen würde, aber das College war viel einfacher als das hier.«

Sie spürt, dass er sich ein wenig anspannt. Joe lächelt noch, sieht aber traurig aus, und sie weiß, dass sie ihn unabsichtlich verletzt hat. Er fürchtet, er hätte sie aus der Bahn geworfen, sie zu sich heruntergezogen, statt sie allein in den Himmel steigen zu lassen. Sie weiß, dass seine eigene Kindheit bitter und schmerzlich war und er sich nie wirklich geliebt oder gewollt oder gebraucht gefühlt hat.

»Ich bereue nichts, Joe.« Sie streichelt sanft sein Gesicht. »Nichts davon. Ich habe dich und Gracie, und das ist genug. Vergiss meine Hormone, ich werde euch beide für immer lieben, und solange wir zusammen sind, wird alles gut.«

»Wir drei gegen die Welt«, sagt er und küsst ihre Finger.

Er steht auf und geht zum Plattenspieler. Er ist alt, aus dem Secondhandshop. Inzwischen kaufen alle CD-Spieler, daher hat er nur einen Fünfer gekostet. Sie schaut zu, wie er eine Platte auswählt, das schwarze Vinyl aus der Hülle gleiten lässt und die Nadel positioniert.

Er streckt ihr die Hände entgegen, und sie steht unbeholfen auf, Gracie noch immer im Arm. Er umschlingt sie beide, hält sie fest, als die Musik einsetzt.

Sie weiß, was es ist, noch bevor sie die ersten Töne hört. Es ist ihr Lied – das sie seit über neun Monaten hören und singen und zu dem sie tanzen. »Baby, I love you« von den Ramones.

Sie tanzen langsam durch den Raum, das Baby zwischen sich gekuschelt, über den ausgefransten Teppich und vorbei am schäbigen Sofa und den Fenstern, durch die man nur die grauen Straßen und die regennassen Häuser gegenüber sieht. Sie achten nicht auf die streitenden Nachbarn und den Geruch des Kebabladens unter ihnen und das Knarren der alten Dielen unter ihren Füßen.

Während Joey Ramone ihnen eine Serenade singt, die Stimme erhebend und trauervoll zugleich, tanzen sie in ihrem eigenen Rhythmus und dem der Musik und zum Herzschlag ihres Babys.

Plötzlich weiß sie, dass er recht hat – dass alles gut wird. Sie ist genau da, wo sie sein soll, mit genau den Menschen, mit denen sie zusammen sein soll.

Mit Joes Händen an ihrer Taille und ihrem Baby in den Armen fühlt sie sich wie die reichste Frau auf Erden.

7. Kapitel

»Erde an Jess, Erde an Jess … alles gut mit dir? Du bist richtig blass geworden, und … verdammt, jetzt habe sogar ich Herzklopfen!«

Michaels Stimme holt mich zurück ins Hier und Jetzt, und ich starre ihn einen Moment lang an, während ich mich in der neuen Realität zurechtfinde. Ich sitze in der Küche meiner toten Mutter, zusammen mit meinem traumatisierten Cousin, zwischen uns einen Schuhkarton voller Geheimnisse. Die wunderschöne Mitte – die erste Zeit mit Joe und Grace – liegt in einem anderen Land. In einem anderen Universum.

Ich muss mit meinem Cousin sprechen. Ich muss ihm Dinge erklären. Aber erst einmal muss ich atmen.

»Es geht mir gut, Michael«, sage ich leise. »Ich habe mich nur an … Dinge erinnert. Ich nehme an, du hast Fragen.«

»So an die sieben Millionen. Aber ich traue mich nicht, sie zu stellen, falls sie dich … keine Ahnung, von einer mentalen Klippe stoßen oder so. Dann muss ich dir hinterherspringen, und wir klatschen beide auf den Boden. Warum lässt du dir nicht Zeit und erzählst mir, was du mir erzählen möchtest? Dann sehen wir weiter.«

Klingt nach einem vernünftigen Plan. Hinter dem Charme

und Feenschimmer verbirgt sich ein ziemlich vernünftiger Mensch.

»Na schön«, antworte ich, trinke meinen Tee und verziehe das Gesicht, als die lauwarme Flüssigkeit durch meine Kehle rinnt. »Fangen wir vorne an. Als ich knapp siebzehn war, bin ich aufs College für die Oberstufe gegangen – das große auf unserer Seite von Manchester. Ich glaube, das gibt es noch immer.«

»Das mit den Drogendealern und den Metalldetektoren, in dem sogar die Lehrer früher in einer Straßengang waren?«

»So war es nicht, und so ist es wohl auch heute nicht – du hast nur die Vorurteile deiner Eltern bezüglich des Großstadtlebens übernommen, was ich enttäuschend finde. Das College war … anders, das schon. Sehr sogar. Die Leute kamen aus den unterschiedlichsten Schichten. Es war groß und laut, und es gab sogar … *Ausländer*!«

Er kichert, als ich das letzte Wort wie ein schmutziges kleines Geheimnis flüstere – was es in der weißgewaschenen Welt unserer Mittelklasse-Kindheit wohl auch war. In einer Familie, in der es als exotisches Glücksspiel galt, Chicken Tikka Masala zu essen, war der Umgang mit »Ausländern« der Gipfel des Wagnisses gewesen.

Wir beide sind mit dem beiläufigen Rassismus aufgewachsen, der bis heute allgegenwärtig ist – abfällige Kommentare über die vielen schwarzen Sprinter bei den Olympischen Spielen; nicht akzeptieren wollen, dass die Chinesen, die jetzt die Pommesbude betreiben, ein Stück Kabeljau richtig frittieren können; verhüllte Anspielungen auf den Geruch von Curry oder die Grausamkeit der Japaner oder dass es in der Dritten Welt keine Hungersnöte oder Dürren geben würde, wenn die Leute dort alles im Griff hätten.

Aufs College zu gehen war einer meiner frühen Versuche, mich von alldem zu befreien – ich wollte meinen Horizont erweitern und freier leben. Was ich auch schaffte.

»Aber«, füge ich hinzu, bevor ich den Mut verliere, »da gab es auch Joe. Joe Ryan. Ehrlich gesagt, wären meine Eltern mit einem Ausländer wohl glücklicher gewesen. Sie fanden ihn ohnehin ausländisch – weil er *keiner von uns* war, verstehst du?«

»Natürlich. Mit Joe meinst du also Daddy Joe Joe? Was, das muss ich einfach mal anbringen, nach einem Jazzmusiker aus den 1920ern klingt.«

»Er war kein Jazzmusiker. Er war ... einfach nur ein Junge. Aber der allerschönste Junge, den ich je gesehen hatte.«

Michael stützt das Kinn in die Hände und schaut mich sehnsüchtig an. Ich könnte schwören, dass ein kleiner Seufzer seinen Lippen entflieht, und erinnere mich daran, dass er als Teenager Liebesromane gelesen hat, »wegen all der düster-attraktiven Männer, die so unerbittlich küssen«.

»Wie war er? Ich stehe auf Liebesgeschichten, die mit einem wunderschönen Jungen beginnen.«

Ich schließe die Augen und sehe noch immer, wie Joe an jenem ersten Tag über mir aufragt, mit seiner Strickmütze und den Baggy-Jeans und dem schiefen Lächeln, das sein Gesicht verwandelte. Ich weiß, dass er heute anders aussieht, anders ist – das gilt für uns beide; zu viel ist seitdem geschehen. Aber genau jetzt ist er hier, lebendig und sonnenhell, und seine braunen Augen glänzen, als er mir auf die Füße hilft.

»Er war sehr attraktiv, aber auch ein bisschen gefährlich, wenn du weißt, was ich meine. Er war groß und älter als ich und hatte ein eigenes Auto. Ford Fiesta, der Traum aller Jungs.

Allein das machte ihn unwiderstehlich. Er hatte dichte, wellige dunkle Haare und große braune Augen und ein boshaftes Lächeln, das an einen Piraten erinnerte. Er sah immer aus, als plante er etwas Ungezogenes, das man ganz schrecklich genießen würde.«

»Du lieber Himmel! Ich bin ganz wild auf ungezogene Piraten … Ich stelle ihn mir wie diesen Typen aus *Poldark* vor, kommt das hin?«

»Er sah noch besser aus«, antworte ich lächelnd. Denn für mich tat er das.

Michael haucht beeindruckt »Ooooh« und fragt: »Und du, Jess, warst die unschuldige Jungfrau vom Land?«

Ich merke, dass Michael sich seine eigene Geschichte konstruiert, getrieben von seiner angeborenen Romantik. Natürlich ist das echte Leben düsterer. Das echte Leben ist geprägt von den Schattierungen der Wahrheit, nicht den Primärfarben der Phantasie.

»In mancher Hinsicht schon. Seine Herkunft war völlig anders als meine. Ich hatte immer hier gewohnt, war auf eine gute Schule gegangen, hatte von allem nur das Beste bekommen und fühlte mich davon erstickt, ohne zu wissen, welches Glück ich hatte. Joe war in Manchester und Irland, woher seine Familie ursprünglich stammte, als Pflegekind aufgewachsen. Er hatte einen schlechten Start ins Leben erwischt, es aber irgendwie geschafft, nicht auf die schiefe Bahn zu geraten und aufs College zu gehen, wo er zweifellos der Coolste von allen war.

Er hatte ein paar wirklich gruselige Freunde, die ständig fluchten und rauchten und Piercings hatten, aber eigentlich ganz nett waren, wenn man sie näher kannte. Es war jedenfalls total anders als alles, was ich je erlebt hatte. Und ziemlich berauschend, vor allem für die unschuldige Jungfrau vom Land. Du kannst dir vorstellen, wie begeistert meine Eltern waren, als sie herausfanden, dass ich nicht nur einen Freund hatte, sondern einen, den sie nie im Leben akzeptieren würden. Es interessierte sie nicht, dass er tapfer und freundlich war und mich bis zum Mond und wieder zurück liebte.«

Michael nickt. Er kann das verstehen – er macht das alles gerade durch, den ständigen Kampf, um die Erwartungen der Familie zu erfüllen, sich selbst treu zu bleiben und dennoch die Menschen, die er liebt, nicht vor den Kopf zu stoßen.

»Das kann ich mir vorstellen. Denen wäre ein kastrierter Priester lieber gewesen als ein Pirat, was? Und wie hat es zwischen euch angefangen?«

»Für mich in dem Augenblick, in dem ich ihn zum ersten Mal gesehen habe. Er war all das, was sich ein Mädchen meines Alters wünschen konnte – älter, gefährlich, sexy, selbstbewusst. Ein geiler Typ, wie wir damals sagten. Schon war ich angefixt – seine anderen Seiten habe ich erst sehr viel später erkannt. Die wichtigen Seiten, seine Treue, seine Widerstandsfähigkeit.

Ihm ging es wohl ähnlich – er sagte später, auch ich hätte ihm gleich am ersten Tag gefallen, doch da er älter und erfahrener war, verliebte er sich nicht Hals über Kopf wie ich. So richtig fing es wohl an meinem siebzehnten Geburtstag an, das war kurz danach. Ich lief ihm im Flur zufällig über den Weg – und mit zufällig meine ich, dass ich seinen Stundenplan kannte und ihm aufgelauert hatte, damit ich zur selben Zeit am selben Ort war.

Ich glaube nicht, dass er darauf hereingefallen ist. Er

wusste, dass ich Englisch, Geschichte und Französisch gewählt und im Bereich Naturwissenschaft und Technik nichts zu suchen hatte. Er hat mich nicht darauf angesprochen, und als er herausfand, dass ich Geburtstag hatte, grinste er mich an, dass mein ganzer Körper dahinschmolz. Ich bin jetzt eine alte Dame und weiß noch immer, wie es sich angefühlt hat.

Er sagte, so richtig langsam und ruhig: ›Wenn du Geburtstag hast, muss ich dir was schenken – aber ich habe nur ein Päckchen Kaugummi dabei, das muss reichen. Außer natürlich, wir treffen uns später und trinken einen Kaffee oder so.‹ Ich habe nicht lange überlegt.

Also haben wir uns getroffen, und das eine führte zu vielen anderen Dingen, und er schenkte mir tatsächlich ein Päckchen Kaugummi – es wurde eine Tradition. Danach bekam ich jedes Jahr ein Päckchen Kaugummi zum Geburtstag. Nur nicht an meinem einundzwanzigsten, da schenkte er mir einundzwanzig Päckchen. Jedenfalls waren wir danach zusammen, und frag nicht wie.«

»Jetzt darfst du aber nicht aufhören! Was passierte dann?«

»Ein Klischee«, antworte ich und mache mich am Wasserkocher zu schaffen. Ich will mich nicht bewegen, muss es aber. Ich muss etwas tun, das real ist, während ich diese Geschichte erzähle, und Teebeutel von Tetley sind so real wie nur irgendwas.

»Ich wurde schwanger – und bekam 1999 ein Baby.«

Die Worte klingen schlicht. Und wenn ich mir vorstelle, dass ich über jemand anderen spreche, sind sie es vielleicht auch. Jeden Tag bekommen Millionen Frauen ein Baby. Es ist ein alltägliches Wunder – eine klassische Kurve im Kreis des

Lebens. Aber wir reden hier über mein Baby, und meine Finger zittern, als ich einen Tropfen Milch in den Tee gebe und das Weiß zu lebhaft wird, als wären meine Augen hyperwachsam.

Michael schweigt, was ungewöhnlich ist. Er sitzt am Küchentisch, das Ginglas neben sich wie einen Wächter, und runzelt die Stirn.

»1999 … In dem Jahr wurde ich geboren. Jess, kommt jetzt eine dieser Storys aus den Nachmittags-Talkshows oder den Zeitschriften mit ›wahren Geschichten‹? Bist du in Wirklichkeit meine Mutter, und Rosemary hat mich aufgezogen, um einen Skandal zu vermeiden?«

»Nein!«, sage ich entschlossen und bin ehrlich überrascht, in welchen Bahnen er denkt. »Nein, das bist du nicht! Michael, Liebling, ich hätte dich doch nicht von so unfassbar verklemmten Wölfen aufziehen lassen.«

Er atmet erleichtert aus und nickt.

»Okay. Super. Nicht dass ich was dagegen hätte, dich als Mum zu haben, Jess, aber … na ja. Es wäre kompliziert, oder? Und jetzt, wo ich darüber nachdenke, fällt mir ein, dass die Karte für ein Mädchen war. Aber du hast keine Tochter, Jess. Also ist irgendwas passiert …«

Ich stehe am Fenster und schaue zu, wie zwei Elstern sich um eine weggeworfene Chipstüte streiten, die sich in unseren Garten verirrt hat. Ich denke an den alten Kinderreim: Eine bringt Kummer, zwei bringen Glück. Ich habe beides erlebt.

Ich setze mich wieder an den Tisch und verschränke die Arme vor der Brust.

»Sie ist gestorben. Es gab einen Unfall. Das ist eines der

Dinge, über die ich noch nicht reden kann, also müssen wir es dabei belassen. Fürs Erste. Bitte dräng mich nicht.«

»Das würde ich nie tun, Jess.« Michael will seine Hand auf meine legen, plötzlich funkeln Tränen in seinen Augen.

»Nicht weinen. Und sei nicht zu nett zu mir.«

Er zieht abrupt die Hand weg und kneift die Augen zu, um die Tränen zu vertreiben, und es ist beinahe komisch, wie er meinen Befehlen gehorcht. Ich bin versucht, ihn um irgendetwas Verrücktes zu bitten wie »Reibe dir den Bauch und klopfe auf deinen Kopf« oder »Imitiere Madonna in dem Vogue-Video«, um zu sehen, ob er es wirklich macht.

»Okay … aber ich muss das fragen – haben deine Therapeuten dir dazu geraten? Nie darüber zu reden, so zu tun, als wäre es nicht geschehen? Ich weiß, ich bin kein Experte, aber das klingt nicht besonders gesund.«

»Natürlich haben sie mir nicht dazu geraten! Ihre Mission bestand sogar darin, dass ich mich erinnere. Herauszufinden, was mein Gehirn blockiert hatte, um mich zu schützen, und mich von da aus in eine sichere Umgebung zu begleiten. Den Schmerz und den Verlust anzuerkennen und beides seinen Lauf nehmen zu lassen. Zweifellos war das alles klug und vernünftig. Und ich schaffte es auch bis zu einem gewissen Punkt, solange ich in der Klinik war, wo mir alles, was meine Therapeuten sagten, hilfreich und vernünftig erschien. Aber sie mussten nicht hier leben.«

Ich schaue mich um, betrachte die Ordnung und Sauberkeit der museumsartigen Küche, des ganzen Hauses. Des Gefängnisses.

»Sie mussten nicht in ein … lebendes Mausoleum heimkehren! Meine Mum hat sich bemüht, wirklich, aber bald nachdem ich zurück war, wurde mein Vater herzkrank. Und es kam mir vor, als wäre ich schuld daran – als hätte der ganze Stress mit mir die Krankheit verursacht.

Alles fühlte sich so zerbrechlich an – und ich begann, wieder zu vergessen. Absichtlich. Meine Eltern auch. Wir packten alles in einen Karton und verstauten ihn auf dem Dachboden, wörtlich und metaphorisch.«

Michael folgt meinem Blick zu dem Schuhkarton, der vor uns steht. Er sieht so unschuldig aus, im Staub sind noch unsere Fingerabdrücke zu erkennen, das vergilbte Etikett an der Seite verkündet, dass er ein Paar Herrenschuhe Größe 10 enthält, zusammen mit einer kleinen Abbildung, falls man vergessen hat, wie ein Schuh aussieht.

Er zupft mit dem Finger daran. »Ich nehme an, dass du nach dem … Unfall in der Klinik warst?«

»Nicht sofort. Etwa sechs Monate später. Alle erwarteten, dass ich mich erholte, stattdessen ging es mir immer schlechter, und irgendwann bin ich zusammengebrochen. Es hat mich psychisch zu sehr angestrengt, und da bin ich zusammengebrochen. In den nächsten beiden Jahren hatte ich praktisch keine Kontrolle über mein Leben.«

Ich klinge verbittert, obwohl es selbstgerecht und unfair ist. Denn ich habe zweifellos Hilfe gebraucht. Ohne sie wäre ich heute nicht hier.

Aber ich erinnere mich an den brodelnden Zorn und dass ich mich verraten fühlte, weil man mich aus meiner kleinen Welt der selbstzerstörerischen Trauer gerissen hatte. Dass ich wütend war, weil jemand von mir verlangte, sie hinter mir zu lassen.

Ich klammerte mich verzweifelt an meinen Schmerz – weil

er alles war, was mir von ihr geblieben war. Alles, was ich noch von meiner geliebten Gracie hatte. In meinem Herzen klaffte ein babyförmiges Loch, und das konnte ich nicht aufgeben. Es tötete mich langsam, war aber alles, was ich hatte.

Michael sieht nachdenklich aus und begreift vermutlich, dass ich, während er ein kleines Kind war, von Plastiktabletts gegessen und Tabletten mit meinem morgendlichen Saft geschluckt habe. Vielleicht fragt er sich, ob er Gracie je begegnet ist und alt genug war, um sich zu erinnern, und sucht in den Datenbanken seines Gedächtnisses. Lauter Fragen, die er nicht zu stellen wagt.

»Es muss seltsam für dich sein, das zu hören«, sage ich. »Du hattest dich auf ein Begräbnis eingerichtet, was schlimm genug ist, und jetzt haue ich dir diese ganzen Enthüllungen um die Ohren …«

»Ja, das ist es«, sagt er leise. »Seltsam und furchtbar traurig. Seit ich klein war, hast du immer zu meinem Leben gehört, Jess. Du warst anders als die anderen, hast immer zugehört, mich nie verurteilt. Du hast nie schwach oder labil oder zerbrechlich gewirkt. Und nun sitzen wir hier, und ich fürchte mich vor einem beschissenen Schuhkarton und habe keine Ahnung, warum dich die Dinge darin derart heruntergezogen haben.«

Natürlich weiß er das nicht. Wie auch? Meine Geschichte ist noch nicht zu Ende, ich habe noch nicht alle Fakten und Daten vor ihm ausgebreitet. Ich habe ihm nicht das letzte wurmstichige, madenbefallene Bröckchen Wahrheit präsentiert.

»Michael, ich wünsche mir wirklich, das hier wäre nicht passiert, vor allem nicht heute. Ich wollte mich liebevoll an meine Mum erinnern. Mit Liebe auf ihr Leben zurückblicken, wohl wissend, dass sie nicht perfekt war, aber ihr Bestes für mich gegeben hat. So wollte ich den Tag ihres Begräbnisses begehen … und das kann ich jetzt nicht mehr.

Ich weiß – ein Teil von mir weiß –, dass sie all das getan hat, weil sie es für das Beste hielt. Weil sie mich beschützen wollte. Aber sie hat mich belogen – genau wie mein Vater. Beide haben mich belogen.«

Michael runzelt die Stirn und stößt die Frage hervor: »Worüber, Jess? Worüber haben sie dich belogen?«

8. Kapitel

Sommer 2003

Draußen vor der Klinik gibt es einen winzigen Garten. Eigentlich ist es nur ein Hof mit Büschen, die auf dem ummauerten, schattigen Fleckchen nicht gedeihen, und rissigen Pflastersteinen, durch die sich hoffnungsvolle Unkräuter tapfer zum Himmel recken.

Die Leute kommen vor allem zum Rauchen her, obwohl es verboten ist. Das Personal drückt ein Auge zu, und Patienten wie Besucher schleichen sich hinein und paffen im Schutz der einsamen Trauerweide.

Jess sitzt auf einer Metallbank neben ihrer Mutter. Ruth ist perfekt gekleidet, Tweedrock, Schuhe mit kleinem Absatz und passende Handtasche. Ihre Frisur ist mit Haarspray betoniert, und nur die grauen Augen verraten ihren Kummer.

Jess wirkt klein, eingeschrumpft und blass. Ihre fettigen Haare kleben leblos am Kopf, und sie trägt eine verwaschene Jogginghose, ein weites T-Shirt ohne BH darunter und einen Morgenmantel, den sie fest um den Körper gewickelt hat. Es ist ein warmer Tag, aber Jess scheint immer zu frieren – wirkt immer zittrig, immer schwach, als würde sich nachts ein Vampir an ihr Bett schleichen und alle Kraft aus ihr heraussaugen.

Ruth schaut sich um und macht große Augen, als sie die Frau in der Ecke des Hofes bemerkt, die mit dem Gesicht vor einer nackten Betonwand steht und laut mit sich selbst redet.

»Schon gut«, sagt Jess, als sie ihren Gesichtsausdruck bemerkt. »Das ist Martina. Sie ist in Ordnung.«

»Du kommst bald woanders hin, Jess«, sagt Ruth und wendet rasch den Blick von Martinas wackelndem Kopf und den rudernden Armen. »Wir haben etwas Netteres für dich gefunden.«

Jess versteht, was man ihr sagt, reagiert aber nicht darauf. Die Welt droht ihr noch immer zu entgleiten, und sie ist sich nicht ganz sicher, ob all das nur ein Traum ist. Es fühlt sich jedenfalls verschwommen und unwirklich an, als würde sie es durch einen Nebel aus Watte und seltsamen Farben betrachten.

Manchmal hat sie das Gefühl, dass ihre Beine nicht mehr funktionieren, und dann muss sie im Bett bleiben, weil sie auf den Boden fällt, sobald sie zu gehen versucht. Manchmal schaut sie sich Wiederholungen von Frasier im Fernseher an, der hoch oben an der Wand befestigt ist, und hält Dr. Crane für ihren Psychiater. Manchmal glaubt sie auch, sie sei ein Geist und für alle unsichtbar.

Sie regt sich selten über diese Dinge auf. Sie ist eine Traumpatientin auf einer hektischen und anspruchsvollen Station. Sie streitet nicht, sie verletzt sich nicht, sie schreit nicht die ganze Nacht hindurch, uriniert nicht in aller Öffentlichkeit, greift nicht das Pflegepersonal an und wirft ihnen auch nicht vor, von der Regierung bezahlte Medikamententests an ihr durchzuführen. Das Lauteste, was sie tut und was kaum jemand merkt, ist traurig vor sich hin zu singen: ein Lied, in dem sich die Worte »Baby, I love you« ständig wiederholen.

Sie ist jetzt seit zwei Monaten an diesem Ort, und der Zorn auf die fremden Leute, die in ihr Zuhause eingedrungen sind, ist verblasst. Alles ist verblasst, sie hat sich in die tägliche Routine gefügt.

Sie nimmt ihre Medikamente und hört auf die Ärzte und überlebt still. Sie akzeptiert, dass sie so eng in diese neue Welt eingewickelt ist, dass die Erinnerungen an die alte Welt beinahe erstickt werden, was im Augenblick vielleicht auch besser ist. Die alte Welt schmerzte zu sehr.

Ihre Mutter kommt sie jede Woche besuchen. Sie bringt Jess Parfum mit, das sie nicht benutzt, und Zeitschriften, die sie nicht liest, und Knabbersachen, die sie nicht isst. Was ihre Mutter nie mitbringt, ist die Antwort auf die Frage, die sie immer wieder stellt.

»Wann kommt Joe mich besuchen, Mum?«, fragt sie, und die Worte kommen ihr vertraut vor, als hätten sie sich in ihr Muskelgedächtnis eingeprägt. Sie hat die Frage schon einmal gestellt, das weiß sie – vielleicht vor Wochen, vielleicht auch erst vor wenigen Minuten, da ist sie sich nicht sicher. Vielleicht hat sie sie auch noch nie gestellt oder hat seit Jahren nichts anderes gesagt. Die Zeit scheint nicht mehr wie früher zu funktionieren.

Ruth schürzt den Mund, der Lippenstift dringt in die winzigen Falten der angespannten Haut. Sie ergreift die Hand ihrer Tochter.

»Oh, mein wunderschönes kleines Mädchen«, sagt sie, streicht ihr die schlaffen Haare aus dem blassen Gesicht und sieht sie prüfend an, wie Mütter es tun. Sie bemerkt ihren dumpfen Blick, die hervortretenden Wangenknochen, das langsame Blinzeln eines Menschen, der seiner Welt vollkommen entrückt ist. »Was haben wir dir angetan?«

Jess akzeptiert die Berührungen, findet sie weder tröstlich noch abstoßend. Sie leckt sich die trockenen Lippen und fragt noch einmal: »Wann kommt Joe mich besuchen, Mum?«

Vielleicht hat sie das schon einmal gefragt, ist sich aber immer noch nicht sicher.

Ihre Mum setzt ein Gesicht auf, das Jess erkennt, es ist ihr Wir-müssen-ein-ernstes-Gespräch-führen-Gesicht. Es ist gut, dass sie den Ausdruck erkennt. Oder überhaupt einen Ausdruck.

Als ihre Mum sie anfangs besuchen kam, war es ihr schwerer gefallen. Alle waren traurig oder wütend oder verängstigt, und niemand wusste, was als Nächstes passieren würde. An manchen Tagen wusste Jess nicht, wer ihre Mutter war, und an anderen wusste sie es, wollte aber trotzdem nicht mit ihr reden. Wollte mit niemandem reden, war immer noch wütend auf alle, war sich sicher, dass sie ihr weh tun wollten.

Jetzt, hat ihre Psychiaterin erzählt, sei die Krise vorbei, von nun an werde alles besser – sie werde sich erholen. Aber sie habe noch eine Menge Arbeit vor sich. Das sagt die Ärztin immer wieder, als könnte Jess das Problem lösen, indem sie einfach fleißiger ist und sich mehr anstrengt.

Wenn ihre Mutter sie jetzt besucht, weiß sie, wer sie ist. Sie weiß, dass sie eine Menge Arbeit vor sich hat. Sie weiß, dass ihre Mutter ihr etwas Wichtiges sagen will. Sie weiß, dass sie aufpassen und ihr träges, mitgenommenes Gehirn aufwecken muss. Ihre Mutter hat ihr Wir-müssen-ein-ernstes-Gespräch-führen-Gesicht, und Jess muss ihr zuhören.

Ihre Mutter beginnt zu sprechen, und in diesem Augenblick erinnert sich Jess, dass sie glaubt, Joe vor einer Weile gesehen zu haben. Gestern oder letzten Monat. Er hat draußen am Fenster gestanden, außerhalb ihrer neuen Welt, in die er hereinwollte. Sie glaubt, gesehen zu haben, wie die großen Männer, die das Fallgitter bewachen, die die Zugbrücke betätigen, die die Krokodile im Burggraben füttern, ihn weggezerrt haben. Aber sicher ist sie sich nicht.

»Ich glaube, er war hier, Mum«, sagt sie tonlos und schaut auf die Trauerweide. »Ich glaube, er war hier, aber er konnte nicht in die Burg.«

»Nein. Joe war nicht hier, Jessica. Und er wird auch nicht kommen«, sagt ihre Mutter und schaut Jess in die Augen, als wollte sie ihre Tochter zwingen, sie zu verstehen. Sitz gerade, pass auf, pass auf, pass auf – dies ist eine Sehr Wichtige Ankündigung.

Jess setzt sich aufrecht hin, bohrt die Finger in den Fleecestoff des Morgenrocks und wickelt sie darin ein, um sie warm zu halten.

»Er kommt nicht?«, fragt sie, um sich zu beweisen, dass sie wach ist. Dass sie brav ist und tut, was sie sollte. Wäre sie immer brav gewesen, wäre sie nicht hier, an diesem Ort, oder?

»Nein. Er ist weg, Jessica. Er hat gesagt, er könne all das nicht mehr bewältigen – es tue ihm leid, aber er müsse neu anfangen. Er ist nach London gezogen und hat uns gebeten, keinen Kontakt mehr aufzunehmen. Er glaubt, es sei das Beste für alle, wenn er einfach ... verschwindet. Wir wissen nicht, wo er wohnt, und haben seine neue Telefonnummer nicht. Er hat uns gebeten, dir Lebewohl zu sagen. Dir viel Glück zu wünschen. Er hofft, dass es dir bald bessergeht.«

Jess hat den Kopf auf die Seite gelegt wie ein Vogel und hört angestrengt zu und schaukelt kaum merklich vor und zurück, runzelt die Stirn, als sie die Worte im Kopf durchgeht und versucht, einen Sinn darin zu finden. Sie öffnet den Mund, um noch eine Frage zu stellen, doch ihre Mutter ergreift ihre Hand und reibt kräftig über ihre Finger.

»Es hat keinen Sinn, weiter zu fragen, Liebes – ich habe keine Antwort für dich. Er ist weg, das ist alles, was ich weiß, und er kommt nicht mehr zurück. Aber keine Sorge, ich bin noch hier und dein Dad, und wir werden uns immer um dich kümmern – das weißt du doch, oder?«

»Joe ist weg? Joe kommt mich nicht besuchen?«

»So ist es, mein Schatz. Es tut ihm leid, aber er kommt nicht zurück. Er ist für immer weggegangen.«

»Für immer weggegangen«, wiederholt Jess langsam, sieht ihre Mutter aus großen Augen an, verarbeitet die neue Information.

Als sie reagiert, beginnt es leise, mit einer einzelnen Träne, die aus dem Augenwinkel rinnt. Dann fließen Tränen aus beiden Augen. Dann wird das Schaukeln stärker, und ihre Finger reißen an dem Stoff des Morgenrocks, drehen und wringen ihn.

Ein schrilles Geräusch dringt aus Jess' Mund, fast wie ein Pfeifen – zwischendurch holt sie tief Luft. Sie gerät in Panik, und so hört sich das von außen an. Das pfeifende Geräusch wird lauter und das Schaukeln so heftig, dass sie nach vorn kippt und von der Bank fällt.

Sie liegt auf dem Beton, die langen Haare im Gesicht. Ihre Beine zucken, und das Pfeifen wird zu einem Schrei und der Schrei zu einem gellenden Kreischen.

Ruth springt auf, schaut auf sie hinunter, auf diese zuckende Masse aus Gliedmaßen und Haaren und Tränen und Rotz und Geheul. Auf ihre Tochter. Auf ihr kleines Mädchen, das völlig zerstört ist.

Sie hat keine Ahnung, was sie tun soll, zumal die andere Frau hier draußen – Martina? – in das Geheul einstimmt, als wäre es eine ansteckende Krankheit.

Sie kauert sich hin, streckt eine Hand nach Jess aus, will wenigstens ihren Kopf schützen, der wild hin und her zuckt. Sie wird von zwei Pflegerinnen beiseitegedrängt. Sie tragen graue Uniformen, in denen sie wie Wärterinnen aussehen, dazu schwere Gürtel und Schuhe mit dicken Sohlen. Eine hebt Jess hoch, als wäre sie gewichtslos, spricht in nüchternem Ton mit ihr und wirkt überhaupt nicht wütend oder entsetzt. Es ist, als wäre das alles nicht neu für sie, als könnte es sie nicht mehr rühren oder überraschen.

Zu zweit richten die Frauen Jess auf. Sie wird halb hineingeführt, halb getragen, damit sie untersucht und behandelt und, falls nötig, fixiert werden kann.

»Komm schon, Jess, Liebes, alles wird gut«, sagt eine von ihnen, während sie Jess, die immer noch schreit, durch die Tür schleppen. »Dachte ich's mir doch, du warst ja auch zu brav, um wahr zu sein …«

Ruth bleibt draußen, zitternd und gedemütigt und voller Reue und Entschlossenheit. Sie greift nach ihrer Handtasche, streicht den Rock glatt und sagt sich, dass alles gut wird. Alles wird sich regeln. Alles wird sich zum Besten wenden.

9. Kapitel

Michael ist sichtlich bestürzt. Er drückt seinen Gin an die Brust und erinnert mich an eine ältere Dame in einem Schwarzweißfilm, die ihre Perlenkette umklammert, weil sie schockierende Neuigkeiten über die Frau des Pfarrers erfahren hat.

»Scheiße«, sagt er nach einer Weile. »Das ist … wirklich übel. Ich habe Tante Ruth immer für distanziert, aber anständig gehalten. Sie überschüttete einen nicht mit Zärtlichkeit und tat nichts Unerhörtes wie auf Facebook posten, aber sie war … in Ordnung, tief drinnen. Einer der Menschen, die, wie man sagt, das Herz auf dem rechten Fleck haben. Aber jetzt kommt sie mir ein bisschen … böse vor. So wie Cruella de Vil.«

»Da wir sie heute begraben haben, möchte ich dir widersprechen«, erwidere ich so ruhig wie möglich. »Ob aus Respekt oder Liebe, weiß ich nicht. Aber heute möchte ich sie wirklich nicht als böse sehen – ich möchte mich anders an sie erinnern, auch wenn es mir schwerfällt. Es fällt mir sogar schwer, rational zu sein. Vielleicht kannst du mir helfen. Vielleicht kannst du für mich rational sein, Michael.«

Er lacht verlegen, bemerkt meinen Gesichtsausdruck und sieht mich groß an.

»Oh! Du meinst das wirklich ernst. Okay. Na schön. Vielleicht ist er wirklich weggegangen und wollte nichts mehr mit dir zu tun haben. Vielleicht war sie nicht böse, nur ehrlich.«

»Und warum hat er dann die ganzen Karten und Briefe geschrieben?«

»Womöglich hat er es sich anders überlegt.«

»Und warum hat sie die vor mir versteckt?«

»Weil sie ... vielleicht war sie ... möglicherweise ... was weiß ich, vielleicht war sie einfach böse«, schlägt er vor und hebt resigniert die Hände. »Nein! Moment mal! Vielleicht hat deine Mum sie versteckt, weil sie es für das Beste hielt. Sie dachte, wenn er dich einmal verlassen hat, verlässt er dich auch ein zweites Mal, und du warst zu zerbrechlich, um das zu verkraften. Sie hat ihm nicht vertraut, weil er dich schon einmal in der schlimmsten Notlage verlassen hatte, und als er wieder Kontakt aufnahm, traf sie die einseitige, aber verständliche Entscheidung, es vor dir zu verheimlichen.«

Ich nicke und denke darüber nach, teste die Erklärung auf Fehler und prüfe ihre Haltbarkeit, als wäre sie eine Melone im Supermarkt.

»Dann wäre sie wirklich nicht böse, oder? Sie hat gesehen, was mit mir passiert ist, als er mich das erste Mal verlassen hat, und wollte nicht, dass es noch einmal so weit kommt. So könnte es gewesen sein ...«

»Nur ...«, sagt Michael stirnrunzelnd und beißt sich auf die Lippe.

»Nur was? Dieses ›nur‹ gefällt mir gar nicht.«

»Nur hat sie es ziemlich lange verheimlicht. Nachdem es dir wieder gutging und du stark genug warst, um es zu verkraften, hätte sie es dir erzählen können. Du hattest den Tod deines Vaters überstanden. Du hattest wieder angefangen zu arbeiten. Es gab ein Zeitfenster vor ihren Schlaganfällen, in dem sie es dir hätte erzählen können.

Darum frage ich mich, warum sie dir den Schuhkarton nicht gegeben und dich selbst hat entscheiden lassen. Dafür kann es alle möglichen Erklärungen geben – vielleicht hatte sie es vor und hat nicht mehr die Zeit dazu gefunden. Niemand rechnet mit einem Schlaganfall, also hat er sie vielleicht überrascht, und danach konnte sie nicht mehr richtig kommunizieren. Aber sicher bin ich mir da nicht. Und wir haben noch gar nicht richtig reingeschaut, der Karton scheint ziemlich voll zu sein. Daher frage ich mich schon, wie lange er dir geschrieben hat.«

Ich funkele Michael an, obwohl es unfair ist. Obwohl ich ihn gebeten habe, rational zu sein. Selbst nach den Schlaganfällen konnte meine Mutter bis zu einem gewissen Grad kommunizieren – vor allem mit mir. Meist ging es um grundlegende Dinge – körperliche Bedürfnisse, Fernsehprogramme, Schmerzmittel –, aber ich konnte sie verstehen.

Vielleicht war es ihr zu schwergefallen, über ein so komplexes Thema zu sprechen, oder der Schaden, den der Sauerstoffmangel in ihrem Gehirn angerichtet hatte, war so groß, dass sie sich nicht daran erinnerte. Es ist frustrierend, dass ich es nie erfahren werde.

»Liebste Cousine, du scheiterst gerade auf ganzer Linie beim Versuch, mich davon zu überzeugen, dass deine tote Mutter nicht böse war.«

»Ich weiß, ich weiß. Vielleicht sollten wir das hier sein lassen. Nicht gerade heute darüber sprechen oder nachdenken. Vielleicht sollten wir in den Pub gehen und Karaoke singen.«

»Heute gibt es kein Karaoke.«

»Das soll uns nicht abhalten.«

»Ich … nein. Ich glaube, ich kann das nicht einfach so stehenlassen. Ich glaube – nein, ich weiß –, dass sie es aus Gründen getan hat, die sie für richtig hielt. Sie hat mich geliebt. Sie war meine Mum. Selbst wenn es falsch erscheint – selbst wenn es falsch *war* –, hat sie es aus Liebe getan oder ihrer verdrehten Vorstellung davon. Also war sie nicht böse. Und was immer wir in diesem Karton finden, ich werde versuchen, mich daran zu erinnern.«

»Du hast recht«, antwortet Michael. »Natürlich hat sie dich geliebt. Aber wir stammen aus einer Familie, in der sich Liebe auf sonderbare Weise äußert. Es klingt, als hätten sie Joe nie in deinem Leben gewollt. Als hättest du ihre Befürchtungen bestätigt, indem du so früh schwanger wurdest. Gut möglich, dass sie behauptet haben, er hätte dich verlassen, ihn zumindest aber davon abgehalten haben, dich zu kontaktieren. Ihre Motive mögen lauter gewesen sein, aber das Ergebnis ist letzten Endes gleich – du sitzt hier und versuchst, den ganzen Scheiß zu begreifen, und er ist vermutlich … na ja. Wer weiß?«

»Das klingt alles nicht sonderlich gut, was?« Ich lege eine Fingerspitze auf den Schuhkarton, lasse meine Gedanken in ein noch imaginäres Universum wandern, in dem Joe da draußen ist. Noch mir gehört.

»Wohl wahr. Aber ich wüsste auch gern, wie sie es bewerkstelligt haben – hat deine Mutter den Postboten bestochen?«

»Wer weiß? Gut möglich, dass meine Mutter den Postboten getötet und mit Favabohnen und einem ausgezeichneten Chianti genossen hat. Es ist alles so lange her, und ich war damals nicht gerade zurechnungsfähig. Ich erinnere mich, wie ich nach einigen Fehlstarts und Klinikaufenthalten nach Hause gekommen bin und alles nett aussah, aber immer traurig roch. Dass sich nichts verändert zu haben schien.

Ich weiß noch, wie ich genau hier an diesem Tisch gesessen habe und Mum mich bemutterte und Tee machte und Dad meinen Koffer nach oben trug und die Krankenschwester, die mich nach Hause gebracht hatte, höflich über das Wetter plauderte, während sie Notfallnummern hinterließ, falls ich wieder ausflippte. Ich weiß, wie ich gedacht habe, dass sich nur zwei Dinge verändert hatten.«

»Mach schon«, drängt Michael, »die Spannung bringt mich um.«

»Der Schuppen war weg. Der Gartenschuppen. Wo er gestanden hatte, wuchs wieder Gras, aber man sah noch einen seltsamen dunklen Fleck. Mum sagte, es habe einen ›kleinen Unfall‹ gegeben, ich solle mir keine Sorgen machen. Und vor dem Haus hatten sie jetzt so einen Briefkasten wie in den amerikanischen Filmen, in die der Postbote die Briefe reinsteckt, statt sie …«

»An der Haustür abzugeben«, ergänzte Michael und schaute in den Garten hinaus, wo immer noch das dunkle Fleckchen Gras zu sehen ist, das sich nie ganz von dem Unfall erholt hat.

»Genau. Damals kam es mir unwichtig vor – ich war mehr damit beschäftigt, mein Gehirn stabil zu halten. Als ich später danach fragte, sagte Mum, der Postbote solle nicht klingeln, weil ich mich noch erholte und Ruhe brauchte. Es schien nebensächlich. Ich hatte größere Probleme als die Zustellung von Gasrechnung und Reader's Digest.

Im Rückblick aber ergibt es einen Sinn. Seit Mum krank

wurde, habe ich jeden Tag in diesen Briefkasten geschaut und nie etwas Ungewöhnliches gefunden. Also hat Joe irgendwann aufgehört, Briefe und Karten zu schicken. Und ich weiß nicht, warum.«

Michael starrt auf den Schuhkarton und wirft mir einen Seitenblick zu, als wartete er, dass ich weiterspreche. Er weiß, dass ich das entscheide, ich allein.

Ich schweige, sitze ganz still und ruhig da, während ich mich durch tausend verschiedene mögliche Szenarien atme und mich fühle wie eine Figur aus einem psychedelischen Science-Fiction-Film der 1970er, die alle möglichen Parallelwelten vor sich explodieren sieht. Irgendwann kann er es nicht mehr ertragen.

»Wir könnten es herausfinden«, stößt er hervor. »Wir könnten den Karton aufmachen und alles rausholen und nach Datum sortieren und sehen, was dabei herauskommt. Oder – auch das ist eine ganz reale Option – ich könnte den Karton nehmen, ein schweres Gewicht dranbinden, beispielsweise Tante Ruths Teebüchse in Eulenform, und ihn in den Kanal werfen. Und wir vergessen, dass wir ihn je gefunden haben.«

Etwas in mir findet diesen Vorschlag gar nicht schlecht und möchte zustimmen. Die ganze Angelegenheit ad acta legen und vergessen, dass es sie je gegeben hat. Die Fragen und Geheimnisse und nagenden Zweifel ignorieren. Schließlich bin ich nur eine Frau – eine langweilige, alltägliche Frau, die ein ruhiges Leben führt. Ich bin nicht die Heldin eines Fantasyfilms, die auf eine abenteuerliche Suche geht.

Option B – der Ausflug zum Kanal, ob nun wörtlich oder bildlich – wäre definitiv die Variante, die meine Familie bevorzugen würde.

Meine Mutter, mein Vater, Tante Rosemary und Onkel Simon – sie alle würden mich dazu drängen. Ich höre förmlich, wie ihre Stimmen durch die Küche hallen: Es bringt nichts, die Vergangenheit wieder auszugraben; manche Dinge bleiben am besten ungesagt; schlafende Hunde soll man nicht wecken … leere Plattitüden, die alle dasselbe Ethos verbreiten: Schweigen. Sicherheit. Und vor allem Wohlanständigkeit.

Weder Michael noch ich sind aus dieser Erziehung unbeschadet hervorgegangen. Vermutlich schlägt er es deshalb vor und ziehe ich es deshalb in Betracht, und noch hat keiner von uns nach dem Karton gegriffen und seinen Inhalt auf den Tisch gekippt und das Drama verschlungen, als wäre es ein emotionales Bankett.

»Ich war früher viel tapferer«, sage ich zu Michael und mir selbst. Zu dem Karton. »Ich hatte Tatkraft. Ich war ganz anders als heute.«

Er legt seine Hand auf meine. Erst da merke ich, dass meine Finger zittern.

»Ich finde dich noch immer tapfer, Jess«, sagt er freundlich. »Ich finde, du hast noch immer Tatkraft. Du bist aus der Hölle zurückgekehrt. Du hast dein Baby verloren. Du hast deinen Geliebten verloren. Du hast deinen Dad verloren. Du hast deine Mum verloren, nachdem du dich jahrelang um sie gekümmert hattest. Du bist noch immer tapfer.«

Ich lächle, weil er mich in diesem Augenblick an Joe erinnert. Nicht vom Aussehen her, aber er ermutigt mich genau dann, wenn ich es am meisten brauche. Auch er sieht mich anders als ich mich selbst.

Joe war immer mein edler Ritter. Hatte mich immer verteidigt, von unserer ersten Begegnung an. Wenn die Welt mich niederwarf, hob er mich wieder auf. Er machte sich nie über meine bürgerliche Unsicherheit lustig oder darüber, dass ich mich selbst als zu weich empfand.

Als wir in unsere Wohnung zogen, hatte ich Angst vor meinem eigenen Schatten. Selbst zum Kebabladen unten auf der Straße zu gehen erschreckte mich. Wenn ich freitags abends dort in der Schlange stand, kam ich mir vor wie in einem Guerillakrieg, und die Kinder, die auf der Straße Fußball spielten, sahen aus wie Überfallkommandos. Doch statt mich auszulachen, sagte Joe, er sei stolz auf mich – weil ich es trotzdem tat.

»Du bist runtergegangen und hast diesen Kebab erjagt, Jess«, sagte er. »Du bist stark und tapfer, wenn du es sein musst. Lass dir nicht einreden, das sei nicht wahr.«

Joe wirkte immer so tough und clever, er hatte die Haltung und die Blicke verinnerlicht, die Leute auf Abstand hielten. Ich habe nie ganz herausgefunden, was es war – eine bestimmte Aura, die er ausstrahlte und die sagte: ›Leg dich nicht mit mir an, sonst wirst du es bereuen.‹ So freundlich er auch zu mir war – zu allen, die ihm wichtig waren –, er ließ sich nicht herumschubsen. Ich sagte ihm einmal, dass ich ihn darum beneidete – um sein Selbstvertrauen und den Glauben an sich selbst. Er sah ein bisschen traurig aus und sagte, er wünschte, er hätte es nicht so früh lernen müssen, und dass es auch nicht stimmte. Dass Tapferkeit nicht Furchtlosigkeit sei, sondern die Weigerung, sein Leben von der Angst bestimmen zu lassen. So wie bei mir und dem Kebabladen.

»Das«, sage ich laut zu Michael und deute auf den Schuhkarton, »fühlt sich ein bisschen wie der Kebabladen an.«

»Okay«, antwortet er verwirrt. »Wie der Kebabladen. Und wie lief das mit dem Kebabladen?«

»Ich hatte schreckliche Angst davor. Vor den Leuten, an denen ich vorbeimusste, um dorthin zu gelangen, vor allen anderen in der Schlange, sogar vor den Kindern. Ehrlich, selbst die Babys schauten mich an, als wüssten sie, dass ich die schwächliche Gazelle am Ende der Herde war – und trotzdem bin ich jahrelang jeden Freitagabend in den verdammten Kebabladen gegangen. Von meinem Einzug in die Wohnung, bis … ich nicht mehr dort wohnte.

Irgendwann kannten sie meinen Namen und ich ihren, und sie wussten auch, dass ich keine Zwiebeln im Salat wollte und dass Joe die scharfe Chilisauce mochte, und Yusuf brachte Gracie zum Lachen, indem er sich wackelnde Würstchen auf den Kopf hielt, als wären es Hasenohren. Und als ich nach dem Unfall in einen tiefen, dunklen Brunnen festsaß – an die Zeit kann ich mich kaum erinnern, aber an eins erinnere ich mich jetzt: an Yusuf, der jeden Freitag zu uns in die Wohnung kam und uns kostenlosen Kebab brachte. Wie konnte ich das vergessen, Michael? Ich habe mich nie bei ihm bedankt, und er war so freundlich.«

Das regt mich unglaublich auf – ein kleiner Akt der Freundlichkeit, der nie gewürdigt worden war. Mir wird klar, dass der Inhalt des Schuhkartons weitere Erinnerungen wecken wird, die womöglich viel schmerzlicher und verheerender sind als ein fehlendes Dankeschön für eine kostenlose Hähnchen-Pita.

»Ist schon gut«, sagt Michael sanft, »es ist noch nicht zu spät. Du kannst dich noch immer bei ihm bedanken. Ich fahre dich hin, wann immer du willst.«

Ich starre ihn an, versuche, seine Realität mit meiner zu verbinden, und schaffe es nicht.

»Aber er könnte im Ruhestand sein. Oder ist umgezogen. Oder tot. Er könnte verschwunden sein, und ich finde nie heraus, was aus ihm geworden ist, und kann ihm nie sagen, wie viel er mir bedeutet …«

»Reden wir noch immer über den Mann aus dem Kebabladen, oder sind wir zu einem wichtigeren Thema übergegangen?«

Ich nicke und lasse den Kopf sinken, dass mir die Haare ins Gesicht rutschen. Ich bin aufgewühlt und kann jeden Moment in Tränen ausbrechen, und ein dummer Instinkt treibt mich dazu, es vor Michael zu verbergen.

»Ja, wir sind zu einem wichtigeren Thema übergegangen«, stimme ich unter meinem haarigen Schleier zu. »Ich bin mir auch nicht sicher, was die Moral der Kebabladengeschichte sein soll.«

»Liebling, die Moral der Geschichte ist, dass du trotz deiner Angst hingegangen bist, wodurch du einen neuen Freund gefunden und dein Leben bereichert hast. Die Kebabladengeschichte sagt dir, dass du tapfer sein sollst – und warnt dich, dass Tapferkeit auch Folgen hat, die dich vielleicht zum Weinen bringen. Ich habe nämlich den Röntgenblick und kann sehen, was unter diesem dunkelblonden Pony vorgeht, Madam.«

Damit bringt er mich zum Lachen – wenn auch ein bisschen rotzig –, und ich schiebe mir die Haare aus dem Gesicht. Einige Strähnen kleben an meiner nassen Haut. Vermutlich sehe ich verquollen aus, und die Wimperntusche ist verschmiert, weil ich mir die Augen rot gerieben habe. Sicher nicht mein bester Look. Ich schaue Michael trotzig an, als wollte ich sagen, hier bin ich in meiner ganzen hässlichen Pracht.

»Wow«, sagt er mit spöttischer Bewunderung, »du hast

noch nie so schön ausgesehen. Da könnte ein schwuler Mann glatt hetero werden!«

Mit einer Wahrscheinlichkeit von sieben Millionen zu eins bringt er mich zum Lächeln, und ich beuge mich vor und küsse ihn spontan auf die Wange. Ich spüre, wie er sich eisern zwingt, nicht entsetzt zurückzuschrecken, und sage: »Jeder hätte Glück, dich in seinem Leben zu haben – ob Mann, Frau oder Tier. Danke – für alles. Dass du dich um mich gekümmert, mir zugehört hast. Aber ich glaube, du solltest jetzt gehen.«

Ein ganzer Film läuft in seinem Gesicht ab, und ich beschließe, ihn zu beruhigen. Ich bin die Besiegerin des Kebabladens, und ich bin stark.

»Es geht mir gut, Michael – jedenfalls innerhalb der normalen Parameter eines Menschen, der gerade seine Mutter beerdigt hat und sich einer potenziell lebensverändernden Entscheidung gegenübersieht. Aber ich kann dir versichern, dass ich keine Frau am Rande des Nervenzusammenbruchs bin. Ich brauche nur ein bisschen Zeit. Ich muss überlegen, was ich jetzt mache, und mich ausruhen und mir wenigstens einiges von dem ansehen, was in diesem Schuhkarton ist. Du brauchst dir keine Sorgen um mich zu machen, verstanden?«

»Das tue ich aber«, sagt er, steht auf und kippt den restlichen Gin hinunter. »Ich bin hergekommen, weil ich dachte, ich hätte es mit einer Post-Begräbnis-Jess zu tun. Stattdessen habe ich eine vollkommen neue Jess kennengelernt – im Grunde sogar mehrere. In der letzten Stunde habe ich mehr über dich erfahren als in meinem ganzen bisherigen Leben, und nichts davon ist sonderlich beruhigend. Da darf ich mir wohl Sorgen machen, oder?«

Natürlich darf er das. Es ist absolut vernünftig – eine Megatonnen-Atombombe verborgener Familiengeschichte ist soeben detoniert. Ich versuche, meine Mutter nicht zu verurteilen, weil sie mir Dinge verschwiegen hat – dabei habe ich Michael jahrelang so viel verschwiegen. Ich hielt es für richtig, wollte ihn beschützen, ihm Wahrheiten ersparen, die sinnlos und schmerzlich waren – und genauso hatte sie womöglich auch gedacht.

»Okay. Danke, dass du dir Sorgen um mich machst. Aber es geht mir gut, und ich muss ein bisschen allein sein und durchatmen.«

Er rümpft angewidert die Nase, weiß aber, dass es keinen Sinn hat, mir zu widersprechen.

»Du willst allein sein – das verstehe ich«, sagt er in einer Imitation von Greta Garbo. »Na schön. Aber ich müsste lügen, wenn ich sagte, dass ich nicht höllisch neugierig bin. Ich will wissen, was in dem Karton ist und welche Fragen es beantwortet und welche Antworten es in Frage stellt und so weiter. Du erzählst es mir doch, oder? Du packst ihn nicht einfach weg und tust, als wäre es nie passiert?«

»Nein, das verspreche ich, obwohl ich deinen Verdacht absolut nachvollziehen kann. Na komm schon – ich rufe dir ein Taxi. Du willst in diesem Zustand doch nicht fahren.«

Er räumt die Gläser und Tassen weg, während ich telefoniere, lehnt sich gegen die Arbeitsplatte und sieht mich nachdenklich an.

»Wenn du mich fragst, klingt dieser Joe absolut megageil.«

10. Kapitel

Nachdem Michael gegangen ist, herrscht angespannte Stille, als wäre das Haus wütend auf mich. Es zeigt mir die kalte Schulter, schweigt mich an. Selbst das vertraute Ticken der Uhren wirkt distanziert, als versteckten sie sich unter Bergen von Kissen und Decken.

Ich zwinge mich, mir eine Scheibe Toast und einen Schokokeks und noch mehr Tee zu holen. Hungrig bin ich nicht. Ich habe nicht das Bedürfnis zu essen und auch keine Freude daran – aber mein Selbstwertgefühl verlangt, dass ich meinen Körper mit den nötigen Nahrungsmitteln versorge, damit ich stabil und gesund bleibe und die Kontrolle über mich behalte. So lautet die Abmachung.

Nach dem Snack räume ich die Teller weg und drehe eine Runde durchs Erdgeschoss, um zu sehen, ob ich irgendetwas sauber machen muss. Was natürlich nicht der Fall ist. Vieles müsste entsorgt werden, und während ich von einem Zimmer ins andere schlendere und die wuchtigen Möbel, altmodischen Dekogegenstände und makellosen, aber ausgetretenen Teppiche betrachte, schmiede ich einen vagen Plan, einen Container zu mieten.

Nichts in diesem Haus gehört wirklich mir, denke ich.

Technisch gesehen schon – ich muss diese Woche mit dem Familienanwalt sprechen, erbe aber ohnehin alles. Es gibt eine Lebensversicherung und Ersparnisse, die die Pflegerechnungen meiner Mutter nicht aufgefressen haben. Die Hypothek wurde schon vor Jahren abbezahlt. Das Haus wird eine nette Summe bringen, falls ich es verkaufe.

Ich reibe mit dem Finger über die steife, traditionelle Prägetapete und habe keine Ahnung, was ich fühlen soll. Ob ich das Haus aufgeben, es ein neues Leben mit einer neuen Familie beginnen lassen soll, die es mehr liebt als ich. Oder ob ich bleiben und es mit frischer Farbe, abgezogenen Dielenbrettern und glänzenden Dingen, die ich selbst ausgesucht habe, zu meinem Haus machen soll. Ich könnte sogar einen dieser unmöglich perfekten Wohnräume nachgestalten, wie man sie bei Ikea sieht.

Nichts davon erscheint mir wichtig, ich muss das nicht übereilt entscheiden. Ich habe auch so keine finanziellen Sorgen, was immerhin positiv ist.

Und doch denke ich, als ich still von einem Zimmer ins andere gehe, dass ich alle finanziellen Vorteile gegen mehr Selbstsicherheit und eine sinnvolle Aufgabe tauschen würde.

Als meine Mutter krank war, wusste ich, was ich zu tun hatte. Ich kümmerte mich abends und an den Wochenenden um sie, und während ich bei der Arbeit war, kam das Pflegepersonal. In der Schule hatte ich viel zu tun. Zu Hause hatte ich viel zu tun. Jetzt habe ich keine Mutter mehr, die mich braucht, und muss auch nicht mehr Vollzeit arbeiten, wenn ich ein bisschen aufs Geld achte. Ich bin frei und fühle mich doch gefangen. Die Falle ist nur eingebildet; vielleicht sollte ich mir ein Phantomglied abkauen, um mich daraus zu befreien?

Mir ist klar, dass ich auf Zeit spiele, während ich die Vorhänge zurückziehe und in leeren Zimmern unnötigerweise das Licht einschalte. Ich gehe wieder in die Küche. Es wird spät, der Sonnenschein verblasst zu jenem sonderbaren Halblicht, das typisch für die Jahreszeit ist. Die Vögel zwitschern ihren Abendklatsch, und draußen geht das normale Leben weiter.

Ich folge meinem Muster, drücke den Lichtschalter und schließe die Vorhänge, schaffe mir eine heimelige Welt, die kleiner und leichter zu bewältigen ist.

Dann setze ich mich, ziehe den Schuhkarton zu mir heran und nehme den Deckel ab. Ich halte inne, atme durch und fange an, ihn auszuleeren.

Alles ist ein bisschen verstaubt und brüchig, aber Karton und Seidenpapier haben ihre Aufgabe erfüllt, so dass nichts unter meinen Fingern zerfällt. Meine Mutter hätte alles wegwerfen können, hat es stattdessen aber eingewickelt und aufbewahrt. Als hätte sie geahnt, dass es eines Tages wieder ans Licht kommen würde. Dafür bin ich dankbar. Das glaube ich jedenfalls.

Sie hat die Geburtstagskarten geöffnet, doch die Briefe sind noch zugeklebt. Noch etwas, das ich nie ergründen werde: weshalb sie sich einige Dinge angeschaut hat und andere nicht, welcher seltsame Moralkodex ihre Handlungen diktierte. Meine Mutter: das Rätsel.

Als ich alles ausgepackt und vor mir auf dem Tisch ausgebreitet habe, möchte ich einfach nur über Joes Handschrift streicheln, sie küssen und an mich drücken, als könnte ich ihn damit küssen und an mich drücken. Als könnte ich ein magisches Portal öffnen, indem ich verblasste Tinte liebkose, und damit zu Joe gelangen, wo immer er jetzt sein mag, wer immer er jetzt ist.

Er könnte verheiratet sein und acht Kinder haben oder in einem tibetischen Kloster leben oder eine brasilianische Straßentanzgruppe leiten oder bei McDonald's Burger braten. Es ist mir egal – ich will ihn einfach wiedersehen. Im Augenblick ist es noch ein »wollen«, aber es könnte auch ein »müssen« daraus werden, was mir Angst macht.

Ich beruhige mich ein wenig, indem ich den Inhalt des Schuhkartons sortiere. Oberflächlich betrachtet, bin ich ein ziemlich langweiliger Mensch, der Listen und Logik mag. Ich ordne gerne alphabetisch, lege Inhaltsverzeichnisse an und hefte Akten richtig ab. Es hilft mir, die Kontrolle zu behalten, was dringend nötig ist, da der tiefe, dunkle Kern meines Wesens immer wieder hervorzubrechen droht.

Zunächst arrangiere ich alles in kleinen Haufen – Briefe, Glückwunschkarten, Ansichtskarten. Dann wird mir klar, dass eine chronologische Ordnung vielleicht besser wäre. Ich habe keine Ahnung, wie lange er mir geschrieben hat, doch die Geburtstagskarte mit der Fünf verrät mir, dass es Jahre gewesen sein müssen.

Ich gehe behutsam vor, was nur vernünftig ist. Schließlich sind Geburtstagskarten, die mein verlorener Geliebter an meine tote Tochter geschrieben hat, gefährliche emotionale Bomben und müssen auch als solche behandelt werden. Ich versuche, sie als Projekt zu betrachten, wie ich es in der Grundschule machen würde, wo ich meine Unterlagen farbig und mit Klebezetteln markiere. Die habe ich sogar im Haus, weiß aber, dass es reine Verzögerungstaktik wäre, sie zu holen.

Schließlich gelingt es mir, einen groben Zeitplan zu erstellen. Wie es aussieht, hat Joe mir seit Juni 2003, als ich in die Klinik kam, geschrieben. Ende 2009 hat er abrupt aufgehört. Ich will nicht darüber nachdenken, was damals geschehen sein könnte, und konzentriere mich lieber auf das, was ich habe.

Die Geburtstagskarten sind selbsterklärend, und ich kann sie zeitlich genau einordnen – sie kamen jedes Jahr im Oktober, von 2003, als sie vier geworden wäre, bis 2009, ihrem zehnten Geburtstag. Hübsche, glänzende Karten, um Geburtstage zu feiern, die mein liebes Mädchen nie erlebt hat.

Einen Moment lang überwältigt mich der Gedanke, wie Grace mit zehn Jahren ausgesehen hätte. Vielleicht wären ihre Haare noch blond, wäre ihr Lächeln immer noch Weltklasse, ihr Wesen immer noch furchtlos und warmherzig.

Sie wäre in der sechsten Klasse, vielleicht in meiner eigenen Schule, hätte viele Freundinnen, wäre gut in Englisch und freundlich, aber auch ein bisschen herrisch, und hätte mich dazu überredet, ihr einen Hund zu kaufen, vermutlich einen schwarzen Labrador wie den, der ihr im Park immer so gut gefallen hatte. Sie wäre herrlich und strahlend, genau wie früher.

Ich erlaube mir, einige Augenblicke in den Bildern der Grace zu schwelgen, die hätte sein können, wohl wissend, dass ich es später bereuen werde. Natürlich male ich mir das alles nicht zum ersten Mal aus. Ich brauche keine Geburtstagskarte, um mir vorzustellen, wie mein Leben hätte sein können, wenn meine Tochter noch da wäre – die Vorstellung lauert immer unter der Oberfläche, die »künftigen Verluste«, vor denen mich die Therapeuten gewarnt hatten.

Ich werde nie erleben, wie sie aufwächst und sich verändert und erblüht; ich werde nie erleben, wie sie sich verliebt, wie man ihr das Herz bricht, wie sie ihre eigenen Kinder zur Welt bringt. Es zu wissen ist einfach – es zu akzeptieren ist schwerer, und manchmal kann ich mir die flüchtige Illusion einfach nicht versagen.

Solange sie andauert, ist sie warm und tröstlich und erfüllt mein Herz mit Freude. Sie ist so lebendig, dass ich nach ihr greifen und sie berühren könnte, ihre Hand in meiner halten, ihr sagen, dass alles gut wird. Es ist so real, als geschähe es vor meinen Augen.

Doch wenn ich die Phantasie nicht länger aufrechterhalten und gleichzeitig bei Verstand bleiben kann, bezahle ich den Preis und stürze so heftig in die reale Welt, dass ich in ungeahnte Tiefen falle und ewig brauche, um mich wieder ans Licht zu arbeiten.

Ich reihe die Geburtstagskarten nebeneinander auf, bewundere die lebhaften Farben und denke mir, dass die Grace, die hätte sein können, an ihnen Spaß gehabt hätte. Der Text ist immer ähnlich: »Für unseren geliebten Engel Gracie. Wir drei gegen die Welt. Ich liebe euch beide. Jetzt und immer, Daddy Joe Joe xxx.«

Ich fahre bei jeder einzelnen Karte über die Kugelschreiberbuchstaben und lese die Worte laut, bis ich sie auswendig kann.

Vielleicht hätte sie mit zehn gar nicht mehr Gracie heißen wollen. Vielleicht wäre Daddy Joe Joe einfach nur Dad gewesen. Und vielleicht wäre sie nicht mehr ganz so engelsgleich gewesen. Sie ist in der Zeit eingefroren, unmöglich perfekt und für immer geliebt.

Ich bewahre auch die Umschläge auf. Jeder Fetzen Information, jeder Berührungspunkt erscheint mir heilig und kostbar.

Neben den Geburtstagskarten gibt es auch dicke, feste Briefe, Ansichtskarten und einige Umschläge, in denen eine Ansichtskarte und ein kleiner Gegenstand liegen, bei dem es sich den Daten auf manchen Umschlägen nach um Kaugummi handeln dürfte.

Einfach alles ist wertvoll – wenn Joe eine Ansichtskarte aus London oder Dublin geschickt hat, weiß ich, dass er dort war. Ich schließe aus, dass er sie einfach nur verwendet hat, um mich zu verwirren – das würde keinen Sinn ergeben –, und außerdem ist auf einigen der Poststempel zu erkennen.

Ich brauche nicht lange, um die Ansichtskarten zu lesen, da sie nur kurze Nachrichten enthalten. Auf manchen steht in seiner vertrauten ausladenden Schrift mit den Bögen und Kringeln: »Ich wünschte, du wärst hier xxx«. Auf anderen »Happy Birthday Jess xxx«. Auf einer steht mehr, aber es macht mich zu traurig, und ich konzentriere mich wieder aufs Sortieren.

Dann breite ich die Ansichtskarten auf dem Tisch aus und betrachte flüchtig die idealisierten Ansichten – St. Stephen's Green in Dublin, das ländliche Irland, die sandigen Buchten von Cornwall, den Tower of London. Joe ist zwischen der ersten Ansichtskarte von Ende 2004 und der letzten von 2008 an all diesen Orten gewesen.

Vor den ungeöffneten Umschlägen fürchte ich mich mehr. Einige sind sehr dick, mit Papier vollgestopft. Andere sind leichter, fühlen sich aber trotzdem ernst an. Vielleicht hat meine Mutter sie nicht geöffnet, weil sie sich vor ihrem Inhalt und dem Schmerz, den sie mitverursacht hatte, fürchtete.

Es ist durchaus denkbar, dass die Briefe den Blick auf mein Leben völlig verändern – zumindest aber den Blick auf die

Vergangenheit. Joe ist ein menschliches Wesen, kein Superheld, auch wenn er mir wie einer vorkam – und es wird schwer, seine Briefe zu lesen. Sie werden von Schmerz und Bedauern und vielleicht von Wut erfüllt sein – denn er ist ja davon ausgegangen, dass ich all die Jahre nichts mehr von ihm wissen wollte.

Darum öffne ich sie nicht. Dafür bin ich noch nicht bereit. Stattdessen betrachte ich die Umschläge. Einige sind an das inzwischen geschlossene Krankenhaus adressiert, in dem ich anfangs behandelt wurde. Sie wurden zweifellos an meine Mutter übergeben, vielleicht war es mit dem Personal so abgesprochen. Oder ich wollte sie nicht und habe sie zurückgegeben. An diese Zeit meines Lebens werde ich mich wohl nie so ganz erinnern.

Andere sind an diese Adresse hier gerichtet. Sie kamen an, als ich noch weg war, oder landeten in dem seltsamen Briefkasten und wurden auf dem Dachboden versteckt. Einige sind mit der Post gekommen, andere persönlich eingeworfen worden, auf ihnen steht lediglich mein Name.

Ich untersuche die Poststempel und alten Briefmarken und hole sogar die alte Lupe meines Vaters aus der Küchenschublade.

Bei den meisten Umschlägen kann ich Datum und Absendeort entziffern. Manche Stempel sind verschmiert und unleserlich, aber viele Briefe scheinen aus der Umgebung von Manchester zu stammen, manche auch von weiter her. Sie alle bilden ein Puzzle, das mich zu Joe zurückführen kann oder es mir wenigstens ermöglicht, die Spuren seines Lebens zu verfolgen.

Ich lehne mich zurück und betrachte die säuberlichen Stapel. Sie sehen so altmodisch aus – Michaels Generation ist die erste, die fast ausschließlich digital aufgewachsen ist; meine erinnert sich noch, wie man Ansichtskarten aus dem Urlaub geschickt hat, statt Instagram-Fotos vom Strand zu posten und auf Facebook über den Cocktail zu berichten, den man gerade trinkt.

Ich erinnere mich noch, wie ich hinter alten Damen, die ihre Rente abholten oder sich Kontoauszüge auf echtem Papier aushändigen ließen, im Postamt gewartet habe. Ich habe sogar noch ein Heftchen mit Briefmarken in der Tasche, ein Erbstück meiner Mutter, die sie für postalische Notfälle immer gern im Haus hatte.

Im Grunde ist es wunderbar, all diese Gegenstände vor mir zu sehen, sie zu berühren und festzuhalten und zu wissen, dass Joes Fingerspitzen sie vor mir berührt und festgehalten haben und wir uns auf diese Weise beinahe berühren und festhalten.

Bei einer E-Mail oder einer SMS geht das nicht. Das hier fühlt sich real an, frei von der Vergänglichkeit der virtuellen Welt.

An manchen Abenden, an denen ich mich mit meiner ans Haus gefesselten Mutter langweilte, habe ich versucht, herauszufinden, was aus Joe geworden ist. Ich habe ihn gegoogelt und war hin und her gerissen, weil der Name Joe Ryan so häufig ist.

Das Internet schickt einen auf seltsame Irrfahrten – wie wenn man herausfinden will, von wem ein bestimmter Song stammt, den man im Radio gehört hat, und in einen Tunnel aus Clickbaiting gerät, bis man irgendwann auf Rightmove landet und die Immobilienpreise in der Heimatstadt der geheimnisvollen Sängerin studiert und Pop-up-Werbung für die Billigversion des Kleides erhält, das sie bei den Grammys getragen hat.

Bei Joe habe ich mich nie auf solche Odysseen eingelassen. Mir war klar, dass ich die Suche einschränken konnte, um den Richtigen zu finden, doch letztlich hatte mich etwas davon abgehalten. Vernunft. Feigheit. Oder beides.

Dann schaltete ich den Laptop aus und befahl mir, nicht so dumm zu sein, das alles sei lange vorbei, und warum ich überhaupt erfahren wolle, was aus ihm geworden war. Er hatte mich verlassen, als ich nach dem Tod unserer Tochter wegen eines Zusammenbruchs in der Klinik war. Ich hasste ihn nicht und verstand, dass auch er getrauert hatte und zutiefst erschüttert gewesen war. Doch es änderte nichts an der Tatsache, dass er mir in einer Zeit, in der ich nicht noch mehr Schmerz ertragen konnte, schrecklich weh getan hatte.

Jetzt aber ist alles anders. Vielleicht hatte gar nicht er mir diesen unnötigen Schmerz zugefügt. Vielleicht waren die vielen einsamen Jahre sinnlos gewesen. Vielleicht war mein Bedauern darüber, dass unsere Liebe so abrupt und einseitig geendet war, verschwendet.

Ich schließe die Haustür von innen ab und mache einen letzten prüfenden Gang durchs Haus. Es fühlt sich noch immer seltsam an, ohne meine Mutter hier zu sein, obwohl sie seit über einer Woche tot ist. Mir ist immer noch, als müsste ich meine nächtliche Routine absolvieren – den Toilettenstuhl entleeren oder die Waschmaschine füllen oder ihre Medikamente für den nächsten Tag vorbereiten. Mit ihr reden und sie beruhigen und versuchen, ihre Würde zu bewahren, während wir sie gemeinsam ins Bett befördern, wobei sie mit zitternden Armen und kalten Fingern meinen Hals umklammert.

Stattdessen muss ich nur mit mir selbst zurechtkommen. Ich schicke Michael eine Nachricht, damit er weiß, dass es mir gutgeht. Ich räume die Briefe und Karten wieder in den Schuhkarton, diesmal chronologisch. Ich gieße mir ein Glas Wasser ein und schnappe mir spontan den restlichen Gin.

Dann begebe ich mich mit meinem Handy, meinen Vorräten und dem Schuhkarton nach oben in mein Zimmer. Meine ehemaliges Kinderzimmer mit der hohen Decke und den großen Fenstern und den jahrzehntealten Erinnerungen.

Hier habe ich als Kind gespielt, meine Puppen für Teepartys aufgereiht. Hier habe ich als Teenager mit Freundinnen gelacht, Sir Mixalot gehört, der von dicken Hintern sang, und Edward mit den Scherenhänden angeschmachtet. Hier drinnen habe ich mich nach Joe gesehnt, gleich vom ersten Tag an. Habe auf meinem Bett gelegen und mir ausgemalt, wie er mich küsst, mich berührt, mit mir schläft – auf jene idealisierte Weise, die sich nur ein Mädchen ausmalen kann, das noch nie mit einem Mann geschlafen hat. Habe ich gehofft, dass er genau das Gleiche fühlt.

Und da bin ich wieder. Sehne mich immer noch nach ihm. Male mir immer noch Dinge aus. Hoffe immer noch.

Ich lege mich hin und spüre den angenehm kühlen Kissenbezug auf der Haut. Ich öffne den ersten Brief und fange an zu lesen.

11. Kapitel

26. Juni 2003

Hey Bambi,
ich schreibe dir, weil ich nicht zu dir hineinkann, Babe, und nicht weiß, was ich sonst machen soll. Ich habe es so oft versucht, komme aber nicht an den Wachen vorbei in dem Ding, in das sie dich gebracht haben. Ich bin nicht dein nächster Angehöriger, und deine Mum ruft mich nicht zurück. Keiner hört mir zu. Ich weiß nicht mal, ob du das hier bekommst, aber ich muss es versuchen.
Ich vermisse dich so sehr, und es tut mir so leid, dass all das passiert ist. Du weißt doch, dass du noch immer meine ganze Welt bist, oder? Ich fühle mich so mies, weil ich dir nicht helfen konnte – weil ich nicht früher gemerkt habe, was los war. Ich war wohl so in meinem eigenen Schmerz gefangen, dass ich nicht gemerkt habe, wie weit es mit dir gekommen war.
Ich hab gesehen, dass du traurig warst und abgenommen hattest und dass es dir schwerfiel, mit Leuten zu reden und die Wohnung zu verlassen, aber ich habe nicht begriffen, wie ernst es war. Wenn du Albträume hattest und panisch aufgewacht bist, dachte ich, das sei normal, es würde vorbeigehen. Ich habe mit der Polizistin gesprochen, die ein paarmal bei uns war, und sie hat gesagt, sie hätte das

in Fällen wie unserem schon erlebt, und dass es mit der Zeit besser würde.

Das klingt, als wollte ich mich herausreden. Das stimmt nicht. Es war meine Aufgabe, auf dich aufzupassen, mich um dich zu kümmern. Es war meine wichtigste Aufgabe, und ich habe dich im Stich gelassen. Dafür gibt es keine Entschuldigung. Ich war zu müde und durcheinander und die ganze Zeit wütend auf mich selbst und wollte es nicht zeigen, damit du dich nicht noch schlechter fühlst. Ich habe mir gesagt, dass es besser wird, und plötzlich waren sechs Monate vergangen, sechs Monate ohne Grace und ohne dass irgendetwas besser wurde.

Der Tag, an dem wir den Krankenwagen rufen mussten, war einer der schlimmsten meines Lebens. Ich habe deine Mum angerufen, weil ich nicht wusste, was ich machen sollte, und sie hat die Ärzte und so geholt, die ganzen Leute, die entschieden haben, dass du wegmusst.

Ich weiß, dass sie recht hatten, Jess, und ich hoffe, du verzeihst mir. Du hast geweint und dich an mich geklammert und dich mit den Fingerspitzen am Türrahmen festgehalten, hast getreten und geschrien und mich angefleht, sie wegzuschicken. Dass du dich besser benimmst, dass du brav bist, wenn ich dich nur zu Hause lasse. Bei mir und Gracie.

Ich wollte es, ich wollte es wirklich – aber ich wusste, deine Mum hatte recht. Ich mache ihr keine Vorwürfe, sie hatte recht. Es mag ein Versehen gewesen sein, dass das Gas an war, das weiß ich – wir alle vergessen manchmal etwas. Und als du gesagt hast, du wolltest bei Gracie bleiben, meintest du sicher nur die Wohnung, in der wir mit ihr gelebt haben.

Aber da waren auch all die anderen Dinge, die ich am liebsten übersehen hätte. Du hast nichts gegessen, dich nicht gewaschen, gar nichts getan. Du bist jedes Mal aufgeschreckt, wenn draußen ein Auto vor-

beifuhr, und manchmal hast du mich angestarrt, als hättest du keine Ahnung, wer ich bin. Als wärst du in deiner eigenen Welt verloren.
Ich musste deine Mum anrufen, Jess – niemand liebt dich mehr als ich, aber ich dachte, dass du sie brauchst. Ich konnte dich nicht dazu bringen, aufzustehen, du bist einfach an der Küchenwand runtergerutscht und hast auf dem Boden gelegen, als wären deine Knochen geschmolzen. Draußen auf der Straße war eine Baustelle, sie haben gebohrt, und der Lärm machte dir wirklich zu schaffen, und als ich aus dem Kebabladen kam, habe ich dich so gefunden. Der Gasherd war an, was sicher ein Versehen war.
Also habe ich deine Mum angerufen, aber ich wusste nicht, was passieren würde. Das musst du mir glauben. Ich wusste nicht, dass sie dich wegbringen. Ich werde mir nie verzeihen, dass ich es so weit habe kommen lassen – ich hoffe nur, dass du mir eines Tages verzeihen kannst.
Ich hoffe, du bleibst stark und dass sie dir da drinnen helfen. Zu Hause konnte ich dir nicht helfen, daher hoffe ich, dass sie das da drinnen können. Immerhin können sie dich daran hindern, dir weh zu tun.
Ich kann den Gedanken nicht ertragen, dass du allein bist und Angst hast und denkst, ich wäre nicht in deiner Nähe. Das bin ich – ich habe Stunden vor der Klinik verbracht, habe gewartet, dass ich dich besuchen darf. Inzwischen ist die Situation ein bisschen angespannt – manche Leute kommen mit mir klar, andere wollen, dass ich mich verpisse. Ich weiß nicht, warum ich dich nicht besuchen darf – sie haben nur gesagt, du wärst zu krank. Ich bin mir sicher, dass sie wissen, was sie tun, und dass sie die Regeln bald ändern. Ich werde deine Mum bitten, mit dem Personal zu sprechen oder mich mit zu dir zu nehmen. Ich hoffe, das klappt bald – ich will dich festhalten und dir zeigen, dass

ich noch bei dir bin. Baby, I love you zu dir sagen. Denn das werde ich immer.
Joe xxx

5. Juli 2003

Hey, Bambi,
wie läuft es da drinnen? Ich komme mir ein bisschen blöd vor, wenn ich diese Briefe schreibe und nicht weiß, ob du sie bekommst oder ob sie sofort im Müll landen. Aber dein Handy ist noch zu Hause, und wenn ich in der Klinik anrufe, dann stellen sie mich nicht zu dir durch. Sie sagen, auf deiner Station dürfe man nicht telefonieren.
Allmählich habe ich das Gefühl, dass du nicht einfach zu krank bist, um mich zu sehen, dass mehr dahintersteckt. Ich glaube nicht, dass es normal ist, dass man keinen Besuch bekommen darf. Du bist jetzt schon seit Wochen dort. Vielleicht stehe ich auf einer schwarzen Liste – die Geschichte meines Lebens, was, Jess? Vielleicht haben deine Eltern ihnen gesagt, sie sollen mich nicht reinlassen, und wie es aussieht, haben sie das Sagen.
Wir hätten weglaufen und in Gretna Green heiraten sollen, darüber haben wir doch Witze gemacht. Dann müssten sie mich zu dir lassen. Wahrscheinlich bin ich nur paranoid – du weißt ja, wie ich sein kann, wenn ich glaube, die ganze Welt hätte es auf mich abgesehen.
Jedenfalls hoffe ich, dass es dir ein bisschen bessergeht, ob ich es nun sehe oder nicht – du bist alles, was zählt. Die Klinik wirkt nicht besonders fröhlich, aber das ist sicher kein Wunder. Ich habe mit Belinda gesprochen – ihre Mum war ja immer wieder in psychiatrischen (habe ich das richtig geschrieben? Vermutlich nicht – ich kann ein Regal aufbauen, und du kannst Rechtschreibung!) Kliniken, wie du weißt.

Belinda sagt, die mögen zwar düster aussehen, doch in einer Krise funktionieren sie. Also kann ich nur hoffen, dass das bei dir auch der Fall ist. Dass du über kurz oder lang rauskommst und stärker bist und wir wieder zusammen sein können.

Ich vermisse dich sehr. Die Wohnung ist so still ohne dich, ohne Grace. Ich arbeite zur Zeit nicht – Bill aus der Autowerkstatt war wirklich nett und hat mir nach dem Unfall oft freigegeben, aber er musste jemand anderen einstellen. Anscheinend habe ich zu viel Zeit damit verbracht, dich vor der Klinik zu stalken! Er sagt, ich könnte zurückkommen, wenn alles wieder geregelt läuft, aber fürs Erste braucht er jemanden, auf den er sich verlassen kann, und das bin wohl momentan nicht ich.

Aber keine Sorge – ich komme klar und mache alles fertig für den Tag, an dem du nach Hause kommst. Ich habe das Wohnzimmer in dieser seltsamen Farbe gestrichen, die du gerne magst – Enteneierblau? Was für ein blöder Name für eine Farbe! –, und ich hoffe, dass dich das aufmuntert. Ich habe alles gründlich sauber gemacht und ein tolles Titanic-Poster im Secondhandladen gefunden – das hat mich an unser erstes Date erinnert.

Wir waren damals wohl die einzigen Menschen auf der Welt, die den Film noch nicht gesehen hatten. Übrigens muss ich dir was gestehen – ich hatte ihn schon gesehen. Ich habe nur so getan, als ob, weil ich mit dir in einem dunklen Raum sein und dir heimlich den Arm um die Schultern legen wollte. Es war wirklich süß, wie du danach rausgerannt bist und die Arme ausgestreckt und gerufen hast »Ich fliege, Jack!«

Als wäre es eine Million Jahre her, was? Wir schauen den Film noch einmal, wenn du nach Hause kommst. Dann tun wir, als wäre das Sofa ein Rettungsboot, und kuscheln uns aneinander und essen das Karamell-Popcorn, das du so gern magst. Und ich hoffe, dir gefällt

das Poster – ich habe sogar einen Rahmen dafür besorgt, wie ein richtiger Erwachsener!
Nur damit du es weißt, Jess, ich habe nichts von Grace' Sachen weggeworfen. Ich weiß, dass du das nicht willst. Aber ich musste manche in Kartons packen, weil es mich zu traurig machte, sie den ganzen Tag anzusehen.
Jedenfalls versuche ich es noch mal bei deinen Eltern, vielleicht erfahre ich etwas über dich. Bleib stark und vergiss nicht – Baby, I love you.
Joe xxx

1. Aug. 2003

Hey, Bambi,
ich schicke das zu euch nach Hause, weil ich nicht weiß, wo du bist. Eine Angestellte der Klinik hatte schließlich Mitleid mit mir und hat gesagt, dass du verlegt wurdest, also brauchte ich nicht mehr draußen rumzuhängen. Ich war definitiv zu lange dort – neulich saß ich mit einem leeren Kaffeebecher da, und jemand hat Kleingeld reingeworfen!
Deine Mum sagt, du wärst noch zu schwach, um mich zu sehen, und dass du es im Augenblick auch gar nicht willst. Sie sagt, ich erinnere dich zu sehr an Grace. Ich soll nicht mehr versuchen, dich zu sehen, es wäre besser für dich, aber sie würde die Briefe weiterleiten. Mehr kann ich wohl nicht erwarten.
Ich weiß nicht, was ich denken soll, Jess. Ich glaube nicht, dass sie recht hat, das hoffe ich jedenfalls. Sie sagt, du müsstest das mit Grace hinter dir lassen. Es klingt, als solltest du sie vergessen, und das kann doch nicht sein, oder? Ich weiß, dass du dich erholen musst, aber ich kann

mir einfach nicht vorstellen, dass es hilft, wenn du mich aus deinem Leben ausschließt und so tust, als hätte es unser Baby nie gegeben. Es klingt, als würden deine Mum und dein Dad so denken, aber du doch nicht.
Aber vielleicht irre ich mich auch. Du hast so viel durchgemacht, mehr als ein einziger Mensch bewältigen kann, also brauchst du das vielleicht, um zu überleben. Das ist in Ordnung. Steh es einfach durch, nur darauf kommt es an.
Ich vermisse dich und I love you, Baby. Diesmal habe ich es falsch herum geschrieben. Joey Ramone wäre ganz schön sauer.
Joe xxx

14. Sep. 2003

Hey Jess,
ich bringe das hier bei euch vorbei, damit es auch ankommt. Letztes Mal habe ich den Brief mit der Post geschickt und fürchte, dass er verlorengegangen ist. Ich werde auch an die Tür klopfen, aber wenn deine Mum da ist, macht sie vermutlich nicht auf. Ich war ja nie ihr Liebling. Dass sie sich nicht bekreuzigt, wenn sie mich sieht, ist alles.
Ich hoffe, es geht dir gut und du fühlst dich besser und stärker. Weniger Bambi-mäßig – ich sollte dich nicht mehr so nennen, es erinnert mich dran, wie ich dich das letzte Mal gesehen habe, schwach, mit wackligen Beinen.
Ich habe wenig Zeit – Bill hat mir ein paar Schichten in der Werkstatt gegeben, um zu sehen, wie es läuft –, aber ich wollte vorbeikommen, weil du heute Geburtstag hast und er wohl ziemlich beschissen ist. Letztes Jahr war lustig, oder? Grace hat dir »geholfen«, deinen Kuchen zu backen, und hat mit dem Guss aus der Tube lauter große Smileys

draufgemalt. Egal. Hier sind deine traditionellen Kaugummis – sag nicht, ich würde dich nicht verwöhnen!
Sie hat auch bald Geburtstag. Ich weiß, dass du das weißt. Neulich haben wir einen Brief von der Stadtverwaltung bekommen, wegen der Einschulung. Das war richtig seltsam. Aus irgendeinem Grund habe ich ihn in den Toaster gesteckt, was den Rauchalarm ausgelöst hat.
Ich liebe dich sehr und hoffe, dich bald zu sehen,
Joe xxx

18. Dez. 2003

Hey Jess,
ich weiß nicht, ob du diese Briefe bekommst, und falls ja, ob du sie liest. Vielleicht bist du noch nicht stark genug, wie deine Mum behauptet hat, als ich ihr letztes Mal aufgelauert habe (ich habe in der Nähe des Hauses gewartet und mich an der Bushaltestelle versteckt, bis sie rauskommen und die Milch holen musste, haha!). Immerhin redet sie mit mir, wenn ich auftauche – dein Dad funkelt mich nur böse an.
Ich fürchte, dass meine Briefe es nur noch schlimmer für dich machen. Dass ich selbstsüchtig bin und mich einfach verziehen sollte, wie man es mir sagt. Also ist es vielleicht besser, wenn du sie nicht liest. Vielleicht rede ich nur mit mir selbst, und vielleicht ist das auch in Ordnung. Vielleicht ist es eine Art Therapie für mich. Aber das ganze Schreiben fühlt sich komisch an – ich bekomme schon Blasen an den Fingern, ein Schraubenschlüssel ist mir lieber als ein Stift.
Du warst immer diejenige, die gern geschrieben hat – ich bin eher der Macher. Es ist besonders schwer für mich, dass ich es nicht in Ordnung bringen kann. Ich bin geschickt mit den Händen, und mein

Gehirn kann gut Probleme lösen, einen undichten Kühler reparieren oder Möbel aufbauen. Darum komme ich mir jetzt nutzlos vor. Als wäre ich selbst ein zerlegtes Möbelstück. Ich kann nichts lösen oder reparieren.

Ich bin zu Belinda gegangen, aber sie hatte mit dem Baby und der Arbeit und dem College zu tun. Du solltest ihn sehen, Jess – er ist riesig! Als du ihn das letzte Mal gesehen hast, war er nur ein pausbäckiger Brocken, aber jetzt krabbelt er die ganze Zeit lachend herum. Ich weiß nicht, wie sie das alleine schafft, aber jetzt, wo sie sich auch noch um Malachi kümmern muss, ist sie noch entschlossener. Sie ist gestresst und fertig, und ich glaube, sie hatte vergessen, welchen Tag wir haben, was okay ist. Schließlich dreht sich nicht die ganze Welt um mich.

Dann habe ich beim Verrückten Haufen vorbeigeschaut, aber da gab es das übliche Höllenchaos – zu viele Kinder, der Fernseher auf voller Lautstärke, alles voller Zigarettenqualm. Er war wie üblich drauf, hat rumgeschrien, und sie legte gerade einen gefälschten Account auf eBay an, um Sachen zu verkaufen, die sie gar nicht hat. Der Stoff, aus dem die Träume sind. Sie wussten definitiv nicht, welchen Tag wir hatten, und wollten nur herausfinden, ob Bill auch Autos mit zwielichtiger Herkunft kauft.

Na also. Ein Jahr weiter, und ich komme mir noch immer vor, als würde ich allen damit auf die Nerven gehen. Aber ich kann nicht anders – letztes Jahr um diese Zeit haben wir uns darauf gefreut, mit einer Dreijährigen Weihnachten zu feiern. Wir drei gegen die Welt.

Sie hat zum ersten Mal wirklich verstanden, was vorgeht, aber ich glaube, du selbst warst noch aufgeregter, Jess. Es war so schön, oder? Du hast überlegt, ob du zurück aufs College gehen sollst. Ich habe ausnahmsweise genügend Geld verdient. Sie war perfekt, mit dicken

Bäckchen und Grübchen und schelmischem Gesicht. Sie hatte Dinosaurierleggings und rote Gummistiefel an und wollte nicht ohne ihren Rucksack aus dem Haus, weil sie sich für Dora aus der Fernsehserie hielt.
Du hast Weihnachtsengel aus Pappe und silberner Farbe gebastelt und an Glitzerschnur gebunden, damit es aussah, als hingen sie vom Himmel.
Ich weiß noch, wie ich endlich aus dem Krankenhaus nach Hause gekommen bin und alles noch da war – es sah aus, als würden Hunderte kleiner Glitzerengel durchs Wohnzimmer fliegen. Ich habe sie runtergenommen, während du noch auf der Station warst. Du hattest sie mit Gracie gebastelt, und ich wollte nicht, dass du dich aufregst, wenn du nach Hause kommst. Eigentlich dumm – du hättest dich auch ohne silberne Engel aufgeregt.
In diesem Jahr hatten wir kein Weihnachten. Ich habe noch die Geschenke, für dich und Grace, eingepackt und fertig, und keinen, dem ich sie geben kann. Deins war etwas ganz Besonderes. Ich hoffe, es dir irgendwann geben zu können. Ich habe es immer bei mir, nur für den Fall.
Egal, es ist ein Jahr her. Immerhin leben wir beide noch. Und wo Leben ist, ist auch Hoffnung, stimmt's?
Vielleicht weißt du nicht, welchen Tag wir haben. Vielleicht hast du keinen Kalender. Vielleicht geht es dir gut. Vermutlich besser als mir gerade. Ich bin ziemlich fertig, Jess, ohne euch beide. Ich glaube, ich war noch nie so einsam.
Dieses Jahr gibt es keine Weihnachtsdekorationen in der Wohnung. Wozu auch – für einen trübseligen Kerl wie mich! Tut mir leid, dass ich so weiterlabere. Das Letzte, was du lesen willst, ist mein Gejammer – aber ich weiß ja nicht mal, ob du es liest. Irgendwie hoffe ich, dass du es nicht tust, weil ich so bemitleidenswert bin – nicht gerade

ein Alphamännchen –, aber es ist halt einer dieser Tage. Ich tue mir selber leid, und heute darf ich das vielleicht auch.
Es tut mir leid, dass wir nicht zusammen sind und einander helfen können. Ich vermisse dich und kann nicht glauben, dass unser kleines Mädchen schon seit einem Jahr nicht mehr bei uns ist. Ich wünsche mir jeden Tag, es wäre anders. Dass wir nicht zu jener Zeit an jenem Ort gewesen wären. Es ist alles so willkürlich und ungerecht – ein paar Minuten früher oder später, und unser Leben wäre weitergegangen. Sie wäre jetzt vier, und wir würden uns auf ein weiteres gemeinsames Weihnachtsfest freuen.
Egal. Bleib stark, Jess – denn wo Leben ist, ist auch Hoffnung. Daran müssen wir glauben. Ich wünschte nur, ich hätte eine Zeitmaschine und könnte alles wieder normal für uns machen.
Wie üblich – Baby, I love you.
Joe xxx

1. Jan. 2004

Hey Jess,
rate, was ich habe? Einen Kater! Ich bin sicher nicht der Einzige, immerhin ist Neujahr. Gestern Abend war ich bei Belinda, sie hatte die alte Gang eingeladen, und obwohl der kleine Mal dabei war, konnten wir einigen Schaden anrichten (aber nicht Belinda – sie war eine nüchterne Mama!).
Es gab eine Menge Wodka und definitiv auch Jack Daniels. Ich erinnere mich verschwommen an ein Trinkspiel mit Buckaroo Pale Ale und Jägermeister-Shots.
Das alles klingt viel lustiger, als es eigentlich war, und heute Morgen ist es nicht mehr lustig. Eigentlich trinke ich nicht viel, das weißt du

ja. Aber es war ein beschissenes Jahr, und meine Kumpel waren alle da, und ich musste einfach Dampf ablassen. Außerdem – und darauf bin ich nicht gerade stolz – hatte es eine komische Wirkung auf mich, Belinda mit Malachi zu sehen. Ich war eifersüchtig. Ich habe sie mit ihrem Baby gesehen und wollte meins zurückhaben und war eifersüchtig. Ist das nicht scheiße?

Ich glaube, ich bin wirklich ein bisschen scheiße. Ich habe heute mit deiner Mum gesprochen. Genauer gesagt, ich habe mit deiner Mum und deinem Dad gesprochen, so gegen ein Uhr morgens. Ich war müde und emotional, wie man so sagt, und beschloss, ihnen ein frohes neues Jahr zu wünschen. Blöd, ich weiß. Vielleicht hätte ich es kapieren sollen, nachdem dein Dad zum dritten Mal aufgelegt hatte. Aber ich hatte einfach zu viel Wodka im Schädel.

Ich habe heute Morgen noch einmal angerufen, um mich zu entschuldigen, und deine Mum hat gesagt, ich soll überhaupt nicht mehr anrufen. Nicht mehr vorbeikommen. Nicht mehr versuchen, dich zu sehen – weil sie das nicht zulässt. Du musst dich erholen, und anscheinend gibt es in dieser schönen neuen Welt keinen Platz für mich. Also hat es keinen Sinn, euch zu belästigen. Sie sagt, du wärst einverstanden, weil du dich schneller erholst, wenn ich nicht da bin und dich an all die schlimmen Dinge erinnere.

Ich weiß nicht recht, ob ich ihr glauben soll, Jess – aber das ist vielleicht nur Wunschdenken. Vielleicht mache ich mir etwas vor.

Ich weiß nur, dass ich dich liebe und vermisse. Ich vermisse dich und unser Baby und unser gemeinsames Leben. Aber es ist über sechs Monate her, dass ich dich gesehen oder mit dir gesprochen habe, und ich habe all die Briefe und Karten geschrieben und nie eine Antwort bekommen.

Ich weiß nicht, ob du sie nicht bekommst oder nur zu schwach bist, um zu antworten. Fürs Erste mache ich weiter – denn du sollst wissen, wie sehr ich dich liebe. Wie sehr ich um dich kämpfen und mit dir kämpfen und dir helfen will, gesund zu werden. Wie gern ich an deiner Seite wäre.

Gestern Abend hat Belinda sich mein Gejammer angehört und gesagt, ich soll mir einen Anwalt nehmen. Jemand in ihrer Kanzlei könne mir womöglich helfen. Ich sei zwar kein naher Angehöriger, hätte aber lange genug mit dir zusammengelebt, um gewisse Rechte zu haben, und ich könnte sie zwingen, mir zu sagen, wo du bist, und dass ich dich besuchen darf. Sie sagt, ich soll nicht dem ganzen Justizsystem misstrauen und mich nicht immer als Außenseiter fühlen und die Sache endlich in die Hand nehmen. So ist Belinda – alle Macht dem Volk!

Ich überlege es mir, bin mir aber nicht sicher, ob es richtig ist. Ich sehne mich verzweifelt danach, dich zu sehen, Jess, ganz ehrlich – doch allmählich frage ich mich, ob deine Eltern nicht die ganze Zeit über recht hatten.

Als ich dich kennengelernt habe, lief dein Leben in der Spur – du warst ein kluges Mädchen, das es weit bringen würde. Und sieh dich jetzt an – manchmal glaube ich, es ist meine Schuld. Dass du besser dran wärst, wenn ich dich an jenem ersten Tag nie angesprochen und dich dein Make-up allein hätte aufheben lassen. Du wärst verlegen und gestresst gewesen, aber vermutlich hättest du inzwischen die Uni abgeschlossen und würdest eine tolle Karriere starten, statt in einer Klinik zu sein. Manchmal denke ich, wenn ich dich in Ruhe gelassen hätte, dann wärst du jetzt nicht so kaputt.

Das ist ein übler Brief, was? Ich bin ein jämmerlicher Wichser. Das muss am Jägermeister liegen. Vielleicht sollte ich positiv denken – wir haben 2004. Ein ganz neues Jahr. Alles ist möglich!

Jedenfalls, vergiss nicht – Baby, I love you –

dein sehr verkaterter Joe xxx

8. Mai 2004

Hey Jess,
gestern Abend war ich mit der Truppe unterwegs, wegen meinem Geburtstag. Eigentlich wollte ich zu Hause bleiben und eine traurige Einmannparty feiern. Aber sie haben mich in den Pub geschleppt, den unter den Eisenbahnbögen – mit der richtig guten Jukebox. Ich habe ein paar Songs für dich gespielt – sie hatten die Ramones und »Disco 2000« von Pulp. Belinda hat ihren »Seht her, ich sollte berühmt sein«-Tanz zu »Groove Is In The Heart« hingelegt und die alten Männer aufgeschreckt, die vor ihrem Bitter hockten, und dann bin ich ein bisschen traurig geworden und habe »Nothing Compares To U« gespielt. Nicht gerade ein Partyhit.
Danach bin ich wieder in die Wohnung. Ich habe getan, als wärst du da, und ein imaginäres Gespräch mit dir geführt. Du hast mir gesagt, wie sehr du mich liebst, und hast mir Käsetoast gemacht, und wir sind zusammen auf dem Sofa eingeschlafen. Aber das alles war nur in meinem Kopf.

Ich liebe dich,
Joe xxx

10. Juni 2004

Hey Jess,
das war vielleicht ein seltsames Jahr, was? Komisch, wie das Leben weitergeht, selbst wenn man es für unmöglich hält. Wenn man glaubt, dass es nicht weitergehen sollte – wenn etwas so Großes passiert ist, dass es das ganze Leben unterbricht. So wie ein Erdbeben gewaltige

Risse verursacht und die Häuser zerstört und alles, was man für fest und sicher gehalten hat, in einem tiefen Loch verschwinden lässt.
Aber während all das passiert – während dein Leben in einen Trümmerhaufen gesogen wird –, sieht es niemand außer dir selbst. Als wäre es eine Halluzination oder eine alternative Realität – für alle anderen siehst du ganz normal aus.
Das erinnert mich an das Gedicht aus Vier Hochzeiten, *in dem alle Uhren stehenbleiben. Ich weiß nicht mehr, wer das geschrieben hat, du sicher schon. Das Leben geht für alle anderen weiter, aber deins ist stehengeblieben, und auch wenn du normal aussiehst, fühlst du dich eine Million Lichtjahre von normal entfernt.*
Bei mir läuft es nicht so toll – ich hoffe, bei dir ist es besser. Deine Mum und dein Dad sind mit ihrer Geduld am Ende, was mich angeht, und das zu Recht. Ich bin sicher, sie erzählen dir ohnehin von der Sache mit dem Schuppen und der Polizei.
Aber ich war es nicht, Jess, ganz ehrlich. Ich würde so was niemals tun, das weißt du. Das hoffe ich jedenfalls – aber es ist ein Jahr her, seit ich dich gesehen habe. Du hast dich sicher verändert und ich mich auch – aber nicht so sehr.
Das mit dem Schuppen war ich nicht. Es war Liam, ein neues Pflegekind im Verrückten Haufen. In einem Augenblick des Wahnsinns bin ich hingegangen und habe der verrückten Mutter einen vorgejammert, und was soll ich dir sagen, schon stürzt sich die ganze Familie drauf und schmiedet Kriegspläne, es war völlig irre. Du weißt ja, wie die sind – die hassen einander abgrundtief, bis jemand von ihnen in die Schusslinie gerät, dann schließen sie sich gegen den gemeinsamen Feind zusammen.
Der arme Liam ist erst fünfzehn, ein Rotschopf und nicht gerade der Hellste. Sie haben irgendeinem Dorf da draußen den Trottel weggenommen, wenn ich es so ausdrücken darf. Er ist erst ein paar Monate

bei ihnen und hat die übliche traurige Vorgeschichte – beschissene Eltern, und jetzt ist er bei diesem Haufen, also sieht es nicht gerade nach einem Happy End aus.
Er hat sich angehört, wie sie getobt und über deine Eltern geschimpft haben – sie haben es zu einem richtigen Klassenkampf aufgeblasen, und ich glaube, das Wort »Schadenersatz« wurde erwähnt, und es gab eine Menge Wut. Sehr seltsam, da ich mir zu 99 Prozent sicher bin, dass sie sich einen Scheiß für mich interessieren – sie haben sich wohl nur gelangweilt.
Jedenfalls beschließt Liam, der arme Trottel, an diesem Abend »ein Zeichen zu setzen«. Er setzt ein Zeichen, indem er euren Schuppen abfackelt. Damit hat er es ihnen aber gezeigt, was? Ehe ich mich versehe, rufen sie die Polizei, und dein Dad ist bereit, einen Killer anzuheuern, und deine Mum heult am Telefon, und alles ist noch übler, als es ohnehin schon war.
Ich war es nicht, ich war bei Belinda, als es passiert ist, also konnten sie mir nichts anhängen. Aber du weißt ja, wie ich zur Polizei stehe, obwohl sie nach dem Unfall ziemlich anständig zu uns waren. Ich flippe noch immer aus, wenn sie an die Tür klopfen. Dein Dad ist nicht blöd – er wusste, dass ich irgendwas damit zu tun habe, auch wenn ich es nicht selbst war. Er hat gesagt, eines Tages würde er beweisen, dass ich das alles geplant habe.
Vermutlich hätte ich es mir leichter machen können, wenn ich ihm gesagt hätte, wie es tatsächlich gelaufen ist, aber ich konnte Liam doch nicht da reinreißen, oder? Der wird auch ohne meine Hilfe früh genug auf die schiefe Bahn geraten, ich konnte ihn einfach nicht verpetzen.
Ich wollte ihn warnen, dass er sich nicht zu sehr mit dem Verrückten Haufen einlassen soll, einfach nur Essen und Unterkunft abgreifen und sich in nichts reinziehen lassen – aber er ist jung. Und hat nicht

alle Tassen im Schrank. Er will nur von ihnen geliebt werden – und begreift nicht, dass sie gar nicht dazu fähig sind.
Daran kann ich wohl nichts ändern. Ich habe versucht, das mit deinen Eltern zu reparieren, aber – großer Schocker – vergeblich. Ich hatte wirklich ein schlechtes Gewissen – sie wollten gerade ins Bett gehen (du kannst es dir vorstellen: gesteppte Morgenmäntel und Kakao, dabei war es noch nicht mal zehn), als deine Mum in die Küche gegangen ist, um die Becher zu spülen, und den Garten in Flammen gesehen hat. Sie hat wohl einen Riesenschreck bekommen. So was passiert in ihrer Gegend nicht. Bei uns hier sind brennende Autos am Freitagabend nichts Besonderes, aber dort schon.
Wie gesagt, ich hatte ein schlechtes Gewissen. Ich bin zu euch gegangen, um mit ihnen zu reden, aber dein Dad hat mich schon vor der Haustür angeschrien. Er hatte ein ganz rotes Gesicht und hat beim Schreien gespuckt und sah aus, als würde er gleich explodieren – es war ihm egal, was die Nachbarn denken, was gar nicht zu ihm passt.
Ehrlich, ich wollte mich wehren oder wenigstens erklären, welchen Schaden sie anrichten, indem sie mich von dir fernhalten – aber ich fand, er sah wirklich krank aus. Als könnte er umkippen und einen Herzinfarkt bekommen oder so. Und dann hat er mich als Abschaum der Erde bezeichnet, als »dreckige Straßenratte«. Und hat netterweise auch gesagt, ich hätte dein Leben zerstört.
Ich hatte gedacht, alles würde sich beruhigen, doch heute Morgen habe ich eine einstweilige Verfügung bekommen, was ziemlich übel ist. Es fällt mir nicht schwer, mich von ihnen fernzuhalten, ganz ehrlich. Sie wollen mir einreden, dass du dich so entschieden hast und es zu deinem Besten ist, und ich bin kurz davor, ihnen zu glauben – und das bringt mich um. Wenn ich ihnen glaube, kommt es mir vor, als würde ich von einem dieser Erdbebenlöcher verschluckt.

Das mit dem Schuppen tut mir leid. Es tut mir leid, dass meine sogenannte Familie aus solchen Arschlöchern besteht. Es tut mir leid, dass ich fluche. Es tut mir leid, dass du nicht hier bist und unsere Gracie nicht mehr da ist. Mir tut alles leid.

Es tut mir aber nicht leid, dass ich dich liebe.
Joe xxx

10. September 2004

Hey Jess,

alles Liebe zum Geburtstag, du Schöne – hier sind deine Kaugummis! Wo immer du bist und was immer du tust, ich hoffe, es geht dir gut. Ich kann das hier nicht bei deinen Eltern vorbeibringen – diese dämliche einstweilige Verfügung gilt noch immer! –, also schicke ich es ein paar Tage früher los und hoffe, dass du es rechtzeitig bekommst. Oder überhaupt.
Liebes, ich habe nachgedacht. Das ist wahrscheinlich der letzte Brief, den ich dir schreibe. Vielleicht bist du total erleichtert. Die Logik sagt mir, dass du die Briefe entweder bekommst und nicht beantwortest, weil du mich nicht in deinem Leben willst, oder dass du sie nicht bekommst – in diesem Fall, Ruth und Colin, falls ihr das hier lest: FICKT EUCH!!! *Und fickt auch eure einstweilige Verfügung!*
(Ich bin mir ziemlich sicher, wenn sie das lesen, schnaubt dein Dad durch die Nase und lässt eine Tirade los, dass schmutzige Sprache ein Beweis für einen schmutzigen Geist sei. Also noch einmal – FICKT EUCH!!!*)*
Egal. Entweder du liest sie oder du liest sie nicht – aber ich kann so

nicht weitermachen. Ich habe dir so viel zu sagen, kann aber nicht länger so tun, als würdest du mir zuhören. Je länger es geht, desto trauriger werde ich, und wenn ich ehrlich bin, fühle ich auch noch andere Dinge – ich fühle mich verletzt und wütend und einsam. Ich habe mein Baby verloren, und ich habe dich verloren, und niemand auf der ganzen Welt scheint sich dafür zu interessieren. Ich klinge wie ein verwöhntes Gör, was? Aber ich kann so nicht weitermachen. Es tut mir nicht gut, und ich muss etwas ändern.

Ich bin mit der Miete im Rückstand, aber das ist mir egal. Es war unser Zuhause – meins und deins und Gracies –, aber es ist kein Zuhause mehr, seit du weg bist. Es ist nur ein Ort, an dem ich schlafe und warte und mir einzureden versuche, dass am Ende alles gut wird.

Ich glaube, ich kann keine einzige Nacht mehr hierbleiben – auf unserem Sofa sitzen, unsere Platten hören, mich an das Sicherheitsgitter vor der Küche und die Steckdosensicherungen erinnern und an den orangen Plastikhocker, mit dem sie auf die Toilette kletterte. Ich sehe mir das Bild an, das sie gezeichnet hat und das du eingerahmt hast, wir drei unter einem Regenbogen, auf dem ich wie eine Riesenspinne aussehe und dein Lächeln breiter ist als dein ganzes Gesicht und wir auch einen schwarzen Labrador haben (auch wenn er ein bisschen wie eine schwarze Nacktschnecke aussieht).

Damals war alles so schön. Wir hatten so viel Spaß. Ich fand es toll, wie sie ganz ernsthaft gesprochen hat, auch wenn sie die Wörter alle durcheinanderbrachte.

Wenn ihr kalt war, sollten wir die »Hai-Zunge« einschalten, und sie hat »Necke« statt »Schnecke« gesagt und alle Beeren abgekürzt, weil die Namen zu lang und lästig waren – ich sage noch heute »Erbis« und »Heidelis« und »Himbis«. Und wie sie gedacht hat, dass Schokoladen-Éclairs Kuchen sind, die Claire heißen und aus Schokolade sind, also Schokoladen-Claires! Neulich war ich im Supermarkt und habe die

Schachteln gesehen und bin in Tränen ausgebrochen. Die Leute haben einen Bogen um mich gemacht, als hätte ich eine ansteckende Krankheit.

Das Lachen und der Sonnenschein, die sie in unser Leben gebracht hat, sind mir kostbar, und ich will nicht eine Sekunde davon vergessen. Aber ich kann auch nicht mehr mittendrin leben, mit ihren Spielsachen und ihrer Kleidung und dem Dora-Rucksack und dem lila Bettchen und dem Buch über den Hasen.

Es ist nicht nur wegen ihr, sondern auch wegen dir. Ich vermisse dich so sehr, dass es körperlich weh tut. Als hätte jemand seine Faust in meine Brust gebohrt und mein Herz mit den Fingern umklammert. Ich liebe dich so sehr – habe dich immer geliebt. Bei deinem ersten »Danke« war ich hin und weg – es war das Erste, was du je zu mir gesagt hast. Danach – bei den ersten Dates und unseren ersten gemeinsamen Nächten und als wir in die Wohnung gezogen sind und Gracie bekommen haben –, hätte ich mich lieber bei dir bedanken sollen. Mit dir dort zu sein, Gracie gemeinsam aufzuziehen, hat mich glücklicher gemacht als alles andere in meinem Leben. Ich habe mich nie so geliebt und gewollt und gebraucht gefühlt. Selbst an den schlimmsten Tagen gab es irgendeine Freude.

Jetzt fühle ich mich nicht mehr geliebt oder gewollt oder gebraucht, und selbst die besten Tage sind freudlos. Etwas von dir ist immer noch hier, und so wie mit den Sachen von Grace konnte ich mich auch davon nicht trennen. Deine Haare sind noch in der Bürste, und dein Lippenbalsam steht noch im Badezimmer, und die silbernen Engel, die du gebastelt hast, liegen noch unter dem Bett. Wenn ich besonders schlecht drauf bin, halte ich die Bürste in der Hand und rieche an dem Lippenbalsam, weil sie zu dir gehören.

Als wir sie verloren haben, ist alles in sich zusammengefallen – alles ist zerbrochen. Aber nachdem sie dich mitgenommen hatten, wurde es noch schlimmer. Zuerst habe ich mich zusammengerissen, habe mir gesagt, dass ich stark bleiben muss, weil du bald nach Hause kommst. Vielleicht könnten wir sogar noch ein Baby bekommen – nicht um sie zu ersetzen, natürlich nicht, aber wir hatten ohnehin darüber gesprochen, dass wir eines Tages einen Bruder oder eine Schwester für sie wollen.

Es ist jetzt ein Jahr her, dass du in die Klinik gekommen bist, und ich muss mich damit abfinden, dass du wohl nicht mehr nach Hause kommst, jedenfalls nicht hierher. Dass du es vielleicht nicht willst oder es einfach nicht gut für dich wäre.

Ich habe versucht herauszufinden, wo du bist oder was mit dir passiert ist, und ich habe dir geschrieben und die Karten geschickt und bin bei deinen Eltern so weit wie möglich gegangen. Letzte Woche hat mir deine Mum am Telefon gesagt, dass es dir gutgeht und du dich erholst, aber noch Therapie brauchst, und dass es wirklich einfacher für dich wäre, wenn ich nicht da bin.

Normalerweise würde ich ihr widersprechen. Ich würde es nicht glauben. Doch jetzt denke ich, es könnte wahr sein. Ich habe keine Kraft mehr zum Kämpfen – ich bin wie ein geplatzter Luftballon.

Also habe ich die folgende Entscheidung getroffen: Ich werde die Wohnung aufgeben. Ich werde alle deine Sachen einpacken und fragen, ob deine Mum sie haben möchte. Die Sachen von Gracie werde ich bei Belinda unterstellen. Sie sagt, sie könnte ohnehin einiges davon gebrauchen, auch wenn Mal ein Junge ist, denn sie hält Gender-Stereotype für patriarchalischen Bullshit, und warum sollten kleine männliche Menschen nicht rosa … Du weißt ja, wie sie ist, sie würde in einer Porträtgalerie Streit mit den Bildern anfangen!

Mich selbst packe ich mit ein. Ich ziehe um, obwohl ich noch nicht hundertprozentig weiß, wohin. Aber für mich gibt es hier nichts mehr, und mir steht die ganze Welt offen, auch wenn ich es nicht möchte.

Du hast meine Telefonnummer, Jess. Und falls du sie vergessen haben solltest oder so, schreibe ich sie ans Ende dieses Briefes. Wenn dir jemals danach ist, kannst du mich anrufen.
Vielleicht bin ich dann achtzig, und alle anderen benutzen eine neue Technologie, die Telefonanrufe durch irgendwelche Mikrochips direkt ins Gehirn leitet, und ich bin der Einzige, der noch ein funktionstüchtiges Nokia hat.
Vielleicht klingelt es eines Tages, und dann hebe ich mit arthritischen Fingern ab und höre deine Stimme am anderen Ende. Ich wäre sehr glücklich, deine Stimme wieder zu hören – nicht nur auf dem Anrufbeantworter, den du mit Grace besprochen hast und auf dem ihr beide versucht, ernst zu klingen, aber dauernd kichern müsst.
Ich hoffe, du verstehst mich, und ich hoffe, du bist nicht gekränkt, und ich hoffe, dass wir uns eines Tages wiedersehen. Ich hoffe, du vergisst nicht – Baby, I love you.
Joe xxx

20. August 2013

Liebe Jess,
es ist Jahre her, seit ich dir zuletzt geschrieben habe. Dafür hatte ich meine Gründe, und ich habe dir zu viel zu sagen, um es auch nur ansatzweise zu erklären.
Ich bin kurz davor, einen Schritt zu tun, der mein Leben fundamental verändern wird, und etwas tief in mir verlangt, dass ich dir diesen letzten Brief schreibe. Ich weiß nicht, ob du irgendeinen meiner Briefe gelesen hast, und das gilt auch für diesen – aber das macht nichts. Ich muss Lebewohl sagen, selbst wenn du mir nicht zuhörst.
Vor ein paar Tagen war ich im Pub und habe eine Frau gesehen, die dir

so ähnlich sah, dass ich mein Bier fallen ließ. Das Glas rutschte mir aus der Hand und zerbrach, und als sie sich umdrehte, wurde mir klar, dass du es gar nicht warst. Aber der Schock hat mir gezeigt, dass ich dir noch einmal schreiben muss, bevor ich weggehe.

In jener Nacht habe ich wach gelegen und mich gefragt, was passiert wäre, wenn du es wirklich gewesen wärst. Wenn sich unsere Wege aus heiterem Himmel noch einmal gekreuzt hätten.

Der Schluss, zu dem ich gelangt bin, hat mich traurig gemacht, war aber vielleicht auch das, was ich gebraucht habe.

Wenn wir uns noch einmal begegneten, würden wir einander womöglich nicht erkennen. Wir waren noch Kinder, als wir uns getrennt haben. Tasteten uns noch durchs Leben. Ich habe keine Ahnung, was du seitdem erlebt hast – aber ich hoffe ehrlich, dass es gut war. Dass du verheiratet bist und einen Haufen Kinder hast und ein erfülltes Leben.

Mit mir ist viel passiert, Dinge, die mich verändert haben. Ich bin nicht mehr derselbe Joe, und du bist sicher nicht mehr dieselbe Jess. Ich habe noch nie jemanden so geliebt wie dich – aber ich bin nicht mehr dieser Mann. Du hast nicht gesehen, was ich gesehen habe, nicht die Dinge durchgemacht, die ich durchgemacht habe, deshalb würdest du mein neues Ich niemals verstehen. Wie könntest du den Mann lieben, der ich jetzt bin, ohne zu wissen, wie er entstanden ist?

Ich wünschte, ich könnte dir die letzten Jahre zeigen – die Hochs und Tiefs, die mich geprägt haben. Aber das kann ich nicht und werde ich nie können. Zu viel Zeit ist vergangen, und zu vieles ist geschehen.

Also möchte ich Lebewohl sagen und dir all die wunderbaren Dinge wünschen, die die Welt zu bieten hat, und dir sagen, dass es mir einigermaßen gutgeht. Ich habe überlebt.

Ich bin dabei, mein Leben zusammenzupacken, wollte dir aber noch ein letztes Geschenk schicken. In diesem Päckchen sind ein paar kleine

Nachrichten. Ich weiß nichts über dein Leben, aber falls du mich je brauchst, bin ich für dich da, auf die einzige Weise, in der das möglich ist. Jeder Umschlag ist beschriftet, und du kannst sie nach Bedarf öffnen. Ich hoffe, dass du manche niemals brauchst – und falls doch, falls dies mein letztes Hurra, mein endgültiger Abschied ist, soll er es auch wert sein.
Joe xxx

12. Kapitel

Heute Morgen bin ich inmitten dieser kleinen Umschläge aufgewacht – dieser kleinen Perlen von Joe. Sie waren säuberlich verpackt und deutlich beschriftet.

Er hatte sich an Alice im Wunderland orientiert und jeden Umschlag mit einer anderen Anweisung versehen: Lies mich, wenn du traurig bist; Lies mich, wenn du einsam bist, und noch einige andere. Ein Miniaturführer fürs Leben, der aus dem Jenseits zu kommen scheint, von einer Liebe, die ich für tot und begraben gehalten hatte.

Am liebsten hätte ich alle geöffnet, da jede einzelne Emotion auf mich zutraf, zwang mich aber, es nicht zu tun. Ich würde sie rationieren wie Orangen während des Krieges.

Es war ziemlich surreal, nach wenigen Stunden unruhigen Schlafs meine geschwollenen Augen zu öffnen und blassblaues Papier zu sehen, auf dem »Lies mich, wenn du tapfer sein musst« steht.

Heute Morgen fühle ich mich gar nicht tapfer. Ich bin erschöpft und wütend und verwirrt, und ein Teil von mir würde am liebsten aufgeben. Das alles ignorieren und das Leben seine ruhigen, immer enger werdenden Kreise ziehen lassen.

Ich bin entsetzt über meine Feigheit, dass ich versucht bin, von diesem emotionalen Schlachtfeld zu fliehen. Darum habe ich den blassblauen Umschlag mit in die Schule genommen, in der ich arbeite.

Ich stehe in der Eingangshalle, umgeben von Achtjährigen, die als Quallen verkleidet sind. Lauter Chiffon und flatternde Bänder.

In der Halle, die für Sport und Veranstaltungen genutzt wird und nach Holzpolitur und Kleber riecht, warten die kleineren Kinder mit Haimasken und -flossen aus Pappe, während die Sechstklässler wie die gelangweiltesten Matrosen der Welt aussehen.

Mir fehlt Schlaf, und ich bin aufgedreht von zu viel Kaffee. Ich hatte ganz vergessen, dass heute die Generalprobe für das Abschlussfest stattfindet, und das ozeanische Wunderland steigert noch den surrealen Eindruck.

Die Quallen tanzen in leuchtenden Leggings und schimmernden Umhängen um mich herum, ein Kaleidoskop aus Farben. Ich reiße die Arme in die Luft und wirbele mit ihnen umher, worauf sie kichernd auf mich zeigen.

»Miss Wilshaw!«, keucht ein Junge, »Sie können keine Qualle sein! Sie sind viel zu alt!«

»Wer behauptet das?« Ich verdopple mein Tempo und jage ihn umher. »Vielleicht bin ich ja die Königin der Quallen!«

»Die Königin hat graue Haare und sieht immer wütend aus. Also können Sie nicht die Königin sein, weil Sie gelbe Haare haben und immer glücklich aussehen!«

Das heitert mich auf, und während ich ihnen zum Abschied winke, tänzle ich wie eine Qualle durch den Flur.

Der Lärm – das Geplapper und der Gesang, die stampfenden Füße und die gelegentlichen Rufe eines Lehrers, der Ordnung schaffen will – ebbt ab, als ich das Büro betrete, das ich mir mit der stellvertretenden Schulleiterin teile.

Hier fühle ich mich zu Hause, ungeachtet der dezibelstarken Kinder, des Geruchs von Schulessen, der Klingel, der schabenden Stühle und des wilden Freudengeschreis, das in der Pause hereindringt.

Zwei Jahre nach meiner Entlassung aus der Klinik habe ich hier als Ehrenamtlerin angefangen. Es war eine sonderbare Entscheidung, mich mit Kindern zu umgeben, nachdem mich der Verlust meines eigenen fast umgebracht hatte – und doch kam es mir richtig vor. Die Kleinen sind so ehrlich und offen für jede Freude, dass es ansteckend wirkt, und diese unverstellte Ehrlichkeit konnte ich gut gebrauchen.

Ich war nicht gerade der Traum aller Arbeitgeber mit meinen eingeschränkten Qualifikationen, der fehlenden Berufserfahrung und dem jahrelangen Aufenthalt in psychiatrischen Kliniken.

Mrs. Corby, die damalige Schulleiterin, war eine freundliche Seele, die zu verstehen schien, dass ich in einer Welt arbeiten wollte, die größer als meine eigene war. Ich durfte bei der Alphabetisierung helfen, den Kindern beim Lesen zuhören und ihnen beim Lernen helfen. Ich muss den Grüffelo wohl an die drei Millionen Mal gehört haben und kann ihn bis heute auswendig.

Ich half bei Spendensammlungen, organisierte außerschulische Aktivitäten und bekam schließlich eine Stelle an der Schule. Inzwischen ist Mrs. Corby im Ruhestand, und ich arbeite als Eltern-Schul-Koordinatorin, was einem nur so von der Zunge gleitet.

Ich arbeite mit Familien, Lehrpersonal und allen anderen,

die mit der Schule zu tun haben, um ein möglichst gutes Klima zu schaffen. Ich liebe bestimmte Aspekte meines Jobs – die Atmosphäre, die Kinder, dass man mitverfolgen kann, wie sie am ersten Schultag als Winzlinge hier ankommen und schließlich ihren Weg in die Welt antreten.

Oft begegne ich Ehemaligen in der Stadt und fühle mich sehr alt, wenn ich an einen zerzausten Vierjährigen mit Rotznase denke, dem immer eine Socke herunterrutschte und der mich nun mit einer tiefen Männerstimme anspricht.

Andere Aspekte meines Jobs sind eher scheiße, aber das geht wohl allen so. Es macht mich unglaublich traurig, wenn Familien so gestört sind, dass ihre Kinder daran zerbrechen. Wenn Beziehungen auseinandergehen und das Kind in der Mitte steht. Wenn Mütter oder Väter sich kaum um sich selbst kümmern können, geschweige denn um ihre Kinder. Wenn es gesundheitliche Probleme oder emotionale Schwierigkeiten oder plötzliche Todesfälle gibt. Wir sind keine Brennpunktschule, aber so etwas kommt immer wieder vor.

Natürlich erwarten alle, dass ich heute daheimbleibe – immerhin wurde meine Mutter gestern beerdigt. Aber ich musste herkommen, musste etwas tun, das sich um die Arbeit und um andere Menschen dreht und nicht um den gewaltigen Tsunami der Veränderung, der auf mich zu donnert.

Ich nutze die Zeit, die ich für mich allein habe, und hole Joes Nachricht heraus. Lies mich, wenn du tapfer sein musst. Ironischerweise muss ich schon tapfer sein, um den Umschlag überhaupt zu öffnen.

Ich seufze genervt, weil ich so schwach bin, und reiße ihn auf. Darin liegt eine kleine weiße Karte, die mit Joes Handschrift bedeckt ist.

»Jess, du bist der tapferste Mensch, dem ich je begegnet bin. Du hast dein leichtes Leben hinter dir gelassen, um mit mir ein schwieriges zu führen. Du hast dein Heim verlassen und dir ein neues an einem Ort geschaffen, vor dem du schreckliche Angst hattest. Du hast dich vom Kind zur Mutter entwickelt. Du hast dich deinen Eltern widersetzt und nie gezeigt, dass du dich vor meinen fürchtest. Du bist tapfer und stark und voller Kraft. Sei tapfer – aber nicht, weil ich es dir sage, sondern weil du es bist.«

Mir kommen die Tränen. Ich fahre mit den Fingern über sein Gekritzel und versuche, mich davon zu überzeugen, dass er recht hat. Dass ich tapfer genug bin, um mit alldem klarzukommen.

»Alles gut?«, fragt eine Stimme hinter mir. »Was liest du denn da?«

»Nichts«, sage ich und stecke die Karte wieder in den Umschlag. Ich will nicht, dass jemand sie sieht. Sie gehört mir – mir und Joe.

»Topsecret, was?«, fragt Alison, die stellvertretende Schulleiterin. »Was machst du eigentlich hier?«

Alison ist einen Kopf kleiner als ich, viel rundlicher und sieht aus wie die knuddelige Hollywood-Version einer guten Fee. Sie hat einen starken Glasgower Akzent und einen Master in Sarkasmus, was alle verwirrt, die freundliches Lachen und Feenstaub erwarten.

Alison verzieht das Gesicht. »Du Arme … Egal. Louis. Die Mütter sind jetzt hier und warten auf uns. Fühlst du dich dem wirklich gewachsen?«

Ich nicke und folge ihr in den neutral gestrichenen Raum, den wir für Besprechungen nutzen. Heute sind zwei Mütter hier, um sich über einen kleinen Jungen namens Louis Mitchell und sein »beleidigendes und störendes« Verhalten zu beschweren.

Ich sehe, wie Alison ihre respektvolle »Wir nehmen Ihre Sorgen sehr ernst«-Miene aufsetzt, und versuche, es ihr gleichzutun, während wir kurz Smalltalk machen.

Während der ersten Gesprächsphase verhalte ich mich still und überlasse Alison die Führung, während sie sich die Litanei von Klagen anhört.

Laut den beiden Damen ist Louis Mitchell die Ausgeburt der Hölle. Er ist grob, er flucht, er schlägt, er tritt, er schubst. Vor allem mobbt er ihre Kinder, die in Tränen aufgelöst nach Hause gekommen sind, weil Louis sie so gedemütigt hat. Er ist sieben Jahre alt, sollte ich hinzufügen – sozusagen ein Baby-Psychopath.

Ich mustere die beiden Frauen, die perfekt aufeinander abgestimmt sind und sogar die Sätze der anderen beenden, was mich glauben lässt, dass sie sich sehr gründlich auf das Treffen vorbereitet und ihre Strategie geprobt haben. Vielleicht in der schicken Öko-Bäckerei mit dem angeschlossenen Café oder dem französischen Bistro oder bei einem Glas Chardonnay in einem ihrer schönen Häuser im richtigen Teil der Stadt.

Die Mutter von Louis Mitchell ist nicht hier. Sie war letzte Woche da, mit ihren beiden jüngeren Kindern, vollkommen durcheinander, vermutlich in ihrer besten Kleidung und bemüht, nicht zu weinen. Sie sah aus, als könnte sie einen Monat in einem Wellnesscenter und einen Besuch von Nanny McPhee gebrauchen.

Sie hatte erst vor wenigen Wochen ihre Mutter verloren,

einen Ehemann gab es nicht, und ihr Leben sah insgesamt nicht rosig aus – sie aß mittags nicht bei John Lewis, plante keinen Urlaub auf den Seychellen und fuhr auch nicht die zwei Minuten bis zur Schule mit dem Range Rover.

Der Kontrast zwischen den Frauen hätte nicht größer sein können und veranschaulichte die entgegengesetzten Pole, an denen die Menschen hier leben.

»Außerdem«, verkündet eine der Mütter, senkt die Stimme und beugt sich vor, um zu betonen, dass sie aus tiefster Überzeugung spricht, »sagte man mir, er habe *Kopfläuse*. Ich will ja nicht über andere urteilen, und offenbar ist es nicht die Schuld des armen Kindes, aber irgendwann muss man doch Maßnahmen ergreifen, oder?«

Ich glaube, es ist ihr herablassendes und heuchlerisches »armes Kind«, das mich aufweckt. Das und die Tatsache, dass meine Finger Joes Karte fest umklammern. Die Karte, die er geschrieben hat, damit ich tapfer bin.

Louis ist ein Kind, und er ist arm – was letztlich das Problem ist. Er wohnt in einer Sozialbausiedlung und stört mit seiner unbequemen Schäbigkeit ihr Mittelklasse-Idyll.

Ich nicke und lächle und erkläre höflich, dass ich rasch etwas aus meinem Büro holen muss.

Als ich nach wenigen Minuten zurückkomme, bleibe ich vor der Tür stehen, atme tief durch und frage mich, ob dies die richtige Gelegenheit für einen Kampf ist. Der richtige Ort, um tapfer zu sein.

Das vielleicht nicht – aber immerhin ein guter Anfang.

Alison sieht mich verwirrt an, als ich hereinkomme und einen Stapel gefaltete Plastiktüten auf den Tisch lege.

»Was ist das?«, frage ich leise und zeige darauf.

»Ähm … Einkaufstüten?«, fragt eine der Mütter, wobei ihr perfekt geföhnter Bob zur Seite schwingt.

»Sehr gut. Welche Sorte?«

»Die scheinen von Aldi zu sein. Und auch ein paar von Co-op. Dürfte ich wissen, was das mit unserem Gespräch zu tun hat?«

Ich schaue zu Alison und sehe, wie sie den Kopf schüttelt. Fang bloß nicht damit an, signalisiert sie und kneift nachdrücklich die Augen zu. Ich grinse entschuldigend.

Und ob ich damit anfange.

»Nun«, ich setze mich wieder, »es hat mit unserem Gespräch zu tun, weil ich diese Einkaufstüten in meiner Schreibtischschublade aufbewahre. Und zwar, um sie morgens gewissen Kindern zu geben. In diesem Schuljahr vor allem Louis Mitchell. Es wird Sie nicht überraschen, dass Louis kostenloses Schulessen bekommt – schockierend, nicht wahr, dass Kinder wie er in unserer modernen Welt immer noch essen dürfen?«

Ich spüre, wie Alison sich anspannt, und sehe die verständnislosen Blicke der anderen Mütter. Sie wissen, dass man sie irgendwie beleidigt, aber nicht genau, wie.

»Louis mag das Schulessen aber nicht. Er findet den Speisesaal angsteinflößend. Louis ist noch mitten in der Diagnose. Es dauert ewig, wenn man sich die privaten Tests nicht leisten kann, die Sie haben durchführen lassen, Mrs. Lucas, als Sie glaubten, Ollie sei Legastheniker. Was nicht stimmte. Louis wird wohl irgendwo im ADHS-Spektrum diagnostiziert werden. Es fällt ihm schwer, still zu sitzen, er lässt sich schnell ablenken und steht manchmal spontan mitten im Unterricht auf, um seinen Stift zu spitzen. Wenn er einen umarmt, wird er allzu enthusiastisch, und wenn er sich langweilt, beschäftigt er sich einfach mit etwas anderem. Louis ist aber auch freundlich und liebevoll und sehr unterhaltsam – er ist sogar beliebt, beim Lehrpersonal und den meisten Kindern. Den allermeisten. Aber Ihre gehören nicht dazu?«

»Nun, nein«, erwidert Mrs. Lucas, die Nasenlöcher leicht gebläht. »Und während ich mit allen Kindern mitfühle, die gesundheitliche Probleme haben, sollte man ihm nicht erlauben, unsere Jungs zu mobben!«

»Das tut er nicht«, erwidere ich leise. »Das ist absoluter Bullshit.«

Eine Pause, allgemeines Nach-Luft-Schnappen, und ich merke, wie Alison mir die Hand auf den Arm legt. Ich schiebe sie sanft beiseite. Ich habe nicht die Kontrolle verloren – ich bin nur tapfer.

»Es ist absoluter Bullshit, denn falls Kinder in dieser Klasse andere mobben, dann Ollie und Josh. Ganz ehrlich, ich weiß, dass man so nicht über Kinder reden sollte. Aber sie sind absolute Arschlöcher. Sie mögen noch klein sein und haben Zeit, sich zu ändern, aber ich an Ihrer Stelle würde auf Plakate mit vermissten Nachbarskatzen achten und schon mal für die Anwaltskosten sparen.«

Die Mütter starren mich an und blinzeln hektisch. Alison stößt eine Entschuldigung hervor und schiebt ihren Stuhl zurück. Ich aber stehe meine Frau – besser gesagt, ich sitze sie.

»Nun, das war ein bisschen harsch, nicht wahr? Und wenn ich ehrlich bin, meine ich es auch nicht so. So übel sind die beiden nicht – nur ein bisschen verwöhnt und selbstgerecht, und sie schikanieren Louis, weil er ein leichtes Ziel ist. Sie sind nicht böse, und ich bin mir zu neunzig Prozent sicher, dass aus ihnen keine Serienmörder werden. Höchstens Banker oder Politiker. Aber es ist nicht schön, wenn das eigene Kind heruntergemacht wird, oder? Wenn die Leute nachtreten, wie Sie es bei Louis und seiner Mum tun?

Die Frau gibt ihr Bestes, und ich habe den selbstgerechten, selbstzufriedenen Schwachsinn, den Leute wie Sie verzapfen, gründlich satt. Sie schicken Ihre Kinder nur zu uns, um Geld zu sparen, damit sie später auf eine Privatschule gehen können. Sie halten sich für etwas Besseres, weil diese Frau arm ist und in einer Mietwohnung lebt und Schwierigkeiten hat, ihr Leben zu bewältigen – aber Sie sind nicht besser und Ihre Kinder auch nicht.«

Mrs. Lucas ist rot angelaufen und sieht aus, als würde sie mich am liebsten erwürgen. Die andere Mutter weint, ob aus Wut oder Scham, kann ich nicht sagen.

Alison schiebt mich vom Tisch weg. Sie ist erstaunlich stark für eine Frau, die aussieht wie Glöckchen, die Fee. Sie entschuldigt sich, und ich lasse mich von ihr zur Tür bugsieren.

Dann drehe ich mich um, trete ihr auf den Fuß, damit sie mich loslässt, und sage: »Vielleicht fragen Sie sich immer noch, was das mit den Einkaufstüten sollte. Nun, Louis' Mutter packt ihm sein Mittagessen in eine Aldi-Tüte. Ihre Söhne und auch einige andere Kinder haben ihn deswegen schikaniert, und zwar das ganze Schuljahr lang. Aldi ist für arme Leute – für Gauner, den Abschaum aus den Sozialwohnungen, für Leute, die sich Sozialhilfe erschleichen, für Loser, deren Väter arbeitslos sind. Jedes Kind, das eine solche oder ähnliche Tüte dabeihat, wird öffentlich gedemütigt.

Wir hätten früher handeln sollen, aber Louis' Mum ist nie hergekommen und hat ein Drama veranstaltet. Vermutlich hat er es nicht mal erwähnt. Aber nachdem ich gesehen hatte, was vorging, habe ich angefangen, seine Tüten auszutauschen. Ich habe schicke Einkaufstüten von zu Hause mitgebracht, um ihn zu schützen. Also Glückwunsch – Sie mögen keine Serienmörder großgezogen haben, dafür aber kleine Snobs!«

Ich marschiere aus dem Besprechungszimmer, lehne mich draußen im Flur an die Wand und hole tief Luft. Ich höre den Gesang von der Generalprobe, etwas über Meerjungfrauen und Narwale und verzauberte Inseln.

Alison verspricht den Müttern, sie sei gleich zurück, schließt sanft die Tür und tritt vor mich hin. Ich erwarte, dass sie stinksauer ist. Dass sie mich bestenfalls feuert und schlimmstenfalls hängen und vierteilen lässt.

Stattdessen schlägt sie die Hände vor den Mund und bricht in Gelächter aus, entfernt sich vorsichtshalber ein paar Schritte, damit man drinnen ihr ersticktes Gegacker nicht hört.

»Jesus, Jess«, sagt sie, Lachtränen in den Augen, »das war einer der komischsten Auftritte, die ich je erlebt habe! Deren Gesichtsausdruck, als du ihnen erzählt hast, wie ihre kleinen Scheißer wirklich sind! Unbezahlbar!«

»Ich glaube, du solltest sie nicht ›kleine Scheißer‹ nennen.«

»Vermutlich nicht. Aber du hättest auch nicht ›Bullshit‹ und ›Schwachsinn‹ sagen sollen. Hör mal, geht es dir gut? Das war vollkommen untypisch für dich.«

»Ich weiß nicht, ob es mir gutgeht«, sage ich ehrlich und kaue auf meiner Lippe. »Aber ich weiß, dass es mir nicht leidtut. Na ja, mir tut leid, dass es jetzt an dir hängenbleibt – aber nicht, was ich gesagt habe. Ich glaube … ich glaube, ich muss mir den Rest des Halbjahrs freinehmen, Alison.«

»Ach ja?«, fragt sie mit hochgezogenen Augenbrauen. »Da könntest du recht haben. Ich werde jetzt Schadensbegrenzung betreiben und ihnen sagen, dass du deine arme alte Ma verloren hast, was dich so schwer mitgenommen hat, dass du jetzt Urlaub nimmst. Aber bleib noch hier, bis wir in Ruhe geredet haben.«

»Okay. Ich muss ohnehin noch Papierkram erledigen. Jedenfalls hoffe ich, dass es gut ausgeht – vor allem für Louis.«

»Für den wird alles super. Und das mit Aldi verstehe ich wirklich nicht. Die haben köstlichen Käse!«

Sie reckt den Daumen in die Höhe, atmet tief durch und setzt wieder ihre respektvolle Zuhör-Miene auf, bevor sie sich in die Höhle der Löwinnen begibt.

Ich schlendere zu meinem Büro, noch ganz erhitzt von der Auseinandersetzung. Ich bin tapfer gewesen – ich habe versucht, ein kleines Unrecht wiedergutzumachen.

Jetzt muss ich noch tapferer sein – und das viel größere Unrecht wiedergutmachen, das man Joe und mir vor so vielen Jahren zugefügt hat.

Ich darf dem Tsunami nicht länger ausweichen. Es ist an der Zeit, geradewegs hineinzuspringen, auf der Welle zu reiten und zu sehen, wohin mich das Wasser trägt.

Ich hole mein Handy heraus und wähle Michaels Nummer. Er meldet sich mit den Worten: »He-Mans und She-Ras Haus der Schmerzen, womit kann ich dienen?«

Ich ignoriere die Frage. »Liebster Cousin, hast du Lust auf eine Reise?«

13. Kapitel

»Als du Reise gesagt hast«, beklagt sich Michael beim Einparken, »hatte ich an etwas Exotisches gedacht. Eine Fahrt im Cabrio entlang der kalifornischen Küste oder eine Tour durch die Toskana. Mit dem Wind in den Haaren über die gewundenen Straßen von Montenegro kreuzen. Und jetzt geht es nach Moss Side! Ich bin mir nicht sicher, ob ich dafür richtig gekleidet bin.«

»Hör auf zu jammern«, sage ich entschieden und lächle. »Du bist für gar nichts richtig gekleidet.«

Er verdreht die Augen und streicht über das neonbunte Leinenhemd mit dem Palmen-Muster, das mir in den Augen weh tut. Er hat es mit Leinenshorts und grellrosa Espadrilles kombiniert. Ich bin mir ziemlich sicher, dass er seinen Eltern dieses Outfit nicht gezeigt hat.

»Wann läuft dein Mietvertrag aus?«, frage ich, als Michael seine langen Beine aus dem Wagen faltet. Er hat gerade sein Jurastudium abgeschlossen und soll nun wieder bei seinen Eltern einziehen.

»Vor zehn Tagen«, sagt er und schließt die Tür ab. »Seitdem kampiere ich auf Sofas. Ich kann einfach nicht zurück. Daheim könnte ich Juwelen wie das hier nicht tragen, oder?«

»Wenn du möchtest, kannst du bei mir wohnen«, sage ich achselzuckend. »Aber ich warne dich, wenn du ein solches Juwel vor neun Uhr morgens trägst, attackiere ich dich mit der Greifzange meiner Mutter.«

Er verzieht entsetzt das Gesicht.

»Ich habe in ständiger Angst vor dieser Greifzange gelebt … sie sah aus wie ein Folterinstrument für arthritische Sadisten … aber danke vielmals. Vielleicht nehme ich dein Angebot an. Du könntest dich krank stellen oder tun, als wärst du vollkommen am Boden zerstört, weil deine Mum gestorben ist, das wäre großartig. Dann könnte ich sagen, dass ich aus Nächstenliebe zu dir ziehe.«

»Was besser klingt, als dass du deine Eltern für humorlose Roboterklone hältst.«

»Genau. Sind wir da? Ist es das?«

Wir stehen vor einer Reihe großer, frisch renovierter viktorianischer Häuser. Das Mauerwerk ist sauber und glatt ausgerichtet, die Fenster sind neu und die Haustüren in leuchtenden Primärfarben gestrichen.

Es sieht prachtvoll aus, und ich bin ziemlich verblüfft, wie sehr sich dieser Teil von Manchester verändert hat. Ich war selten bei Joes Pflegeeltern, denn wir waren beide froh, wenn wir sie nicht sehen mussten. Die Veränderungen fallen mir dennoch auf.

Hier stand früher das alte Stadion von Manchester City, umgeben von Hunderten Reihenhäusern, eine lebendige Mischung unterschiedlichster Kulturen und Menschen, die aussahen, als würden sie einem ins Gesicht schießen, sobald man ihre Turnschuhe schief ansah. Die Gegend war nie so schlimm gewesen wie ihr Ruf für Gangs, Waffen, Drogen, den sie schon in den späten neunziger Jahren hatte, als ich zum ersten Mal hergekommen war.

Das Fußballstadion gibt es nicht mehr, wie mir Google verraten hat, es wurde durch neue Häuser und eine Schule ersetzt.

Die alten Reihenhäuser, Kebabläden und Buchmacher gibt es noch, aber ich fürchte nicht mehr, dass mir jemand ins Gesicht schießt. Das kann natürlich noch kommen.

In den renovierten Häusern sind gemeinnützige Organisationen, Clubs und Geschäfte untergebracht. Ich sehe ein polnisches Café und etwas, das mit Gärten und Bio-Lebensmitteln zu tun hat, ein somalisches Zentrum und Plakate, die einen karibischen Karneval ankündigen.

Mittendrin befindet sich ein Haus mit einer leuchtend roten Tür, an der BLM Associates steht – ihretwegen bin ich gekommen. Ich weiß nicht, weshalb ich beschlossen habe, hier anzufangen. Vielleicht weil es leicht zu finden war. Oder weil ich mit jemandem reden muss, der ihn gekannt und geliebt hat. Der vielleicht sogar weiß, wo er jetzt ist.

Ich habe keine Ahnung, wie man mich empfangen wird – als ich den Termin vereinbart hatte, notierte die Sekretärin meinen Namen und fragte nicht nach Einzelheiten, nachdem ich als Zweck meines Besuchs »persönlich« angegeben hatte.

Rückblickend erscheint es mir unklug. Denn als ich nun in dieser Gegend stehe, die ich kaum wiedererkenne, machen sich meine Nerven bemerkbar. Mir zittern die Knie, als wäre ich eine Marionette, deren Fäden man durchtrennt hat. Ich reise durch Zeit und Raum in ein vergessenes Land, an einen Ort voller Gefahren. Es kann gutgehen – oder ich werde doch noch überfallen.

Noch könnte ich einen Rückzieher machen. Ich könnte Michael bitten, mich nach Hause zu fahren, und im Garten zur Feier des Tages ein Lagerfeuer entzünden, in dem ich die lästigen Briefe und Karten und übrigen papierenen Folterinstrumente verbrenne. Ich könnte alles in Rauch aufgehen lassen und mich bis ans Ende meines Lebens auf nichts Schwierigeres als Kreuzworträtsel konzentrieren.

Ich bin versucht, genau das zu tun. Mir brennt Säure in der Kehle vor lauter Furcht und Selbstekel. Weil ich unbedingt tapfer sein will. Weil ich so gern das Feuer und den Zorn heraufbeschwören würde, die ich gestern bei der Besprechung in der Schule verspürt habe. Doch ich fühle mich nur schwach und dumm. Wie ein Kind, das Erwachsensein spielt. Vorbei ist vorbei, und vielleicht wäre es für alle Beteiligten besser, wenn ich es dabei beließe.

Als ich gerade aufgeben, meine Niederlage eingestehen und Michael bitten will, mich verdammt nochmal hier wegzubringen, geht bei BLM Associates die Tür auf. Eine hochgewachsene, kräftig gebaute Frau in enger Jeans und violettem Batik-Shirt steht mit verschränkten Armen auf der Schwelle.

»Was gibt's?«, fragt sie, wobei ein Lächeln an ihrem Mundwinkel zupft. »Noch nie 'ne schwarze Bitch gesehen, Baby Spice?«

14. Kapitel

Das Büro ist sauber, aber chaotisch, an einer Pinnwand hängen Plakate und Flyer von politischen Versammlungen, Salsaunterricht und Meditationsgruppen.

Wir folgen Belinda in einen Raum, in dem offenbar viel gearbeitet wird – ein Schreibtisch, ein kleiner Tisch für Besucher, ein Durcheinander aus Kabeln von Computern und Telefonen, und bizarrerweise gibt es auch eine Xbox.

Die Kaffeemaschine sieht teurer aus als das gesamte Mobiliar, und es gibt eine Pflanze mit riesigen glänzend grünen Blättern. Ich starre eine Weile darauf, weil mir mein Verstand sagt, dass etwas daran seltsam ist. Aber ich komme nicht drauf.

Dann bemerke ich, dass einige der eingerollten Blätter mit schwarzweißen Glupschaugen dekoriert sind, wie wir sie in der Schule beim Bastelunterricht verwenden.

»Mit Glupschaugen sieht die Welt gleich besser aus«, sage ich und strecke die Hand nach einem Blatt aus.

»Gutes Lebensmotto«, erwidert Belinda, als sie uns wie eine ausgebildete Barista Kaffee macht. »Das solltest du dir auf ein T-Shirt drucken lassen.«

Michael inspiziert die kleinen Räucherkegel, die in Aschenbechern auf der Fensterbank stehen, die Dankeskarten, die zusammen mit Konzerttickets, herausgerissenen Zeitungsartikeln und Speisekarten örtlicher Lieferdienste an einer weiteren Pinnwand hängen.

Um den Schreibtisch türmen sich wilde Aktenstapel, kleine Papplawinen, die jeden Augenblick niedergehen können, und die Rückseite des aufgeklappten Laptops ist ebenfalls mit einer bunten Mischung verschieden großer Glupschaugen dekoriert. Es sieht aus, als würden uns seltsame unsichtbare Tiere observieren.

Michael ist offensichtlich fasziniert von diesem Raum, der anders aussieht als jede Anwaltskanzlei, die er je besucht oder sich im Geiste ausgemalt hat.

Die Kanzlei seines Vaters ist einer dieser ruhigen, verstaubten Orte voll ledergebundener Bücher, altmodischer Schreibunterlagen und unheilschwangerer Stille, an dem jegliches Geplapper als frivol gilt, als pure Verschwendung von Zeit und Energie.

Bei unserem Eintritt ließen die Klänge einer nordischen Death-Metal-Band die Wände erzittern, doch Belinda hat für unsere empfindlicheren Ohren die Lautstärke heruntergedreht. Die Musik läuft aber noch, und Michael macht große Augen, als jemand mit kehlenzerfetzendem Lärmpegel wiederholt das Wort »Satan« brüllt.

»Tut mir leid«, sagt Belinda, als sie seinen Gesichtsausdruck bemerkt. »Ich hoffe, meine religiösen Überzeugungen kränken dich nicht.«

»Oh! Ähm … nein, natürlich nicht! Satanismus ist … nun ja, die haben immer sehr schöne Umhänge«, stottert er und nimmt den angebotenen Kaffee entgegen, der ihm sofort über die Hände schwappt.

»Sie veräppelt dich, Michael«, sage ich und setze mich, in der Hoffnung, dass ich recht habe. Belinda könnte durchaus auf den Pfad zur linken Hand geraten sein. Es ist lange her, seit wir uns zuletzt gesehen haben.

Sie sieht anders und zugleich genau wie früher aus. Sie ist ein bisschen stämmiger geworden, und die Cornrows sind einem natürlichen Look mit kurzen Locken gewichen, die fast rasiert aussehen.

»Das stimmt, Michael«, bestätigt Belinda, setzt sich mir gegenüber und mustert mich, wie ich es mit ihr getan habe. »Ich hab dich veräppelt. Aber die Umhänge würden mich auch reizen.«

Er steht abwartend hinter uns, als wüsste er noch nicht, ob er bleiben oder gehen will. Belinda deutet auf einen Stuhl, und er setzt sich wie ein gut erzogener Welpe. Ich muss ein Lächeln unterdrücken, als mir klarwird, dass er schreckliche Angst vor ihr hat – genau wie ich bei unserer ersten Begegnung.

»So«, sagt er ein bisschen schriller als üblich, und in seiner Stimme schwingen Aufregung und Selbsterkenntnis mit, als er versucht, sich in der neuen Umgebung zurechtzufinden. »Wofür steht das BLM in eurem Namen?«

»Black Lives Matter«, erwidert sie ernst und torpediert seinen Versuch, sich eine Komfortzone zu schaffen.

»Sicher. Ja. Natürlich! Klar tun sie das. Sehr sogar.«

»Du klingst nicht ganz überzeugt«, erwidert Belinda und sieht ihn prüfend an.

Ich greife ein, bevor er vor weißem Schuldbewusstsein und Empörung explodiert. »Sie veräppelt dich immer noch, Michael.«

»Und wie«, sagt sie und prustet vor Lachen, als sie seinen Gesichtsausdruck bemerkt. Ich würde nur zu gern einstimmen – Belindas Lachen ist sehr ansteckend –, weiß aber aus Erfahrung, dass es weit weniger amüsant ist, wenn sich ihr bissiger Humor gegen einen selbst richtet.

»Eigentlich ist es ein bisschen peinlich«, gibt sie zu, weil sie wohl gemerkt hat, wie verlegen Michael ist. »Es steht für Belinda liebt Malachi. Mal ist mein Sohn, und als ich die Kanzlei gegründet habe, befand sie sich in einem schäbigen Büro über einem Billigladen. Er war noch klein, und ich hatte definitiv keine Partner. Ich dachte, dass es toller klingt und ich so eher ernst genommen würde. Tut mir leid, dass ich mich über dich lustig gemacht habe. Aber bei dir kann ich schwer widerstehen, so wie damals bei Baby Spice hier.«

»Na ja, du bist jedenfalls Scary Spice«, erwidert er, überlegt kurz und fügt hinzu: »Und um das klarzustellen, nicht weil du schwarz bist, sondern weil du einem wirklich Angst machst.«

»Einverstanden«, sagt sie und überrascht ihn mit ihrem Killer-Lächeln, das immer so entwaffnend ist. Dann wendet sie sich wieder zu mir, und das Lächeln verschwindet aus ihren Augen.

»Tja, Jess – es ist lange her. Ich weiß gar nicht, wo ich anfangen soll – als du angerufen hast, war ich so überrascht, dass ich fast vergaß, meine eigene Sekretärin zu spielen.«

»Du tust, als wärst du deine eigene Sekretärin?«

»Ja, weil ich mir keine leisten kann. Aber die Schauspielerei ist super – ich bin eine sehr effiziente Dame namens Kate. Ich benutze einfach einen vornehmeren Akzent, und schon kaufen sie es mir ab! Aber warum bist du wirklich hier, Jess? Wohl kaum, um juristischen Rat einzuholen.«

»Nein, das stimmt.« Ein Seufzer entkommt meinen Lippen. Es gibt so viel zu sagen, so viel zu erklären, und das macht mir schwer zu schaffen. Ich beschließe, mit dem wichtigsten Teil zu beginnen.

»Meine Mum ist vor kurzem gestorben. Am Tag des Begräbnisses haben Michael und ich einen Schuhkarton mit Briefen von Joe gefunden, den sie auf dem Dachboden versteckt hatte. Sie – also meine Eltern – haben mir damals erzählt, er hätte mich verlassen. Er hätte das alles nicht mehr gepackt und mich verlassen, um in London neu anzufangen.«

»Das haben sie dir erzählt?«, fragt sie ruhig und tippt mit kurzen Fingernägeln auf die Tischplatte. Nur die geweiteten Nasenlöcher verraten ihre Gefühle. »Dass Joe … dich verlassen hat?«

»So ist es. Ich habe keine Ahnung, wieso, und da ich beide nicht mehr fragen kann, werde ich es wohl nie erfahren. Aber du weißt, wie sie über ihn gedacht haben.«

»Und ob ich das weiß. Ich habe es damals gehasst und hasse es auch jetzt noch. Die Briefe erzählen eine andere Geschichte, richtig?«

»So ist es«, antworte ich und versuche, ruhig zu bleiben, sachlich, objektiv. Ich stelle mir vor, ich würde vor Gericht aussagen, statt mit einer meiner ältesten Freundinnen über eine Lüge zu sprechen, die mein ganzes erwachsenes Leben geprägt hat. »Ich weiß jetzt, dass er mich nicht verlassen hat. Ich weiß auch, dass er sich die ganze Zeit gefragt hat, ob ich ihn verlassen habe oder zumindest nicht mehr wollte.«

Belinda kratzt sich heftig und rhythmisch den Handrücken, die Musik im Hintergrund überzieht das ganze Zimmer mit einem gequälten Gitarrensolo. Sie schaut zum Fenster. Zur Tür. Auf den Tisch. Dann wieder zu mir.

»Das muss ich erst verdauen. Ich glaube, da brauche ich ein bisschen Hilfe aus meiner besonderen Schublade.«

Sie geht zu einem Aktenschrank und holt eine Flasche Brandy heraus. Sie schüttet eine ansehnliche Menge in ihren Kaffeebecher, dann in meinen, dann in Michaels, ohne auch nur zu fragen.

»Fuck«, sagt sie nach einem großen Schluck. »Was für eine Bescherung – was ist dann mit dir passiert, Jess? Ich habe versucht, dich nicht zu hassen, die ganzen Jahre lang. Ich habe mir immer wieder gesagt, dass du deine Tochter verloren hattest. Weiß Gott, ich würde den Mond herunterreißen, wenn ich Mal verlöre. Ich habe mir gesagt, dass du krank warst. Dass du am Boden warst und dir das alles nicht ausgesucht hattest – aber es war schwer, Joe so zu sehen.

Zuerst blieb er stark – für dich. Doch mit der Zeit begann er zu zerbrechen. Deine Eltern hielten ihn von dir fern, und du weißt, was er von unserem Rechtssystem hielt – er konnte einfach niemandem vertrauen wegen … wegen der Dinge, die ihm als Kind passiert waren. Ich habe zugesehen, wie er innerlich zerfiel … er sprach die ganze Zeit von dir. Wie sehr er dich liebte und dass am Ende alles gut würde und dass er daran glaubte.«

Sie hält inne, trinkt Brandy. In ihren dunklen Augen schimmern Tränen, und mir geht es genauso. Ich will das alles nicht hören. Will nicht hören, wie er gelitten hat – aber ich bin es ihm schuldig, es zu ertragen, zu verstehen, was in seiner Welt passiert ist, während ich mich medikamentös ruhiggestellt durch einen Zeitlupennebel bewegte.

»Irgendwann konnte er nicht mehr daran glauben … deine Mum hat ihm gesagt, du wolltest ihn nicht mehr in deinem Leben haben. Und dein Dad … na ja, da ist so einiges passiert. Die Polizei wurde eingeschaltet. Es gab eine einstweilige Verfügung. Und seine sogenannte Familie hat ihm nicht geholfen. Eigentlich hat ihm keiner von uns geholfen – wir waren selbst noch Kinder. Kinder mit Kindern. Kinder, die mit dem Verlust von Kindern klarkommen mussten. Kinder, die sich in einer Welt zurechtfinden sollten, die die Erwachsenen versaut hatten. Mein Gott, ich wünschte, es wäre anders gelaufen … ich wünschte, ich hätte damals gekonnt, was ich heute kann. Dann wäre alles anders gekommen.«

Ich greife über den Tisch, nehme ihre beiden Hände und drücke ihre Finger. Belinda stürzt in ein tiefes Loch der Reue, und das darf ich nicht zulassen.

»Es ist nicht deine Schuld«, sage ich entschlossen. »Ich habe das Was-wäre-wenn-Spiel selbst gespielt, und man kann unmöglich gewinnen. Was wäre, wenn ich stärker gewesen wäre? Was wäre, wenn ich früher um Hilfe gebeten hätte? Was wäre, wenn meine Eltern nicht solche Snobs gewesen wären? Was wäre, wenn wir nicht um diese Zeit vor dem Einkaufszentrum gewesen wären? Aber es ändert nichts und hat keine Wirkung auf das Hier und Jetzt. Und um deine Frage von vorhin zu beantworten: Ich war die ganze Zeit in einer Klinik.

Man diagnostizierte eine Form von posttraumatischer Belastungsstörung und etwas, das sich komplizierte Trauer nennt. Ich habe lange gebraucht, um mich auch nur ansatzweise zu erholen, viele Medikamente, viel Therapie und viel zu viel Zeit meines Lebens. Meine Eltern haben mich geliebt, aber sie wollten Joe nie in meiner Nähe – sie haben ihn nur wegen Gracie toleriert. Ich muss glauben, dass meine Mutter das alles getan hat, um mich zu beschützen, als ich so verletzlich war, dass ich als selbstmordgefährdet galt. Es war nicht richtig, aber ich kann nicht noch mehr Zeit darauf verschwenden, sie dafür zu hassen.«

Als ich es ausspreche, erkenne ich, dass es wahr ist. Meine Eltern haben etwas Hassenswertes getan – aber sie dafür zu hassen, würde den monumentalen Berg aus Schmerz und Unglück, den ich schon überwinden musste, nur vergrößern. Ich muss mich auf das konzentrieren, was ich jetzt tun kann, nicht auf das, was sie damals getan haben.

»Mein Mum hat auch verrücktes Zeug gemacht«, sagt Belinda und lächelt verhalten. »Immerhin hatte sie die Entschuldigung, na ja, wirklich verrückt zu sein …«

»Wie geht es ihr?« Auf einmal sehe ich Belindas Mutter lebhaft vor mir, wie sie in einem neonrosa Tutu durch den Garten ihres kleinen Siedlungshäuschens läuft, Grace auf dem Arm hält und ihr »Der ewige Kreis« aus *König der Löwen* vorsingt. Im Rückblick weiß ich, dass es eine manische Phase war, und erinnere mich auch, wie sie Tage später zusammenbrach, durchs Wohnzimmerfenster in den Regen starrte, still und schweigsam, in eine Decke eingewickelt. Völlig allein.

»Es geht ihr ziemlich gut«, antwortet Belinda und lächelt jetzt richtig. »Die Medikamente und Behandlungsmethoden haben sich stark verbessert, und man weiß mehr über bipolare Störungen – sie ist nicht mehr die verrückte Dame von nebenan. Sie hat wieder geheiratet, einen tollen Mann, und … tut mir leid. Das kannst du jetzt nicht gebrauchen.

Es tut mir leid, Jess – dass du deine Eltern verloren hast und dass sie solche Arschlöcher waren und auch, dass du Grace und Joe verloren hast und dass wir nicht nach dir gesucht haben.«

»Was hättet ihr denn getan, wenn ihr mich gefunden hättet? Mich befreit?«

»Na klar. Wie in einem Gangsterfilm – wir hätten einen schlauen Plan ausgetüftelt und dich in einem Wäschekorb nach draußen geschmuggelt ...«

»So komisch das klingt, die Klinik war genau der richtige Ort für mich. Jedenfalls am Anfang. Und es war gar nicht so schrecklich. Egal ... ich bin wirklich froh, dass es deiner Mum gutgeht. Sie war immer sehr lieb zu mir. Was ist mit Mal? Oder ... hast du noch mehr Kinder?«

»Nein. Eins reicht völlig. Er ist ... nervig. Und wunderbar. Und den Sommer über weg, um in einem verdammten Waisenhaus in Indien zu arbeiten ...«

»Selbstsüchtiger Scheißkerl«, sage ich grinsend.

»Absolut!«, ruft sie und grinst ebenfalls. »Die Jugend von heute, was? Tief im Inneren bin ich froh. Er hat früh Abitur gemacht, und studieren kann er immer noch, falls er das möchte. Für ihn ist es richtig, aber ich war traurig, als er gegangen ist.

Ich habe immer gedacht, das Problem mit dem leeren Nest sei ein Mythos, den gelangweilte Mittelklasse-Mütter erfunden haben – aber neulich habe ich online eingekauft und musste mich ermahnen, nicht die übliche Kiste 5-Minuten-Terrinen und massenhaft Milch und vegetarische Wurstbrötchen zu bestellen, denn Mal ist nicht hier. Und das hat mich noch trauriger gemacht.«

»Das kann ich mir vorstellen«, antworte ich, wohl wissend, was gleich passiert. Wohl wissend, dass sie ihre letzten Sätze überdenken und befürchten wird, dass sie gefühllos waren – weil sie es gewagt hat, über Probleme mit ihrem Kind zu jammern, während sie einer Frau gegenübersitzt, die ihr Kind verloren hat. Ich warte nicht, bis der Schatten über ihr Gesicht huscht, und füge rasch hinzu: »Sag nicht, dass es dir leidtut. Alles bestens.«

Michael beobachtet uns nur still, seine Augen wandern hin und her.

»Okay, Jess, aber es tut mir trotzdem leid. Gehe ich recht in der Annahme, dass du nicht in festen Händen bist, dass du keine weiteren Kinder bekommen hast? Ich habe versucht, dich zu googeln, aber du bist online absolut unauffindbar.«

»Ich weiß. Ich arbeite als Special Agent für die CIA.«

»Das stimmt aber nicht, oder?«

»Nein. Ich mag es einfach nicht, wenn Leute mich erreichen können. Und ich hatte zu tun – meine Mum war lange krank, bevor sie gestorben ist. Schwere Schlaganfälle. Danach war nicht viel von ihr übrig.«

»Das ist wirklich scheiße. Noch einen Brandy?«

Sie gießt sich welchen ein, doch ich schüttle den Kopf. Ich sehe, dass Michael versucht ist und fieberhaft überlegt, ob er danach noch Auto fahren darf. Dann legt er die Hand über den Becher. Vernünftige Entscheidung.

»So, das war sonderbar und traurig und auch ein bisschen nett. Was aber kann ich für dich tun, Jess?«

»Ich möchte Joe finden. Und ich möchte, dass du mir dabei hilfst, Belinda. Weißt du, wo er ist?«

Sie schüttelt traurig den Kopf, und die Hoffnung, die unbemerkt in mir gewachsen ist, zerfällt zu Asche. Es war nur eine kleine Hoffnung, aber selbst die kann einen töten.

»Nein. Ich kann dir helfen, ihn zu suchen, aber es ist Jahre her, dass wir das letzte Mal telefoniert haben. Etwa 2008 muss das gewesen sein. Ich hatte eine Nachricht hinterlassen, und er rief tatsächlich zurück. Er war in Dublin gewesen und an ein paar anderen Orten. Aber er klang anders, zurückhaltender, als wollte er dieses Leben hinter sich lassen. Ich glaube, er hat überhaupt nur angerufen, weil … weil ich in meiner Nachricht von dir gesprochen hatte.«

Sie steht rasch auf, und ich höre, wie sie sich an ihrem Handy zu schaffen macht. Die Musik wechselt, Nina Simone statt Death Metal. Ich frage mich, ob sie mich damit beruhigen will.

»Warum hast du von mir gesprochen?« Sie sitzt jetzt mit überkreuzten Beinen da, die Hände im Schoß gefaltet und sieht mir nicht in die Augen.

»Weil ich dich gesehen hatte«, antwortet sie leise. »Im Zentrum von Manchester. Du hast auf der King Street eingekauft, und es schien dir … gutzugehen. Wirklich gut.«

»Wie konntest du mir das ansehen?«, sage ich schärfer als beabsichtigt, während ich Daten und Orte und Postkarten und Briefe zusammenfüge.

»Das konnte ich natürlich nicht – aber du hast gut ausgesehen. Du warst mit deiner Mum unterwegs, wirktest gesund und selbstsicher. Was eine große Verbesserung gegenüber unserer letzten Begegnung darstellte, bei der du in Grace' Kinderbettchen schliefst und seit einer Woche nichts gegessen hattest. Ich habe ihm davon erzählt, und er war eine Zeitlang still, als setzte er im Kopf alles zusammen, und dann hat er gesagt, er sei froh für dich und müsse weg. Und das war's – ich habe nie wieder von ihm gehört. Sein Handy war nicht mehr zu erreichen, er blieb verschwunden.

Ich habe im Laufe der Jahre oft an ihn gedacht. Habe mich gefragt, wo er ist und ob ich versuchen soll, ihn zu finden. Ob ich mich bei dir melden soll. Es klingt wie eine Ausrede, aber mein Leben war hektisch. Ich hatte meine Mum und Mal und meine Arbeit, und ich habe einfach weitergemacht und …«

»Schon gut«, werfe ich ein. »Es ist nicht deine Schuld. Du warst nicht für uns verantwortlich. Aber es erklärt etwas. Er hat mir noch eine Weile geschrieben, was ich natürlich nicht wusste, und in dem Jahr hat er mir eine Nachricht zu meinem Geburtstag geschickt, zusammen mit dem Kaugummi. Du erinnerst dich an die Sache mit dem Kaugummi? Jedenfalls hatte er eine Ansichtskarte dazugelegt, und auf den früheren stand immer ›Ich wünschte, du wärst hier‹. Auf dieser aber stand ›Ich wünschte, du wärst hier, aber ich weiß, dass das nie passieren wird – also begnüge ich mich mit: Ich hoffe, du bist glücklich.‹«

Danach hat er noch zwei Geburtstagskarten für Grace geschickt, und dann kam jahrelang gar nichts. Jetzt verstehe ich, warum. Er dachte, es ginge mir gut, ich sei gesund und selbstsicher und lebte ein normales Leben in Manchester – und hätte mich dennoch nicht bei ihm gemeldet. Womöglich hatte er die ganze Zeit gehofft, dass ich zu ihm komme, sobald es mir bessergeht …«

Stille senkt sich auf uns herab. Nina aus dem Handy klingt niedergeschmettert, obwohl sie »Feeling Good« singt. Ich glaube, keinem von uns geht es gut. Michael hat Joe nicht mal gekannt, doch er scheint so einiges zu ahnen. Das Herzweh.

Die Enttäuschung. Die Einsamkeit, wenn man herausfindet, dass man vergessen wurde, im Stich gelassen von dem Menschen, den man am meisten auf der Welt geliebt hat.

Ich weiß genau, wie sich das anfühlt – denn genau das ist mir passiert. Immerhin wurde mein Schmerz von den Umständen und der intensiven medizinischen Behandlung gedämpft. Er aber musste allein damit klarkommen.

»O Gott«, sage ich und lege die Hand aufs Herz, als ich ihn mir bei diesem Telefongespräch vorstelle. »Der arme Joe.«

Belinda nickt und weint jetzt hemmungslos, um ihn und seinen Schmerz und die Rolle, die sie unfreiwillig dabei gespielt hat.

»Ich dachte nur, er sollte wissen … ich weiß nicht, warum. Du hast gut ausgesehen, und ich dachte, er wäre erleichtert. Er hatte sich solche Sorgen um dich gemacht. Aber ich bin ein Idiot. Ich habe überhaupt nicht richtig nachgedacht. Ich war wie ein Kind, das eine tolle Klatschgeschichte kennt und sie mit anderen teilt, ohne über die Folgen nachzudenken. Es tut mir so leid. Wir … wir müssen ihn finden.«

Ich nicke, beiße mir auf die Lippe, verfluche meine Tränen, wünsche mir, Nina würde endlich den Mund halten, weil ihr Gesang nicht hilft. Wünsche mir, ich könnte die Zeit zurückdrehen. Wünsche mir, ich könnte ihn in die Arme nehmen und ihm sagen, dass ich ihn liebe, dass ich ihn immer geliebt habe, dass ich niemals aufgehört habe, ihn zu lieben.

»Ich werde ihn finden«, sage ich und verwandle meine Qual in Entschlossenheit, damit ich etwas habe, an dem ich mich festhalten kann. »Hilfst du mir? Ich habe die Briefe und die Karten. Wir können uns zusammensetzen und sehen, was uns dazu einfällt. Ob wir irgendeinen Sinn darin erkennen. Es ist mir egal, wie schwer es ist oder wie lange es dauert – ich werde ihn finden. Ich muss ihn finden. Ich muss wenigstens versuchen, es wiedergutzumachen …«

»Ja!«, erwidert sie nachdrücklich. »Eine Million mal ja! Ich kann dir helfen – ich muss dir helfen. Und ich habe jetzt Kontakte und weiß, wie man so etwas angeht, und … ja. Möchtest du noch einen Drink?«

Ich stehe auf und merke, wie mir schwindlig wird. Ich lehne mich gegen den Stuhl und atme tief durch Nase und Mund, blinzle ein paarmal, um das sonderbare Mosaik aus Formen zu vertreiben, das sich vor meinen Augen gebildet hat.

»Nein, danke. Ich glaube, ich gehe eine Runde spazieren. Dann komme ich zurück, und wir schmieden einen Plan. Danach sieht die Welt schon besser aus. Belinda – komm doch mit, wenn wir Joe suchen. Michael hat schon für die Reise zugesagt – wie sieht es mit dir aus?«

Sie sieht sich im Büro um, betrachtet die Glupschaugen und die Akten und die Pflanze mit den Riesenblättern und scheint eine Entscheidung zu treffen.

»Eigentlich wollte ich nein sagen. Automatisch. Weil ich immer so viel zu tun habe und wegen Mal und wegen der Arbeit. Aber ehrlich gesagt, habe ich gerade einen großen Fall abgeschlossen und kann die kleineren an andere Kanzleien delegieren. Mal rettet Straßenkinder am anderen Ende der Welt. Und meiner Mum geht es gut.

Und Joe war mir immer ein guter Freund. Als wir Teenager waren und einem einfach alles peinlich ist, tauchte meine Mum als Batman verkleidet in der Schule auf. Oder sie war depressiv und vergaß, Essen zu kaufen, oder ich konnte nicht zur Schule, weil sie mich zu Hause brauchte. Joe war immer für mich da. Er hat nicht zugelassen, dass mich jemand fertigmacht, nicht mal ich mich selbst. Ich bin ihm was schuldig. Also ja – ich komme mit euch. Michael, das ist der schönste Tag deines Lebens, was?«

»Ich bin begeistert wie der fette Elvis beim All-You-Can-Eat-Buffet«, antwortet er lächelnd.

Ein leises Summen liegt in der Luft. Wir bilden einen Kreis, als wäre eine schicksalsträchtige Entscheidung gefallen.

Ich greife nach meiner Tasche und kippe den kalten Kaffee mit Brandy herunter. Ein Schauer überläuft mich.

»Wohin gehen wir?«, fragt Michael, als ich mich zur Tür wende.

»Wir gehen nirgendwohin. Du bleibst hier und redest mit Belinda. Ich bin gleich wieder da. Wohnen die noch im selben Haus? Der Verrückte Haufen, meine ich?«

Zuerst hatte ich nicht verstanden, weshalb er seiner Pflegefamilie den witzigen Namen gegeben hatte – als hätte er Spaß mit ihnen, als bestünde das Leben aus lauter komischen Situationen. Dann hatte er es mir erklärt – wenn er sich über sie lustig machte, hatte er weniger Angst vor ihnen. Sie auf einen Spitznamen zu reduzieren nahm ihnen die Macht über ihn. Danach hatte auch ich sie so genannt, weil sie es verdient hatten, auf ein Nichts reduziert zu werden.

Sie runzelt die Stirn und wischt sich die Hände an der Jeans ab, als würde schon der Name sie beschmutzen.

»Warum willst du zu ihnen gehen? Die werden dir nicht helfen. Die helfen keinem.«

»Das weiß ich. Ich muss … einfach hin. Wohnen sie an der alten Adresse?«

»Ja. Obwohl sie die Straße ein bisschen aufgehübscht haben. Bist du dir wirklich sicher? Soll ich nicht mitkommen? Du hast dir früher in die Hose geschissen, wenn du durch diese Gegend laufen musstest …«

Ich schüttle den Kopf, nehme meine Tasche und sage: »Früher ist vorbei. Ich bin jetzt anders. Die Gegend ist anders. Ich bin viel tapferer. Außerdem will ich euch noch aus einem anderen Grund ein bisschen allein lassen.«

Ihre Augenbrauen beschreiben perfekte Bögen, und Michael rutscht unbehaglich auf dem Stuhl herum.

»Du musst Michael erzählen, was passiert ist«, sage ich schlicht. »Mit Grace. Er sollte es wissen – und ich kann nicht darüber reden – noch nicht. Es ist wie … keine Ahnung, als wäre das Gedächtnis eine Stützmauer, und wenn ich die einschlage, kracht das Dach über mir zusammen. Aber er sollte es erfahren, und ich glaube, er kann es wirklich kaum erwarten.«

»Das stimmt«, sagt Michael. »Ich bin schon ganz kribbelig.«

Belinda fühlt sich sichtlich unwohl, schiebt die Hände in die Taschen, kaut auf der Lippe.

»Bitte. Du weißt alles darüber. Du hast die Geschichte von Joe gehört. Du hast sie von mir gehört.«

»Joe hat monatelang über nichts anderes gesprochen. Er hat jeden Augenblick durchgespielt, jedes Wort, das ihr gesagt habt, bevor es passiert ist. Ich weiß, was du bei deinen Eltern gegessen hattest, und ich weiß, dass der Weihnachtsmann betrunken war, und ich weiß auch, was im verdammten Radio gelaufen ist. Er konnte nicht mit dir darüber reden, und er wollte wohl irgendwie einen Sinn darin finden. Und natürlich auch Gründe, um sich selbst die Schuld zu geben. Und … ich weiß es auch aus den Polizeiakten. Die habe ich Jahre später gelesen, nach meinem Examen«, fügt sie ein wenig beschämt hinzu, als wäre sie in meine Privatsphäre eingedrungen.

Es überrascht mich nicht, nun, da ich die erwachsene Belinda kenne. Sie war immer respekteinflößend – jetzt ist sie respekteinflößend und qualifiziert. Natürlich hat sie herumgestöbert – das liegt in ihrer Natur.

»Nun denn. Du weißt wohl mehr darüber als ich. Also erzähl es ihm – erzähl ihm alles.«

15. Kapitel

17. Dezember 2002

»Jess, ich schwöre, ich habe gehört, wie eine Freundin deiner Mum mich als ›nicht reinrassig‹ bezeichnet hat – ich habe mir vor Lachen beinahe in die Hose gemacht!«

»Du hättest mit jamaikanischem Akzent sprechen sollen, um ihnen einen richtigen Schrecken einzujagen.«

Er grinst, während er den verbeulten, aber wie durch ein Wunder noch funktionstüchtigen Ford Fiesta durch den Verkehr steuert. Er wirft Jess einen raschen Blick zu, bevor er den Blinker setzt. Es ist ein dunkler Abend in einem verheerend kalten Winter. Jess hält die Hände vors Gebläse. Im Radio laufen Liebesschnulzen »für alle da draußen, die Weihnachten mit gebrochenem Herzen verbringen«.

Sie sind auf dem Rückweg von einem qualvollen Nachmittag bei Jess' Eltern, die eine vorweihnachtliche Feier für die Nachbarn und die Arbeitskollegen ihres Vaters gegeben haben. Obwohl, denkt Jess, »Feier« wohl kein treffender Ausdruck für die Atmosphäre ist, die in dem Haus herrschte, in dem sie aufgewachsen ist.

Passender wären »unterdrückte Feindseligkeit« und »erstickende Höflichkeit«. Die Spannung zwischen Joe und ihren Eltern hat sich *nie gelegt, sosehr er sich bemüht, was solche Begegnungen immer schwierig macht.*

Das schicke Haus, die Mittelklasse-Behaglichkeit, das stille Dorf – all das steht im grellen Kontrast zu ihrem Alltag in der Großstadt. Es ist eine Herausforderung für sie. Selbst die Kleinen bemerken es – Grace, die gewöhnlich voller Leben, Licht und Energie ist, wirkte bedrückt und still, und ihr kleiner Cousin Michael saß einfach in der Ecke, eine Fliege um den Hals, und spielte mit Lego. Sie schienen zu wissen, dass sie sich nicht wie richtige Kinder verhalten durften – laut, schmutzig, spitzbübisch –, und wurden darum zu seelenlosen Robotern wie in dem Stepford-Film.

»Nächstes Mal ziehe ich ein Free-Nelson-Mandela-T-Shirt an«, erwidert Joe und stellt die Scheibenwischer schneller, als der Nieselregen zu Schnee wird. »Und schlage einen Limbo-Wettbewerb zwischen Kanapees und Sherry vor.«

»Das würde ich zu gerne sehen«, sagt Jess und legt ihre Hand über seine, die das Lenkrad hält. »Du weißt, dass ich dich himmlisch finde, oder?«

Er drückt kurz ihre Finger und lächelt. Das Killerlächeln, bei dem ihr Herz gleich am ersten Tag auf dem College dahinschmolz und das noch immer die gleiche Wirkung auf sie hat.

»Klar weiß ich das«, erwidert er und konzentriert sich auf den Verkehr, als sie ins Stadtzentrum fahren. »Du bist immer noch das schönste Mädchen der Welt, Bambi.«

Sie schnaubt verächtlich und verzieht das Gesicht, um anzudeuten, dass sie sich gar nicht schön vorkommt. Sie hat das Schwangerschaftsgewicht verloren, ist aber immer noch ein bisschen rundlicher als früher. Joe findet es weiblicher – sie findet es deprimierend. Sie ist noch jung genug, um eitel zu sein – und überdies die Tochter ihrer Mutter. Ihre Mutter bekäme eine ausgewachsene

Panikattacke, wenn sie nicht mehr in Größe 40 passte. Dicksein ist für sie ein Zeichen mangelnder Selbstkontrolle.

»Tu das nicht«, fügt er hinzu, als er ihre Reaktion bemerkt. »Dich selbst nicht leiden können. Ich finde dich perfekt. Du wärst auch perfekt, wenn du so dick wärst wie der Weihnachtsmann nach seinem Festessen und das Gesicht von Danny DeVito hättest.«

»Es soll Leute geben, die Danny DeVito für einen attraktiven Mann halten«, antwortet sie, wobei ein kleines Lächeln um ihre Lippen spielt.

»Da hast du sicher recht, aber er ist nicht mein Typ. Außerdem ... trotz deiner körperlichen Mängel, die zwar nicht existieren, die du dir aber einredest, und trotz der Tatsache, dass deine Eltern mich für nicht reinrassig halten, haben wir es doch gar nicht so schlecht angetroffen, oder? Wir haben zweifellos das schönste kleine Mädchen in der Geschichte kleiner Mädchen erschaffen.«

Jess' verhaltenes Lächeln geht in die Breite, als sie den Kopf nach hinten dreht, um die dreijährige Grace anzusehen, die im Autositz schläft.

Grace ist tatsächlich das schönste kleine Mädchen der Welt, hat die blonden Haare von Jess und Joes große braune Augen und ein fröhliches Naturell, das nur ihr gehört. Ihr Kopf ist zur Seite gerutscht, ihre vollen Lippen sind geöffnet, die Wangen rosig, Locken kleben an der Schläfe. Sie umklammert die Minnie-Maus-Figur, die sie am Nachmittag geschenkt bekommen hat. Jess weiß, dass sie sie selbst im Schlaf mit ihren dicken Fingerchen festhalten würde, wenn man sie ihr wegnehmen wollte.

Auf dem Rückweg waren sie in einem Gartencenter und haben den Weihnachtsmann in seiner Grotte besucht, sind im Wirbel der Schneeflocken durch die Modellgärten gelaufen und haben jeden einzelnen Gartenschuppen inspiziert. Der Weihnachtsmann war nicht sonderlich überzeugend. Er hatte einen silbernen Nylonbart und eine rote Nase, die von zu vielen Abenden in der Kneipe zeugte, doch immerhin war Grace nicht in Tränen ausgebrochen, so wie viele andere Kinder.

»Sie ist wirklich die Allerschönste«, erwidert Jess und schaut wieder zu Joe. »Und nicht dass es wichtig wäre, aber ich habe immer gedacht, dass du ein bisschen mediterran aussiehst. Wie ein sinnlicher Latin Lover.«

»Wer weiß«, sagt Joe achselzuckend. »Der Verrückte Haufen hat mich immer als schwarzen Iren bezeichnet. Keine Ahnung, was das bedeutet. Nach meiner Theorie bin ich der uneheliche Sohn eines italienischen Herzogs, der bei der Geburt entführt wurde.«

»Das erscheint mir durchaus logisch. Du magst ja auch gerne Spaghetti Bolognese.«

»Siehst du – bei der Geburt entführt. Sollen wir an Weihnachten Spaghetti essen?«

»Warum nicht – wir können tun, was wir möchten, Herzog Joseph. Warum sind wir doch gleich in die Stadt gefahren statt nach Hause?«

Sie blinzelt durch die Windschutzscheibe. Der Schnee, der den Tag über in vereinzelten Flocken gefallen ist, wird jetzt dichter. Joe biegt in eine Parklücke, die ein Range Rover gerade freigemacht hat.

»Die Götter des Parkens sind auf unserer Seite!«, ruft er ehrfürchtig und zieht die Handbremse an.

»Gibt es die wirklich, die Götter des Parkens?«

»Für alle, die viel Zeit im Auto verbringen, schon. Und wir sind hier, weil ich da drinnen etwas abholen muss.«

Er deutet auf die hell erleuchteten Umrisse eines kleinen Einkaufszentrums, dessen Gänge und Fenster mit bunten Lichtern und Kugeln dekoriert sind. Am Eingang steht eine echte Tanne, die mit künstlichen Kerzen und Blumen geschmückt ist, deren violetter Farbton in der Natur nicht vorkommt.

Die Straße ist hektisch, gehetzte Passanten eilen mit ihren Einkaufstüten vorbei, schieben mit schneebedeckten Schultern andere Leute aus dem Weg – ein anrührendes Beispiel weihnachtlicher Nächstenliebe.

»Na schön. Ich frage nicht weiter, falls es – na ja, eine Überraschung ist. Aber sei vorsichtig da draußen – das sieht aus, als würde man einen Schutzschild brauchen!«

»Es ist eine Überraschung, und keine Sorge, ich komme klar. Ich werde mich einfach im Limbo durchschlängeln. Die Heizung lasse ich an. Gib acht auf die beiden schönsten Mädchen der Welt. Für mich.«

Joe löst den Sicherheitsgurt und beugt sich zu ihr. Er legt seine Hände um ihr Gesicht und schaute ihr tief in die Augen, bevor er sie küsst. Es soll ein einfacher Bis-gleich-Kuss sein, doch etwas an diesem Augenblick – der Schnee, die Weihnachtsbeleuchtung, vielleicht auch Percy Slegde, der davon singt, was passiert, wenn ein Mann eine Frau liebt – lässt sie Feuer fangen.

Als sie sich schließlich voneinander lösen, formt Jess' Mund das Wort »Wow!«. Ihr Atem geht stoßweise, ihre Augen sind weit aufgerissen.

»Ich weiß. We've still got the magic –«, sagt Joe, als er aus dem Wagen steigt. »Und vergiss nicht – Baby, I love you!«

Er zwinkert ihr schelmisch zu, und sie winkt ihm, bevor sie sich lächelnd in den Sitz sinken lässt. Alles fühlt sich so verdammt gut an, denkt sie, während sie am Radio herumspielt und einen Blick auf die schlafende Grace wirft.

Joe eilt über die Straße zu den Geschäften, bleibt kurz vor dem *gigantischen Weihnachtsbaum mit den violetten Blüten stehen und schaut zurück zu seinen beiden Mädchen. Er muss unwillkürlich lächeln, als er sieht, wie Jess das Baby anschaut, erinnert sich an den Kuss. Das war ein gutes Omen, denkt er – und es wird ein sehr gutes Weihnachtsfest für alle.*

Die letzten Jahre waren nicht einfach – Jess' Eltern, sein Haufen, die Geldsorgen, ein Kind aufzuziehen, obwohl sie beide noch so jung sind.

Vor allem aber war es Jess, die sich anpassen musste. Er war es gewohnt, kein Geld zu haben, Nudeln im Sonderangebot zu kaufen und in einem Drecksloch zu leben. Er war die rauen Straßen der Großstadt gewohnt, und im Haus seiner Pflegeeltern gab es immer Babys, also hatte er gelernt, Windeln zu wechseln und die Kleinen zu trösten, wenn sie unter Koliken litten.

Für Jess aber war das alles neu – neu und erschreckend. Und doch hatte sie sich dem gestellt, hatte ohne ihre Mum und ihren Dad und die ganzen Annehmlichkeiten gelebt, war jeder Herausforderung begegnet. Manchmal hat er ein schlechtes Gewissen – weil sich ihr Leben so sehr verändert hat, seit sie einander kennen. Manchmal kommt es ihm vor, als hätte er sie auf sein Niveau herabgezogen, wo sie doch so viele Möglichkeiten im Leben hatte.

Dann wieder, an verzauberten Tagen wie dem, an dem Gracie ihr erstes Wort gesprochen hatte – das aus irgendeinem Grund »Bär« lautete – oder an dem sie ihre ersten Schritte gegangen war oder sie genug gespart hatten und ein neues Bett kaufen konnten, das sie mit einer Lichterkette geschmückt und in dem sie sich stundenlang aneinandergekuschelt hatten, während sie Toast aßen und redeten, als wären sie einander gerade erst begegnet, und Grace zwischen ihnen geschlafen hatte, war es wie der Himmel gewesen.

An verzauberten Tagen wie diesem, voller Liebe und Spaß und Küssen wie Dynamit, erschien es ihm vollkommen. Als hätte sich jeder einzelne Augenblick des Kampfes gelohnt.

Sie waren immer im Vorteil gewesen, weil sie nie aneinander zweifelten. Sie zweifelten nie daran, dass sie zueinander gehörten – sosehr der Rest der Welt auch widersprechen mochte. Und nun wird es allmählich besser. Grace entwickelt sich gut im Kindergarten. Jess kann wieder ans Studieren denken. Joe hat eine anständige Stelle mit anständigem Gehalt. Vielleicht können sie bald umziehen, und zwar ohne die widerwillige Unterstützung ihrer Eltern.

Jess' Vater hat sie nicht ein einziges Mal in der Stadt besucht, und ihre Mutter schien ständig nach etwas zu suchen, das sie kritisieren konnte – nach Schimmel, der die Lungen des Babys vergiftete, oder nach Drogenhändlern, die Grace bei einer Schießerei töten könnten, oder nach der offenen Haustür, durch die die Zombie-Apokalypse hereinkäme.

Wenn sie Hilfe anboten, war sie an Bedingungen geknüpft, an Klauseln und Vorbehalte. Sie mussten in der Nähe der Eltern wohnen. Grace musste auf eine »gute« Schule gehen. Joe musste sich einen Job besorgen, bei dem er Anzug und Krawatte statt Overall und Stiefel mit Stahlkappen trug. Jess war immer diejenige gewesen, die solche Angebote ablehnte – er hätte es im Traum nicht gewagt, in ihrem Namen zu sprechen, war aber insgeheim hingerissen und stolz, wenn sie es tat.

Ihre Eltern behandelten sie wie ein kleines Mädchen und ignorierten, dass sie eine erwachsene Frau mit einem eigenen Willen war. Mit einem Kind. Mit einem Mann. Mit einem ganz eigenen Leben.

Er steht da und schaut sie noch ein paar Minuten an, während andere Kunden sich ungeduldig an ihm vorbeidrängeln, doch das ist ihm egal. Er lächelt und achtet nicht auf die kalte Abendluft und schaut sie an, bis die dichter werdenden Schneeflocken sie verbergen.

Er geht durch das Einkaufszentrum, bis er am Ziel ist – ein kleiner Juwelierladen, halb versteckt zwischen Marks & Spencer und einem Spielwarengeschäft.

Der Geschäftsführer erkennt ihn und gibt ihm den Ring, damit er ihn anschauen kann, bevor er ihn einpackt. Es ist ein Saphir, ihr Geburtsstein, umgeben von den winzigsten Diamanten, die man je auf dem Planeten gefunden hat. Kein Ring, mit dem ein normales Mädchen angeben würde – aber Jess ist kein normales Mädchen. Sie ist das beste Mädchen.

»Viel Glück!«, sagt der Mann hinter der Theke, als Joe ihm die letzte Rate überreicht. »Ich hoffe, sie sagt ja!«

Bei der Bemerkung wird Joe plötzlich nervös und fragt sich, ob er sich zum Idioten macht. Er glaubt, dass sie ja sagen wird – ist sich zu neunundneunzig Prozent sicher –, aber wenn er sich nun irrt? Wenn sie sagt, sie sei zu jung, nicht bereit dafür, müsse darüber nachdenken, was alles durchaus vernünftige Antworten wären? Was wenn, was wenn, was wenn? Jedenfalls wäre es kein sehr fröhliches Weihnachtsfest.

Er merkt, dass er schon wieder im Weg steht, und reißt sich in die Wirklichkeit zurück. Er verstaut die Schachtel in der Jackentasche und beschließt, noch zwei rasche Zwischenstopps einzulegen.

Zuerst wagt er sich ins Spielwarengeschäft und kommt mit einem rosa-grauen Kaninchen aus weichem Fleece heraus, dessen Ohren so lang sind, dass sie bis über die überdimensionalen Füße reichen. Der Bauch ist groß und rund und mit superweichem Flausch bedeckt. Es sieht ein bisschen komisch aus und bringt Joe zum Lachen, und er weiß, dass Gracie es lieben wird.

Dann navigiert er durch die Spirituosenabteilung von M&S und kauft die billigste Plörre, die er finden kann. Den Luxus können sie sich eigentlich nicht leisten, aber ihm ist nach Feiern zumute – selbst wenn es noch eine Woche bis Weihnachten ist. Wenn Gracie eingeschlafen ist, wird er den Sekt aufmachen und Jess schon ihr Geschenk geben.

Wieder überkommt ihn die Angst – doch er schüttelt sie ab und geht zum Ausgang. Er kann es gar nicht erwarten, diesen Irrsinn hinter sich zu lassen und wieder bei seinen Mädchen zu sein.

Am Weihnachtsbaum bleibt er stehen, klopft auf seine Tasche, um sich zu vergewissern, dass die Schachtel nicht wie von Zauberhand verschwunden ist, und schaut durch die Menschenmenge zum Auto.

Er will gerade lossprinten, als er aus dem Augenwinkel einen Wagen heranfahren sieht. Schnell. Viel zu schnell.

Die Zeit scheint sich zu beschleunigen und zugleich stillzustehen, als er mehrere Dinge sieht.

Er sieht, dass der Volvo nicht abbremst. Er sieht, dass der Fahrer zusammengesunken über dem Lenkrad hängt. Er sieht, dass Leute zur Seite springen. Vor allem aber sieht er, wie der Volvo auf die Parklücke zurast, über die er sich vorhin so gefreut hat.

Joe lässt die Tüte fallen, hört die Flasche zerbrechen. Er drängt Leute beiseite, rennt mit gesenktem Kopf, so schnell er kann, über den schlüpfrigen Asphalt, muss hilflos zusehen, wie der Volvo unkontrolliert und mit quitschenden Reifen auf seinen Wagen zurast, eine tödliche Waffe. Er weiß nicht, was er tun soll, wenn er ihn erreicht, doch es ist, als könnte er ihn mit einer Berührung seiner Hand aufhalten, wenn er es nur rechtzeitig schafft.

Er hört von weitem Geschrei und laute Rufe. Sieht Passanten, die vor Schreck erstarrt sind, als sie begreifen, was passieren wird.

Er ist so nah – nah genug, um sie zu sehen. Um Jess zu sehen, die lächelnd und mit geschlossenen Augen dem Radio lauscht. Die keine Ahnung von der Katastrophe hat, die quietschend auf sie zuschießt.

Er zwingt sich, schneller zu laufen. Er streckt die Arme aus, so weit er kann, fällt beinahe hin, während er versucht, vorwärtszukommen, doch es ist, als würde er in Zeitlupe durch Sirup laufen.

Er bemüht sich, bemüht sich so sehr – und schafft es doch nicht.

Der Volvo kracht mit einem ungeheuren Knirschen in sein Auto – ein widerwärtiges Kreischen von Metall auf Metall und zersplitterndem Glas, Tonnen stumpfer Gewalt prallen aufeinander. Die beiden Autos scheinen zu tanzen, der größere Wagen wirbelt den Fiesta umher, auf den Gehweg, gegen einen Laternenpfahl.

Sie kommen zum Stehen, eine verschlungene Masse aus Stahl und Lack, eine Hupe übertönt trauervoll und monoton das Chaos.

Joe ist da, klettert über die Motorhaube des Volvo, kämpft sich über eine verdrehte Stoßstange, schneidet sich Hände und Knie an der zerbrochenen Windschutzscheibe auf, rutscht über heißes Metall beim irrsinnigen Versuch, sie zu erreichen.

Bitte mach, dass es ihnen gutgeht, betet er zu einem Gott, dem er alles opfern würde. Bitte mach, dass es ihnen gutgeht. Lass meine Mädchen heil sein, damit ich sie wieder in den Armen halten kann.

Die Seite des Fiesta wurde praktisch zusammengefaltet, zerdrückt wie eine Coladose, von der Hand eines Riesen zerquetscht. Die Vorderseite des Volvo hat sie zur Ziehharmonika gemacht, sich wie ein Keil hineingebohrt.

Um ihn herum bricht der Wahnsinn los, Menschen schreien, manche steigen mit ihm über die Wagen, der Geruch von Benzin und Rauch und verschmortem Gummi dringt ihm beißend in die

Nase. Die verbogene Straßenlaterne beugt sich über sie, ihr Licht erhellt den schneeverhangenen Himmel.

Er kriecht, so weit er kann, und schiebt die Splitter der Fensterscheibe beiseite, während Adrenalin und Angst den Schmerz in seinen zerschnittenen Fingern betäuben.

Jess schreit, ihr Gurt klemmt, sie hat sich nach hinten gedreht, reißt am Gurt und schreit immer und immer und immer wieder Grace' Namen. Joe schaut nach hinten und sieht sein Mädchen. So klein. So still.

»Joe! Hilf ihr! Hol sie raus! Joe!«, brüllt Jess, als sie ihn bemerkt. Sie verdreht ihren ganzen Körper, um sich zu befreien, ist aber im monströsen Metallkokon des zerstörten Autos gefangen. Ihre Nägel sind abgebrochen und bluten.

Er will durch das zerschmetterte Fenster kriechen, weil er weiß, dass alles wieder gut wird, wenn er sie nur erreicht. Vielleicht kann er auch Gracie wieder gesund machen.

Jemand packt ihn an den Beinen und zieht ihn zurück.

»Nein, Kumpel – das geht nicht! Das ist zu gefährlich! Komm schon, weg hier – die Feuerwehr ist unterwegs, die holen sie raus! Es brennt – das ist zu gefährlich!«

Joe tritt nach ihm, es kümmert ihn nicht, wer es ist und ob er ihm helfen will – die Leute wollen ihn nur daran hindern, zu Jess und Grace zu gelangen, sie zu retten.

Er spürt, wie sich Hände fest um seine Schultern legen, und er wird mit aller Gewalt weggezogen, klammert sich an den Fensterrahmen, will sich verzweifelt befreien. Ihnen helfen.

Er wird energisch über das zerstörte Auto gezogen, windet sich in ihrem Griff, hört nicht die beruhigenden Worte der Uniformierten.

»Lass es, Junge«, sagt einer freundlich. »Du machst es nur noch schlimmer.«

Er atmet durch, nimmt mit weit aufgerissenen Augen die Zerstörung um sich herum wahr. Die Polizei, die die Leute zurückdrängt. Das blitzende Blaulicht des Löschzugs, ein roter Gigant. Das Geheul der Sirenen, als ein Krankenwagen heranfährt. Das Schluchzen und Schreien der Menge.

Er reißt sich los und rennt zur anderen Seite des Wagens – der Seite, die auf dem Gehweg liegt, unter der verbogenen Straßenlaterne. Er kauert sich hin, schaut hinein. Jess hat sich so weit nach hinten gedreht, dass es aussieht, als wäre sie in der Mitte durchgebrochen. Grace ist ganz still, die Minnie-Maus liegt auf dem Boden. Sie sieht aus wie eine zerknautschte Puppe, ihr winziger blonder Kopf schimmert rot, das Metall der Hintertür hat sich in den Autositz gebohrt.

Er drückt die Handflächen ans Fenster und schreit wieder und wieder Jess' Namen, bevor sie ihn erneut wegziehen. Er hinterlässt blutige Handabdrücke auf dem rissigen Glas.

Sie bringen ihn weg, sie sagen ihm, dass die Feuerwehr Platz zum Arbeiten braucht. Dass er sich beruhigen soll. Dass seine Mädchen in sicheren Händen sind, dass alles gut wird.

Nur weiß er, dass das nicht stimmt. Er weiß, dass nichts je wieder gut wird. Er sackt in sich zusammen, verletzt und blutend und gebrochen, und dann führt man ihn zum Krankenwagen und wickelt ihn in eine folienbeschichtete Rettungsdecke. Er steht allein in der Dunkelheit, und die Blaulichter streifen sein Gesicht, während die Rettungsdienste übernehmen.

Sie löschen die Flammen. Sie versuchen, mit Jess zu reden. Ein Sanitäter reicht ihr eine Sauerstoffmaske, während die Feuerwehrleute Werkzeug holen, um sie herauszuschneiden.

Irgendwo weint jemand. Vielleicht er selbst.

Ein Polizist kommt auf ihn zu, hält ihm das Plüschkaninchen hin, das er vor einer Ewigkeit gekauft hat. Er reicht es ihm, und Joe drückt seinen sektgetränkten Körper an sich, während er hilflos vor sich hin schluchzt.

16. Kapitel

Der Weg ist nicht weit, und ich stelle mir unterwegs vor, was gerade in der Kanzlei passiert. Wie Belinda meinem Cousin die traurige Geschichte erzählt. Ich frage mich, ob ich hätte bleiben müssen, Zeugnis ablegen, mich zwingen, die Schilderung von Ereignissen anzuhören, die ich im Laufe der Jahre verdrängt habe.

Es wäre edel gewesen. Es wäre stark gewesen. Aber dafür bin ich noch nicht bereit – und dies hier ist Herausforderung genug.

Die Straße ist tatsächlich ein wenig verschönert worden, wie Belinda gesagt hat – aber manche Dinge ändern sich nie.

In der Einfahrt steht noch immer ein Auto auf Ziegelsteinen, im Vorgarten liegt verrostetes Spielzeug, dazwischen tummeln sich Kinder, die wie Straßengören in einem Historiendrama aussehen.

Genau wie früher gibt es einen Hund, der seitlich am Haus angekettet ist. Ein alter Deutscher-Schäferhund-Mischling, der halbherzig aufblickt, als ich mich nähere. Offenbar fehlt es ihm an Energie, sein Revier zu verteidigen. Er trottet auf mich zu, den Schwanz zwischen den Beinen, die Ohren gespitzt.

Ich strecke ihm vorsichtig die Hand hin, damit er daran

schnüffeln kann, und nachdem wir Freunde geworden sind, kraule und streichle ich ihn. Er leckt meine Finger und legt sich wieder hin, den Rücken an die Ziegelmauer gedrückt, um den Schatten auszunutzen.

Ich schlängele mich an dem aufgebockten Auto vorbei, wohl wissend, dass meine Ankunft registriert wurde und die Gefechtstürme bemannt sind. Da ich ziemlich smart und respektabel aussehe, werden sie glauben, ich käme von der Stadt, und hektisch alles wegräumen, das irgendwie belastend ist.

Als ich gerade klopfen will, geht wie aufs Stichwort die Tür auf. Davor befindet sich eine Betonrampe, und nun verstehe ich, wozu sie gut ist – der Verrückte Vater empfängt mich im Rollstuhl.

Ich weiche zurück, als er die Rampe herunterrollt, und wir mustern einander. Er ist natürlich gealtert, und die Jahre waren nicht gerade gnädig zu ihm. Die grauen Haare sind gelb wie Nikotin, und er hat sie zu einem lockeren Pferdeschwanz gebunden, der zu einem zwanzig Jahre jüngeren Mann passen würde.

Seine Jeans ist voller Flecken, aus einer Tasche des Jeanshemdes lugt die obligatorische Packung Benson & Hedges.

Ich verabscheue ihn. Ich habe ihn damals verabscheut und verabscheue ihn noch heute. Ich konstatiere seine Behinderung, den Verfall und die Tatsache, dass er nach Atem ringt, und verspüre überhaupt kein Mitgefühl. Es hätte keinen Besseren treffen können.

Er erwidert meinen Blick, und die Kinder im Vorgarten verstummen, als sie merken, dass etwas Neues und womöglich Interessantes vorgeht. Ich sehe, wie sich die Rädchen drehen, wie mich seine trüben Augen inspizieren, und als er im Moment des Wiedererkennens lächelt, verkrampft sich mein Magen.

»Verdammte Scheiße!«, sagt er grinsend, wobei sichtbar wird, dass er seit unserer letzten Begegnung einen weiteren Zahn verloren hat. »Die perfekte Prinzessin! Wir dachten, du bist tot!«

»Tut mir leid, wenn ich dich enttäusche«, erwidere ich forsch und weigere mich, vor ihm zurückzuweichen. Bei einer solchen Kreatur darf man keine Schwäche zeigen. Das habe ich von Joe gelernt. »Ich bin gesund und munter.«

Er brüllt den Kindern zu, nicht so zu glotzen, und zündet sich eine Kippe an. Wie immer bläst er mir genüsslich den Rauch ins Gesicht.

»Und wie kommen wir zu der Ehre?« Er schaut durch die giftige Wolke zu mir hoch und kneift die Augen zusammen. »Falls du unseren Joe suchst, der ist schon lange weg.«

Ich hasse es, dass er ihn »unseren Joe« nennt, als hätte er ihnen jemals gehört. Er mag zwar den größten Teil seiner Kindheit hier verbracht haben, war aber nie einer von ihnen. Als ich ihm begegnete, schlief er schon auf fremden Sofas, um von diesen Leuten wegzukommen, um einen anderen Weg einzuschlagen.

Als ich Joe zum ersten Mal nackt sah, sah ich auch die Narben, die der Gürtel dieses Mannes hinterlassen hatte – verblichene rote Schwielen auf seinem Rücken, die ein hässliches Bild von Misshandlung und Vernachlässigung zeichneten. Noch schlimmer aber waren die Narben, die ich nicht sehen konnte.

Aus meiner jungen und idealistischen Weltsicht heraus

hatte ich mich gefragt, warum sie immer noch Pflegekinder aufnehmen durften. Heute, da ich älter bin und selbst Erfahrung mit Kindern habe, verstehe ich es besser – niemand hatte sich beschwert. Die Kinder fürchteten sich zu sehr, um das zu tun, und der Verrückte Haufen kann sich, wenn nötig, wunderbar verstellen. Sich charmant und liebevoll und aufopfernd geben.

Einige Kinder in meiner Schule leben in Pflegefamilien, die wirklich so sind, die es nicht als Job betrachten, sondern als Berufung, der sie ungeachtet aller schwierigen Emotionen folgen und ungeachtet des Schmerzes, den sie empfinden, wenn sie ein liebgewonnenes Kind zurückgeben müssen. Ich hoffe, dass die meisten Menschen im Pflegesystem so sind wie sie, wahre Engel, die diesen Kindern ein bisschen Stabilität und eine zweite Chance geben.

Vermutlich ist der Verrückte Haufen die Ausnahme von der Regel, und ich bin dennoch wütend. Wegen Joe. Wegen der Kinder, die vor ihm hier waren, und der Kinder, die jetzt hier sind und versuchen, aus einem alten Wäscheständer und einer verrotteten Plane ein Fort zu bauen.

»Das weiß ich«, antworte ich und verweigere ihm die Genugtuung, meine Emotionen zu sehen. »Ich suche ihn und habe mich gefragt, ob du mir helfen kannst.«

Er zieht die Augenbrauen hoch und pafft vor sich hin, überdenkt meine Worte. Unter der Regenrinne steht eine Tonne, offenbar eine umweltfreundliche Neuerung, die den Hausbesitzer nicht sonderlich interessiert. Man hat den Deckel grob abgesägt, und er wirft jetzt seine Kippe hinein, wo sie auf der Oberfläche des schmutzigen Wassers dahintreibt.

»Warum sollte ich das tun?« Er scheint aufrichtig an meiner

Antwort interessiert. Mich überkommt eine flüchtige Phantasie, in der ich mich in eine supercoole Heldin aus einem Actionfilm verwandle – Lara Croft oder die Schwarze Witwe –, ihn niederschlage und drohe, das Leben aus ihm herauszuquetschen, wenn er mir nicht gehorcht.

Leider bin ich keine supercoole Heldin aus einem Actionfilm. Ich arbeite in der Schulverwaltung, kann kein Jiu-Jitsu und fasse ihn lieber gar nicht erst an. Also antworte ich in der einzigen Weise, die sein Interesse wecken kann.

»Ich habe nicht viel, aber ich bezahle dafür. Wenn ihr mir den Namen seiner leiblichen Eltern gebt und ihre Adresse.«

»Sie sind zurück nach Dublin gegangen – könnte nicht sagen, wohin, selbst wenn ich es wollte. Aber ich weiß noch, wie sie hießen. Wie viel ist dir das wert, Prinzessin? Du musst ja ein paar Mäuse haben, ein schickes großen Haus und alles. Ich wette, du bist was Besonderes – Anwältin? Ärztin? Wirtschaftsprüferin?«

»Nein. Ich arbeite in einem Schulbüro. Ich gebe dir fünfzig Pfund und belästige dich danach nie wieder.«

Er wägt das Angebot ab und beginnt wie vermutet zu feilschen. Ich habe keine Sekunde geglaubt, dass er mir aus Herzensgüte hilft, da er weder Herz noch Güte besitzt. Er war sicher einmal anders – als er selbst noch ein unschuldiges Kind war. Vermutlich steckt hinter seiner Grausamkeit und Rücksichtslosigkeit eine traurige Geschichte, und er hat sicher Narben davongetragen – doch das interessiert mich nicht. Ich darf mich nicht in den Tiefen dieser dysfunktionalen Familie verlieren.

Schließlich einigen wir uns auf einen Betrag, und ich reiche ihm ein Bündel Geldscheine, das ich unterwegs am Automaten gezogen habe. Die Kinder schauen interessiert zu, und der Hund hebt faul ein Ohr.

»Die Mutter hieß Mona«, sagt er, nachdem er das Geld demonstrativ langsam gezählt hat, als wäre mir nicht zu trauen. »Mona Farrell. Der Vater war ein Ryan, Patrick, glaube ich, bin mir aber nicht hundertprozentig sicher. Jedenfalls ein irischer Name. Ich weiß nicht, warum du glaubst, das würde dir helfen. Die haben ihn weggegeben, als er vier war. Bloß gut, dass wir ihn aufgenommen haben. In loco parentis und so weiter.«

Ich bin mir selbst nicht sicher, warum es mir weiterhelfen sollte. Immerhin weiß ich jetzt, dass sie aus Dublin stammten und Joe dorthin gefahren ist, und jede noch so kleine Information kann nützlich sein. Als der verrückte Vater im Sonnenlicht zu mir hochblinzelt, wird mir klar, dass ich einfach herkommen musste. Noch einmal sehen, woher Joe stammte. Was er ertragen musste, während er hier aufgewachsen ist.

»Es ist ein absolutes Wunder, dass Joe der Mann geworden ist, der er war«, sage ich leise und wende mich zum Gehen.

»Ja, ja. Gelobt sei der Herr. Und jetzt verpiss dich, ich muss die Rennzeitung lesen.«

Er wendet den Rollstuhl, um wieder ins Haus zu fahren, und ich weiche zurück, damit er mir nicht gegen die Schienbeine knallt. Er verschwindet durch die Tür und lässt sie offen stehen.

Ich warte einen Augenblick, fasse mich, kämpfe gegen die aufsteigende Übelkeit. Joes Eltern haben ihn hier bei diesen Leuten gelassen. Und meine Eltern haben mich beschützt, indem sie die Lebensader zu dem Mann, den ich liebte, durchtrennten. Ich habe nie herausgefunden, was für eine Mutter ich geworden wäre – aber ich hoffe verdammt nochmal eine bessere als sie.

Ich schaue zu den Kindern, die lärmend Wasser und durchweichte Zigarettenkippen aus der Regentonne schöpfen und einander damit bewerfen. Ein Junge – schätzungsweise sieben und somit alt genug, um eigentlich in der Schule zu sein – starrt mich an, den Kopf auf die Seite gelegt.

Er lächelt verhalten, als wollte er sich nähern, traut sich aber nicht. Er soll offenbar auf die Jüngeren aufpassen, und der Gedanke bricht mir das Herz. Ich wühle in meiner Tasche, suche einen Stift und einen alten Kassenzettel heraus und kritzle meine Telefonnummer darauf.

Ich gebe dem Jungen den Kassenzettel, der ihn schüchtern entgegennimmt, zusammen mit einem Zehnpfundschein.

»Wenn du jemals Hilfe brauchst«, sage ich lächelnd, ohne mich ihm zu nähern, »kannst du mich anrufen. Ich heiße Jess. Und wenn der Eismann kommt, kaufst du eine Runde für euch alle, okay?«

Er nickt, schaut nervös zum Fenster und versteckt das Geld schnell in seiner Socke. So jung und schon so weise.

Ich winke ihm zum Abschied, und der Hund klopft träge mit dem Schwanz auf den Beton.

Vielleicht komme ich demnächst für ihn zurück.

17. Kapitel

Es dauert mehrere Tage, bis wir nach Dublin fahren können. Ich suche unseren Familienanwalt auf, der mir die technischen Einzelheiten von Testament und Finanzen erläutert und einen Brief von meiner Mutter aushändigt. Ich bin noch immer wütend und vermisse sie, eine verwirrende emotionale Mischung. Darum stecke ich den Brief weg, um ihn später irgendwann zu lesen.

Belinda erweist sich als nützliche Ergänzung der Wir-finden-Joe-Truppe und hat Michael in ihre Nachforschungen eingebunden. Er schwankt zwischen Schrecken und Bewunderung, wenn er mit ihr zusammen ist, und Belinda genießt beides und spielt gnadenlos mit ihm.

Als ich in die Kanzlei zurückkam, hatte Michael mich heftig umarmt, noch tief erschüttert von Belindas Bericht über den Unfall. Er will offenbar mit mir darüber reden, doch das kann ich nicht – meine Therapeuten würden es als gewaltigen Rückschritt betrachten, aber ich blockiere vorsätzlich die Erinnerung, damit ich weiterfunktionieren kann.

Michael wohnt bei mir. Er ist laut und fröhlich und chaotisch und haucht dem Haus auf diese Weise neues Leben ein. Ohne Michael und meine Mission würde ich allein in einem viel zu großen Haus sitzen und mich fragen, was ich mit meinem Leben anfangen soll.

Joe hat mir noch ein weiteres Geschenk gemacht – einen Lebenszweck.

Wir haben die Fähre von Liverpool nach Dublin genommen, auf der Belinda seekrank wurde und sich furchtbar über diese ganz untypische Schwäche ärgerte. Wir wohnen in einem kleinen Hotel in der Nähe von St. Stephen's Green.

Die Gegend ist lebhaft und wunderbar, die Geschäfte auf der Grafton Street hektisch, die Sonne scheint auf Einheimische, Touristen und Studenten.

Wir picknicken auf dem Green in der Nähe des Musikpavillons, umgeben von Leuten, die die gleiche Idee hatten. Um uns herum haben wir Dokumente und Notizen ausgebreitet, daneben liegen ein Stadtplan und mein Rucksack.

Es ist ein Kinderrucksack. Der Rucksack meines Kindes, um genau zu sein. Belinda hat ihn mir in einem Akt wohldurchdachter Herzensgüte gegeben, der mir fast das Herz gebrochen hat.

Sie hat eine Kiste mit Sachen von Grace auf dem Dachboden, die ich irgendwann durchgehen muss. Fürs Erste aber reicht Dora völlig aus. Ich hielt den Rucksack in meinen zitternden Händen, wurde förmlich überflutet von den Erinnerungen an mein wunderschönes Mädchen – an Ausflüge in den Park, den Weg zum Kindergarten, an gemeinsame Einkäufe.

Es ist ein kleiner Plastikrucksack, aber auch eine Schatztruhe voller Freude und Schmerz: eine winzige Haarbürste, in deren weichen Borsten noch ein paar brüchige goldene Strähnen hängen; eine leere Rosinenpackung; eine winzige

Figur von Jessie dem Cowgirl aus *Toy Story*; eine Zeichnung, auf der wir drei im Weltraum zu sehen sind, nachdem wir ihr fünf Abende hintereinander vor dem Schlafengehen *Goodnight Moon* vorgelesen hatten.

Ich sage mir, dass ihr Leben glücklich war – sie wurde bis zu ebendiesem Mond und wieder zurück geliebt und vergöttert und hatte keinen einzigen Tag der Traurigkeit gekannt. Ich werde immer zornig sein, dass sie nicht mehr Zeit hatte – dass wir nicht mehr Zeit mit ihr hatten –, doch was wir hatten, ist kostbar.

Gelegentlich ertappe ich mich dabei, wie ich über den Rucksack streichele oder ihn auf mein Knie lege. Er ist zu klein, um ihn richtig zu tragen, doch ich kann ihn über die Schulter hängen und ihr nah sein. Belinda merkt es natürlich.

Wir sitzen im Gras, essen und reden und planen unseren Ausflug zur Northside. Michael liegt ausgestreckt in der Sonne und behält durch die Sonnenbrille die einheimischen Talente im Auge.

»Hier ist es wunderbar«, sagt er sehnsüchtig. »So schön. Es gibt ein Kasino und Geschäfte und ein Museum für Archäologie und diesen Pub, Davy Brynes, in dem wir in die Fußstapfen von Ulysses getreten sind … was mehr kann ein Mann sich wünschen?«

»Einen besseren Modegeschmack?«, fragt Belinda und mustert missbilligend sein Hawaiihemd.

»Du bist doch bloß eifersüchtig«, erwidert er ruhig, als hätte ihn die Sonne kühn gemacht. »Nicht jeder kann das tragen. Halte du dich lieber an deine Sozialkriegerinnen-Uniform, Belinda.«

Sie tritt sanft mit ihren Sozialkriegerinnen-Doc-Martens

nach ihm, worauf er laut quiekt. Ich fühle mich fast wie in der Schule und fange an, unsere Sachen einzupacken. Wir haben viel vor.

Belinda hat anhand von Joes Geburtsdatum und der Namen seiner Eltern eine Geburtsurkunde ausfindig gemacht, auf der auch eine Adresse stand. Sie war nicht mehr aktuell, was wir schon wussten – Joes Eltern waren ja vorübergehend nach Manchester gezogen, als er noch klein war, und zumindest er war nie hierher zurückgekehrt.

Wir hatte eine Nachbarin ausfindig gemacht, die sich an sie erinnerte, wenn auch nicht besonders positiv. Sie erwähnte eine Gegend namens Coolock, aus der Mona ihres Wissens stammte. Mit Hilfe dieser Angabe spürten wir eine Mona Farrell in einer Onlinedatenbank auf. Und zu ihr fahren wir heute Nachmittag.

Michael ist frustriert, weil wir in seinen Augen altmodisch vorgehen. Er wollte mit dem letzten Ort beginnen, an dem sich Joe unseres Wissens aufgehalten hatte. Ich aber will vorn anfangen und mich langsam vorarbeiten.

»Das hat logische Gründe«, hatte ich ihm auf dem Weg vom Fährhafen nach Dublin erklärt. »Beispielsweise kam sein letzter Brief aus London, und darin erwähnte er, er wolle umziehen. Wir würden nach der Nadel im Heuhaufen suchen. In Dublin haben wir wenigstens eine Chance – vermutlich ist er hergekommen, um seine Eltern zu suchen. Wenn wir sie finden, verfolgen wir die Spur von dort aus weiter. Und ich habe noch andere Gründe.«

»Wie den, dass sie schon zu viel Zeit mit ihm verloren hat«, hatte Belinda hinzugefügt. »Sie hat keine Ahnung, wie sein Leben verlaufen ist oder was nach jenem Tag mit ihm geschehen ist. Sie muss seine Schritte nachverfolgen – denselben Weg wie er gehen, damit sie ihn versteht, wenn wir ihn endlich finden. Es ist, als müsste sie ihn einholen.«

Ich hatte genickt und es dabei belassen. Außerdem habe ich diesen hammermäßigen letzten Brief, in dem er schreibt, es sei zu viel Zeit vergangen und zu viele Dinge seien geschehen, als dass wir einander je wieder verstehen könnten. Ich muss ihn widerlegen. Ich muss tun, was Belinda gesagt hat – seine Schritte nachverfolgen.

Michael ist unzufrieden und fassungslos, weil er Joe nicht über die sozialen Medien finden konnte. Für ihn ist es vollkommen unbegreiflich, dass ein erwachsener Mensch ohne sie funktionieren kann.

Wir lassen das hübsche Dublin hinter uns und fahren nach Coolock hinaus. Ich war noch nie hier und bezweifle, dass sich jemals ein Tourist hierher verirrt hat, aber Michaels Google-Suche hat uns verraten, dass *Die Commitments* hier gedreht wurde, von dem er noch nie gehört hat. Dafür singt Belinda jetzt die ganze Zeit »Mustang Sally«.

Nach einigen Fehlversuchen finden wir sie. Sie wohnt nicht in dem Haus, in dem wir sie vermuten, sondern in einer Erdgeschosswohnung ein paar Straßen weiter. Die ganze Gegend scheint eine einzige riesige Sozialsiedlung zu sein, die in einer Zeitschleife aus den 1970ern hängt. Die Leute, denen wir begegnen, sind entweder sehr freundlich, antworten in ihrem sanften trällernden Akzent und bieten uns sogar Pommes aus einer Papiertüte an oder verhalten sich absolut feindselig.

Als wir endlich das richtige Haus finden, gibt Michael zu bedenken, dass eine vornehme Engländerin, eine schwarze

Frau und ein Schwuler hier ziemlich fehl am Platze seien. Er sehnt sich nach dem Dublin von vorhin zurück.

Wir parken, und sofort nähert sich eine Gruppe Kinder, die fragen, ob sie für uns »auf das Auto aufpassen« sollen.

Michael sieht ein bisschen verwirrt aus, während Belinda, die die Masche kennt, ihnen mit strenger Miene einen Fünfeuroschein überreicht und erklärt, sie erwarte bei unserer Rückkehr intakte Außenspiegel und funktionierende Reifen. Ich nehme vorsichtshalber meinen Dora-Rucksack mit.

Die Frau, die uns die Tür öffnet, sieht aus wie hundert. Auf den ersten Blick glaube ich, wir hätten uns schon wieder geirrt. Laut Geburtsurkunde, die wir als PDF vorliegen haben, ist Mona Farrell erst sechzig. In meiner Welt sind Sechzigjährige noch ziemlich fit – sie arbeiten noch, freuen sich auf den Ruhestand oder die nächste Kreuzfahrt.

In Monas Welt scheint man mit sechzig auf den Sensenmann zu warten.

Sie hat die dünnen Haare straff nach hinten gekämmt, hohe Wangenknochen beherrschen ihr ausgemergeltes Gesicht. Sie ist dünn wie jemand, der früher Heroin genommen hat, wirkt irgendwie ausgehöhlt. Sie ist groß, aber hager und gebeugt und zieht die Schultern nach vorn, als rechnete sie schon mit dem nächsten Schicksalsschlag. Nur ihre Augen – große braune prachtvolle Augen – erinnern mich an Joe.

Sie starrt uns an, als wir vor ihr stehen, und ist verständlicherweise verwirrt. Sie mustert mich, als würde sie mich erkennen, könnte mich aber nicht einordnen.

Ein seltsames Gefühl. Dies ist Joes Mum. Die Frau, die ihn zur Welt gebracht und dann verlassen hat. Sie ist die Großmutter von Grace, wir sind durch Blut und Verlust miteinander verbunden. Und doch habe ich nicht die geringste Ahnung, was ich zu ihr sagen soll.

»Ms. Farrell?«, fragt Belinda. »Mona Farrell?«

»Kann schon sein.« Sie verschränkt die Arme vor der eingefallenen Brust und gibt sich tough. »Wer will das wissen? Wenn Sie mir was verkaufen wollen, haben Sie Pech gehabt.«

»Sind Sie Joes Mum?«, platze ich heraus, und sofort verändert sich ihr ganzer Körper. Die Pose verliert sich, sie ballt die Fäuste, reißt die Augen auf.

»Geht es ihm gut?«, fragt sie drängend. »Sie sind nicht von der Polizei, oder?«

»Nein, sind wir nicht.« Ihre Reaktion überrascht mich – aber ich bin auch aufgeregt. Wir sind bei Joes Mum – der erste Schritt, um auch ihn zu finden. »Ich heiße Jess. Wir sind uns nie begegnet, aber Joe und ich … wir waren zusammen. Wir hatten ein Baby. Und jetzt … suche ich ihn.«

Emotionen tanzen über ihr verhärtetes Gesicht, ich sehe, wie sie ihre Gefühle unterdrücken will. Schließlich sagt sie: »Dann kommen Sie besser rein.«

Die Wohnung ist klein, aber erstaunlich sauber. Das Wohnzimmer wird von einem riesigen Flachbildfernseher beherrscht, und als sie davoneilt, um Tee zu machen, schaue ich mich um. Trotz des Fernsehers wirkt der Raum spartanisch und kahl. Auf der Fensterbank steht das einzige gerahmte Foto – und es bricht mir das Herz.

Ich trete näher und nehme es in die Hand. Darauf sind Joe und Grace auf der Party zu ihrem dritten Geburtstag zu sehen. Eigentlich war es keine richtige Party, nur wir drei im Park, bei einem Picknick. Ich erinnere mich gut an den Tag: seltsam warm und klar für Oktober, die Bäume färbten sich golden, auf den Wegen lagen Laubhaufen. Wir hatten eine Decke und alle ihre Puppen mitgenommen und dort aufgebaut. Jede Puppe hatte einen Pappteller mit einem winzigen Stückchen vom Schokokuchen in Form einer Raupe, und Joe war dafür verantwortlich, alle zu füttern.

Wir aßen den Kuchen und sangen Happy Birthday und jagten einander durchs Laub, wirbelten rostbraune, bronzefarbene und kupferrote Haufen auf.

Ich hatte das Foto gemacht, wohl eines der letzten, die wir von ihr haben. Ich drücke es an die Brust und vermisse beide so sehr, dass es körperlich weh tut. Die Gefühlsaufwallung ist zuckersüß und tückisch zugleich, und ich begreife, dass ich mich dafür wappnen muss – wenn ich Joes Schritten folge, muss ich mich auch dem Schmerz und der Freude öffnen, die damit verbunden sind. Ich muss mir gestatten, mich an Zeiten zu erinnern, die ich verdrängt habe, und Wege zu beschreiten, die ich um meiner geistigen Gesundheit und Sicherheit willen abgesperrt habe.

Das ist es wert, sage ich mir und bemerke Mona, die auf der Schwelle zu Eis erstarrt ist. Sie sieht mich argwöhnisch an, reicht dann die Teetassen herum und nimmt mir sanft das Bild aus der Hand.

Sie schaut es an, dann mich und lächelt. Es ist ein trauriges Lächeln, doch es verwandelt sie – radiert ganze Jahrzehnte aus. Ich erkenne, wie schön sie war, bevor das Leben ihr hart zugesetzt hat.

Sie stellt das Foto zurück und tastet mit ihrer verkrümmten Hand nach dem Kruzifix, das sie um den Hals trägt, als suchte sie darin Trost.

»Wissen Sie, wo er ist?«, frage ich sanft. Ich hatte damit gerechnet, sie zu hassen, zu verabscheuen, weil sie ihrem Sohn dieses Leben zugemutet hat, doch nun, da ich hier bin, kann ich es nicht. Jedes Urteil, das ich über sie gefällt habe, verblasst angesichts ihrer unübersehbaren Traurigkeit, der Wolke des Bedauerns, die ihr von einem Zimmer ins nächste folgt.

»Nein, Liebes, das weiß ich nicht. Tut mir leid. Er war vor Jahren hier. 2004 oder 2005 muss das gewesen sein. Mein Gedächtnis ist nicht mehr das, was es war. Konnte es nicht fassen, als er vor der Tür stand, ganz erwachsen. Selbst nach all der Zeit habe ich ihn erkannt. Seine Augen – da schmolz einem immer das Herz. Er blieb ein bisschen, aber ... mit mir stimmte was nicht. Im Kopf oder im Körper. Ich habe mich geschämt, weil ich ihn verlassen hatte, weil das aus mir geworden war, und ich wusste, dass er eine Mutter wie mich nicht verdiente – dass er die Welt nicht verdiente, die ich ihm bieten konnte.«

Sie meint wohl nicht nur den Besuch, sondern auch die Zeit seiner Kindheit, in der sie ihn verlassen hat. Eine Welt aus Schmerz liegt in ihren Worten, leuchtet aus den Tränen in ihren Augen.

Mona blinzelt und sieht mich traurig an.

»Aber er hat mir alles über dich erzählt, Jess. Über die kleine Gracie. Hat mir das Foto geschenkt. Er hat dich sehr geliebt, und sein armes Herz war gebrochen, nachdem das passiert war. Er hat sich nach dir gesehnt, musste aber gehen, wie er sagte. Du hättest ihn nicht in deiner Nähe gewollt, und es wäre besser für euch beide, wenn du dich ohne ihn erholen könntest.«

»Das stimmt nicht«, sage ich rasch und berühre ihren Arm. Ich kann die Knochen unter der trockenen Haut fühlen, und sie zuckt leicht zusammen. Ich frage mich, wann sie zuletzt aus Zuneigung oder Liebe berührt wurde.

»Meine Eltern haben für mich entschieden, als ich zu krank war, um eine Meinung zu äußern. Meine Mutter ist kürzlich gestorben, und erst da habe ich es herausgefunden. Ich hätte ihn niemals weggeschickt. Ich habe ihn auch geliebt.«

Sie nickt und zieht sich auf einen kleinen Hocker zurück, den sie aus der Küche mitgebracht hat. Im Zimmer steht nur ein winziges Sofa, die Wohnung ist für eine Person eingerichtet.

»Ich glaube dir«, antwortet sie und trinkt von ihrem Tee. Sie verzieht das Gesicht, als sie sich die Lippen verbrüht. »Passiert ist passiert. Ich bin mir sicher, deine Mum wollte nur dein Bestes. Joe hatte es auch nicht verdient, aber der arme Kerl hat einfach immer Pech, was? Es war jedenfalls kein guter Start, uns als Eltern zu haben, das steht mal fest.«

»Ist sein Dad noch greifbar?«, fragt Belinda, die offenbar immun gegen die Emotionen ist und sich auf das Hier und Jetzt konzentriert. »Könnte er wissen, was aus Joe geworden ist?«

»Er ist schon lange tot«, antwortet Mona und schaut zur Seite. »Überdosis. Unser Leben war – es war vergiftet. Als wir mit Joe nach Manchester gezogen sind, wollten wir neu anfangen. Aber es hat nicht geklappt – es war genau wie vorher, nur an einem anderen Ort. Drogen, Geld beschaffen, schlechte Menschen.

Dass wir Joe dort gelassen haben – ich weiß, wie das aussieht. Aber ich schwöre, ich dachte, es wäre besser für ihn. Sein Dad kam auf komische Ideen, suchte ständig verzweifelt nach Geld – Joe war klein, er konnte durch schmale Fenster steigen und sich nützlich machen. Es gab eine Zeit, da wurde es noch schlimmer, da waren Leute im Haus, die einen kleinen Jungen noch in anderer Hinsicht als nützlich ansahen ...«

Mein Magen zieht sich zusammen, als ich an Joe denke, kaum älter als Gracie und in einer solchen Umgebung gefangen. Ich starre in meinen Tee, damit Mona mein Gesicht nicht sieht.

»Ich war seine Mutter«, sagt sie in nüchternem Ton, als hätte sie den Gedanken wieder und wieder gewälzt und aus jedem Blickwinkel betrachtet. »Es war meine Pflicht, ihn zu beschützen. Aber ich habe es nicht getan, weil ich es nicht konnte – ich war viel zu kaputt. Denk nicht, ich würde jemand anderem die Schuld geben oder mich da rauswinden. Ich musste in den letzten Jahren damit leben – clean sein ist nicht so toll, wie man glaubt. Es bedeutet nur, dass ich jetzt sehe, wie mies ich früher war.«

Ich nicke und verdränge die Bilder von Joes Kindheit. Der Schaden war schon passiert, als ich ihn kennenlernte. Jetzt geht es um die Zukunft.

»Eines Abends hat ihn die Polizei mitgenommen, Nachbarn hatten sie gerufen. Wir haben es kaum gemerkt, weil wir so high waren. Und als wir es gemerkt haben, habe ich entschieden, dass er ohne uns besser dran ist. Ich habe die Entscheidung jeden Tag bereut – aber immerhin ist er in eine nette Familie gekommen und hatte ein gutes Leben bei ihnen.«

Michael kennt den Verrückten Haufen nicht, doch Belinda und ich sehen einander überrascht an. In keinem bekannten Universum könnte man Joes Kindheit als gut oder die Familie als nett beschreiben. Wir begreifen, dass Joe gelogen haben muss – er hat Mona eine hübsche Geschichte aufgetischt, um die gebrochene Frau nicht noch weiter zu zerstören.

Von all den traurigen Dingen, die ich heute gehört und gesehen habe, bringt mich ausgerechnet dies zum Weinen. Dass Joe trotz allem, was er erlitten hatte, so viel Mitgefühl und Anstand besaß.

»Eigentlich –«, setzt Belinda an, beugt sich vor, sieht wütend aus.

»Ja, sie waren nett«, werfe ich ein, bevor sie weitersprechen kann. »Und er hatte ein gutes Leben.«

Sie funkelt mich an, doch ich beachte sie nicht. Joe wollte nicht, dass Mona noch mehr leidet, und ich bin fest entschlossen, das zu respektieren.

»Haben Sie eine Ahnung, wo er jetzt sein könnte?«, frage ich, als der Augenblick sicher umschifft ist. »Wir wissen, dass er noch eine Weile in Dublin geblieben ist.«

»Sicher bin ich mir nicht.« Sie schaut zweifelnd von mir zu Belinda, als spüre sie den Faden der Anspannung, hüte sich aber, ihn aufzuribbeln. »Ich war nicht so gut drauf. Da hatte ich schon mehrere Entzugsversuche hinter mir, es aber noch nicht geschafft. Ich war mal in dieser und mal in der anderen Welt. Er wollte mir helfen, weil er ein guter Junge ist, aber er hat die Zeichen erkannt. Ich habe gehört, er hätte in einem dieser schicken Hotels im Zentrum gearbeitet – in einem der großen. Vielleicht kannst du es da versuchen.«

Sie will mir helfen, doch ich sehe, dass meine Freunde genervt sind.

Ich stehe auf, weil wir nichts mehr erreichen können. Die anderen tun es mir nach, und wir stehen verlegen im Kreis, in diesem Zimmer, das zu klein für uns alle ist.

»Danke, Mona«, sage ich ruhig. »Das machen wir.«

Sie nickt und bringt uns zur Tür. Belinda und Michael gehen vor mir nach draußen, und ich sehe, wie Belinda die Kinder, die auf der Straße herumlungern, ein bisschen neckt.

»Wenn du ihn findest«, sagt Mona und streicht wieder über das Kruzifix, »sagst du ihm dann – sagst du ihm dann, dass ich für ihn bete? Sagst du ihm, dass ich das immer getan habe und immer tun werde?«

»Natürlich mache ich das«, antworte ich und möchte sie umarmen, weiß aber, dass es sie nicht trösten würde. Umarmungen sind ihr fremd.

»Und es tut mir leid, Jess. Was mit Gracie passiert ist. Was mit dir passiert ist. Ich wünschte, ich hätte sie kennengelernt – ich wünschte, ich hätte eine Oma für sie sein können. Aber vermutlich hätte ich auch das versaut.«

Das Wort klingt schockierend und brutal, und ihr Gesicht ist von Selbstekel erfüllt. Ich hoffe, dass wir sie nicht vollkommen aus dem Gleichgewicht gebracht haben – sie von einem sicheren Platz gestoßen haben, an den sie sich klammert, wenn die Wellen der Sucht gegen ihre Füße branden.

»Das können Sie nicht wissen. Und wenn wir ihn finden, bringen wir ihn vielleicht her. Dann können Sie miteinander reden. Es ist noch nicht zu spät.«

Etwas huscht über ihr Gesicht, als sie überlegt, ob sich die Hoffnung lohnt. Dann nickt sie nur und wendet sich ab. Beim Wegfahren sehe ich, wie sie am Fenster steht und das Foto von Joe und Gracie betrachtet.

18. Kapitel

»Nun«, sagt Michael, als wir zurück ins Stadtzentrum fahren, »das war unerfreulich. Mir ist nach einem langen Bad in heißem Mojito.«

Belinda ist ungewohnt still. Ich spüre förmlich, wie sie meinen Hinterkopf anstarrt, und gebe schließlich nach.

»Heraus damit«, sage ich und drehe mich zu ihr. Ich rechne mit einer Tirade, doch sie lächelt nur traurig.

»Das war gut«, sagt sie dann. »Was du für Mona getan hast. Ihr nicht von dem Verrückten Haufen zu erzählen und was wirklich mit Joe passiert ist, während sie im Drogenrausch versackt ist. Ich wollte es ihr sagen … ich war so wütend. Aber ich bin froh, dass du mich gebremst hast. Joe hätte es so gewollt. Irgendwie ist er trotz seiner Herkunft ein deutlich besserer Mensch geworden als ich …«

»Übrigens«, wirft Michael vom Fahrersitz ein, »wie ist das möglich? Wann immer ich von diesem Mann höre, scheint er absolut perfekt zu sein. Und das mit einer Kindheit, die ihn zum Ungeheuer hätte machen müssen.«

»Er war nicht perfekt«, erwidere ich lächelnd. »Aber er hatte – wie soll ich sagen – seinen eigenen moralischen Kompass. Der Verrückte Haufen hat versucht, ihn zu einem der

Ihren zu machen, aber das hat er nicht zugelassen. Zu viel … Mitgefühl, nehme ich an.«

»Und wie sie das versucht haben«, sagt Belinda traurig. »Als wir Kinder waren, haben sie ihn zum Klauen geschickt. Die ersten Male hat er mitgemacht – aber dann hat er das ganze Zeug verschenkt, weil er sich so mies gefühlt hat. Ein bisschen wie Robin Hood. Danach hat er sich geweigert und den Preis dafür bezahlt.«

Ich hatte die Spuren an seinem Körper gesehen und weiß genau, wovon sie spricht. Ich werde wieder wütend, bis Belinda die kleine, zornige Blase zum Platzen bringt.

»Egal, ich bin froh, dass du Mona nicht die Wahrheit gesagt hast. Du bist auch ein guter Mensch, Jess – genau wie er.«

Das rührt mich, und ich weiß nicht, was ich sagen soll. Ich werfe ihr eine Kusshand zu, und Michael lacht laut auf.

»Was für ein bewegender Moment. Es kommt mir vor, als hätte ich gerade ein kleines Wunder erlebt. Und jetzt bitte eine Liste schicker Hotels. Obwohl ich insgeheim befürchte, dass Monas Vorstellung von schick auch das YMCA umfassen würde …«

Belinda und ich suchen auf Booking.com und prüfen, ob es die Hotels 2004 schon gab. Als wir wieder in der Stadt sind, haben wir eine erste Liste von drei Hotels zusammengestellt, plus einige als Reserve, falls wir dort nicht fündig werden. Ich schlage vor, dass jeder von uns eins übernimmt, weil ich eine halbe Stunde allein sein möchte.

Wir lassen den Fiat vor unserem eigenen, nicht ganz so schicken Hotel stehen und gehen getrennte Wege. Ich ziehe eine absolute Niete im Shelbourne, bewundere aber die Marmorsäulen und eindrucksvollen Kronleuchter in der Eingangshalle. Das Personal ist höflich und hilfsbereit, doch niemand erinnert sich an Joe.

Draußen stoße ich auf Belinda, die in ihrer Luxusabsteige ebenfalls erfolglos war. Sie hatte weniger Spaß daran als ich, weil sie in einer solchen Umgebung immer das Gefühl habe, »Ja, Ma'am, danke, Ma'am« sagen und Canapés servieren zu müssen.

Wir beschließen, zusammen zum letzten Hotel zu gehen, um Michael einzusammeln und notfalls nachzufragen, falls er geradewegs in der Bar gelandet sein sollte.

»Das ist wirklich nicht fair«, sage ich, als wir die Treppe zum Grand Circle Hotel hinaufsteigen. »Er ist ein sehr gewissenhafter Mensch.«

Die Lobby ist prächtig und bis in den letzten Winkel mit exotischen Pflanzen und Topfpalmen gefüllt. Die Klimaanlage überspült mein Gesicht mit einer wohltuend kühlen Brise.

Belinda entdeckt das Schild zur Cocktaillounge, und als wir durch die Buntglastür treten, höre ich Michaels Gelächter herüberwehen.

Er sitzt auf einem samtbezogenen Hocker an der hufeisenförmigen Theke, in der Hand einen Drink, der verdächtig nach Mojito aussieht. Er plaudert – nein, flirtet – mit der deutlich älteren Barkeeperin. An den Tischen sitzen vereinzelte Gäste, doch Michael genießt ihre volle Aufmerksamkeit.

Ich ignoriere den Hab-ich-dir-doch-gesagt-Blick, den Belinda mir zuwirft, und gehe zu meinem Cousin. Ehrlich gesagt, könnte ich auch einen Mojito vertragen. Wieder erklingt sein Gelächter, als Belinda und ich uns links und rechts von ihm niederlassen.

»Ich möchte genau das, was er hat!«, sage ich und frage mich, ob jemand die Anspielung auf Harry und Sally versteht.

»Das ist einer meiner Lieblingsfilme!«, ruft die Barkeeperin und drückt ein Geschirrtuch an ihre ausladende Brust. »Und die Stelle kurz vor dem Ende, bei der Silvesterparty, als er sagt, er liebe die kleine Falte über ihrer Nase? Da muss ich jedes Mal weinen!«

Bernadette, so steht es auf ihrem Namensschild, ist locker Mitte sechzig, hat sich aber eine mädchenhafte Seite bewahrt. Sie hat die Haare schwarz gefärbt und zu einem riesigen Knoten aufgesteckt – und trägt perfekte Smokey Eyes mit starkem Eyeliner. Ich vermute, dass sie zu ihrer besten Zeit ein echtes Partygirl war und mich vermutlich immer noch unter den Tisch feiern könnte.

Sie wendet sich ab, um ihre Mojito-Zutaten zu suchen, und tätschelt im Gehen Michaels Handgelenk.

»So«, sage ich und trommle mit den Fingern auf die Theke, als wäre ich ungehalten, »du arbeitest ja richtig hart, was?«

»Oder lässt dich einfach volllaufen«, fügt Belinda hinzu.

Er schaut zwischen uns hin und her, sein Gesicht der Inbegriff von Hochmut.

»Man kann sich gleichzeitig volllaufen lassen und hart arbeiten«, erwidert er ernsthaft. »Es ist eine Frage von Multitasking, worin meine Generation Meister ist, seit wir beim langweiligen Pubquiz die Antworten googeln. Nun, liebste Mamas, darf ich jetzt reden, bevor ihr mich ohne Abendessen ins Bett schickt?«

Belinda stößt ihn in die Rippen, und er fährt fort: »Bernadette arbeitet seit 1982 in diesem Hotel. Damals war sie gerade Miss-irische-Kleinstadt-deren-Namen-ich-vergessenhabe geworden. Sie hat ein interessantes Leben geführt – vor allem aber erinnert sie sich an Joe. Und redet nur allzu gern über ihn.«

Er bemerkt unsere Überraschung und fügt selbstzufrieden lächelnd hinzu: »Gern geschehen.«

Bernadette kommt mit unseren Drinks zurück und stellt sie mit Servietten und einer kleinen Schale Erdnüsse auf die Theke.

»Das ist meine Cousine Jess, von der ich erzählt habe.« Michael schnappt sich eine Handvoll Nüsse und nickt in meine Richtung.

Bernadette sieht mich an und grinst sofort.

»Oh! Sie sind also das glückliche Mädel, was? Die, nach der Joe noch immer so geschmachtet hat?«

Ich nicke, finde es aber sonderbar, mit Ende dreißig noch als Mädel durchzugehen – und noch sonderbarer, dass Joe hier, in ebendiesem Hotel, nach mir geschmachtet haben soll.

»Er war echt der Knaller, dieser Joe. Er hat uns nie erzählt, was zwischen euch schiefgelaufen ist, aber er wirkte immer ein bisschen traurig. So gequält und geheimnisvoll. Der hat uns Ladys ganz schön aufgemischt, das könnt ihr mir glauben. Ich hätte seine Mutter sein können und fühlte mich auch ein bisschen mütterlich … aber er konnte auch verdammt gut flirten. Selbst wenn ich verkatert reinkam und wie Frankensteins Braut aussah, hat er immer was Nettes gesagt, um mich aufzuheitern. Er war auch geschickt mit den Händen. Darum hatte er den Job bekommen.«

Einen Moment lang bin ich sprachlos – bei Bernadette klingt es anzüglich, als wäre Joe ein Masseur gewesen, der sich auf Happy Ends spezialisiert hatte.

»Er hat als Hausmeister gearbeitet«, stellt sie beim Gläserpolieren klar, und ihre Augen funkeln bei der Erinnerung. »Er war nicht lange hier, aber er war der Typ Mann, der einen Eindruck hinterlässt. Er hat mir auch den Ring gezeigt – der war hübsch.«

Sie schaut auf meine Finger, als erwartete sie, ihn dort zu sehen.

Ich habe erst vor wenigen Tagen von Belinda erfahren, dass Joe mir einen Heiratsantrag machen wollte. Sie hatte es mir vorsichtig beigebracht, als fürchtete sie, ich könnte zusammenbrechen. Er wollte es an jenem Abend tun – dem Abend des Unfalls. Und ich hatte geglaubt, jener Tag könnte nicht noch trauriger werden …

Der Unfall hatte seinen Plan durchkreuzt. Joe war noch an der Unfallstelle wegen Schnittwunden und Verbrennungen behandelt worden, und ich lag sediert im Krankenhaus. Ich hatte mir die Schulter ausgerenkt, als ich Gracie auf dem Rücksitz erreichen wollte, und mir beim Aufprall eine Kniescheibe verletzt. Es half auch nicht, dass ich hysterisch um mich schlug, sobald ich klar genug war, um mich an den Unfall zu erinnern.

Als ich mich körperlich so weit erholt hatte, dass ich entlassen werden konnte, zeigten sich die Langzeitfolgen, und der Rest ist traurige Geschichte.

Und jetzt plaudere ich viele Jahre später mit einer Wildfremden beim Mojito über einen Verlobungsring, den ich nie gesehen habe. Bizarr.

»Da bin ich mir sicher. Er hatte immer einen tollen Geschmack und wusste genau, was mir gefällt«, antworte ich, weil die gutgelaunte Lady nichts von der Tragödie weiß, die

Joe in dieses Hotel geführt hat, in dem er geschickt mit den Händen war und das Barpersonal aufgeheitert hat. »Haben Sie eine Ahnung, wo er danach hingegangen ist?«

Sie beugt sich vor, stützt die Ellbogen auf die Theke, das Gesicht in die Hände und runzelt die Stirn, während sie in ihrem Gedächtnis kramt.

»Wie gesagt, er war beliebt und machte seinen Job gut. Er hätte hier weiterkommen können, hatte aber wohl nie vorgehabt zu bleiben. Er hatte diesen Blick, wissen Sie? Als müsste er umherwandern. Vielleicht sein gebrochenes Herz heilen – aber das kann auch meine romantische Einbildung sein. Angeblich einer meiner vielen Fehler.«

»Man kann gar nicht romantisch genug sein«, wirft Michael ein und tätschelt ihr die Wange. Sie blüht unter seiner Aufmerksamkeit auf, und ich kann mir genau vorstellen, wie sehr sie Joes Gesellschaft genossen hat. Er sah hinreißend gut aus – jedenfalls in meinen Augen – und wusste tatsächlich immer, was er einer Frau sagen musste, damit sie sich besser fühlte.

»Danke dir«, sagt sie, »die nächste Runde geht aufs Haus!«

Mittlerweile werde ich ein wenig ungeduldig. Ich bin unerträglich aufgeregt, weil wir kurz davor sind, etwas Wichtiges herauszufinden, muss mich aber bremsen. Dass wir so weit gekommen sind, haben wir nur Michaels Charme und Flirtkunst zu verdanken.

»Ich glaube«, sagt sie langsam, als zerre sie schläfrige Gedanken ans Tageslicht, »dass er in die Grafschaft Wexford gezogen ist.«

Ich seufze laut. Das wissen wir schon vom Poststempel auf der Geburtstagskarte, die er Gracie im Oktober 2005 geschickt hat. Auch meine eigene Geburtstagskarte und ein paar Ansichtskarten kamen von dort. Ich habe mir mehr erhofft und schaue Bernadette erwartungsvoll an.

»Ist er nicht in einen Pub gezogen?«, fragt sie. Sie hat die Angewohnheit, Fragen zu stellen, die ich unmöglich beantworten kann. »Ja, so war es. Ein Paar arbeitete dort, Geraldine und Adrian. Der Familienname fällt mir nicht ein, aber ich könnte mich umhören, falls es Ihnen hilft. Jedenfalls hatten sie einen kleinen Jungen namens Jamie, der muss etwa zwei gewesen sein.

Geraldine arbeitete hier in der Bar, und Adrian leitete das Restaurant. Lange Arbeitszeiten, wie Sie sich vorstellen können, und sie hatten oft unterschiedliche Schichten und – kurzum, sie wollten weg. Es gab Gerüchte, einer von ihnen hätte in fremden Gärten gewildert …«

Sie nimmt einen Schluck und noch einen und fährt fort: »Es ist lange her, und ich kannte sie nicht gut, aber ich meine, sie hätten einen Pub in Wexford übernommen. Haben den Laden günstig gekauft, neuer Anfang. Und Joe ist mitgegangen. Wann das war, weiß ich nicht genau, aber auf dem Green blühten die Narzissen – das weiß ich so genau, weil er eine für mich geklaut hat, der Teufel! Also Frühling?«

Belinda runzelt die Stirn und sieht ebenso verwirrt aus, wie ich mich fühle. »Aber warum? Warum hätte er mit ihnen weggehen sollen?«

»Weil er so geschickt mit den Händen war? Der Pub musste gründlich renoviert werden. Er brauchte einen Tapetenwechsel, und sie sagten, er könne bei ihnen wohnen. Sie würden ihn bezahlen, wenn er das Gebäude für sie instand setzte.«

Sie klingt, als wäre es die selbstverständlichste Sache der Welt, die jeder Idiot kapiert.

»Verstehe«, sage ich und nicke. »Also ein Pub in der Grafschaft Wexford. Ich nehme an, da gibt es mehr als einen.«

Bernadette lacht lang und laut, was meine Vermutung bestätigt.

»So viele wie Sterne am Himmel!«, erwidert sie belustigt. »Ich versuche wirklich, mich an den Namen zu erinnern, aber er fällt mir einfach nicht ein – hatte irgendwas mit Matrosen zu tun. Oder Booten. Oder dem Meer. Vielleicht auch mit Fischen oder Delfinen. Die Liebe der Matrosen oder so.«

Bei diesen Worten zwinkert sie Michael frech zu, und er singt sofort »What shall we do with the drunken sailor?«.

»Hängt von der Ausrüstung ab!«, witzelt sie, und die beiden kichern drauflos. Ich selbst finde, dass der Witz keinen Sinn ergibt, schüttle aber den Kopf. Was soll's, ich bin eben eine Spaßbremse.

»So«, sagt Michael, als sie sich beruhigt haben. »Meine liebste Bernadette, es war mir ein Vergnügen, und ich kann dir gar nicht sagen, wie sehr du uns geholfen hast. Ich schreibe meine Nummer auf die Serviette – wir bleiben in Kontakt. Bist du auf Insta?«

»Ich bin eher der Facebook-Typ. Schreib mir deinen Namen auf, dann schicke ich dir eine Freundschaftsanfrage.«

»Super. Könntest du vielleicht auch bei den anderen Angestellten herumfragen? Vielleicht erinnert sich jemand an den Namen des Pubs oder wie Geraldine und Adrian mit Nachnamen hießen. Vielleicht hat sogar jemand Kontakt zu ihnen.«

»Natürlich. Für dich doch immer, Süßer.«

Sie dreht sich zu mir und fügt hinzu: »Falls Sie Ihren hübschen Joe finden, tun Sie mir einen Gefallen und sagen ihm, dass Bernie ihre Liebe schickt. Machen Sie das?«

Ich verspreche es, und als wir gehen, weigert sie sich, Geld für die Cocktails zu nehmen. Ich ahne, dass es am Ende meiner Reise wohl eine lange Liste von Leuten geben wird, die Joe ihre Liebe schicken. Mich eingeschlossen.

19. Kapitel

Der Südosten Irlands ist atemberaubend schön. Es gibt endlose Meeresabschnitte – die Irische See, die Keltische See, den Atlantik, den St.-Georgs-Kanal – und endlose Aussichten. Mit seinen wilden Wegen und versteckten Buchten kommt er mir vor wie das Ende der Welt.

Wir nehmen die malerische Strecke, weil Michael behauptet, wir könnten jede Aufmunterung gebrauchen, die Mutter Natur zu bieten hat. Als wir in einem winzigen Fischrestaurant in Curracloe Mittagspause machen, muss ich ihm zustimmen. Die Sonne scheint, Kinder spielen, Möwen segeln umher, und wenn ich tief durchatme und vergesse, warum ich hier bin, fühlt es sich perfekt an.

Michael spielt den Reiseführer und erzählt uns, dass *Der Soldat James Ryan* hier gedreht wurde. Belinda hat die Stiefel ausgezogen und mit den Füßen geplanscht. Ich versuche, nicht daran zu denken, was als Nächstes kommt.

Vor uns auf dem Tisch liegen die Ansichtskarten, und ich genieße es, die Wörter mit den Fingerspitzen nachzufahren. Für Notfälle haben wir Kopien gemacht, doch die Originale zu berühren verstärkt meine Verbindung zu Joe und die Entschlossenheit, ihn zu finden.

Es gibt eine Ansichtskarte mit dem schwarzweiß gestreiften Leuchtturm von Hook, an deren Rand »Grüße aus Wexford« steht. Sie ist vom März 2005, was zu Bernadettes Erinnerung an die Narzissen passen würde.

Dann wäre da der Poststempel auf der Karte zu Gracies sechstem Geburtstag, ein besonders hübsches Exemplar, auf dem ein Elefantenbaby die Worte »Happy Birthday« aus seinem Rüssel bläst. Sie ist vom Oktober 2005.

Wir haben eine Ansichtskarte von Enniscorthy Castle und ein längst abgelaufenes Kaugummipäckchen, das in meiner Geburtstagskarte vom September des Jahres lag. Der Poststempel auf dem Umschlag ist so verschmiert, dass man ihn nicht mehr lesen kann, aber wir haben auch eine Karte vom ehemaligen Haus der Kennedys, in dem JFKs Urgroßvater geboren worden war. Sie ist vom Januar 2006, was ebenfalls in den zeitlichen Rahmen passt.

Die Ansichtskarte vom Giant's Causeway von Dezember 2005, der sich in Nordirland befindet, fällt aus dem Rahmen. Michael vermutet, Joe habe einen Ausflug dorthin unternommen, und klingt besorgt, als fürchtete er, wir könnten unsere Sachen packen und wieder in den Norden fahren.

Ich stimme ihm zu – alles deutet darauf hin, dass Joe ein knappes Jahr hier gelebt hat und erst Anfang 2006 nach Cornwall umgezogen ist.

Michael, unser Internet-Guru, hat Informationen über die Pubs der Gegend ausgegraben. Bernadette hatte recht, als sie sagte, es gäbe viele, doch ihr war dann doch noch der Nachname des Paares eingefallen, für das Joe gearbeitet hatte. Leider lautet er Doyle, was hier ungefähr so selten vorkommt wie ein Pub.

Dennoch hänge ich dem bizarren und womöglich fehlgeleiteten Glauben an, dass dies hier funktionieren kann – dass die uralten Geister, die es in dieser Gegend zuhauf geben soll, auf unserer Seite sind. Fürs Erste bin ich zufrieden, in der Sonne zu sitzen und den Kindern am Strand beim Spielen zuzuschauen.

Es sind etwa fünfzehn, im Grundschulalter. Alle tragen gelbe T-Shirts, auf denen Smilez Summer Club steht. Das verbessert zwar nicht ihre Rechtschreibung, aber sie haben Riesenspaß daran, Sandburgen zu bauen, einander mit Krebsen zu jagen und Löcher mit Wasser zu füllen.

»Du siehst ungewohnt glücklich aus«, sagt Michael und schaut mich über seine Sonnenbrille hinweg an. »Du siehst schon auf der ganzen Reise ungewohnt glücklich aus. Nimmst du Valium?«

Ich lache und spiele mit dem Gedanken, ihm von meinem Vorrat verschiedenster Pharmazeutika zu erzählen, der daheim im Badezimmer wartet. Medikamente zur Entspannung. Medikamente gegen Angst. Medikamente zum Schlafen. Vermutlich sind alle abgelaufen, Überreste einer dunkleren Zeit.

»Ich weiß«, sage ich lächelnd. »Komisch, was? Ich habe vor kurzem meine Mum verloren. Ich spüre meiner verlorenen Liebe nach. Ich gestatte mir, öfter an meine tote Tochter zu denken als in den ganzen letzten Jahren. Eigentlich müsste ich kurz vor dem Zusammenbruch stehen. Aber das tue ich nicht … ich fühle mich, wie soll ich sagen, als würde ich endlich etwas Positives tun. Als hätte mein Leben lange auf Eis gelegen und täte das jetzt nicht mehr.«

Er macht ein nachdenkliches Gesicht. Belinda tut, als läse sie den *Guardian*, aber ich weiß, dass sie zuhört.

»Es ergibt auf seltsame Weise Sinn«, sagt er schließlich, nimmt die Brille ab und schiebt sie auf den Kopf. »Wenn wir schon bei Geständnissen sind, darf ich dich dann noch etwas fragen?«

Ich nicke, und Belinda schaut interessiert auf.

»Deine Berufswahl. Ich meine, dein Leben wurde brutal unterbrochen, schon klar, darum bist du nie zur Uni gegangen und so. Aber warum arbeitest du in einer Schule? Ist es nach Grace nicht schwer, von Kindern umgeben zu sein? Erinnern sie dich nicht an sie?«

Ich schaue zu den Kleinen, die im Sand spielen, und genieße einen Moment lang ihre schlichte Lebensfreude, dass sie herumtollen und an einem sonnigen Tag einfach wild und frei sind.

»Es hat hiermit zu tun«, sage ich und zeige auf die Kinder. »Dieses Gefühl von Aufregung. Kleine Kinder haben solchen Spaß, und es ist ansteckend, wenn man mit ihnen zusammen ist. Aber ich verstehe, warum es seltsam wirkt. Zum einen musste ich einfach irgendetwas tun. Nachdem ich aus dem Krankenhaus entlassen wurde, begann eine schreckliche Zeit, in der ich technisch gesund war, mich aber nicht so fühlte. Es war, als hätte ich blaue Flecken auf der Seele, obwohl die Knochenbrüche verheilt waren. Und was Spaß angeht – du kennst meine Eltern.«

»Mit denen hatte man ungefähr so viel Spaß wie mit einem eingeklemmten Leistenbruch. Auch wenn man nicht schlecht über die Toten reden sollte.«

»Du hast ja recht. Also habe ich mich einige Jahre einfach … treiben lassen. Schließlich wurde die Langeweile stärker als die Angst, und ich habe ehrenamtlich in der Schule angefangen. Habe mit den Kindern gelesen. Von da aus hat es sich irgendwie entwickelt – und es macht mir Freude.

Anfangs war es heikel, weil die Leute annahmen, ich hätte selbst Kinder. Ich bin im richtigen Alter und arbeite in einer Schule, also haben sie oft nach meinen Kindern gefragt. Das hat mich ganz schön umgehauen. Ich wusste nie so recht, was ich antworten sollte. Es verdirbt ganz schön die Stimmung, wenn ich die Wahrheit sage.«

»Aber was hast du geantwortet?«, will Belinda wissen, die jetzt nicht mehr vorgibt, die Zeitung zu lesen. »Ich kenne doch die Welt hinter dem Schultor. Das ist ein richtiges Klatschfestival.«

»Kann man so sagen. Manchmal hat es mich geärgert, wenn sie über schlaflose Nächte stöhnten oder dass ihnen das Trittbrett vom Buggy ans Schienbein geknallt war, als sie zur Schule gingen, und ich hätte sie am liebsten angeschrien, dass sie froh sein sollen, solche Probleme zu haben. Babys zu haben, die sie wach halten. Aber ich erinnere mich an einen Tag, an dem ich gefragt wurde, ob ich Kinder habe, und ganz still wurde und eine der anderen Mütter mir zu Hilfe kam und schnell das Thema wechselte.

Als sie am nächsten Tag ihren kleinen Jungen abholte, habe ich sie darauf angesprochen. Sie hatte vor einigen Jahren ihr älteres Kind durch Leukämie verloren. Und selbst jetzt, lange danach, wolle sie spontan immer von zwei Kindern sprechen, obwohl sie nur noch das eine hatte … und da habe ich es begriffen. Was passiert ist, war furchtbar und hat mein Leben verändert. Aber viele Frauen verlieren Kinder – durch Krankheit oder plötzlichen Kindstod oder Fehlgeburten. Und andere können keine bekommen. Wir alle sind von Verlusten geprägt – und sollten nicht zulassen, dass sie unser Leben beherrschen.«

Die beiden sehen mich überrascht an, als hätte ich mich nackt ausgezogen und auf dem Tisch Macarena getanzt.

»Wow«, sagt Michael leise. »Das war – wirklich weise.«

»Ich habe meine hellen Augenblicke. Außerdem hast du Mayonnaise am Kinn.«

»Das war jetzt nicht dein hellster Augenblick«, erwidert er, schnappt sich eine Serviette und wischt sich das Gesicht ab.

Wir zahlen und starten die vielleicht größte und nüchternste Kneipentour aller Zeiten. Michael knurrt, weil er fahren muss, und Belinda erklärt sich bereit, am nächsten Tag einzuspringen. Ich nutzlose Frau kann leider nicht Auto fahren. Ungewöhnlich für einen Menschen meines Alters, aber es gibt besondere Umstände. Ich habe über eine Stunde in einem verbogenen Autowrack verbracht und mehrere Jahre gebraucht, um überhaupt wieder freiwillig in ein Auto zu steigen.

Die ersten Male wurde ich halb wahnsinnig vor Angst, klammerte mich an den Sicherheitsgurt, spannte alle Muskeln an und hielt nach potenziellen Gefahren Ausschau. Wenn jemand hupte, fuhr ich zusammen, jeder laute Knall erschreckte mich, und wenn eine Autotür fest zugeschlagen wurde, brach mir der Schweiß aus.

Wenn man ein Trauma durchlebt hat, findet das Gehirn Mittel und Wege, einen daran zu erinnern. Vielleicht will es einen beschützen, indem es auf mögliche Gefahren hinweist. Alltägliche Geräusche, Gerüche und Empfindungen können das Nervensystem dazu bringen, eine Gefahr zu wittern. Es ist erschöpfend – ein ständiger Kampf, die Realität, die man sieht, und die Realität, vor der einen der Verstand warnt, in Einklang zu bringen. Kalter Schweiß, Adrenalinschübe, verkrampfte Muskeln – all das sagt einem, man solle vorsichtig sein.

In der jahrelangen ambulanten Therapie habe ich gelernt, damit klarzukommen, und heutzutage kann ich immerhin so tun, als wäre ich normal – obwohl ich innerlich noch immer überwachsam bin und nie längere Zeit in einem geparkten Auto verbringe.

Michael scheint etwas zu ahnen und ist unterwegs weniger brummig.

Unsere ersten beiden Pubs sind Nieten. Das Ship's Cabin und das Sailor's Rest haben seit Jahrzehnten dieselben Besitzer, und niemand erinnert sich an die Doyles.

Das dritte, das Mermaid, hat geschlossen, und im Umkreis von Kilometern gibt es keinen anderen Pub, so dass wir nicht mal fragen können. Wir schließen ein Etablissement namens Walk the Plank aus, weil es eine Partykneipe zu sein scheint, die bei jungen Leuten beliebt ist, und nach einer Einkehr im Anchor and Pilgrim sind wir alle ein bisschen genervt.

»Das ist Folter«, sagt Michael, als wir wieder einmal zum Auto zurückgehen. »So viele Pubs und so wenig Alkohol.«

»Ich weiß«, sagt Belinda, die ebenso niedergeschlagen klingt. »Ich habe so viel Cola light getrunken, dass ich heute Nacht kein Auge zumachen werde. Andererseits haben wir eine neue Karriereidee: den ultimativen Führer für irische Pubtoiletten.«

»Klingt nach einem Volltreffer. Du solltest deinen eigenen YouTube-Kanal starten. Belindas Klos und Katastrophen.«

»Katastrophen?«

»Ich weiß, das passt nicht ganz, ich fand nur die Alliteration nett.«

Wir steigen wieder ins Auto, und Michael quiekt, als er einen Blick aufs Handy wirft.

»Hast du im Lotto gewonnen?«, fragt Belinda und öffnet die Fenster.

»Nein – eine Nachricht von meiner Freundin Bernie, der Bardame. Ebenfalls eine tolle Alliteration. Jedenfalls hat sie mit einem älteren Typen geredet, der mit Adrian im Restaurant gearbeitet hat. Er ist nicht mehr im Hotel, kam aber auf einen Drink vorbei und erinnert sich, wie der Pub geheißen hat.«

Er schweigt eine Weile, und ich sehe, wie er durch mehrere Reihen Emojis scrollt und über Bernies Witze kichert.

»Na schön – und wie heißt er?«, fragt Belinda ein wenig drohend.

»Cock and Seaman«, faucht Michael und stößt die Hand weg, die sie ihm auf die Schulter gelegt hat.

»Nein, tut er nicht.«

»Schon gut – anscheinend heißt er The Smuggler's View. Nicht so richtig nautisch, aber nah dran. Mein Blitz-Googeln hat enthüllt, dass der einzige Pub dieses Namens weniger als eine Stunde entfernt liegt, und zwar bei einem Ort namens Kilmore Quay. Wenn wir jetzt losfahren, sind wir rechtzeitig da, damit Belinda wieder aufs Klo gehen kann.«

Die Aussicht ist herrlich, selbst wenn man kein Schmuggler ist – von der steilen Anhöhe aus bietet sich ein weites Panorama vom Flickwerk grüner Felder über das Wasser hin bis zu den winzigen Saltee Islands. Das Meer ist geradezu karibisch blau. Es herrscht wenig Verkehr, und man hört eine angenehme Mischung aus tosenden Wellen, krächzenden Seevögeln und dem Summen vereinzelter Insekten.

Es wäre allerdings noch herrlicher, wenn wir am richtigen Pub wären, was nicht der Fall zu sein scheint, obwohl wir uns streng ans Navi gehalten haben. Michael checkt es noch einmal und bestätigt, dass wir technisch gesehen an der richtigen Stelle sind – doch der Pub, vor dem wir uns befinden, heißt O'Grady's Top of the Hill.

Wir stehen da und glotzen und fragen uns, wo wir uns verfahren haben, bis Belinda verkündet, sie wolle wenigstens ein Pint Guinness trinken, wenn sie schon in Irland sei, und könne das ebenso gut hier tun.

Ich folge den beiden, kann meine Enttäuschung aber nicht unterdrücken. Ich habe nicht erwartet, Joe hier zu finden, aber wenigstens die Familie, bei der er gewohnt hat. Dass ich über ihn sprechen und Fragen stellen und mir vielleicht Fotos ansehen kann. Wenn ich wirklich gruselig drauf wäre, würde ich mir auch das Zimmer ansehen, in dem er geschlafen hat.

Doch als ich das schön gestrichene, perfekt restaurierte Gebäude in seiner ebenso perfekten Lage betrachte, kommt es mir unwahrscheinlich vor. Es ist viel Zeit vergangen, und der Pub hat den Namen geändert und vielleicht den Besitzer gewechselt und könnte überhaupt der falsche sein. Ich bin müde und muss mich daran erinnern, dass all das meine Idee war. Ich wollte Joe suchen, indem ich seine Schritte nachverfolge – also muss ich auch mit den Enttäuschungen klarkommen.

Ich hatte immer gewusst, dass es nicht einfach würde, und wir haben es wie durch ein Wunder überhaupt so weit geschafft. Falls das hier eine Sackgasse ist, werde ich wohl in den nächsten Monaten ziellos durch Cornwall fahren oder eine riesige Plakatwand mieten, mit Joe als Sechzehnjährigem und der Unterschrift: »Haben Sie diesen Mann gesehen?«

Im Pub ist es ziemlich dunkel, und nach dem grellen Sonnenschein brauchen meine Augen einen Moment, um sich darauf einzustellen. Belinda und Michael sind schon an der Theke, bestellen Guinness und erkundigen sich nach dem Besitzer.

Der junge Barkeeper scheint verwirrt, als sie sich nach einem Pub namens The Smuggler's View erkundigen, das 2005 hier gestanden haben soll.

Er zuckt mit den Schultern und sagt, er sei damals erst drei gewesen. Dann wendet er sich wieder seinem deutlich wichtigeren Handy zu. Michael schnaubt und lässt einen verächtlichen Kommentar über die junge Generation los, worauf Belinda in lautes Gelächter ausbricht. Michael ist eine sonderbare Mischung aus Teenager und brummigem Großvater.

Ich brauche einen Moment, um mich zu fassen, und wandere in dem halbleeren Pub umher, schaue in alle Ecken und Winkel. Es ist hübsch hergerichtet, die alten Steinmauern sind weiß getüncht, die Deckenbalken restauriert, im riesigen Kamin stapeln sich Holzscheite.

An den Wänden hängen gerahmte historische Fotografien, die wohl das nahegelegene Fischerdorf und die Inseln zeigen. Ich betrachte Landkarten, Bilder von Pferdefuhrwerken, Booten, Netzen und sepiafarbenen Fischern mit struppigen Bärten.

Eine Ecke ist der Geschichte des Pubs gewidmet, den es wohl in irgendeiner Form seit dem 18. Jahrhundert gegeben hat. Ich finde einige Sensationsgeschichten über Piraterie und verblichene Schwarzweißfotos, die den Pub in den zwanziger Jahren zeigen. Alle Leute haben diesen seltsam eingefrorenen Gesichtsausdruck in ihren blassen, verschwommenen Gesichtern.

Mein Puls beschleunigt sich, als ich zu dem Teil gelange, der die Rettung des Pubs vor dem Zerfall beschreibt – das war Anfang der 2000er. Es gibt nur einen kleinen Infotext in einer altmodischen Schriftart, die stark nach Museum aussieht. Er besagt, dass die derzeitigen Besitzer den Pub 2006 gekauft, den Namen geändert und ihn im folgenden Jahr wieder eröffnet haben.

Daneben hängt ein Foto von den Bauarbeiten – drei lächelnde Menschen, hinter denen sich Säcke voller Schutt türmen. In der Mitte steht eine attraktive dunkelhaarige Frau, eingerahmt von zwei Männern.

Der eine hat flammend rote Haare und der andere … ist Joe. Die Frau neigt sich leicht zu ihm, und ihre Körpersprache verrät, dass sie sich mit ihm wohler fühlt als mit dem anderen Mann.

Ich stehe wie gebannt davor, strecke die Finger nach dem Glas aus, das sein Gesicht bedeckt. Es ist keine Nahaufnahme, aber sie zeigt definitiv Joe.

Er grinst, sein Gesicht ist von der körperlichen Arbeit verdreckt, die Haare sind länger als in meiner Erinnerung. Sie reichen bis zu den Schultern und flattern im Wind. Er trägt schmutzbespritzte Stiefel und eine Cargohose mit Werkzeuggürtel und hat den Arm um die Taille der Frau gelegt.

Seine braunen Augen leuchten mir entgegen, und einen seltsamen Moment lang ist mir, als würde er gleich den Mund aufmachen und mit mir sprechen. Noch einmal »Baby, I love you« sagen. Mir erzählen, wo er ist und wie sich sein Leben entwickelt hat und dass alles gut wird.

»Alles klar mit Ihnen? Der junge Typ hat gesagt, dass Sie nach mir suchen.«

Ich schieße herum, beinahe wütend, weil man mich unterbrochen hat, während ich mit einem Foto an der Wand kommuniziere, und pralle fast mit einem Mann zusammen. Er ist groß und breit gebaut, sein eindrucksvoller Bauch wölbt sich über dem Bund seiner Jeans. Ich schätze ihn auf Anfang vierzig, und er hat das gerötete Gesicht eines Menschen, der seine Tätigkeit als Wirt ein bisschen zu sehr genießt.

Er hält mich an den Schultern fest, damit ich nicht stolpere, und lächelt mich freundlich, aber neugierig an.

»Oh! Vielen Dank!«, sage ich und bin zu aufgeregt, um mich normal zu geben. Ich zeige auf das Foto und frage: »Diese Leute hier. Können Sie mir etwas über die sagen?«

Er starrt auf das Foto und kneift die Augen zu, als brauche er eine Brille. »Nicht viel. Das sind die Leute, denen mein Vater den Pub abgekauft hat. Ich war damals unterwegs, ein Abenteuertrip ans andere Ende der Welt.«

Sein Akzent ist einer der stärksten, die ich bis jetzt in Irland gehört habe, als wollte er sich nun, da er in die Heimat zurückgekehrt ist, besonders irisch geben.

»Ich bin heimgekommen, als mein alter Herr gestorben ist, um meiner Mammy zu helfen. Kann mich kaum an die Leute erinnern. Darf ich fragen, warum Sie das wissen wollen?«

Auf der Fähre hatte Michael sich ein Vergnügen daraus gemacht, falsche Gründe für unsere Ermittlungen zu erfinden, vermutlich, um sich auf sein künftiges Leben als Thrillerautor vorzubereiten. Es gab mehrere Varianten, in denen ich wahlweise eine Spionin, eine Recherchespezialistin für eine Fernsehsendung, in der verschollene Erbinnen und Erben gesucht werden, oder eine unter Amnesie leidende Frau war, die ihre eigene Geschichte rekonstruierte. Doch nichts davon erscheint mir so wichtig wie die Wahrheit.

»Dieser Mann da«, ich deute auf Joe, »ist die Liebe meines Lebens. Ich habe ihn seit siebzehn Jahren nicht gesehen und versuche, ihn wiederzufinden.«

Er macht große Augen und starrt Joe mit neu erwachtem Interesse an.

»Eine ganz schöne Aufgabe, was? Ich erinnere mich nur daran, dass es irgendeinen Skandal gab. Das Paar, das den Pub gekauft hatte, wollte ihn zusammen führen, aber dann gab es Streit … wegen einer Affäre, glaube ich. Jedenfalls haben sie beschlossen, den Pub zu renovieren und dann zu verkaufen, wodurch die O'Gradys ins Spiel kamen. Kann sein, dass es in Dads Akten noch Unterlagen gibt. Wenn Sie warten, sehe ich nach. Ich bin übrigens Sean.«

Ich nicke und lege ihm dankbar die Hand auf den Arm. Er wird ein bisschen rot, was ich süß finde, und sagt, er sei gleich wieder da. Ich mache ein paar Fotos mit dem Handy und gehe zu Belinda und Michael, die sich einen Tisch gesucht haben.

»Ich glaube, du hast einen Fan«, sagt Michael und deutet auf Sean, der mich von der Theke aus betrachtet, während er mit dem jungen Barkeeper redet.

»So ein Quatsch«, sage ich wegwerfend und erzähle von meiner Entdeckung. Belinda schaut sich das Bild selbst an, als müsste sie sich vergewissern, dass ich mir nichts eingebildet habe. Dann lässt sie sich neben mich auf den Stuhl fallen und nickt.

»Das ist er.«

Ich verdrehe die Augen. »Das weiß ich doch!«

»Und er scheint sehr dicke mit der Frau zu sein, was? Das muss Geraldine sein. Und der Besitzer sagt, es hätte einen Skandal gegeben? Jemand hätte eine Affäre gehabt?«

Ihr Ton verrät, was sie denkt, und ich kann sie verstehen. Das Foto hat einen sonderbaren Moment eingefangen und trägt die Essenz eines kleinen Dramas in sich.

»Das hat er gesagt. Aber vielleicht könntest du ausnahmsweise nicht an Sex denken. Ich weiß, was in deinem Kopf vorgeht, und es ist nicht schön.«

Sie hebt entschuldigend die Hände. »Ich meine ja nur. Bernie hat sie als unglückliches Paar beschrieben. Joe – na ja, er war immer nur ein Kumpel für mich, aber nicht gerade der hässlichste Mann auf Erden, oder?«

»Definitiv nicht«, fügt Michael hinzu, worauf ich ihn strafend ansehe.

»Das will nichts heißen. Und selbst wenn – was soll's? Ich habe nicht erwartet, dass er seit 2003 wie eine wiedergeborene Jungfrau gelebt hat. Ich ja auch nicht. Aber das ändert nichts.«

Die beiden wirken leicht schockiert, und ich habe wohl übertrieben – es ist nicht so, als hätte ich mich durch sämtliche Tinderkontakte gearbeitet. Aber das brauchen sie nicht zu erfahren. Wir wissen nicht, was mit Joe und Geraldine gewesen ist, und haben nicht das Recht, über sie zu urteilen.

Ich habe keine Ahnung, wie es für mich sein wird, falls er verheiratet oder mit einer anderen Frau zusammen ist. Auch wenn ich es ungern eingestehe, habe ich eine Art Phantasie um all das gestrickt, in der ich mir ein Happy End gönne.

Eine andere Frau würde diesem Happy End im Wege stehen, aber das darf mich nicht bremsen.

»Ehrlich?«, fragt Michael und beugt sich interessiert vor. »Du? Und … *Männer?*«

»Herrgott nochmal, Michael, ich bin ein menschliches Wesen! Natürlich gab es andere Männer –«

Mein empörter Ton weckt Belindas fein abgestimmten Bullshit-Detektor, und sie zeigt mit dem Finger auf mich.

»Wie viele Männer? Genau, bitte.«

Ich will empört bleiben, doch plötzlich kommt es mir sehr komisch vor, dass ausgerechnet diese beiden mein praktisch nicht vorhandenes Liebesleben sezieren. Vor einer Woche kannten sie sich noch gar nicht, und jetzt verbünden sie sich gegen mich.

»Na schön«, sage ich grinsend. »Ein Mann. Es ist schon ein paar Jahre her. Ich … ich hatte beschlossen, dass ich es probieren musste. Mit jemand anderem zusammen zu sein. Also habe ich mich online unter falschem Namen mit einem Mann in einer Travelodge an der M62 verabredet. Wir haben ein Zimmer gebucht und hatten Sex. Und dann bin ich gegangen.«

»Wow«, sagt Michael und schüttelt den Kopf. »Das klingt ja unerträglich sinnlich.«

»Das war es nicht. Es war scheiße. Aber … ich konnte nicht anders. Ich wollte sehen, ob es mit anderen Männern genauso war wie mit ihm. Wie mit Joe. Und das war es nicht. Es war peinlich und unangenehm und beschämend, und ich habe es nie wieder versucht.«

»Welchen falschen Namen hast du denn benutzt?«, fragt Belinda wie aus heiterem Himmel. Mensch, ihr Detektor ist wirklich erstklassig. Ich werde ein bisschen rot und zwinge mich, ihrem neugierigen Blick zu begegnen.

»Belinda. Belinda 666, um genau zu sein.«

»Ich wusste es! Irgendwoher wusste ich es!«

Zum Glück nimmt sie es mit Humor, und wir alle lachen in unser Guinness, als Sean zurückkommt und unsicher neben uns stehen bleibt, bis ich auf einen Stuhl deute.

Er nickt den anderen zu und hält ein Blatt Papier hoch.

»Das ist alles, was ich habe. Wir haben den Pub von Geraldine und Adrian Doyle gekauft – hier steht eine Telefonnummer, keine Ahnung, ob die noch gültig ist. Als Adresse haben sie den Pub angegeben, was natürlich nicht weiterhilft. Ich habe auch meine Mutter angerufen, und sie sagte, es hätte definitiv – wie nannte sie es doch gleich? – außereheliche Faxen gegeben. Über den Mann weiß sie nicht viel – aber sie erinnert sich, dass die Frau mit dem Kind kurz darauf nach Cornwall gezogen ist. Leider keine große Hilfe.«

Ich nehme das Blatt, das er mir hinhält, und bedanke mich aufrichtig. Er wird wieder rot und fügt hinzu: »Keine Sorge. Meine Nummer steht auch drauf. Falls Sie, na ja, mal wieder in der Nähe sind und ein paar Reisetipps brauchen.«

Er sagt, er müsse jetzt wieder an die Arbeit, und Michael beugt sich über den Tisch und flüstert: »Mit Reisetipps meint er einen ›gewaltigen irischen Fick‹ – das ist dir klar, oder?«

Ich werfe einen Untersetzer nach ihm und starre auf das, was Sean notiert hat. Viel ist es nicht und verrät uns kaum mehr, als wir schon wissen. Ich habe das Foto gesehen – ich habe Joe gesehen. Ich weiß, dass er bei der Restaurierung des hübschen alten Gebäudes geholfen hat, in dem ich gerade sitze, und auch, dass er nach Cornwall gezogen ist.

Aber Cornwall ist groß, und ich habe keine Ahnung, wie ich weitermachen soll. All das droht mich zu überwältigen.

»Ich gehe eine rauchen«, sage ich und greife nach meinem Rucksack.

»Du rauchst nicht«, erklärt Michael hilfsbereit.

»Das ist ein Code für ›Ich brauche eine Minute für mich‹«, antworte ich und gehe zur Tür.

Ich suche mir ein Fleckchen am Rand des Hügels und setze mich in die Sonne, schaue hinunter aufs glitzernde Meer und will mir einen Plan zurechtlegen. Die Landschaft ist wunderschön, liefert mir aber keine Antworten. Allein der Gedanke, wieder zu reisen und von vorn zu beginnen, schüchtert mich ein, ragt wie ein Berg vor mir auf.

Ich greife nach meiner Tasche und ihrem kostbaren Inhalt, hole den Umschlag mit der Aufschrift »Lies mich, wenn du am liebsten aufgeben würdest« heraus, und öffne ihn behutsam.

»Weißt du noch, als dir die Schwestern im Krankenhaus beim Stillen und Baden und Wickeln helfen wollten? Sie wollten nett sein, aber dein Gesicht hat mir verraten, dass du furchtbare Angst hattest. Du hattest keine Ahnung, was du tust, und niemand schien dir helfen zu können. Als wir mit ihr nach Hause kamen, war es noch schlimmer – ich habe gesehen, wie du die Tränen vor mir verbergen wolltest, die Enttäuschung, dass du dich wie eine Versagerin gefühlt hast, wann immer sie geweint hat und nicht trinken wollte.
Ich erinnere mich aber auch, wie ich einmal nach Hause gekommen bin, als sie ein paar Monate alt war, und ihr beide auf dem Sofa geschlafen habt. Sie war an deiner Schulter eingeschlafen, und ihr saht so friedlich aus. So zufrieden. Dieses Bild hüte ich wie einen Schatz – ich trage es immer in mir. Sie war satt und glücklich, und du warst

endlich entspannt und selbstsicher. Du fingst endlich an zu glauben, dass du eine Mutter sein könntest. All die Dinge, mit denen du am Anfang gekämpft hattest, waren selbstverständlich geworden. All die Herausforderungen, an denen du fast zerbrochen warst, hattest du gemeistert. Du warst eine Mum, und zwar eine ganz tolle.
Jess, du bist nicht zufällig von einem verschreckten Mädchen zu Mama Bär geworden. Du hast hart dafür gearbeitet, warst geduldig und entschlossen. Du hast nicht aufgegeben – du hast niemals aufgegeben. Vergiss nicht, wozu du fähig bist.«

Ich falte den Brief und schließe die Augen und spüre die Sonne auf meiner Haut und höre die Insekten summen und die Möwen kreischen. Ich erinnere mich an diese frühen Tage, wie schwer sie waren und wie viel Freude sie mir gemacht haben.

Er hat recht – es war so schwer. Aber es hat sich gelohnt.

Ich rapple mich auf, klopfe mir das warme Gras von der Jeans und gehe wieder hinein.

»So«, sage ich, als die beiden von ihren Biergläsern aufschauen. »Lust auf Cornwall?«

20. Kapitel

Cornwall scheint eine halbe Weltreise entfernt, und als wir nach einer Mammuttour mit Fähren, überfüllten Autobahnen und schrecklichem Essen in abgasverseuchten Raststätten endlich ankommen, sind wir schlecht gelaunt und müde.

Es kommt uns auch sehr voll vor – alle Familien mit schulpflichtigen Kindern scheinen in Cornwall Urlaub zu machen.

Ich war noch nie in diesem Teil der Welt und verstehe, warum er überlaufen ist. Er ist bildschön, von den Menschenhorden einmal abgesehen.

Wir hatten aus Joes Karten und Nachrichten geschlossen, dass er sich zwei Jahre lang in dieser Gegend aufgehalten hat. Zwei Geburtstagskarten für Gracie, zwei Päckchen Kaugummi für mich und mehrere Ansichtskarten. Eine stammt aus St. Ives und eine aus Tintagel, doch die übrigen sind in der Gegend um Bude an der Nordküste abgestempelt.

Also sind wir in einen Ort namens Widemouth Bay gefahren und haben uns im einzigen B&B einquartiert, das Zimmer frei hatte. Was nicht verwunderlich ist, denn wir müssen uns ein Zimmer teilen, haben kein eigenes Badezimmer und die Vermieterin sieht aus, als würde sie zum Frühstück Babys essen.

Zuerst hatten wir es in der Bücherei versucht, nachdem Michael die glänzende Idee gekommen war, das Wählerregister zu durchsuchen. Eine mitfühlende Bibliothekarin erklärte uns, dass das Register nach Straßen eingeteilt sei, so dass wir ohne genauere Angaben schlimmstenfalls Wochen dort verbringen würden. In Bude gäbe es eine Menge Straßen.

Den Rest des Tages ziehen wir durch die Bars, Pubs und Cafés der Stadt, denn Geraldine könnte ja in der Branche geblieben sein. Am Ende bleiben uns nur schmerzende Füße und ein lebenslanger Hass auf Cream Tea.

Nun, da die Sonne in den Ozean gleitet und die letzten Surfer die Ruhe am Strand nutzen, sitzen wir resigniert auf einem Mäuerchen neben einer Bude, wo es Waffeln und Crêpes gibt, und denken über unsere nächsten Schritte nach.

Abends, wenn die Familien verschwunden sind, wirkt der Ort völlig anders. Man hört, wie sich die schäumenden Wellen am Strand brechen, sieht Leute mit Hunden und Paare und träumt sich zurück in die Zeit, die Daphne du Maurier beschrieben hat.

Das Sonnenlicht verweilt auf dem Wasser und lässt es geisterhaft schimmern, die verschwommenen Umrisse dahinsegelnder Seevögel tauchen aus dem Dunst auf und verschwinden wieder, gleiten wie Geister auf der Luftströmung dahin. Es riecht prickelnd nach Salz, und ich stelle mir Joe am Strand vor. Wenn ich blinzle, kann ich ihn über den geriffelten Sand laufen sehen, die Füße in den schäumenden Wellen.

Wir zögern noch, ins B&B zurückzukehren, vor allem Michael, der in Tränen ausgebrochen ist, weil es dort kein WLAN gibt. Während Belinda und ich still dasitzen, ganz in die Aussicht und unsere Gedanken vertieft, sucht er – dem

WLAN der Waffelbude sei Dank – mit dem Eifer des wahren Gläubigen die sozialen Medien ab.

»Man sollte glauben«, sagt er, während seine Finger über das Handy fliegen, »dass es hier weniger Geraldine Doyles gibt, oder? Und das stimmt auch. Ich finde nämlich keine einzige. Vielleicht haben wir uns geirrt ... vielleicht sind wir in der falschen Ecke von Cornwall.«

»Denkbar wäre es«, sage ich resigniert. Der Gedanke ist mir auch schon gekommen. Wir wissen wirklich nicht, ob Joe hier gewohnt hat. Ob er überhaupt mit Geraldine zusammen war. Ob er woanders gewohnt und nur in Bude gearbeitet hat. Er könnte die Postkarten bei einem Besuch eingeworfen haben oder auf den Mond gezogen sein, um im Meer der Ruhe Wildschweine zu züchten. Wir wissen es einfach nicht.

Michael hält inne, als zwei besonders gutgebaute Surfer in hautengem Neopren vorbeigehen. Dann legt er den Kopf auf die Seite, als wäre ihm etwas eingefallen. Er erinnert mich an einen Spaniel.

»Wie hieß das Kind?«, fragt er schließlich. »Der Sohn von Geraldine und Adrian. Ich weiß, dass Bernie es erwähnt hat, kann mich aber nicht erinnern.«

»Was nach sieben Mojitos kein Wunder ist«, sagt Belinda, die ebenfalls den Surfern hinterherschaut. Ich hätte nicht gedacht, dass sie ihr Typ sind, aber was weiß ich schon? Als sie mit Mal schwanger wurde, wusste niemand von uns, wer der Vater war – sie hatte ihn im Urlaub auf Kreta kennengelernt. Ich habe keine Ahnung, ob sie mit ihm in Kontakt geblieben ist, ob er sich in all den Jahren um Malachi gekümmert hat.

»Jamie«, sage ich leise. »Er heißt Jamie. Hast du noch Kontakt zu Mals Dad, dem aus Kreta?«

Ich weiß nicht, warum ich das hinzugefügt habe. Ich bin mir ziemlich sicher, dass Mal nur einen Vater hat, und zwar den, den sie auf Kreta kennengelernt hat.

Belinda funkelt mich von der Seite an, und Michael wirft ein: »Oh! Die Story kenne ich noch gar nicht. Wer ist er? Mals Dad? War es ein One-Night-Stand? Ist er ein Filmstar? Oder ein millionenschwerer Grieche mit eigener Yacht? Es wäre supercool, wenn so einer der Baby Daddy wäre!«

»Der Baby Daddy?«, knurrt sie. »Der *Baby Daddy*? Findest du nicht, dass das ein rassistisches Stereotyp ist?

Michael steht der Mund offen, er wirkt beschämt und verängstigt zugleich. »Nimmst du mich wieder auf den Arm? Das tust du doch, oder?«

»Nein! Ich bin ehrlich beleidigt!«

»Oh, Mist, tut mir so leid, ich habe wirklich nicht gedacht ... ich wollte dich nicht beleidigen, ich ... ich ...«

»Schon gut«, sagt sie schließlich und grinst ihn an wie eine Tigerin, die mit dem Mittagessen spielt. »Natürlich habe ich dich auf den Arm genommen. Du machst es mir aber auch zu leicht. Und ja, Jess, wir sind in Verbindung geblieben. Ich habe nie etwas von ihm verlangt – es war nur ein Urlaubsflirt –, aber es ist ganz okay. Er hat den Kontakt gehalten, hat mir geholfen, wenn er konnte, sich mein Gejammer angehört, Mal hat ihn besucht. Er ist jetzt Arzt. In London.«

Michael, noch erschüttert von der emotionalen Achterbahnfahrt, auf die Belinda ihn geschickt hat, wirft das letzte Stück Waffel in den Sand, wo sich eine flatternde Möwenhorde darüber hermacht.

Er scrollt weiter auf seinem Handy und verkündet mit Sherlock-Holmes-Stimme: »Aha! Das Spiel beginnt!«

»Was ist los?«, fragt Belinda und rutscht näher an ihn heran. »Was hast du gefunden?«

»Jamie Doyle. Er ist achtzehn, ich habe ihn auf der Website seines Colleges gefunden. Er hat einen Kunstpreis gewonnen, der schlaue Junge. Es ist ein College hier in der Nähe, also können wir davon ausgehen, dass wir den Richtigen haben. Sekunde ... ich suche weiter ... ich kann das besser, wenn du mir nicht wie ein hungriger Bär in den Nacken atmest, Belinda! Ich spüre beinahe deinen Adamsapfel!«

Ich ahne, dass sie ihn gern schlagen würde, sich aber beherrscht, während Michael seine Odyssee fortsetzt. Ich sehe Facebook-Seiten aufblitzen, der kleine blaue Twitter-Vogel saust vorbei, es folgen eine Seite aus einer Lokalzeitung und die Eule von TripAdvisor. Eine Welt aus Logos. Irgendwann hätten wir das vermutlich auch geschafft, aber Michael kann es wirklich sehr viel besser. Ich komme mir uralt vor.

»So«, sagt er und grinst selbstzufrieden. »Offensichtlich bin ich ein Genie. Ich habe sie gefunden. Jamie hat sein künstlerisches Talent an der Gartenmauer des familieneigenen Restaurants ausgelebt – es liegt in den Hügeln da oben. Sieht nett aus, eines dieser Biorestaurants, bei denen das Essen direkt vom Feld auf den Tisch kommt. Ein bisschen abgelegen, hat aber gute Rezensionen. Und Geraldine war nicht zu finden, weil sie keine Doyle mehr ist.«

»Was ist sie dann?«, fragt Belinda, die sich wohl genau wie ich fragt, ob sie jetzt Ryan heißt.

»Sie heißt jetzt Bennett. Muss wieder geheiratet haben. Aber nicht Joe. Außer er hat auch seinen Namen geändert, was wirklich krass wäre, und –«

»Wir könnten hinfahren.« Ich sehe auf die Uhr, es ist kurz

nach neun. »Für die Gastrobranche ist es noch nicht so spät. Außerdem müssen wir dann noch nicht ins B&B zur bösen Stiefmutter. Die hat sicher schon die vergifteten Äpfel bereitgelegt.«

Das letzte Argument überzeugt beide, und wir brauchen zwanzig Minuten bis zum Restaurant – der Celtic Kitchen.

Es liegt versteckt inmitten mondbeschienener hügeliger Felder, die tagsüber zweifellos leuchtend grün sind. Die Landschaft hier ist ebenso hübsch wie an der Küste, und die Abgeschiedenheit verleiht ihr eine gelassene Stille. Unterwegs ist uns nur ein einziges Auto begegnet, und der Parkplatz liegt verlassen da.

Das Gebäude ist wider Erwarten nicht alt, sondern in einem modernen, skandinavisch anmutenden Stil gebaut, mit deckenhohen Fenstern und einer Terrasse, von der sich ein atemberaubender Blick aufs Meer bietet. Lichterketten an Tür und Giebeln lassen alles ein bisschen verzaubert erscheinen.

Wir gehen an Jamies Wandgemälde vorbei zur Tür, wo uns eine hochschwangere Frau empfängt. Sie lächelt freundlich, erklärt aber, sie hätten geschlossen und ob wir für morgen einen Tisch reservieren wollten.

Sie ist etwa zehn Jahre älter als ich, mit silbernen Strähnen in ihren dunklen Haaren und Lachfalten um die grünen Augen – aber zweifellos die Geraldine, die wir suchen.

»Vielen Dank, aber wir sind nicht zum Essen hier«, sage ich und versuche, möglichst harmlos zu lächeln. »Ich bin Jess, und das sind meine Freunde. Wir würden gern mit Ihnen sprechen – über Joe Ryan.«

Sie blinzelt, starrt mich an, als würde sie ein Puzzle zusammenfügen, und dann kommen ihr die Tränen. Sie streckt die

Hand aus und umfasst meinen Arm, und wir treten unbeholfen von einem Fuß auf den anderen, bevor sie uns alle hineinschiebt.

Ein großer junger Mann taucht auf – Jamie vermutlich – und schaut uns argwöhnisch an, weil er die Reaktion seiner Mum bemerkt und sie beschützen will.

»Alles in Ordnung?« Er legt ihr die Hand auf die Schulter.

»Alles bestens, Schatz«, sagt sie und tätschelt seine Finger. »Könntest du uns Tee und Kaffee besorgen und … was soll's, eine Flasche Bushmills?«

»Du darfst keinen Whisky trinken, Mum!«

»Das weiß ich doch, Schatz … aber ich muss vielleicht dran riechen … das hier sind Freunde von Joe.«

Er schaut uns interessiert an, den Mund ein bisschen offen. Er kann höchstens fünf oder sechs gewesen sein, als Joe hier gewohnt hat, erinnert sich aber offensichtlich an ihn. Ich darf keine voreiligen Schlüsse ziehen. Dass Joe nach 2008 keine Karten mehr von hier geschickt hat, heißt noch lange nicht, dass sie keinen Kontakt mehr haben. Sie könnten dicke Freunde sein. Joe könnte oben sein und Netflix schauen.

»Unser Joe?«, fragt Jamie verwirrt.

»Ja, Jamie, unser Joe. Und ihr Joe. Also sei ein braver Junge, und hol uns was zu trinken – haben Sie gegessen?«, fragt sie uns.

»O ja«, erwidert Michael und greift sich an den Bauch. »Waffeln und Eis und ungefähr siebentausend Cream Teas.«

Geraldine verzieht missbilligend das Gesicht und führt uns in einen kleinen Wintergarten. Er ist hübsch, der Boden mit schwarzweißen Fliesen bedeckt, die Sofas elegant und gemütlich.

Sie schaut mich noch eine Weile an, und ich lasse es zu, schaue zur Terrasse und bewundere die Topfpflanzen.

»Sie sehen jetzt natürlich älter aus«, sagt sie schließlich, »aber ich erkenne Sie trotzdem. Er hatte immer ein Bild von Ihnen und Gracie bei sich. Er hat ihn übrigens gebaut – den Wintergarten.«

Ich strecke instinktiv die Hand aus und streiche über die Fensterscheibe, suche nach einer Verbindung, will meine Fingerspitzen auf etwas legen, das er auch berührt hat. Er muss Spaß daran gehabt haben – hart arbeiten, seine Hände gebrauchen, etwas bauen, das schön und praktisch zugleich ist.

»Was ist mit Ihnen passiert, Jess? Joe hat mir einiges erzählt, aber ich hatte immer das Gefühl, dass mehr dahintersteckt.«

Sie legt die Hände über den straff gespannten Stoff ihres Kleides und sieht aus wie ein freundlicher weiblicher Buddha, der auf meine Antwort wartet.

»Vieles ist passiert. Nach Gracie war ich lange krank. Und ich habe ihn verloren. Jetzt versuche ich, ihn zu finden, und hoffe, dass Sie mir dabei helfen können.«

Sie schüttelt traurig den Kopf. »Ich weiß nicht, wo er ist, tut mir leid. Joe war ein paar Jahre hier, bei mir und Jamie. Jamie spricht immer noch von ihm – er konnte so gut mit ihm umgehen, konnte überhaupt gut mit Kindern umgehen – aber das wissen Sie ja. Er hat auch davon gesprochen, nach Joe zu suchen, daher wünsche ich Ihnen Glück. Bitte melden Sie sich, falls Sie ihn finden.«

Die Enttäuschung sinkt wie ein schwerer Stein in meinen Bauch, und ich darf nicht vergessen, dass wir ihm allmählich näherkommen. Dass alles, was ich erfahre, dass jeder Mensch, dem ich begegne, mir hilft zu tun, was Joe für unmöglich gehalten hat – den Mann zu verstehen, zu dem er geworden ist.

»Das werde ich. Aber … können Sie uns von ihm erzählen? Von dieser Zeit in seinem Leben? Ich weiß, es ist lange her, und Sie haben neu angefangen –«

Sie lacht und deutet auf ihren Bauch.

»Sie meinen das Kleine hier? Das war eine Überraschung, das kann ich Ihnen sagen. Ich bin siebenundvierzig und dachte, ich hätte diese Phase hinter mir! Aber wie es scheint, ich bin gesegnet. Und ja, es ist lange her, aber ich erinnere mich sehr genau daran. Joe war das einzig Gute, was mir in einem furchtbaren Jahr begegnet ist. Es gibt diese Zeiten im Leben, in denen alles, was schiefgehen kann, schiefgeht.«

Ich nicke. Das verstehe ich sehr gut.

Sie hält inne und schaut in die dunkle wilde Nacht um uns, bevor sie fortfährt: »Aber wenn Sie die Geschichte hören wollen – wenn Sie glauben, dass es Ihnen hilft –, erzähle ich sie Ihnen.«

21. Kapitel

Valentinstag, Februar 2006

Geraldine sitzt auf einem harten Plastikstuhl, den Körper verkrampft wie eine geballte Faust. Jamie spielt mit einem alten hölzernen Abakus, klickt die leuchtend bunten Kugeln aneinander und kichert, wenn sie hin und her rutschen. Eine kleine Ecke des Wartezimmers ist für Kinder reserviert, und es bricht ihr das Herz, dass Kinder überhaupt einen solchen Ort betreten müssen.

Dies ist kein Ort für Kinder. Kein Ort für ihr Kind. Kein Ort für Sie, eine junge Frau, die eigentlich ihre besten Jahre genießen sollte. Sie sollte nicht in diesem Raum sitzen, der mit Valentinsherzen aus Pappe dekoriert ist, während ihre Zukunft in Trümmern liegt.

Ihre Finger beginnen zu zittern, und Joe ergreift wortlos ihre Hand. Sie sieht dankbar zu ihm auf und fragt sich, welche Laune des Schicksals ihn in ihr Leben geführt hat, als es auseinanderzubrechen begann.

Letztes Jahr um diese Zeit hatte sie gerade von Adrians Affäre erfahren. Eine von mehreren. Er hatte geschworen, es sei alles vorbei, es habe nichts bedeutet, er liebe nur sie. Er hatte versprochen, alles zu tun, damit ihre Ehe funktionierte, für sie, für ihn, für den kleinen Jamie. Er hatte sie um eine zweite Chance angefleht.

Und weil sie ihn immer noch liebte und Jamie einen Vater haben sollte, hatte sie ihm die zweite Chance gegeben. Hatte sich bereit erklärt, Dublin zu verlassen und in die Wildnis von Wexford zu ziehen, hatte sich in das Glücksspiel gestürzt, das ihre Zukunft mit Adrian war.

Der Umzug war ihr vernünftig erschienen. So käme Adrian nicht mehr in Versuchung und sie weg aus der Stadt, in der ihr Misstrauen Überstunden machte. Sie würden von ihrem Ersparten den heruntergekommenen Pub auf dem Hügel kaufen, und das Projekt würde sie hoffentlich beschäftigen, bis die Wunden verheilt waren.

Es war ihre Idee gewesen, Joe zu fragen, ob er mitkommen wolle. Er arbeitete seit einer Weile im Hotel und war zum Mann für alle Fälle geworden. Tropfender Wasserhahn? Frag Joe. Wackelnder Tisch? Frag Joe. Gebrochenes Herz? Frag Joe.

So machten es alle – er war so geschickt, so hilfsbereit, immer lächelnd, immer zu einem Gespräch aufgelegt. Es war eine Freude, mit ihm zusammen zu sein.

Als sie erwog, ihre Siebensachen zu packen und wegzuziehen, fragte sie, ob er mitkommen wolle. Zuerst nur aus einer Laune heraus – sie hatte nicht erwartet, dass er die Frage ernst nehmen würde. Aus ihren Gesprächen wusste Geraldine, dass Joe immer unterwegs war, immer ruhelos, als liefe er vor etwas davon oder zu etwas hin. Dennoch war sie überrascht, als er kurz überlegte und dann ja sagte. Vermutlich brauchte auch er ein Projekt, um seine Wunden zu heilen.

Adrian war nicht sonderlich scharf darauf gewesen, als Trio wegzugehen. Er empfand den gutaussehenden jungen Mann, den alle so gern mochten, als Rivalen. Er stimmte schließlich zu, weil Geraldine es wollte und moralisch am längeren Hebel saß. Und weil sie Joe, wie er nur zu gut wusste, in den kommenden Monaten als billige Arbeitskraft dringend brauchten.

Adrian war ein Arschloch, aber das immerhin hatte er ihr zugestanden, und Joe erwies sich als Glücksfall.

Sie waren noch nicht lange in Wexford, als sich Adrians Versprechungen, ein besserer Ehemann, ein besserer Vater, ein besserer Mensch zu werden, wie Spinnweben im Wind auflösten.

Er fing etwas mit einer Einheimischen an, die im Baumarkt arbeitete. Sie war sehr jung und glaubte noch an romantische Komödien, in denen es immer ein Happy End gibt. Gut möglich, dass sie über Betonmischern und Sandsäcken flirteten und einander im Holzlager schöne Augen machten.

Als Geraldine es herausfand – sie entdeckte einen Kassenzettel über drei Tonnen Muttererde, auf den ein Herz und Küsse gekritzelt waren –, war sie nicht mal wütend. Sie hatte beim ersten Mal so viel geweint und gebrüllt, dass es für ein ganzes Leben reichte. Und Adrian verstand sich gut aufs Streiten – er gewann dabei nicht nur, sondern vermittelte ihr auch das Gefühl, alles sei ihre Schuld gewesen.

Diesmal würde es anders laufen. Sie würde ruhig und beherrscht bleiben. Sie vergewisserte sich, indem sie mit Kleinkind im Schlepptau im Holzlager auftauchte und eine Nagelpistole verlangte. Sie sah, wie Siobhan rot wurde und sich förmlich hinter der Theke krümmte, während sie Geraldine bediente.

An jenem Nachmittag war sie mit einer neuen Nagelpistole nach Hause gekommen, fest entschlossen, diesem Leben zu entfliehen, bevor es zu spät war.

Als sie Joe davon erzählt hatte – es war nur fair, dass er es erfuhr, nachdem sie ihn hierhergelockt hatten –, tobte er vor Wut. Sie erinnert sich lebhaft daran: Er hatte draußen gearbeitet, trug ein verschlissenes altes T-Shirt mit Werbung für Affleck's Palace und farbfleckige Arbeitsstiefel mit Metallkappen. Er schien die bittere Kälte nicht zu spüren, die aus der Erde aufstieg.

Er hatte zugehört und Fragen gestellt und ausgesehen, als wollte er Adrian am liebsten persönlich mit der Nagelpistole bearbeiten. Als Geraldine sagte, dass sie das nicht wolle, hatte er traurig und verwirrt ausgesehen.

»Ich verstehe ihn nicht«, hatte er leise gesagt und aufs ferne graue Meer geschaut. »Ich verstehe nicht, wie er so viel haben und alles wegwerfen kann. Er hat eine wunderschöne Frau und ein wunderschönes Kind, und das ist mehr, als sich die meisten Männer erhoffen können.«

»Du verstehst es nicht, weil du nicht er bist«, hatte sie geantwortet und seltsamerweise den Drang verspürt, ihn zu trösten, obwohl ihr eigenes Leben in Trümmern lag.

»Nein, und darüber bin ich froh. Also sag mir, was ich tun soll. Wie ich dir helfen kann.«

Das war vor etwas über einem Jahr gewesen, und seither hatte er genau das getan – geholfen. Sie hatte Adrian gesagt, sie wolle die Scheidung, und nach der aufgesetzten Hysterie, mit der sie schon gerechnet hatte, war er einverstanden gewesen. Vermutlich war er erleichtert, obwohl er das nie zugegeben hätte – er ließ sie lieber leiden und suggerierte ihr, sie habe als Ehefrau und Mensch versagt. Dass sie stur sei und eigensinnig und ihre Pläne für ein neues Leben absichtlich torpedierte.

Geraldine war mehr als einmal versucht gewesen, wieder nachzugeben. Auf kurze Sicht wäre es einfacher gewesen – doch sie wusste, dass sie letztlich das Todesurteil für ihr eigenes Glück un-

terschrieben hätte. Ihre Mutter war in einer solchen Ehe gefangen gewesen und ihre Kindheit eine Achterbahnfahrt der Emotionen, ob beim Frühstück, beim tränenreichen Abendessen oder wenn ihre Mutter niedergeschlagen am Schultor wartete.

Das wollte sie für Jamie nicht und auch nicht für sich selbst.

Also hatten sie die Renovierung abgeschlossen und den Pub mit erstaunlich hohem Gewinn verkauft. Dann waren sie ihrer Wege gegangen. Sie hatte damit gerechnet, mit Jamie allein zu sein, was angsteinflößend, aber auch befreiend schien, doch stattdessen waren sie zu dritt – sie, Jamie und Joe. Das verlieh ihr den nötigen Mut, um alles hinter sich zu lassen und weit weg einen neuen Anfang zu wagen.

Sie entdeckten das Restaurant in Cornwall, einer Gegend, die vertraut und fern zugleich war. Die kleinen Strände und Buchten erinnerten sie an Wexford, doch der Lebensstil war anders. Am Haus musste gearbeitet werden, doch Joe versicherte ihr, er könne das mit etwas Hilfe übernehmen. Ein Stück Land gehörte auch dazu, auf dem sie ihr eigenes Gemüse anbauen und Hühner halten konnten. Man blickte aufs schimmernde Meer in der Bucht und den dichten grünen Wald. Es hatte Potenzial.

In den vergangenen Monaten war es ihr Zuhause geworden. Sie lebten zu dritt in einem Wohnwagen, arbeiteten im Restaurant, knüpften Kontakte in der Gegend und verwirklichten ihre Vision.

Jamie vermisste seinen Vater weniger als erwartet – weil er noch klein und anpassungsfähig war, aber auch, weil Adrian ohnehin kein begeisterter Vater gewesen war. Und letztlich auch wegen Joe.

Joe unterhielt ihn stundenlang, trug ihn auf den Schultern durch ihr gemeinsames Reich, während sich Jamies dicke Händchen in seine dunklen Haare gruben und er kicherte, wann immer Joe tat, als würde er ihn fallen lassen. Er folgte ihm mit seinem eigenen

Werkzeugset, schlug Plastiknägel ein und half dabei, Holz abzumessen. Sie streunten durch den Wald, und Joe erzählte phantasievoll von den gutmütigen Märchengeschöpfen, die dort lebten.

Als Geraldine irgendwann immer müde war, übernahm Joe auch ihre Arbeit. Er ging mit Jamie auf Abenteuersuche, sorgte dafür, dass sie gut aß, und kaufte ihr Vitamine, da beide annahmen, dass die Müdigkeit stressbedingt sei. Ihre Ehe war zerbrochen, sie war umgezogen und hatte eine neue Selbständigkeit gegründet. Lauter gute Gründe, um erschöpft zu sein. Sie war morgens völlig erledigt, konnte nachts nicht schlafen und war nach jeder noch so geringen Anstrengung blass, passiv und ohne jede Energie.

Der wahre Grund war der Knoten, den sie kurz darauf in ihrer linken Brust entdeckte. Anfangs hatte sie ihn ignoriert – ihn auf eine Infektion, ein Überbleibsel des Stillens oder einen Stoß geschoben, den sie sich bei den Bauarbeiten zugezogen hatte.

Doch als der Knoten nicht verschwand, musste sie es Joe sagen. Er schaute sie streng an, umarmte sie und sagte, alles würde gut. Er würde bei ihr bleiben, was immer auch geschah.

Er vereinbarte einen Arzttermin. Geraldine wurde an ein Brustzentrum überwiesen und musste endlose Tage warten, bis sie das Ergebnis der Biopsie erhielt. Das Ergebnis, das ihr eine ernst blickende Frau mit roten Haaren mitteilte, war genau das, was sie befürchtet hatte.

Nun war sie hier, an einem fremden Ort, mit einem Restaurant, das gerade erst in den Startlöchern stand, in einem Wohnwagen mitten im Wald und fast ohne finanzielle Reserven. Ohne Ehemann, ohne Familie, mit einem kleinen Jungen, der ganz und gar von ihr abhängig war.

Nur Joe war es zu verdanken, dass sie nicht den Verstand verlor. Joe, den sie noch gar nicht lange kannte. Joe, der jünger war als sie *und doch irgendwie älter. Joe, der ihr menschliches Sicherheitsnetz geworden war.*

Und nun sitzt sie hier in diesem Wartezimmer, bereit für die erste Chemotherapie. Ihre Ärzte sind optimistisch, aber sie fragt sich, was aus Jamie werden soll, wenn sie stirbt. Die vorweggenommene Trauer lastet schwer auf ihr – die unerträgliche Angst vor der Zukunft, die sich weder dem gesunden Menschenverstand noch irgendeiner Aufmunterung oder dem Glauben an medizinische Wunder beugen will.

Sie ist völlig verängstigt. Sie sieht zu, wie Jamie mit dem Abakus spielt, unschuldig und gleichmütig und ohne zu ahnen, welcher Amboss jederzeit vom Himmel stürzen und die kleinen Freuden seines Lebens zerstören kann. Tränen laufen ihr über die Wangen.

Joe zieht sie fest an sich, drückt sie. Sie spürt seine starken Arme und die beruhigenden Finger in ihren Haaren und den sanften Kuss auf ihrer Stirn.

»Alles wird gut«, sagt er wieder und wieder. »Das verspreche ich dir, Geraldine. Alles wird gut. Ich bin hier, und ich bleibe, solange ihr beide mich braucht. Alles wird gut.«

Die Krankenschwester liest ihren Namen von einer Liste auf einem Klemmbrett. Sie löst sich von Joe, und er wischt ihr die Tränen ab. Er hält sie fest, sieht ihr tief in die Augen und sagt: »Du bist stärker, als du glaubst. Du stehst das durch. Du hast so viel, für das du leben kannst.«

Sie nickt, beschließt, ihm zu glauben, und geht unsicher ihrem Schicksal entgegen.

22. Kapitel

Wir trinken alle einen kräftigen Schluck Bushmills, bis auf Geraldine, die ihn nur sehnsüchtig anschaut.

»Ich nehme an, er hatte recht«, sage ich, um die trauervolle Stille zu durchbrechen, in der uns die Gefühle überfluten. »Du bist noch hier, und es geht dir offenbar prächtig.«

Sie lächelt, und das Glück strahlt aus ihren Augen.

»Ja, das stimmt. Er hatte recht. Die Behandlung war brutal, ohne ihn hätte ich das nicht geschafft. Da war nicht nur die praktische Seite – sich um Jamie kümmern, das Restaurant am Laufen halten, mich zum Krankenhaus und wieder zurück transportieren, nach mir sehen, wenn es mir schlechtging. Auch die mentale Seite war wichtig – Joe hat mir geholfen, weiterzumachen. Stark zu bleiben. Hat mir beim Kotzen die Haare aus dem Gesicht gehalten, mich ins Bett gebracht, dafür gesorgt, dass ich mich nicht allein fühle. Keine Sekunde lang. Er hat mir ebenso das Leben gerettet wie die Ärzte.

Wenn ich zurückblicke, frage ich mich, wie ich das geschafft – wie ich das durchgestanden habe. Es war wirklich ein furchtbares Jahr. Die Antwort lautet, weil Joe bei mir geblieben ist. Er war mein bester Freund, ein Ersatzvater für Jamie,

Hausmädchen und Krankenschwester in einem. Er war … außergewöhnlich.«

Michael sieht ganz ehrfürchtig aus, und ich schaue Belinda an. Sie nickt, und ich lächle. Ja. Joe war immer außergewöhnlich.

»Falls ich danach fragen darf«, sagt Belinda und beugt sich vor, »war da etwas – zwischen dir und Joe?«

Geraldine schaut flüchtig zu mir, und ich füge rasch hinzu: »Es ist in Ordnung, falls es so war. Ich erwarte nicht, dass er wie ein Heiliger gelebt hat, es wäre absolut verständlich.«

Ich sage es und meine es ehrlich, spüre aber eine leise, unbestreitbare Angst. Während das alles passiert war, hatte ich mich auf meinem eigenen steinigen Weg der Genesung befunden, hatte die Erinnerung an Joe unter einer Decke der Verleugnung erstickt und mir eingeredet, es sei besser so. Wir beide hatten einen trügerischen Pfad beschritten, und es gefällt mir gar nicht, dass ich ein bisschen eifersüchtig bin, während ich mich nach außen großzügig gebe.

»Nein, da war nichts«, antwortet Geraldine und reibt sich seufzend den Bauch. »Ich müsste allerdings lügen, wenn ich sagte, mir sei nie der Gedanke gekommen. Joe war … nun, er war mein Held. Und attraktiv, das war nicht zu übersehen. Jünger als ich, aber das habe ich nie so empfunden – er ist eine dieser alten Seelen, nicht wahr? Jünger an Jahren, aber nicht an Lebenserfahrung.«

Sie holt tief Luft und fährt fort: »Wenn ich ganz ehrlich zu dir und auch zu mir bin, war ich ziemlich in ihn verliebt. Ich habe mir wohl eine Welt ausgemalt, in der wir zusammenbleiben und Jamie gemeinsam aufziehen und bis in alle Ewigkeit glücklich sind. Aber das hat er nie gewollt. Es gab da einen

Abend – an diesem Tag hatte ich erfahren, dass die Testergebnisse negativ waren, jedenfalls fürs Erste.

Wir haben gefeiert, ein bisschen getrunken, sind lange aufgeblieben, als Jamie schon im Bett war. An diesem Abend habe ich … na ja, ich habe ihn geküsst. Es war schrecklich.«

Sie schaut zu uns auf und lacht, als sie unsere Gesichter sieht.

»Nicht der Kuss! Das, was danach kam. Er war so sanft und freundlich – aber letztlich hat er mir gesagt, er könne mich nicht auf diese Weise lieben. Sein Herz wäre noch immer bei dir, und es täte ihm leid, aber so würde es wohl auch bleiben.«

Ich schaue zum Sternenhimmel, beiße mir auf die Lippe und umklammere die Sessellehnen. Es kommt mir vor, als müsste ich mich festhalten, damit ich nicht davonschwebe, meine irdischen Fesseln hinter mir lasse und wie ein verirrter Heliumballon in der mondgetränkten Nachtluft verschwinde.

Es ist traurig und tragisch, dass er sich an der Erinnerung festgehalten hat – und doch verschafft es mir ein natürliches High, ein echtes Hochgefühl, und bestärkt mich im Glauben, dass meine Unternehmung richtig ist. Ich suche nach Joe und werde nicht damit aufhören.

»Er hatte wohl ein oder zwei kurze Affären«, sagt Geraldine belustigt. »Bei den Surferinnen war er sehr beliebt. Aber nichts Ernstes, nur ein kleiner Flirt hier oder da. Er war ein Mann, mit dem Frauen gerne flirteten, und er war sehr gut darin – egal wer oder wie alt sie waren, er sorgte dafür, dass sie sich gut fühlten. Ich weiß noch, wie er eines Nachmittags mit einer alten Dame plauderte, die auf einem Elektromobil saß und danach errötend und kichernd wie ein Teenager davonsauste!«

Ich kann es mir genau vorstellen und auch die sonnengebräunten Surferinnen mit der salzigen Haut, die ihn sehnsüchtig anschauten. Und nehme es ihm wirklich nicht übel.

»Und was ist dann passiert?«, fragt Michael eifrig. »Wieso ist er weggegangen?«

»Da kamen wohl mehrere Dinge zusammen. Nach dem Abend mit dem Kuss war er ein bisschen wachsamer. Zum ersten Mal spürte ich eine gewisse Verlegenheit zwischen uns. Ich wollte den Kuss zurücknehmen, aber das konnte ich natürlich nicht – er hatte es irgendwie kompliziert gemacht. Ich hatte mich in eine Richtung bewegt, die Joe nicht behagte. Jedenfalls herrschte danach eine unterschwellige Spannung. Er wurde … vorsichtiger.«

»Weil es zu viel bedeutet hätte«, sage ich und weiß aus irgendeinem Grund, dass ich recht habe. »Eine flüchtige Liebschaft mit einer Touristin hätte nichts bedeutet. Aber mit dir? Das wäre etwas anderes gewesen. Es mag seltsam klingen, aber er war nicht bereit für etwas Ernstes, und mit dir wäre es definitiv ernst gewesen. In gewisser Weise hat er sich zurückgezogen, weil er schon zu tief drinsteckte, falls das einen Sinn ergibt.«

Sie nickt, wir verstehen uns vollkommen.

»Ich glaube, du hast recht. Als Freund war er hundertprozentig für mich da – aber mehr konnte er nicht verkraften, nicht in dieser Phase seines Lebens. Er hatte immer noch mit seinem eigenen Schmerz zu tun. Und als er begriff, dass ich mehr als Freundschaft wollte, zog er sich zurück. Entweder das, oder er hatte einfach keine Lust auf eine alte Frau wie mich!«

»Das war es ganz sicher nicht«, antworte ich und sehe ihr

in die Augen. »Du bist jetzt eine schöne Frau und warst es damals sicher auch.«

»Vielen Dank, aber es war nicht meine beste Zeit … egal. Es ist komisch, ausgerechnet mit dir darüber zu reden, Jess. Wir haben also noch eine Weile zusammengewohnt, das Restaurant machte Fortschritte, und dann lernte ich Dan kennen. Er war ein Bauinspektor, der die Arbeiten beaufsichtigte. Er fing an, auf eine Tasse Tee zu bleiben, wir unterhielten uns, seine Inspektionen wurden ein bisschen freundschaftlicher, und – na ja. Wir sind seit 2011 verheiratet, und die kleine Überraschung, die ich hier ausbrüte, ist sein erstes Kind.«

Wie sie über ihren Dan spricht – mit zwangloser Zuneigung – verrät mir, dass sie glücklich mit ihm ist. Und mit dem Leben, das sie sich gemeinsam aufgebaut haben.

»Es kam nicht plötzlich, war nicht dramatisch oder so. Anfangs war Dan nur ein Freund. Joe mochte ihn wirklich gern und ahnte wohl, dass sich die Sache weiterentwickeln könnte, wenn er nicht in der Nähe war. Es war ziemlich seltsam … und ein bisschen traurig. Als hätte er gemerkt, dass er mich Dan anvertrauen konnte, und daraufhin beschlossen, weiterzuziehen. Zuerst war ich nicht begeistert. Es gab einige harte Worte – ich habe ihm wohl gesagt, ich sei kein Paket, das ein Mann an den nächsten weiterreichte … was natürlich unfair war, aber ich war verletzt und hatte Angst und wusste nicht, wie mein Leben ohne ihn aussehen würde.«

Sie erinnert sich offenbar nicht gern daran, wie sie damals reagiert hat, und ich sage: »Das ist doch verständlich. Vielleicht hattest du gehofft, er würde trotzdem bleiben. Und warst womöglich wütend, weil er dich weiterzureichen schien, obwohl es wohl das Beste für dich war.«

»Vermutlich hast du recht. Tief drinnen wusste ich immer, dass Joe nicht bleiben würde – er war noch immer ruhelos und hatte Dinge zu erledigen. Vielleicht hatte ich auch ein schlechtes Gewissen, weil ich ihn so lange bei mir behalten hatte. Er war zu anständig, um mich zu verlassen, als ich ihn am meisten brauchte. Adrian war ein absolutes Arschloch, aber seitdem habe ich Glück gehabt, mit Männern wie Joe und Dan.«

Ich sehe aus dem Augenwinkel, wie Dan sich im Nebenraum zu schaffen macht, Tische abwischt und gelegentlich zu uns herübersieht. Er ist groß wie ein Baum und hat gepflegte blonde Haare. Er winkt mir zu, und ich lächle.

»Bist du mit Joe in Verbindung geblieben?« Ich hoffe auf eine kleine Information, da uns allmählich die Spuren ausgehen. Laut den Karten und Briefen wäre London unsere nächste Station, und in einer so großen Stadt ist es sehr viel schwerer, ihn zu finden. Dort gehen ständig Leute verloren, werden verschluckt und landen im Bauch der ungeheuren Metropole.

In London könnte alles schrecklich schiefgehen, und daran will ich noch nicht denken. Ich sitze lieber in dieser ruhigen, sanften Umgebung, in einer Landschaft, die die Seele anrührt, mit einer Frau, die Joe einmal sehr geliebt hat.

»Eine Zeitlang schon«, sagt Geraldine. »Er ist nicht einfach abgehauen – so war er nicht. Er rief dann und wann an, erkundigte sich nach meiner Gesundheit, nach Jamie, wollte wissen, wie es mit dem Restaurant und Dan stand ... damals wohnte er in London, so viel weiß ich. Aber 2008 war seine Nummer nicht mehr zu erreichen. Und zwar nachdem ich ihm gesagt hatte, dass ich offiziell mit Dan zusammen war, und ich habe mich danach lange gefragt –«

»Ob er deshalb den Kontakt abgebrochen hat?«

»Ja. Was natürlich arrogant klingt. Außerdem ist es sicher nicht wahr – Joe schien sich aufrichtig für mich zu freuen. War wohl auch erleichtert. Ich habe ein bisschen recherchiert, wollte ihn ausfindig machen und zur Hochzeit einladen, aber ich bin nicht weit gekommen. Aber ich kann dir das, was ich gefunden habe, gerne zeigen.«

Ich stimme sofort zu, und es folgt eine etwas unbehagliche Stille. Das Einzige, was uns verbindet, ist Joe, und wir wissen mehr als Geraldine über 2008. Damals hatte Belinda mich und meine Mutter in der Stadt gesehen und ihm davon erzählt.

Ich weiß nicht, ob Joe die ganze Zeit gehofft hatte, ich würde in sein Leben zurückkehren, wenn es mir besserginge, doch nach dem Gespräch mit Belinda war offenbar alles anders geworden. Die Telefonnummer, die er Belinda und Geraldine gegeben hatte, die in seinen Briefen an mich stand und die ich natürlich ausprobiert hatte – voller Angst, er könnte sich tatsächlich melden –, existierte nicht mehr. Es schien, als existierte auch Joe nicht mehr.

»Er würde sich so für dich freuen, Geraldine«, sage ich, als sie mit ihrem schweren Körper auf dem Sofa herumrutscht. »Er wäre wirklich froh, dich so zu sehen. Und Jamie, der erwachsen ist und sich so gut entwickelt hat. Er wäre stolz auf euch.«

»Das möchte ich gerne glauben. Also – was werdet ihr jetzt unternehmen? Und warum hast du nicht schon früher versucht, ihn zu finden, falls ich das fragen darf?«

»Das ist eine lange, traurige Geschichte über Menschen, die dachten, sie würden das Beste tun, was leider nicht stimmte.

Aber wir finden ihn hoffentlich, und dann erzähle ich ihm, wie es dir geht.«

»Das wäre sehr nett. Ich möchte ihn so gern wiedersehen – mich richtig für alles bedanken, was er für uns getan hat. Das hebe ich mir für die Zukunft auf. Mal was anderes – wo übernachtet ihr eigentlich?«

Wir nennen ihr den Namen, und ihr Gesichtsausdruck verrät uns, dass wir tatsächlich im schlimmsten B&B Südenglands gelandet sind.

»Das ist … bedauerlich. Möchtest du hierbleiben? Wir haben noch den Wohnwagen. Er steht in einem abgelegenen Teil des Gartens. Jamie hat dort geschlafen, als er seine rebellische Phase durchmachte, und … na ja. Irgendwie konnte ich mich nicht von ihm trennen. Er erinnerte mich an die besten und schlechtesten Zeiten.«

Belinda und Michael schauen mich an, als sollte ich die Führung übernehmen, und ich lasse mir den Vorschlag durch den Kopf gehen. Dann sage ich ja.

Sie versprechen, mich am nächsten Morgen zeitig abzuholen, und machen sich auf den Weg. Geraldine leiht mir alles Nötige und führt mich mit einer Taschenlampe durch eine wunderbar gestaltete Wildnis aus Wiesenblumen und dichtem Eichen- und Haselgebüsch. Dort, gut versteckt in ihrem kleinen Waldparadies, steht ein verbeulter Wohnwagen. Jamie hat ihn in leuchtendem Gelb, Blau und Grün gestrichen, mehr ist im Licht der Taschenlampe nicht zu erkennen.

»Das ist das Meer«, erklärt sie, als sie mir die Tür öffnet und hinter mir eintritt. »Er findet immer neue Wege, es zu malen. Zeitweise habe ich gedacht, er würde zur Marine gehen …«

Ich schaue mich um, betrachte die verschlissenen, aber sauberen Polstermöbel, den Klapptisch, die Küche, die lange nicht benutzt wurde. Geraldine umarmt mich, soweit es ihr Bauch zulässt, und sagt: »Das da drüben war sein Zimmer. Es ist wunderbar, dich endlich kennenzulernen, Jess – als hätte ich Joes fehlende Hälfte gefunden. Ich wünschte nur, ich hätte auch Gracie kennengelernt.«

Ich winke ihr zum Abschied und sitze still da im Taschenlampenlicht. Man hört nur die Geräusche der Nachttiere und den fernen Klang der Wellen, und sosehr ich mich bemühe, kann ich mir Joe hier nicht vorstellen.

Ich schaue mir wieder das Foto aus dem Pub an und male mir sein Leben in Cornwall aus. Und meins, daheim. Wir waren beide so einsam, auf unsere Weise.

Ich erinnere mich an die Nachrichten, die ich der Tasche trage. Die Notfallmedizin von Dr. Joe.

Ich suche den blassrosa Umschlag mit der Aufschrift »Lies mich, wenn du einsam bist« heraus und öffne ihn. Die Taschenlampe taucht den Brief und mich in einen goldenen Lichtkegel.

»Weißt du noch, wie ich krank wurde, als wir einen Monat zusammen waren? Irgendeine Grippe. Ich habe im Auto geschlafen, und du bist mit einer Thermosflasche Tee mit Honig und Zitrone gekommen und mit Babytüchern, die du im Kühlschrank aufbewahrt hattest. Das weiß ich noch. Zum ersten Mal im Leben habe ich mich nicht einsam gefühlt. Zum ersten Mal habe ich mich geliebt gefühlt. Es war ein Wunder, und es kam aus dem Nichts, als ich am wenigsten damit gerechnet habe. Falls du jetzt einsam bist, denk an zwei Dinge: Erstens, dass ich dich und Gracie immer lieben werde und dass wir

uns glücklich schätzen können, weil wir einander hatten und sie, wenn auch nur kurz – manche Menschen finden in ihrem ganzen Leben niemals diesen Zauber. Und auch, dass es Wunder gibt, die aus dem Nichts kommen, wenn du am wenigsten damit rechnest. Sei nicht einsam. Sei hoffnungsvoll.«

Ich stecke die Karte wieder in ihr rosa Nest und erinnere mich an damals. Dass er mich zuerst wegschicken wollte, damit ich mich nicht ansteckte. Dass es mir egal war. Dass er mich mit diesen traurigen braunen Augen angesehen hatte, während ich ihm über die Haare strich und ihm half, den Tee zu trinken. Als könnte er nicht glauben, was er sah, welche Freundlichkeit ich ihm entgegenbrachte.

Ich wandere durch diesen Wohnwagen, in dem er gewohnt hat, den Umschlag in der Hand.

Ich betrachte das schmale, ordentlich gemachte Bett, in dem er geschlafen hat. Die Bettwäsche ist seither unzählige Male gewaschen worden. Jamie, vielleicht auch seine Freunde und Gäste, haben in diesem Bett geschlafen. Ich weiß, dass Joe längst von hier verschwunden ist.

Doch als ich unter die kühle Baumwolldecke schlüpfe, seine Nachricht neben mir auf dem Kissen, die Jalousien offen, so dass silbriges Mondlicht hereinflutet, kann ich mir letztlich doch vorstellen, dass er hier bei mir ist. Ich halte mich an seinem Geist fest und hoffe, dass er eines Tages wirklich wird – dass ich ein weiteres Wunder erlebe.

23. Kapitel

Die Pinnwand im Büro ist voller Fotos von Vermissten. Es gibt Familienschnappschüsse, aber auch Bilder, die wie Fahndungsplakate aussehen. Jedes einzelne erzählt eine traurige Geschichte.

Ich schaue mir die Bilder an, während wir warten, sehe Gesichter jeden Alters und jeder Hautfarbe, auf Weihnachtsfeiern grinsend oder steif auf gestellten Schulfotos. Stumm und in der Zeit gefangen, verloren in jenem einen Augenblick – einem Augenblick, in dem sie sicher waren. Zumindest auf den ersten Blick.

Ich weiß nicht, ob es für irgendjemanden ein glückliches Ende gegeben hat. Ich hoffe es sehr – alles andere wäre unfassbar tragisch und würde schwer auf meiner Seele lasten.

Die Tür geht auf, und Ewan, der Geschäftsführer des Wohnheims, begrüßt uns. Er ist Mitte fünfzig, hat braunes Zottelhaar und lächelt, aber seine Körpersprache verrät, dass er auf alles gefasst ist. Ich kann mir nicht annähernd vorstellen, was er in seinem Leben mitgemacht hat, immer an der Peripherie des Schmerzes anderer Menschen.

Dies ist Joes letzter Aufenthaltsort, von dem Geraldine sicher weiß. Er hatte wenig Geld, als er Cornwall verließ, und wollte keine Hilfe von ihr annehmen. Er wusste, dass sie es sich nicht leisten konnte, und hatte darauf bestanden, er käme schon klar. Er habe das sprichwörtliche Glück der Iren, und sie solle sich keine Sorgen machen – es sei nur der nächste Schritt in seinem Abenteuer. Er hatte den Rucksack gepackt und ihr und Jamie am Bahnhof zum Abschied gewinkt. Der Reisende zog weiter. Allein.

Wir hatten erwartet, man würde uns am Telefon abwimmeln, doch Ewan war zu unserer Überraschung sofort bereit gewesen, sich mit uns zu treffen. Als ich mich von der schmerzlich faszinierenden Pinnwand abwende, wird mir klar, dass er ein zutiefst engagierter Mann sein muss, der in diesem Raum wohl zahllose tränenreiche Begegnungen erlebt hat.

»Also«, sagt er, lehnt sich zurück und sieht uns an, »zunächst einmal muss ich Ihnen sagen, dass ich damals noch nicht hier war. Ich kann Ihnen also nicht aus erster Hand über die Person berichten, die Sie suchen. Aus dieser Zeit haben wir keine digitalen Unterlagen – und wie Sie sich vorstellen können, geben viele Leute, die unseren Service nutzen, einen falschen Namen an. Ich habe mich umgehört, und einer unserer Stammgäste scheint sich an ihn zu erinnern – allerdings gefiltert durch einen Fall von schwerem Alkoholismus.«

Ich nicke verständnisvoll. Die Leute, die im Vorraum des Hauses herumlungern, das in einer schmuddeligen Ecke der Hauptstadt steht, sehen aus wie wettergegerbte Krieger. Joe hatte Geraldine erzählt, es sei eine Jugendherberge, damit sie sich keine Sorgen machte. In Wahrheit ist es eine Obdachlosenunterkunft, in der das Personal versucht, die Leute bei ihren zahllosen Problemen zu unterstützen, und in der Hilfsgruppen für Süchtige Seite an Seite mit Dealern existieren.

Michael starrt noch immer auf die Pinnwand, er wirkt aufgewühlt.

»Wieso kommen die alle her?«, fragt er verwirrt. »Es muss doch bessere Möglichkeiten geben, als in London auf der Straße zu leben.«

»Viele von ihnen haben keine Wahl«, erwidert Ewan freundlich. »Zumindest glauben sie das. Vielleicht sind sie von zu Hause weggegangen, um Abenteuer zu erleben. Oder sie haben geglaubt, die Straßen hier seien mit Gold gepflastert, und wenn sich das als Irrtum erweist, ist es ihnen zu peinlich, heimzukehren. Oder sie laufen vor gewalttätigen Familien oder Beziehungen davon. In den letzten Jahren haben wir verstärkt Leute, die aus finanziellen Gründen ihr Heim verloren haben. Manche werden von ihren Eltern hinausgeworfen, weil sie schwanger oder schwul oder lesbisch sind oder auf andere Weise gegen die Moralvorstellungen der Familie verstoßen. Für sie ist eine Rückkehr nicht immer der richtige Weg.«

Michael nickt. Er mag im Luxus leben, weiß aber nur zu gut, dass auch er gegen die Moralvorstellungen seiner Familie verstößt. Rosemary und Simon würden ihn kaum auf die Straße setzen, wenn er sich outete, aber auch nicht sonderlich begeistert sein.

»Es kann jeden erwischen«, murmelt er traurig und faltet die Hände im Schoß.

»Kommt es vor, dass jemand gefunden wird?«, frage ich und deute auf die Pinnwand.

»Gelegentlich schon. Das Leben auf der Straße kann sehr hart sein. Wenn sie nicht schon vorher trinken oder Drogen nehmen, fangen sie hier oft damit an. Und es gibt noch andere

Gefahren – das Wetter, gesundheitliche Probleme, menschliche Raubtiere …«

Mich überläuft ein Schauer. Der Joe, den ich gekannt habe, war stark und geschickt. Er war unter Raubtieren aufgewachsen und hatte Narben davongetragen, war aber ganz und gar er selbst geblieben. Er besaß eine Cleverness, die ihn im menschlichen Dschungel beschützt haben musste. Das hoffe ich jedenfalls.

»Erst letzte Woche«, fährt Ewan fort und grinst, »haben wir eine Erfolgsgeschichte erlebt. Ein junges Mädchen namens Prisha. Sie fällt in die Kategorie ›goldgepflasterte Straßen‹, die Familie hat zwei Jahre lang nach ihr gesucht. Sie war eine der Glücklichen …«

»Es muss schön sein«, sagt Belinda, »wenn es gut ausgeht.«

»Ja, das stimmt. Es kommt selten vor, aber es verleiht einem neuen Mut – in diesem Job braucht man ab und zu ein Erfolgserlebnis. Aber es gibt auch andere positive Dinge – eine Familie, die wieder zusammenfindet, ist nicht das einzige Happy End. Wir helfen Menschen, eine eigene Wohnung zu finden, einen Job, sich ein neues Leben aufzubauen. Manchmal scheint es ein hoffnungsloser Kampf zu sein – den wir trotzdem führen. Doch genug davon – können Sie mir sonst noch etwas über Ihren Joe sagen? Dann kann ich vielleicht die nächste Anlaufstelle vorschlagen.«

»Er passt in keine Ihrer Kategorien. Er trank gerne mal ein Bier, hatte aber keine Alkoholprobleme. Nahm praktisch keine Drogen. Er war clever und freundlich und machte sich gern nützlich. War geschickt mit den Händen. Unsere gemeinsame Freundin erwähnte, er habe hier ausgeholfen – Instandhaltung, Reparaturen, Renovierungsarbeiten.«

Ewan zieht die Augenbrauen hoch und runzelt die Stirn.

»Wie gesagt, das war vor meiner Zeit. Als ich den Job hier übernommen habe, war gerade renoviert worden. Falls Joe wirklich so gut war, haben sie ihm womöglich eine Chance gegeben – vielleicht irgendein Ausbildungsprogramm? Ich kann mich gerne umhören. Ich weiß, dass wir damals Partnerschaften mit verschiedenen Firmen hatten und geeignete Leute empfohlen haben. Hört sich an, als könnte Joe dabei gewesen sein.«

Ich nicke zustimmend. »Wir haben auch Fotos von ihm. Könnten Sie die vielleicht dem Mann zeigen, den Sie vorhin erwähnt haben? Vielleicht erinnert er sich an Joe.«

»Das dürfte kein Problem sein, er ist gerade hier. Ich muss Sie aber bitten, ihm kein Geld zu geben – er würde es sofort für Schnaps ausgeben, und dann können wir uns die ganze Nacht ›Oh My Darling Clementine‹ anhören. Und noch einmal kann ich das nicht ertragen.«

Wir folgen Ewan in den Flur, in dem sich Geräusche mischen: diverse Musikstile, deren Bässe miteinander wetteifern, Gelächter, Geschrei, Schritte. Es klingt auf bizarre Weise festlich.

Ich hole die Fotos aus der Tasche und lege das neueste obendrauf. Belinda hat Joe bei seiner Geburtstagsrunde im Pub 2004 zuletzt fotografiert. Er singt gerade in einen Billardqueue – es war eine sehr schlechte Version von Wonderwall, wie sie sagt. Er ist von seinen Kumpeln umgeben, die den Backgroundchor bilden.

Geraldine hat ein paar Fotos beigesteuert, die interessanter sind, jedenfalls für mich. Auf ihnen sieht man einen etwas älteren und reiferen Joe. Er trägt die übliche Arbeitskleidung, manchmal auch Jeans und Hoodie, eingefangen in Augenblicken, die ich nicht mit ihm teilen konnte. Er lächelt, sieht aber immer noch traurig aus. Ich streiche geistesabwesend über sein Gesicht, während wir den Speisesaal betreten, in dem es nach Toast und Marmelade riecht.

Der Mann, mit dem wir reden wollen, heißt Big Steve. Er ist keine eins sechzig und sieht aus wie ein Spatz im Hungerstreik. Auf seinem Kopf türmen sich wirre graue Haare, und der Bart lässt außer den leuchtend blauen Augen wenig von seinem Gesicht erahnen. Er könnte ebenso gut vierzig wie achtzig sein.

Ewan macht uns mit ihm bekannt, worauf Big Steve uns seinen Nagelpilz zeigt. Ich sehe Michaels entsetzten Blick und muss ein Lachen unterdrücken. Ich glaube nicht, dass wir hier viel erreichen.

Big Steve nimmt mir das Foto aus der Hand – Joe mit einem Teebecher auf den Stufen des Wohnwagens – und starrt es zähneknirschend an.

»Keine Ahnung, Süße. Habt ihr noch welche?«

Ich gebe ihm eins aus dem Pub, und wieder starrt er es an. Ich halte die Luft an, bis er sagt: »Bin mir nicht sicher. Ein Schlückchen könnte meinem Gedächtnis auf die Sprünge helfen.«

Er schaut uns hoffnungsvoll an, worauf Ewan einschreitet und Big Steve erklärt, dass er die Regeln inzwischen kennen sollte.

»Man kann es ja mal versuchen –«, murmelt er und betrachtet wieder das Foto.

»Er könnte es sein, Missus, aber sicher bin ich mir nicht. Ist lange her. Hier war mal ein Typ, vielleicht Ire oder Schotte oder so. Oder einfach aus dem Norden, jedenfalls nicht aus unserer Gegend. Konnte gut mit Werkzeug umgehen. Ich hatte damals einen Einkaufswagen, hat mich ein ganzes Pfund bei Tesco gekostet. Die Räder taten es nicht mehr. Der Typ, den ich meine, hat ihn repariert, ein bisschen WD 40 drauf gemacht und so. Bester Einkaufswagen von allen. Hab ihn eines Nachts bei einem Date mit Jane Fonda verloren.«

Er zwinkert mir zu. »War eine heiße Nummer, aber die wollte nur mein Geld.«

Wir bedanken uns für die Hilfe, und ich bin tief enttäuscht, als wir uns verabschieden. Als wir unter den wachsamen Augen der Bewohner zur Tür gehen, ruft Big Steve mir nach: »Er hatte immer Bananen! Und große saftige Orangen!«

Es klingt wie eine willkürliche Bemerkung, doch Ewans Gesicht leuchtet auf, als hätte er eine plötzliche Eingebung.

»Was ist los? Ist Ihnen etwas eingefallen?«

»Kann sein.« Er reibt sich das Kinn. »Eine der Firmen, mit denen wir damals gearbeitet haben, war ein Obst- und Gemüsehandel. Die haben Märkte beliefert. Als ich hier anfing, gab es die Partnerschaft nicht mehr. Ich komme nicht mehr auf den Namen – Sowieso und Söhne. Etwas Irisches und Söhne.«

Er grübelt noch ein bisschen und schüttelt verärgert den Kopf.

»Es tut mir leid«, sagt er niedergeschlagen. »Will mir nicht einfallen. Aber ich höre mich um, ob jemand anders sich erinnert. Lassen Sie mir Ihre Nummer da.«

Ich schreibe sie am Empfang auf und reiche ihm einige Geldscheine für die Spendendose, um die fünfzig Pfund. Er widerspricht nicht, sie brauchen offenbar das Geld. Ewan bittet mich, gelegentlich auf ihrer Website vorbeizuschauen, wo es Informationen über steuerliche Absetzbarkeit und Testamente gibt.

Der warme Sommerabend wird langsam kühl, und uns umfängt der Geruch von Kebabläden, indischem Essen und den Auspuffgasen der Busse. Aus einem Auto, das im Stau steckt, trommelt rhythmische Tanzmusik, und ein Schwarm struppiger Tauben kämpft um ein weggeworfenes Wurstbrötchen. Wir sind definitiv nicht mehr in Cornwall.

»Jane Fonda«, sagt Michael verwundert. »Wer um Himmels willen ist das?«

Belinda sieht mich mit Leidensmiene an und geht zum Auto. »Na los«, ruft sie über die Schulter. »Ich kann keine weitere Nacht im Hotel ertragen. Wir schlafen bei Andrew.«

24. Kapitel

Wie sich herausstellt, ist Andrew Malachis Vater. Er wohnt in einem unglaublich gepflegten georgianischen Reihenhaus nahe der Baker Street, dessen leuchtend rote Haustür von Hängekörben mit üppig blühenden Blumen halb verdeckt wird.

Die Straße ist ruhig, praktisch ein reines Wohngebiet, mit einer Konditorei an einer Ecke und den winzigsten Parklücken, die man sich vorstellen kann. Denkt man sich die Autos weg, sieht es wie zu Zeiten von Sherlock Holmes und Dr. Watson aus.

Andrew ist mittelgroß, mittelkräftig, mit mittelbraunem Haar mittlerer Länge. Doch wenn er lächelt, verändert er sich, wird plötzlich attraktiver, strahlt Wärme und Zuversicht aus. Ich kann mir vorstellen, dass er ein guter Arzt ist – genau die richtige Mischung aus Kompetenz und Mitgefühl.

Er begrüßt uns alle, umarmt Belinda und schenkt uns Wein ein, während wir es uns bequem machen. Im geschmackvoll eingerichteten Wohnzimmer mit Fenster zur Straße und hoher Decke bewundere ich gerahmte Fotos von Mal. Als ich ihn zuletzt gesehen habe, war er noch ein Baby. Jetzt grinst mir ein junger Mann entgegen, hochgewachsen und schlaksig.

»Wann hast du zuletzt von ihm gehört?«, will Belinda von Andrew wissen.

»Gestern«, sagt er, reicht ihr den Wein und stößt mit ihr an. »Er hatte eine Flasche Cola getrunken und am Boden eine Nacktschnecke gefunden.«

Belinda prustet los und grinst dann boshaft.

»Geschieht ihm recht, er will ja unbedingt den Planeten retten. Er hat mir ein Foto von sich und Kindern aus dem Waisenhaus geschickt, umgeben von ungefähr tausend Hunden. Würde mich nicht wundern, wenn er die alle im Koffer nach Hause schmuggelt. Falls er je nach Hause kommt.«

»Das wird er«, versichert Andrew. »Jemand muss doch für ihn waschen.«

So geht es noch eine ganze Weile weiter, und ihr zwangloses Geplänkel ist tröstlich und unterhaltsam. Michael schaut interessiert zu, wie sie sich die Bälle zuspielen. Er zieht die Augenbrauen hoch, und ich lächle.

Es ist interessant – die beiden wirken wie ein glücklich verheiratetes Paar, ohne je verheiratet gewesen zu sein. Oder ein richtiges Paar. Wer weiß, vielleicht ist es das Geheimrezept für eine gute Beziehung.

Andrew hört sich unsere Geschichte gespannt an und nickt mitfühlend, als wir die Obdachlosenunterkunft beschreiben. Er arbeitet in der Notaufnahme eines stark frequentierten Krankenhauses und kennt Leute wie Big Steve zur Genüge.

Er erzählt von einer ambulanten Klinik, die er gegründet hat, und mir wird klar, von wem Mal die philanthropische Ader hat. Angesichts von Belindas alternativer Kanzlei und Andrews beruflichem Engagement wäre es mehr als überraschend, wenn er Banker werden wollte.

Es war ein langer Tag, und ich höre einfach zu, während Belinda und Andrew plaudern. Michael ist im Sessel zusammengesackt, die Augen aufs Handy geheftet, lacht gelegentlich. Über witzige Nachrichten oder Katzenvideos, nehme ich an.

Nach einigen Gläsern Wein steht Andrew auf und reckt sich, um seinen Rückzug anzukündigen.

Er schaut Belinda an und fragt: »Immer noch Single?«

»Immer noch Single«, antwortet sie lächelnd.

»Dann los«, sagt er, und sie folgt ihm aus dem Zimmer.

Michael und ich schauen uns verwirrt an, als die beiden kichernd nach oben gehen.

»Wow«, sagt er, als sich die Schlafzimmertür hinter ihnen schließt. »Sie ist also doch menschlich. Die haben wohl ein … Arrangement?«

»Sieht ganz so aus«, sage ich achselzuckend. »Und es scheint zu funktionieren. Du kannst auch schlafen gehen. Ich recherchiere noch ein bisschen.«

»Nein, ich bleibe auf und helfe dir.« Er entfaltet seinen Körper und setzt sich neben mich aufs Sofa. »Ich bin ganz komisch aufgedreht. Kriege einige der Gesichter nicht aus dem Kopf. Die jungen Leute von der Pinnwand. Ich denke ständig dran, wie es ist, wenn man rausgeworfen wird, weil man schwul ist – nicht für ein Verbrechen, nur weil man so ist, wie man ist. Und dass die Straße zur einzigen Alternative wird. Wo man sich an Big Steve und seine schwarzen Zehen kuschelt.«

Er erschauert, will lächeln, doch es nimmt ihn wirklich mit.

»Es ist sehr traurig«, sage ich und tätschle seine Hand. »Aber das wird dir nie passieren. Du hast immer mich, Michael, egal was mit deinen Eltern geschieht.«

»Das ist sehr lieb von dir, Cousine – aber es hat mich nachdenklich gemacht. Ich konnte mich in meinem Leben immer leicht verstecken. Ich musste nie tapfer sein, habe mich ihnen nie widersetzt – eigentlich bin ich ein richtiger Heuchler.

Und da ist noch was – ich bin nicht so arrogant, zu glauben, dass die Schwulenbewegung gerade mich zum Überleben braucht. Es ist nur … diese ganze Sache. All die Lügen, die wir einander und uns selbst auftischen, um irgendwie klarzukommen. Deine Mum hat die ganzen Briefe versteckt. Meine ignoriert die Tatsache, dass ich kein Mädchen mitgebracht habe, seit ich fünfzehn war. Geraldine hat sich damals eingeredet, sie könnte ihre Ehe retten. Es ist alles einfach … schrecklich. Selbst wenn Leute die besten Absichten haben, versauen sie es dennoch.«

»Nicht immer«, sage ich, um ihn aus seinem Trübsinn zu reißen. »Und jemanden zu lieben ist kein Fluch. Es ist ein Segen. Nur fühlt es sich nicht immer so an.«

»Ich habe noch nie jemanden geliebt«, verkündet er. »Nicht so richtig. Geschwärmt ja, aber nicht wie du und Joe euch geliebt habt. Und ich bin auch kein Vater, darum kann ich nicht nachvollziehen, wieso deine Mum das getan hat. Gerade kommt es mir vor, als würde man am sichersten leben, wenn man solche Komplikationen vermeidet.«

Ich denke über seine Worte nach und kann ihn verstehen. Aus seiner Sicht ist es logisch – doch das Leben ist nicht logisch. Und Gefühle schon gar nicht. Und die Liebe widersetzt sich allen Versuchen, sie logisch zu betrachten. Ich weiß, dass Joe mich geliebt hat. Ich weiß, dass meine Mutter mich geliebt hat. Nur haben sie es auf sehr unterschiedliche Weise gezeigt.

»Ich habe einen Brief von ihr«, sage ich und greife nach meiner Tasche.

»Von wem? Deiner Mum?«

»Ja. Sie hatte ihn beim Anwalt deponiert. Er sollte nach ihrem Tod geöffnet werden.«

»Was steht drin?«

»Keine Ahnung. Ich habe mich noch nicht getraut, ihn zu lesen. Ich war wütend auf sie, aber … sie fehlt mir auch. Sie war lange der Mittelpunkt meines Lebens. Sie war meine *Mum*. Wenn ich nicht mit euch unterwegs wäre, wenn ich nicht jemandem nachjagen würde, den ich vielleicht nie finde, wäre ich von einer emotionalen Klippe gestürzt. Meinst du, ich soll ihn lesen?«

Ich hole den Umschlag aus der Tasche und halte ihn vorsichtig zwischen den Fingern, als wäre er aus Nitroglyzerin.

Michael runzelt die Stirn. »Ich wollte mir eine clevere Analogie über Bären und Päpste und Wälder oder so was ausdenken, doch dafür bin ich zu müde. Aber ja. Ich glaube, du solltest ihn lesen. Ihn mit dir herumzutragen ist wirklich krass. Ich glaube, du und deine Eltern habt vieles nicht gelesen, das gelesen werden sollte. Diese Zeiten sind vorbei, oder? Du kannst ihr nicht mehr weh tun, sie ist tot. Und sie wollte offenbar, dass du ihn liest. Also ja. Lies den verdammten Brief.«

Ich nicke, ziehe ihn aus dem eleganten weißen Umschlag und entfalte die Seiten. Die absolut ordentliche, absolut beherrschte Handschrift meiner Mutter verschwimmt mir vor den Augen.

Michael beugt sich über meine Schulter, und wir lesen gemeinsam.

25. Kapitel

10. Januar 2010

Liebe Jessica,
das alles kommt mir ein bisschen dramatisch vor, wie aus einem der Spionagefilme, die dein Dad immer so gern am Sonntagnachmittag geschaut hat, aber wenn du das hier liest, bin ich nicht mehr bei dir. Dein Vater ist vor einigen Monaten gestorben, weshalb es mir geboten schien, den Anwalt aufzusuchen und meine Angelegenheiten zu regeln.
Ich habe keine genaue Vorstellung von dem, was ich dir sagen möchte, aber es geht mir vor allem um eins – ich liebe dich. Du warst die Freude meines Lebens, mein strahlendes, phantasievolles Mädchen. Ich wollte immer mehrere Kinder, aber es sollte nicht sein – und ich habe mich mit dem Vorsatz getröstet, dass ich diesem einen Kind die beste Mutter sein würde, die sich ein Kind nur wünschen kann.
Ich liebe dich so sehr. Wir sprechen das bei uns zu Hause selten aus, und das macht mich traurig. So viele verpasste Gelegenheiten, um das zu sagen, was uns am wichtigsten ist.
Auch möchte ich dir sagen, dass es mir leidtut, dies hier und andere Dinge. Du hast deine Großeltern mütterlicherseits nie wirklich gekannt, und jetzt ist auch nicht der richtige Zeitpunkt, um die Toten

auszugraben, aber Rosemary und ich sind in einem Haushalt aufgewachsen, in dem das Wort meines Vaters Gesetz war und jeder Verstoß dagegen schwer bestraft wurde. Ich mag als Mutter meine Fehler haben, aber ich habe nie die Hand gegen dich erhoben, und auch dein Vater nicht – weil ich es als Kind zu oft erlebt habe.

Es war damals ganz und gar üblich. Mein Vater war beim Militär, wie du weißt, und wir sind von einem Stützpunkt zum anderen gezogen, unsere Familie als kleine Einheit, mit unseren eigenen dunklen Geheimnissen.

Vielleicht ist es kein Zufall, dass Rosemary und ich beide Männer geheiratet haben, die so beherrscht sind. Dein Vater war nie gewalttätig, glaubte aber immer, im Recht zu sein – was mir wohl ein Gefühl der Sicherheit verliehen hat.

Aber du warst anders. Du wolltest das genaue Gegenteil. Du wolltest geschüttelt werden, du wolltest gerührt werden, du wolltest so viel mehr als die kleine, sichere Welt, die wir für dich vorgesehen hatten. Daher glaube ich, dass du dich deshalb für diesen Mann entschieden hast – Joe war ebenso wild und frei wie du, das genaue Gegenteil deines Vaters. Du warst immer so tapfer, und das hat mir Angst gemacht. Ich wusste, wie grausam die Welt sein kann, und wollte dich beschützen.

Und so komme ich zu der anderen Sache, für die ich mich entschuldigen muss. Vielleicht hast du ihn schon gefunden – jedenfalls steht ein Karton auf dem Dachboden. Ein alter Schuhkarton deines Vaters. Darin sind Briefe und Karten, die Joe dir geschrieben hat und die wir dir nie gegeben haben.

Dein Vater hat darauf bestanden, sie zu vernichten, und wir haben uns sehr bemüht, sie vor dir zu verbergen. Er wollte jede Spur dieses Mannes auslöschen. Ich habe ihm gesagt, ich hätte sie verbrannt, und eigentlich wollte ich das auch tun – aber etwas in mir hat nein gesagt.

Sicher, es ist nur ein kleiner Akt des Widerstands, für den ich wohl kaum eine Tapferkeitsmedaille verdiene.
Ich hätte tapferer sein müssen. Ich hätte härter kämpfen müssen. Ich hätte Joe nicht von dir fernhalten dürfen. Das alles tut mir entsetzlich leid. Vielleicht liegt es an meiner Erziehung, dass ich dich um jeden Preis beschützen wollte – und an meiner Art zu leben, dass ich es auf die falsche Weise getan habe. Heute ist mir klar, dass ich dich vor allem beschützt habe – auch vor dem Glück und der Freude, die du verdient hättest.
Es gibt keine Entschuldigung. Dein Vater glaubte wie üblich, im Recht zu sein – und ich will mich nicht hinter dem Geist eines Toten verstecken, denn ich war seiner Meinung. Wir hatten erlebt, wie dein Leben nach der Begegnung mit Joe außer Kontrolle geraten war, eure finanziellen Probleme und die schäbige Wohnung gesehen. Wir hatten erlebt, wie du deine Zukunft weggeworfen, deine Träume aufgegeben hattest, und alles nur für Joe. Du hattest auf deine Sicherheit und Bequemlichkeit verzichtet, auf all das, was du warst und was du hättest werden können, und alles nur für Joe.
Wir wollten nicht wahrhaben, wie glücklich du warst. Ich habe es aus dem Augenwinkel bemerkt und ignoriert. Du hast gegen alle Regeln verstoßen, und in meinem Leben war es immer wichtig, sich an die Regeln zu halten.
Nachdem Grace gestorben war und du so krank wurdest, hat Joe mich um Hilfe gebeten. Es muss ihn ungeheure Überwindung gekostet haben, er war doch so stolz und trotzig. Stattdessen haben wir ihn weggestoßen. Wir haben ihn ausgeschlossen und von dir ferngehalten und seine Briefe vor dir versteckt.
Ich habe mir gesagt, es sei das Richtige. Ich habe mir eingeredet, dass du ohne Grace, die dich an ihn gebunden hatte, frei sein könntest.
Du könntest gesund werden, studieren, vielleicht einen neuen Mann

kennenlernen. Wieder Kinder bekommen, mit jemandem, der dir ein besseres Leben bieten kann. Es ist mir sehr schwergefallen, deine Verzweiflung wegen Joe mitanzusehen, doch dein Vater hat ihn mit einem Pflaster verglichen, das man besser schnell abreißt.

In diesem Moment hätte ich ihm beinahe widersprochen. Aber ich habe es nicht getan – weil etwas in mir seiner Meinung war. Joe war gefährlich, er bedrohte deine geistige Gesundheit. Ohne ihn, so habe ich mir eingeredet, bekommen wir unser kleines Mädchen zurück.

Natürlich wird mir allmählich klar, dass wir wohl unrecht hatten. Du bist wieder zu Hause und arbeitest in der Schule und wohnst bei mir – doch ich habe nur einen Teil meines kleinen Mädchens zurückbekommen. Ein anderer Teil von dir scheint für immer verloren; als du dich von Grace und Joe verabschiedet hast, ist wohl ein Teil von dir gestorben. Die Wildheit, die Phantasie, die Freude.

Ich war nie eine große Anhängerin von Wildheit oder Phantasie, nicht einmal von Freude. Es sind schreckliche Geschöpfe, unsichere Gestalten. Ich will dich immer noch beschützen und lasse die Briefe darum vorerst in dem Schuhkarton auf dem Dachboden. Äußerlich wirkst du stark, aber ich spüre noch die Traurigkeit in dir. Ich habe Angst, du könntest zerbrechen, wenn du die Wahrheit erfährst, und dass du noch zu verletzlich bist.

Vielleicht liest du das hier nie. Vielleicht kommt irgendwann ein Punkt, an dem du mir stark genug erscheinst, um die Wahrheit zu erfahren, und an dem ich mich stark genug fühle, um mich den Folgen zu stellen – denn ich mache mir nicht vor, dass du mich verstehen und mir einfach so verzeihen wirst. Ich habe gerade erst deinen Vater verloren, was mich ankerlos macht, und könnte es nicht ertragen, dich auch noch zu verlieren. Daher bleibe ich selbstsüchtig und tue, als wäre es zu deinem Besten.

Ich kann mir nicht vorstellen, unter welchen Umständen du das hier

liest. Ich hoffe nur, dass du nicht allein bist. Ich hoffe, dass du glauben kannst, dass ich dich geliebt habe und dass ich Gracie geliebt habe – dieses wunderschöne kleine Mädchen. Sie stand für alles, was gut ist in dieser Welt, und als wir sie verloren hatten, war nichts mehr wie zuvor. Dich bei der Beerdigung zu sehen, den Geist des Menschen, der du gewesen warst, hat mir das Herz gebrochen.
Bitte denk daran, dass du meine Gracie bist – und dass ich geglaubt habe, das alles aus den richtigen Gründen zu tun.
Ich wünsche dir nichts als Freude, mein Liebling – gefährliche, unkontrollierbare Freude. Du warst immer tapferer als ich.

In Liebe,
Mutter

26. Kapitel

Wir haben einen entmutigenden Morgen damit zugebracht, uns auf verschiedenen Londoner Märkten umzusehen. Selbst Michael, unser Internetgenie, konnte »Etwas Irisches und Söhne«, an das sich Ewan zu erinnern glaubte, nicht finden. Ihm war der Name leider nicht eingefallen. Kein Wunder – es ist ja auch zwölf Jahre her.

In Spitalfields erwähnte ein Marktangestellter eine Firma namens O'Donoghue und Söhne, doch die hießen seit zehn Jahren nicht mehr so. Eigentlich habe es auch keine Söhne gegeben, der Eigentümer habe es nur klangvoller gefunden – und als er sich zur Ruhe setzte, hat er die Firma verkauft.

Wir haben mit gefühlt Hunderten von Menschen gesprochen und zu viele Äpfel und selbstgemachte Kerzen gekauft und viel zu viel Kaffee in Freiluftcafés getrunken, während die Welt der Märkte an uns vorüberflutete.

Was wir nicht gefunden haben, ist irgendeine Spur von Joe oder einen neuen Anhaltspunkt. Jetzt sitzen wir unter den gewaltigen Glasdächern und metallenen Streben des Borough Market in Southwark, nahe London Bridge.

Es ist ein schöner Ort, an den Ständen leuchten Früchte in allen Farben des Regenbogens, es gibt frisches Gemüse, Käse und Süßigkeiten und ganze Wagenladungen Blumen. Die Geräusche und Gerüche sind anregend, und unter anderen Umständen hätten wir sicher sehr viel Spaß hier.

Doch wir sind ausgelaugt, körperlich und emotional erschöpft. Vor allem Michael ist nicht er selbst, bohrt nur mit dem Finger in seinem Pain au chocolat herum und seufzt.

»Was ist los, Bette Davis?«, fragt Belinda und bohrt ihm auf die gleiche Art und Weise den Finger in die Seite. »Ich kann das Melodram nicht länger ertragen.«

Er schiebt ihre Hand weg. »Ich kapiere deine überholten kulturellen Anspielungen nicht, also hör auf, lustig sein zu wollen. Das bist du nicht.«

»Doch, bin ich.«

»Na gut, manchmal. Aber mir ist jetzt nicht danach. Das alles ist so deprimierend. Obdachlose und Briefe von emotional gehemmten toten Müttern und die Jagd nach Roter Oktober.«

»Wer verwendet jetzt überholte kulturelle Anspielungen?«

»Ein Punkt für dich. Ich bin nur ... irgendwie traurig. Wegen Joe. Wegen allem, was es in mir auslöst. Ich mag keine ... Gefühle. Die sind mir peinlich.«

Michael ist der Sohn seiner Mutter, so ungern er es sich auch eingesteht.

»Okay«, sagt Belinda, die ihn überraschend ernst zu nehmen scheint. »Das verstehe ich. Aber es ist wohl nicht die Menge, sondern die Art der Gefühle. Du scheinst total sauer auf dich selbst zu sein.«

»Bin ich auch!«, stößt er hervor. »Und wie! Ich komme mir vor wie an einer schrecklichen Weggabelung. Auf der einen Seite warten Alltagstrott und Langeweile und das Leben mit einer Lüge und auf der anderen das soziale Abseits. Ich hatte gedacht, ich könnte mich meinen Eltern gegenüber dauerhaft verstellen und damit glücklich werden, aber jetzt kommen mir Zweifel. Außerdem erwartet mein Dad, dass ich in seine Kanzlei eintrete, und ich glaube, auch das kann ich nicht. Das ist alles so verdammt kompliziert.«

»Was ist sein Fachgebiet?«, fragt Belinda, klaut ihm das Pain au chocolat und reißt ein Stück davon ab.

»Hauptsächlich Eigentumsübertragung. Nicht gerade das, wovon ich als Kind geträumt habe.«

Sie verzieht das Gesicht. »Klingt scheiße. Wovon hast du denn als Kind geträumt?«

»Keine Ahnung – ein exzentrischer Milliardär zu werden?«

»Ein ehrenwertes Ziel – und wenn das schiefgeht, machst du einfach was anderes. Du musst nicht ein Leben voller Eigentumsübertragungen akzeptieren. Ich könnte ein bisschen Hilfe in der Kanzlei gebrauchen. Du könntest Mitglied der Glupschaugen-Gang werden.«

»Gang? Arbeitest du nicht allein?«

»Das schon, aber genau wie der verstorbene und viel beklagte O'Donoghue und seine mythischen Söhne finde ich, dass Partnerschaft besser klingt. Du könntest einer meiner Partner werden.«

Er starrt sie an, betrachtet ihr Nasenpiercing, das T-Shirt, auf dem Moss Pride steht, und die Krümel an ihrem Kinn und fragt: »Ehrlich? Meinst du das ernst? Was machst du eigentlich?«

»Firmenübernahmen und FTSE-100-Fusionen.«

»Haha.«

»Du hast meinen cleveren Trick durchschaut! Ehrlich gesagt, vor allem Kleinkram – Streit mit Vermietern, Einsprüche gegen Leistungsbescheide, den einen oder anderen Einwanderungsfall, unberechtigte Entlassungen. Ich praktiziere kein Strafrecht, aber wie du so wunderbar gesagt hast, bin ich eine Kriegerin für soziale Gerechtigkeit.

Ich werde mich nie in Südfrankreich zur Ruhe setzen oder ein großes Eckbüro und eine Sekretärin mit Bleistiftrock haben, aber ich verdiene meinen Lebensunterhalt und bin gut beschäftigt. Außerdem ist es befriedigend, und das ist mir wichtig. Ich kann dir kein tolles Gehalt anbieten, aber du kannst Erfahrungen sammeln, und es gibt auch eine Wohnung über der Kanzlei. Es liegt an dir, denk darüber nach.«

Michael grübelt, die Arme vor der Brust verschränkt, und sagt dann: »Vielleicht könnte *ich* den Bleistiftrock tragen –«

»Super, dann lädst du deine Eltern an deinen neuen Arbeitsplatz ein und schlägst zwei Fliegen mit einer Klappe.«

»Das«, werfe ich ein, »schlägt zwei Eltern mit einer Klappe. Die würden einen Herzinfarkt bekommen.«

Wir lächeln alle, und es fühlt sich gut an. Unsere seltsame Reise trägt unerwartete Früchte, eine Kreuzbestäubung der Beziehungen, die zumindest ein Schicksal verändern kann.

»Danke«, sagt Michael. »Ich denke drüber nach. Und auch über andere Dinge. Ich habe kürzlich jemanden kennengelernt. Es ist nichts Ernstes – wir reden nur miteinander.«

»Tun wir das nicht alle?«, meint Belinda.

»Gib dich nicht so alt. Du hattest einen Teenager zu Hause, ich bin mir sicher, du weißt, was es bedeutet. Jedenfalls, wie gesagt, nichts Ernstes. Aber das könnte es irgendwann werden. Er hat sich geoutet und ist stolz drauf, und ich habe weder das eine noch das andere geschafft … unsere Pilgerfahrt hat mich nachdenklich gestimmt, meine Damen. Ich glaube, ich muss einiges verändern.«

»Und das macht dir Angst«, sagt Belinda und gibt ihm das halbe Teilchen zurück.

»Das tut es. Egal. Nachdem ich gejammert und ein Jobangebot von einer juristischen Kapazität bekommen habe, geht es mir besser. Also was nun, ihr Detektivinnen? Welche Hinweise können wir noch unter die gemeinsame Lupe nehmen?«

Ich lege den Rucksack seufzend auf den Tisch. Darin bewahre ich Joes Briefe, Karten und Fotos auf, die kostbare Haarbürste und die letzten greifbaren Überreste meines kleinen Mädchens.

Ich weiß, dass Joe und ich ihre Asche an einem beißend kalten Tag Anfang Februar im Park verstreut haben. Wir hatten den Ort ausgewählt, weil sie ihn so geliebt hatte und wir so viele Dora-Abenteuer dort erlebt hatten.

Doch wenn ich ehrlich bin, kann ich mich kaum daran erinnern – körperlich ging es mir einigermaßen gut, aber mein seelischer Zustand war alles andere als gefestigt. Auch erinnere ich mich kaum an die Beerdigung, die meine Mutter im Brief erwähnt hat. Ich habe nur eine seltsame Vision, eine Art eingefrorenes Tableau, das den winzigen weißen Sarg mit den goldenen Griffen zeigt. Ich erinnere mich nicht an die Qualen, die ich empfunden haben muss, oder an die Tränen, die ich vergossen haben muss, oder den Schmerz, den Joe erlitten haben muss.

Vermutlich war ich damals schon kurz vor dem psychischen Zusammenbruch und errichtete Verteidigungsmauern, die mich letztlich bei lebendigem Leibe auffraßen. Belinda weiß wohl mehr über diesen Tag als ich – und wenn die Zeit gekommen ist, wird sie mir vielleicht davon erzählen.

Ich spüre wieder den furchtbaren Verlust, als meine Finger den glatten lila Handgriff der Bürste berühren. Ich erinnere mich, wie Gracie sie in ihren dicken Händchen gehalten und vor dem Schlafengehen ihre Haare »wie eine Prinzessin« frisiert hat, während sie in ihrem rosa gepunkteten Schlafanzug auf meinem Schoß saß. Fast kann ich ihre Gestalt fühlen, ihre weiche Haut, das tröstliche Gewicht meines rundlichen kleinen Mädchens. Sie roch immer so perfekt – nach Schaumbad und Sonnenschein.

Ich lasse den Augenblick über mich hinwegfluten, dann hole ich alle relevanten Dinge, die wir jetzt brauchen, aus dem Rucksack heraus, wobei ich versuche, meine Hände ruhig zu halten.

Da ist die Postkarte von September 2008, die bei dem Kaugummi lag und auf der Joe schreibt, er gäbe sich damit zufrieden, dass ich glücklich bin. Sie ist absolut tödlich, und ich sehe, wie Belinda zusammenzuckt, als ich sie auf den Tisch lege. Auf der Vorderseite ist ein Beefeater vor dem Tower of London zu sehen.

Die Karte zu Grace' neuntem Geburtstag, unterzeichnet von Daddy Joe Joe, mit einem verschmierten Poststempel aus Nordlondon und einem Datum im Oktober.

Noch eine Geburtstagskarte für Gracie, ein Jahr später abgeschickt, dazwischen hat er nicht mehr geschrieben.

Mir ist in wenigen Wochen so viel zugestoßen – ich kann nur erahnen, was sich in seinem Leben innnerhalb eines ganzen Jahres verändert haben mag.

Der Poststempel verrät, dass sie einen Tag nach ihrem Geburtstag abgeschickt wurde, also muss sie verspätet angekommen sein. Ich kann mir vorstellen, wie meine Mutter auf die Karte gewartet hat, um sie mit den anderen zu verstecken, voller Angst, als sie nicht wie geplant eintraf. Ich frage mich, ob sie erleichtert war, als irgendwann keine Post mehr kam – oder ob ihre andere Seite, die sie mir in dem unsagbar traurigen Brief offenbart hat, es bedauerte.

Ich werde es nie erfahren, und ich stürze mich mit den anderen in die forensischen Untersuchungen.

Das Datum auf dem Umschlag ist deutlich zu erkennen, der Ort aber verschmiert. Doch es gibt einen Extrahinweis – einen Stempel, der stolz das 75. Jubiläum eines Ortes oder einer Organisation namens Pinefirth verkündet.

Keiner von uns hat je davon gehört, also macht sich Michael am Handy zu schaffen, während Belinda geistesabwesend über Daddy Joe Joes Handschrift streicht.

»Pinefirth ist ein Dorf beziehungsweise eine Kleinstadt in Middlesex«, verkündet Michael kurz darauf. »Auf Wikipedia steht – also muss es wahr sein –, dass es zwei Kirchen, einen Gemeinderat und eine Käsefabrik gibt. Weiterhin einen Bahnhof, gute Verkehrsanbindung und sonst nicht viel, abgesehen von – oh! Oh, Mann!«

»Was?«, fragen Belinda und ich wie aus einem Mund.

Es dauert unerträglich lange, bis er uns verlegen ansieht.

»Es gibt noch etwas in Pinefirth«, sagt er dann und kaut auf seiner Lippe. »Ein Gefängnis.«

27. Kapitel

Wir sitzen in Andrews perfekt aufgeräumtem Wohnzimmer und drehen uns im Kreis, während wir überlegen, was mit Joe passiert sein könnte.

»Nur weil es dort ein Gefängnis gibt, muss er noch lange nicht drin gewesen sein«, sagt Michael. »Nach allem, was ihr erzählt habt, war er doch kein Krimineller. Klar, er hatte eine schreckliche Kindheit, aber darum muss er nichts so Schlimmes getan haben, dass er im Knast gelandet ist. Gute Menschen wie Joe kommen nicht ins Gefängnis ...«

Nicht dass ich viel Lebenserfahrung hätte, aber selbst für mich klingt das unfassbar jung und naiv.

Belinda schnaubt. »So einfach ist das nicht, Michael. Ich weiß nicht, was passiert ist, aber in der realen Welt kommen Leute manchmal ohne echten Grund ›in den Knast‹. Oder sie tun Dinge, die eigentlich nicht zu ihnen passen. Oder sie werden zum Äußersten getrieben.«

Ich nicke, verhalte mich aber still. Ich will nicht das Schlimmste annehmen, aber wir müssen es zumindest in Betracht ziehen.

»Wir müssen uns vergewissern, bevor unsere Phantasie mit uns durchgeht«, sage ich schließlich.

Dabei ist meine Phantasie längst mit mir durchgegangen. Ich male mir aus, dass Joe für ein Verbrechen eingesperrt wurde, das er nicht begangen hat, sehe ihn Prügeleien in der Dusche ausgesetzt und Waffen, die aus Zahnbürsten gefertigt wurden, das geballte Repertoire aller schlechten Gefängnisfilme, die ich je gesehen habe.

Zum Glück bleibt Belinda praktisch und gelassen. Sie mag zwar kein Strafrecht praktizieren, kennt aber sicher einige Straftäter.

»Ich rufe Liam an«, verkündet sie aus heiterem Himmel.

»Liam?«, wiederhole ich, während mein Verstand im Tempo eines Uraltmodems arbeitet.

»Ja, Liam. Er ist bei der Polizei. Er könnte ein bisschen für uns recherchieren.«

»Würde er das für dich tun? Gibt es da keine … Vorschriften?«

»Vermutlich schon, aber er macht es trotzdem. Für mich. Für Joe. Und weil er nicht gerade die hellste Kerze am Baum ist.«

Der Ausdruck fällt mir sofort auf, er ist so vertraut. Dann zähle ich zwei und zwei zusammen.

»Ist das etwa der Liam, der beim Verrückten Haufen gelebt hat? Der den Schuppen meines Vaters niedergebrannt hat?«

»Genau der«, erwidert sie grinsend. »Er war das schwarze Schaf dieser beschissenen Familie und ist zur anderen Seite übergelaufen. Er hat immer gesagt, das würde er Joe verdanken – weil der ihn gewarnt und gesagt hatte, er könne etwas Besseres aus seinem Leben machen. Joe hat ihn gedeckt, als es um den unglückseligen Vorfall mit dem brennenden Schuppen ging. Er war eines dieser Kinder, die einen Helden brauchen. Denen man sagen muss, was sie tun sollen. Zum Glück hat er auf Joe gehört und nicht auf sie, und so ist er bei der Polizei gelandet statt im Kittchen.«

Joe hatte es schwer, weil sie ihn korrumpieren und benutzen wollten und es ihn ungeheure Mühe gekostet hatte, sich gegen sie zu wehren. Nicht auf die schiefe Bahn zu geraten. Sie wären entsetzt, wenn sie wüssten, dass er einem ihrer Schützlinge empfohlen hat, sich einen richtigen Job zu suchen.

»Er ist immer noch im untersten Dienstgrad«, fährt Belinda fort, »und das wird sich vermutlich auch nicht ändern. Er ist für Kriminalitätsprävention zuständig, weil er die Unterwelt aus seiner Kindheit so gut kennt. In seiner Freizeit baut er Leuten kostenlos Alarmanlagen und neue Schlösser ein und engagiert sich in der Gemeinde. Er mag ein bisschen dämlich sein, hat aber das Herz auf dem rechten Fleck. Soll ich ihn fragen?«

Ich nicke wortlos, klammere mich an jeden Strohhalm.

Michael betrachtet stirnrunzelnd den Umschlag aus Pinefirth.

»Ich frage mich, warum er nicht im Gefängnis selbst abgestempelt wurde. Es sieht aus, als hätte Joe ihn irgendwo in der Nähe eingeworfen, wie jeder normale Mensch.«

»Das wäre typisch Joe«, antwortet Belinda für mich, während sie eine Nachricht an Liam schreibt. »Er konnte mit seinem Charme Vögel von den Bäumen locken, selbst wenn sie mit den Füßen am Ast festgeklebt waren. Er hätte nicht gewollt, dass Jess oder ihre Eltern erfahren, wo er ist, also hat er womöglich einen Wärter überredet, den Brief für ihn einzuwerfen.«

»Warum sollte jemand das tun? Gibt es da keine Vorschriften?«

»Jesus«, erwidert sie genervt, »warum hat es eure Familie nur so mit Vorschriften? Klar gibt es die. Aber nicht jeder hält sich dran. Gefängniswärter sind auch nur Menschen, und wie es aussieht, hat sich einer erbarmt und Joes Geburtstagskarte für seine Tochter im Himmel eingeworfen.«

»Oder«, sagt Michael und zeigt dramatisch mit dem Finger auf Belinda, »wir reagieren übertrieben. Spekulieren wild in der Gegend herum, dabei sind wir doch keine Spekulanten.«

Wir starren ihn an, und er welkt förmlich vor unseren Augen dahin.

»Na schön, der war nicht so toll. Aber ich könnte recht haben – er muss nicht zwangsläufig im Gefängnis gewesen sein. Er könnte ebenso gut in einer Kneipe im Dorf gearbeitet haben oder sogar im Gefängnis selbst.«

»Nein«, sagen Belinda und ich wie aus einem Mund und lächeln traurig.

»Joe würde niemals im Gefängnis arbeiten«, erkläre ich. »Völlig ausgeschlossen. Er misstraut allen staatlichen Organisationen, vor allem Polizei und Justiz. Er hat seine eigenen Moralvorstellungen, würde aber nie so weit gehen und in einem Gefängnis arbeiten.«

»Eigentlich wundert mich das nicht«, fügt Belinda hinzu. »Wenn ich an die Moralvorstellungen des Verrückten Haufens und Joes frühe Kindheit denke und die Tatsache, dass die Polizei ihn aus seiner leiblichen Familie geholt hat … Natürlich kann er es sich mit seinem erwachsenen Verstand erklären, aber das ändert nichts daran, dass all das Spuren hinterlassen hat – er war erst drei oder vier. Er muss fürchterliche Angst gehabt haben, als man ihn aus der einzigen Familie wegholte, die er je gekannt hatte.«

Das stimmt, und der Gedanke daran ist herzzerreißend. Der kleine Joe, den man gegen seinen Willen aus seinem Zuhause holte, weil seine Eltern ins Land der Drogen abgetaucht waren. Ich sehe ihn vor mir, verängstigt, aber voller Gegenwehr, wie man ihn in ein Polizeiauto verfrachtet, mit Sirene und Blaulicht auf die Wache bringt und wohlmeinenden Sozialarbeitern übergibt, die ihn ins Fürsorgesystem einspeisen.

Es hätte für ihn der Anfang eines neuen Lebens sein können – eines besseren Lebens. Doch er war mit seinen Pflegeeltern vom Regen in die schlimmste nur denkbare Traufe gekommen. Kein Wunder, dass er sich so aufmerksam um Gracie kümmerte und so fest entschlossen war, ihr nur Liebe und Sicherheit zu schenken.

»Wir sollten etwas gegen den Verrückten Haufen unternehmen«, sage ich. »Wir sollten sie stoppen. Wenn wir Joe finden, hilft er uns vielleicht. Und Liam womöglich auch – auf ihn würden die Leute hören.«

»Glaub mir, ich habe ihn darauf angesprochen«, sagt Belinda und schaut wieder aufs Handy. »Doch obwohl er Polizist und weit über eins achtzig und erwachsen ist, hat er immer noch ein bisschen Angst vor ihnen. Wir können ein anderes Mal darüber reden – er ruft mich in fünf Minuten an. Ich gehe mal in eine stille Ecke.«

Sie verlässt das Zimmer, und Michael und ich sitzen schweigend da. Meine Gedanken wirbeln in tausend Richtungen, und keine von ihnen ist gut. Es erinnert mich an eines dieser Bücher, in denen man selbst den Fortgang der Handlung bestimmt – wenn du den Dämon angreifst, blättere weiter zu

Seite 99, wenn du dich vor dem Dämon versteckst, lies auf Seite 62 weiter. Jedes Schicksal verläuft ein bisschen anders.

Doch in dieser ganz speziellen Geschichte führt jede Entscheidung an einen unerfreulichen Ort.

Jahre später hatte Joe noch diesen einen Brief geschickt, in dem stand, er habe sich aus bestimmten Gründen jahrelang nicht gemeldet. Denkbar, dass er in einer Zelle gesessen hatte, was jeden Menschen bis zur Unkenntlichkeit verändern würde. Kein Wunder, dass er geglaubt hatte, ich würde den Mann, zu dem er geworden war, nicht mehr erkennen.

Er könnte noch dort sein – der letzte Brief kam aus London, aber auch dabei könnte er das System umgangen haben. Die grundlegende Veränderung, von der er gesprochen hatte, könnte seine Entlassung, aber auch die Überführung in ein anderes Gefängnis sein.

Wenn er noch dort ist, besuche ich ihn. Vielleicht habe ich mir unsere Wiedervereinigung anders vorgestellt, vielleicht ist sie nicht der Stoff, aus dem man romantische Komödien und märchenhafte Träume macht, aber er wird immer noch Joe sein. Wir werden immer noch wir sein. Es ist mir egal, was er getan hat oder wo er ist. Er wird immer noch Joe sein.

Belinda kommt ins Zimmer, sie wirkt belustigt.

»Mit dem Mann zu reden ist wie einen Sack Flöhe hüten. Man muss ihm alles sehr genau erklären. Er will zusehen, was er herausfindet. Falls Joe verhaftet wurde, kann er das im Polizeiregister nachverfolgen. Ich habe ihm Joes Geburtsdatum und einen ungefähren Zeitraum genannt. Jetzt können wir nur abwarten.«

28. Kapitel

Meldender Beamter: JOHN WALKER (PC, 499)

Datum des Vorfalls: 14.09.09

Zeitpunkt des Vorfalls: 14:30 Uhr

Zeitpunkt der Festnahme: 15:15 Uhr

Zeugenaussagen: BEIGEHEFTET, UNTERZEICHNET

Aussage: Ich wurde um 14:41 Uhr während meines Streifendienstes zum Schauplatz eines Vorfalls in der U-Bahn-Station Kentish Town gerufen. Dabei befand ich mich in Begleitung von PC CLARE BAKER (527).

Beim Eintreffen bemerkten wir das Opfer, später identifiziert als Steven Kennedy, das nach einer körperlichen Auseinandersetzung mit dem Beklagten, später identifiziert als Joseph Ryan, ärztlicher Versorgung bedurfte. Der Rettungsdienst wurde gerufen und traf um 14:59 Uhr ein. Mr. Kennedy wurde vor Ort wegen Platzwunden, Hämatomen und des Verdachts auf Nasenbeinbruch behandelt, bevor er in stationäre Behandlung verbracht wurde.

Mr. Ryan befand sich in einem erregten Zustand und wurde vom Bahnhofspersonal festgehalten. Die ersten Ermittlungen ergaben Hämatome und Schürfwunden an Mr. Ryans Fingerknöcheln sowie Blutspritzer auf seiner Kleidung. Er begegnete den Versuchen, ihn am Schauplatz des Vorfalls zu befragen, feindselig und wurde später in die Polizeiwache Camden verbracht.

Von den vorstehend genannten Verletzungen abgesehen, die er vermutlich bei seinem Angriff auf Mr. Kennedy erlitten hatte, war Mr. Ryan körperlich unversehrt. Er weigerte sich, mit mir und PC Baker zu kooperieren, wurde aber nicht gewalttätig.

Auf die Frage, weshalb er Mr. Kennedy angegriffen habe, entgegnete Mr. Ryan: »Er hat seinen Hund windelweich geprügelt und sollte mal merken, wie sich das anfühlt.«

Mr. Kennedy befand sich in der Tat in Begleitung seines Hundes – eines weiblichen, etwa zwölf Jahre alten Staffordshire Bullterriers namens Maisie. Zeugen, die sich in der U-Bahn-Station befanden, bestätigten, dass Mr. Kennedy den Hund wiederholt getreten und als »nutzloses Stück Scheiße« bezeichnet habe.

Der Hund, den Tierschutzmitarbeiter später als »ausgemergelt und vernachlässigt« bezeichneten, wurde vom Schauplatz entfernt. Gegen Mr. Kennedy könnte es ebenfalls zu einem Verfahren wegen der Misshandlung des Hundes kommen.

Mr. Khalil Ahmed, der diensthabende Stationsvorsteher, meldete den Vorfall und wurde vor Ort befragt. Mr. Ahmed war sichtlich erschüttert, lieferte aber einen klaren Augenzeugenbericht, der von drei weiteren Zeugen bestätigt wurde, siehe Anlage.

Auf die Frage, wie es zu dem Vorfall gekommen sei, erklärte Mr. Ahmed, dass er Mr. Ryan und Mr. Kennedy vom Sehen kenne, da sie regelmäßig die U-Bahn-Station benutzten. Er beschrieb Mr. Ryan als »angenehm und höflich, er wünscht mir immer einen guten Morgen, ist nie wütend, wenn die Fahrkartenautomaten kaputt sind, wie so viele andere Leute«.

Er erklärte, Mr. Kennedy nutze ebenfalls regelmäßig die Station, oft in Begleitung seines Hundes. Mr. Ahmed war zurückhaltend, als es darum ging, Mr. Kennedy zu beschreiben, und gab lediglich zu Protokoll, dass er oft wütend und verärgert wirke.

Mr. Ahmed erklärte, Mr. Ryan habe mitangesehen, wie Mr. Kennedy den Hund trat, und sei eingeschritten, um ihn an einer Wiederholung zu hindern. Mr. Kennedy habe Mr. Ryan »wüst beschimpft« und gesagt, er solle sich um seinen eigenen Kram kümmern. Er fügte hinzu, Mr. Kennedy habe mehrere Wörter benutzt, die er ungern wiederhole, doch weitere Befragungen ergaben, dass er Mr. Ryan als »beschissenen Wichtigtuer« und »Zigeunerbastard« bezeichnet hatte.

Als Mr. Kennedy den Hund erneut trat, habe Mr. Ryan »die Beherrschung verloren«. Weitere Augenzeugen beschrieben, Mr. Ryan haben Mr. Kennedy mehrere Boxhiebe ins Gesicht versetzt.

Auf die Frage, ob die Auseinandersetzung beidseitig gewesen sei, erwiderte Mr. Ahmed, Mr. Kennedy »habe keine Chance gehabt«, und dass sich Mr. Ryan erst beruhigt habe, als er ein kleines Kind bemerkte, das mit seiner Mutter in der Nähe stand. Das Kind, begleitet von Mrs. Aisha Johnson – Zeugenaussage anliegend – weinte und war sichtlich aufgewühlt.

An dieser Stelle entschuldigte sich Mr. Ryan bei Mrs. Johnson und sagte angeblich zu Mr. Kennedy, er werde seinen »verdammten Hund an sich nehmen«, worauf er versuchte, nach der Leine zu greifen, an der das Tier befestigt war. Mr. Kennedy, der sich zu diesem Zeitpunkt am Boden befand, erwiderte daraufhin: »Das machst du nicht, du diebische Drecksau, das ist mein Hund, und den trete ich, sooft es mir gefällt.«

Mr. Ahmed und eine weitere U-Bahn-Angestellte – Miss Chantelle Mayhew – schritten ein, um eine weitere körperliche Auseinanderset-

zung zu verhindern. Miss Mayhew stellte sich zwischen das Opfer und Mr. Ryan und bildete nach ihren Worten »eine Art menschliche Barriere – ich war mir ziemlich sicher, dass ein Mann, der eine Prügelei anfängt, um einen Hund zu beschützen, keine Frau schlagen würde, und ich hatte recht«.

Miss Mayhew fügte hinzu, dass Mr. Ryan sie zwar in keiner Weise bedroht habe, sie aber dennoch Angst gehabt hätte. In ihrer Aussage bittet sie darum, festzuhalten, dass Mr. Ryan sich bei ihr entschuldigte, nachdem er ihre Angst bemerkt hatte, und konstatierte weiterhin, dass Mr. Kennedy »ein Riesenarschloch« sei und ihrer Ansicht nach »nur bekommen hat, was er verdient«.

Mr. Ryan wurde in Gewahrsam genommen und soll weiter befragt werden. Mr. Kennedy wurde aus dem Krankenhaus entlassen, nachdem er jede weitere Behandlung verweigert hatte. Alle Versuche einer nachfolgenden Befragung Mr. Kennedys haben sich als erfolglos erwiesen, da er sowohl bei der polizeilichen Befragung als auch im Krankenhaus eine falsche Adresse angegeben hatte.

Dr. Emile Dabrowski, der Mr. Kennedy in der Notaufnahme behandelte, berichtete, dieser habe mehrere Krankenhausangestellte beleidigt, eine Krankenschwester als »Kanakin« bezeichnet und Dr. Dabrowski vorgeworfen, sich illegal in Großbritannien aufzuhalten.

Alle Zeugenaussagen und Tatortfotos sind beigefügt.

29. Kapitel

»Na ja, er mochte Hunde immer gern«, sagt Belinda, nachdem wir den Bericht gelesen haben. Joes Gewaltakt scheint sie völlig kaltzulassen, was ich von mir nicht behaupten kann.

Der Joe, den ich kannte, war nie gewalttätig gewesen. Hart schon, und mit unübersehbarem körperlichem Selbstvertrauen, doch hatte ich nie erlebt, dass er sich mit jemandem geprügelt hätte. Er hatte mal gesagt, dass man sich am besten vor Gewalt schützte, indem man tat, als hätte man keine Angst davor – mit der richtigen Körperhaltung und Ausstrahlung legten sich Leute gar nicht erst mit einem an.

Wir warten auf weitere Informationen, die Liam angeblich auftreiben kann, und essen in Andrews Küche frische Croissants. Er macht sich für seinen Arbeitstag bereit und bietet uns an, bei Bedarf nachzuschauen, ob es weitere medizinische Unterlagen zu dem mysteriösen Mr. Kennedy gibt.

»Ich darf euch natürlich nichts über seine Behandlung oder seinen Gesundheitszustand sagen … aber ich helfe, soweit ich kann.« Dann macht er sich auf den Weg.

Belinda nickt nur, doch ich bin im Zwiespalt. Liam legt die Vorschriften sehr großzügig aus. Andrew hat das Gleiche angeboten. Die Sache gerät außer Kontrolle.

»Wir ziehen viele Leute mit hinein«, sage ich und schiebe das Croissant weg, weil mir der Appetit vergangen ist. »Viele Leute verstoßen für uns gegen die Vorschriften.«

Belinda funkelt mich an, sieht geradezu furchteinflößend aus. Dann schüttelt sie ungläubig den Kopf. »Viele Leute verstoßen für uns gegen die Vorschriften, weil es ihnen wichtig ist. Joe ist ihnen wichtig, und du bist es auch. Die tun das aus Liebe und Loyalität und weil sie uns vertrauen – und das ist verdammt nochmal großartig! Komm mir jetzt nicht auf die Prinzessinnentour, Jess, okay? Es ist schwer genug, auch ohne deine zimperlichen Moralvorstellungen.«

Ihre Bemerkungen treffen mich unerwartet tief. Sosehr wir uns auch einer Freundschaft nähern, betrachtet mich Belinda immer noch ein bisschen als zimperliche Prinzessin. Als Baby Spice. Und dass ich Tränen in den Augen habe, macht es nicht gerade besser.

»Es war mein Geburtstag«, sage ich leise und wische mir verärgert die Tränen weg. »Der Tag, an dem es passiert ist. Er hatte mir immer eine Karte und Kaugummis geschickt, und das war das erste Jahr, in dem er es nicht getan hat. Ich weiß nicht, was ihm in diesem Jahr zugestoßen ist, aber er wurde an meinem Geburtstag verhaftet.«

Ich befürchte, dass er an jenem Tag besonders schlecht drauf war, noch näher an der Belastungsgrenze – so nah, dass irgendein Arschloch, dem er zufällig begegnete und das ein hilfloses Geschöpf misshandelte, das Fass zum Überlaufen brachte. Ihn daran erinnerte, dass er selbst ein hilfloses Geschöpf gewesen war, das misshandelt wurde.

Belindas Ausdruck wechselt zwischen Mitgefühl und Verärgerung. Sie räumt unsere Teller weg. »Na schön. Daran kannst du aber nichts mehr ändern. Wir können nur weitermachen – falls du das noch möchtest. Dann rede ich noch mal mit Liam. Er wollte herausfinden, was aus Joe geworden ist, nach Pinefirth. Er könnte noch dort sein – oder ist nach Sibirien emigriert. Und … es tut mir leid, okay? Ich hätte dich nicht so anblaffen sollen. So zimperlich bist du gar nicht mehr.«

Ich nicke und atme tief durch und gewinne die Fassung wieder, die mir einen Nanosekunde lang entglitten war.

»Ja. Ich will weitermachen. Und mir tut es auch leid.«

»Würde es helfen, wenn ich mich auch entschuldige?«, wirft Michael ein. »Ich habe sicher irgendwas falsch gemacht –«

»Darauf kannst du wetten«, sagt Belinda, als sie aus dem Zimmer geht. »Ich stelle dir eine Liste zusammen.«

Während sie mit Liam telefoniert, vertreiben wir uns die Zeit mit einem inhaltsleeren Gespräch über die Vorzüge von *Greatest Showman*, den Michael am Vorabend geschaut hat, weil er nicht einschlafen konnte. Es ist trivial und albern und genau das, was ich brauche, um mich zu beruhigen – und ich argwöhne, dass Michael, der viel einfühlsamer ist, als er zugeben will, das auch weiß. Er hat meine innere Panik bemerkt und hilft mir, damit klarzukommen.

»Das ist ein Wahnsinnsfilm«, sagt er und seufzt in seinen Kaffee. »Andererseits hasse ich ihn auch. Ich meine – diese Songs! Die manipulieren einen emotional – ich fühle einfach viel zu viel! Außerdem ist da noch dieses ganze Hugh-Jackman-Gesetz vom abnehmenden Ertrag und den negativen Auswirkungen auf den Rest der Menschheit.«

»Das was?«, frage ich lächelnd. Er versteht sich darauf, mich abzulenken, das muss ich ihm lassen. Ich habe sogar ein halbes Croissant gegessen.

»Das gibt es, ehrlich. Angenommen, es gäbe nur eine bestimmte Menge Talent im Multiversum, dann hätte Hugh Jackman für einen einzigen Menschen zu viel davon abbekommen. Hugh Jackman ist der Grund, aus dem andere Leute – nach seriösen Schätzungen bis zu tausend – hässlich sind, nicht schauspielern können, nicht singen können und in Unterhemden grauenhaft aussehen. Alles streng wissenschaftlich.«

Wie durch ein Wunder lache ich tatsächlich, als Belinda wieder hereinkommt. Leider lässt ihr Gesicht mein zartes Kichern sofort verstummen.

Sie setzt sich zu uns, sieht ernst aus. Ich male mir aus, was sie herausgefunden haben könnte. Dass Joe noch im Gefängnis sitzt. Dass er nach Sibirien ausgewandert ist. Dass er tot ist.

»Was ist los? Du siehst furchtbar aus. Er ist doch nicht tot, oder?«

Sie schneidet eine Grimasse und murmelt etwas, um Zeit zu gewinnen, während sie von ihrem Kaffee trinkt. Sie sieht angewidert aus, da er längst kalt geworden ist.

»Soweit ich weiß, nicht. Aber ich habe neue Informationen. Liam hat ein vollkommen unerwartetes Talent für echte Polizeiarbeit unter Beweis gestellt und so einiges herausgefunden. Nützliche Sachen. Überraschende Sachen. Sachen eben.«

»Verrätst du uns auch, was für Sachen das sind, oder müssen wir raten?«

Meine Stimme klingt schrill, vermutlich weil ich mich so fühle.

»Er ist nicht im Gefängnis. Sie haben ihn eine Weile in Untersuchungshaft behalten, weil er nicht mit der Polizei zusammenarbeiten, keine Aussage machen, sich nicht einmal einen Anwalt nehmen wollte. Der sture Idiot hat vermutlich das ganze Programm durchgezogen. Letztlich aber hatte die Polizei nichts gegen ihn in der Hand. Sie konnten Mr. Kennedy, den rassistischen Hundeschläger, nicht ausfindig machen. Folglich gab es auch keine Anzeige. Und die Zeugen wollten alle nicht so recht mit der Sprache heraus. Also hat man die Vorwürfe gegen ihn fallenlassen.«

Das klingt recht positiv – warum also sieht Belinda immer noch so düster aus? Ich widerstehe nur mit Mühe dem Drang, sie an den Schultern zu packen und die Antworten aus ihr herauszuschütteln, beherrsche mich aber. Es wäre unhöflich, und Belinda könnte mich bei etwas, das die Polizei als »Vorfall« bezeichnet, komplett auseinandernehmen.

»Aber das ist doch gut, oder?«, fragt Michael. Belinda ignoriert ihn und starrt stattdessen mich an.

»Liam hat die Adresse gefunden, an die er entlassen wurde.«

Ich nicke, sage aber nichts. Mir steht eine Enthüllung bevor, und sie glaubt, dass sie mir nicht gefallen wird.

»Schon gut«, sage ich. »Ich kann es verkraften. Baby Spice ist Geschichte.«

»Na schön. Joe wurde Ende Oktober 2009 aus der Haft entlassen. Und in Pinefirth abgeholt – von seiner *Frau*.«

30. Kapitel

Ich muss raus. Muss allein sein und mich bewegen.

Ich lasse Belinda und Michael zurück und streife durch die gepflegten Straßen, vorbei an prachtvollen georgianischen Reihenhäusern und anderen, die man lieblos in Wohnungen aufgeteilt hat; vorbei an schmiedeeisernen Geländern und kleinen Parks und japanischen Fastfood-Restaurants und Pizzaketten und Spirituosenläden und polnischen Delikatessengeschäften und blauen Plaketten an efeubewachsenen Mauern.

Ich merke kaum, wie ich Touristen überhole, die Rollkoffer hinter sich herziehen, und Pendler auf dem Weg zur U-Bahn, wie ich Radfahrern ausweiche und hupenden schwarzen Taxis und dem aufgestauten Verkehr, der sich die Baker Street entlangquält.

Ich laufe, weil ich laufen muss. Wenn ich stehen bleibe, löse ich mich auf, so wie die Böse Hexe des Westens, als sie den Eimer Wasser abkriegt.

Ich fühle mich auf eine Weise losgelöst von der Welt, die mir vertraut erscheint, auf die gleiche Weise vertraut wie eine alte Schulfreundin, der man zufällig auf der Straße begegnet und die man nie gemocht hat, mit der einen aber eine so lange

Geschichte verbindet, dass man sich letztlich mit ihr auf einen Drink verabredet, um mal in Ruhe zu quatschen, gleichzeitig aber fest entschlossen ist, in letzter Minute abzusagen.

Ich bin in eine Wolke der Distanz gehüllt, stecke in einer Blase, die mein Gehirn erschaffen hat. Ich spüre, wie mein Körper auf die Anspannung reagiert, wie er sich verkrampft und anspannt und zuckt, wie der Schmerz langsam wächst. Ich versuche, ihm freien Lauf zu lassen, damit er mir nicht vorgaukelt, ich sei dem Reich des Physischen entrückt.

Im Gehen streiche ich mit der Hand über eine Backsteinmauer, lasse meine Haut über die Höcker und Dellen in Mörtel und Gestein wandern, um nicht zu vergessen, dass ich real bin. Schmiere als Beweis ein winziges Fleckchen Blut auf meine Jeans.

Nach einer Weile bleibe ich mitten auf dem überfüllten Gehweg stehen und lasse die Menschen um mich herum fließen, als wäre ich ein Fels und sie die Stromschnellen. Ich werde geschubst und angestoßen und beschimpft – ich habe die Londoner Todsünde begangen, geschäftige Menschen in ihrem geschäftigen Leben aufzuhalten.

Ich horche auf die Autohupen und das gelegentliche Heulen eines Motors, auf den fernen Klang der rumpelnden U-Bahn und eine Fehlzündung, die wie ein Pistolenschuss klingt. Ich zucke zusammen und zwinge mich, das Geräusch zu identifizieren, mit den Folgen klarzukommen. Zu atmen.

Ich weiß nicht, wie lange ich unterwegs bin. Es könnte ebenso gut eine halbe Stunde wie ein ganzer Tag sein. Als ich zurückkehre, sieht Michael panisch aus und Belinda verärgert. Sie haben sich Sorgen um mich gemacht, und ich spüre eine unerwartete Wärme – was immer bei unserem Abenteuer herauskommt, es war zumindest keine Zeitverschwendung.

»Tut mir leid«, verkünde ich und lasse mich auf einem der hohen Küchenhocker nieder. »Ich brauchte ein bisschen frische Luft. Musste nachdenken.«

»Na super«, erwidert Belinda sarkastisch. »Und, hast du ein Heilmittel gegen Krebs entdeckt?«

»Leider nicht«, sage ich, ohne auf die Provokation einzugehen. »Aber ich bin zu einigen Schlussfolgerungen gelangt. Ich bin mir nicht sicher, ob wir weitermachen sollen. Mit der Suche nach Joe.«

Eine schwere Pause, eine Stille, die förmlich darum bettelt, gefüllt zu werden.

»Wieso?«, fragt Belinda stirnrunzelnd. »Weil du herausgefunden hast, dass er verheiratet ist?«

»Ja«, sage ich und wappne mich gegen ihre Reaktion. Sie kaut auf der Unterlippe. Dann geht ihr übliches Gepolter wieder los.

»Das ist totaler Unsinn«, verkündet sie entschlossen. »Wir sind so weit gekommen – haben so viel herausgefunden –, und jetzt willst du aufgeben? Nur weil du eventuell kein Happy End bekommst? Jess, du musst doch geahnt haben, dass er vielleicht neu angefangen hat – alles andere wäre sehr naiv! Und aufzugeben, nur weil er jemand anderen kennengelernt hat, ist so ziemlich das Egoistischste, was ich je gehört habe.«

Sie schreit nicht, aber ihr Ton ist schonungslos, und sie hat die Hände zu Fäusten geballt.

Ich warte einige Herzschläge ab, um mich zu vergewissern, dass sie fertig ist, und antworte erst dann. Ich hatte mit dieser

Reaktion gerechnet und stimme Belinda sogar teilweise zu – aber die Sache hat zwei Seiten.

»Belinda, ich weiß, dass du sauer bist«, sage ich ruhig. »Aber das ist nicht der Grund. Ich bin nicht naiv oder werfe meine Rassel aus dem Kinderwagen, nur weil ich kein Happy End bekomme – ehrlich gesagt, hat mich nichts in meinem bisherigen Leben je dazu gebracht, an ein Happy End zu glauben.«

»Warum denn dann? Warum willst du jetzt aufgeben?«

»Weil es, wie du selbst gesagt hast, aussieht, als hätte Joe neu angefangen. Er hat geheiratet. Er hat womöglich Kinder, einen Job, ein ganz neues Leben. Vielleicht genau das Leben, das er verdient hat. Er könnte tatsächlich *glücklich* sein.«

Ich halte inne, während sie nachdenkt, und dränge dann weiter: »Und falls es so ist, wird es ihm nicht guttun, wenn ich in sein Leben platze. Alles auf den Kopf stelle. Es versaue. Wenn ich das, was er sich aufgebaut hat, kaputt mache.«

»Sie ist nicht egoistisch«, wirft Michael ein und greift nach meiner Hand. »Sie versucht, das genaue Gegenteil zu sein.«

Belinda schweigt einen Moment und schlägt dann mit der Faust so heftig auf die Arbeitsplatte, dass die Kaffeetassen klirren.

»Verdammt, warum muss ich mich ständig bei dir entschuldigen?«

31. Kapitel

Am nächsten Tag packe ich meine verstreuten Habseligkeiten, was sich traurig und endgültig anfühlt, und breite noch einmal die kostbaren Briefe und Karten aus, bevor sie wieder in den Dora-Rucksack wandern.

Ich setze mich einen Moment auf die Bettkante in Andrews Gästezimmer und gestatte mir zu weinen – um mich, weil ich kein glückliches Ende bekomme. Um Gracie und weil sie kaum einen glücklichen Beginn hatte. Um meine Mutter und meinen Vater und die Menschen, die ich verloren habe.

Während ich still weine und mir schwöre, dass es das letzte Mal sein wird, bemerke ich einen der Umschläge, die Joe mir geschickt hat – leuchtend gelb und mit der Aufschrift »Lies mich, wenn du traurig bist«. Ich überlege, ob ich ihn aufheben soll, da mir noch viel Traurigkeit bevorstehen könnte. Dann öffne ich die Lasche, deren Kleber alt und brüchig ist.

Ich wische mir die Augen und lache fast, weil ich vielleicht zu traurig bin, um zu lesen, was ich tun soll, wenn ich traurig bin.

»Als du mit Gracie schwanger warst«, beginnt er, die Worte so klar, als stünde Joe bei mir im Zimmer, *»hast du wegen allem geweint. Du hast untröstlich geschluchzt, als Dusty Springfield*

starb, und »Son of a Preacher Man« in Endlosschleife gehört. Du hast geweint, als im Herbst die Blätter von den Bäumen fielen und als du einen Regenbogen gesehen hast und sogar bei Matrix. *Du hast versucht, mir zu erklären, dass du von Gefühlen völlig überwältigt wurdest – den guten, den schlechten und den hässlichen. Dass dich selbst schöne Dinge wie Vögel am Himmel oder Kinderlachen irgendwie traurig machten, weil sie so wunderbar und vergänglich waren.*
Ich weiß noch, wie ich dich nach einem besonders schwierigen Telefonat mit deinem Dad in den Armen gehalten habe und dein ganzer Körper bebte. Du warst tief verletzt und erschüttert und deinen Gefühlen hilflos ausgeliefert. Ich habe dich festgehalten und meine Wut auf deinen Vater unterdrückt und dich einfach nur getröstet. Es war schrecklich – aber du hast es herausgeweint und zugelassen, und dann war es vorbei. Es war einer dieser Augenblicke, in denen ich so glücklich war, dich in meinem Leben zu haben – du hattest keine Angst vor Gefühlen oder mir zu zeigen, was du empfandest.
Du warst so offen für Emotionen, das habe ich immer an dir bewundert, Jess. Du bist nie auf den Gedanken gekommen, sie zu unterdrücken oder zu verstecken – du bist geradewegs auf sie zugegangen, egal wie groß sie waren. Du hast dich ihnen gestellt und sie ertragen und schließlich besiegt. Wenn du jetzt traurig bist, dann denk daran: Irgendwann geht es vorbei. Auch Traurigkeit ist vergänglich. Jetzt umarme dich selbst und weine mal richtig.«

Ich befolge seinen Rat und schlinge die Arme um den Körper. Ich bin mir nicht sicher, ob Traurigkeit wirklich vergänglich ist – doch sie verwandelt sich vielleicht in etwas anderes, durch eine Art emotionaler Alchemie.

Ich schaue auf seine Worte und erinnere mich an diese Zeit unseres Lebens – an das Mädchen, das ich war, und die Frau, die ich jetzt bin; an den Jungen, der Joe war, und den Mann, der er sein könnte. Ich denke an alles, was geschehen ist und was nicht geschehen wird, und bin immer noch traurig. Aber die Traurigkeit ist nicht mehr allein. Sie ist jetzt mit Hoffnung vermischt – der Hoffnung, dass Joe tatsächlich glücklich ist. Der Hoffnung, dass er wirklich das Leben gefunden hat, das er verdient. Der Hoffnung, dass ich es eines Tages vielleicht auch finde. Vielleicht ist sogar Einsamkeit vergänglich.

Ich räume die Briefe weg, horche in das stille Haus und frage mich, wann Michael mich abholt und nach Hause bringt. Diese Reise machen wir zu zweit – Belinda bleibt noch hier.

Wir haben uns ausgesprochen, und sie versteht meine Entscheidung, will aber weitermachen. Sie will weiter nach Joe suchen und herausfinden, wie sein Universum nach all den Jahren aussieht.

Sie hat versprochen, dass wir in Kontakt bleiben. Ich weiß nicht, ob sie es ernst meint. Eine leise Stimme in mir überlegt, ob diese Kameradschaft nur ein kurzes Zwischenspiel war, das wir beide gerade brauchten.

Heute Morgen ist Belinda zu der Adresse gefahren, die Liam ihr gegeben hat. Ich weiß, dass Michael gern mitgefahren wäre, doch er ist hiergeblieben. Er befürchtete wohl, ich könnte zusammenbrechen.

So lieb es ist, ich brauche Zeit für mich allein, um mich auf die Rückkehr in die sogenannte Wirklichkeit vorzubereiten. Ich habe es ihm sanft beigebracht, und er verbringt den Morgen im Sherlock-Holmes-Museum, während ich packe.

Es ist seltsam, nach Hause zu fahren, wo ich praktische Entscheidungen treffen muss: ob ich das Haus meiner Mutter behalte oder verkaufe. Was aus meiner Arbeit wird. Ich bin finanziell abgesichert, doch klafft eine große Lücke, wo ein Lebensplan sein sollte. Das ist erschreckend und beglückend zugleich.

Ich könnte alles tun. Ich bin noch jung, bin gesund, habe noch Jahrzehnte vor mir. Ich könnte wieder jemanden kennenlernen. Ich könnte heiraten, sogar noch ein Kind bekommen. Wer weiß?

Das denke ich, während ich die gesammelten Fotos von Joe auf der Bettdecke ausbreite, jedes einzelne berühre, den Anblick seiner strahlenden Augen und seiner wilden Haare und des Lächelns genieße, das in der dunkelsten Zeit das dunkelste Zimmer erhellen konnte.

Nein, beschließe ich, das werde ich wohl nicht. Ich starre auf die Montage, diesen zusammengesetzten Joe, und weiß, dass etwas von mir immer bei ihm und Gracie sein wird. Was übrig bleibt, sind Reste. Aber das ist in Ordnung – nicht nur die Liebe macht einen zufrieden. Es gibt auch andere Wege, um glücklich zu sein.

Ich höre, wie die Haustür zuschlägt und Michael meinen Namen kreischt. Er läuft im Erdgeschoss herum und sucht nach mir, dann trampeln seine Converse die Treppe herauf.

»Jess!«, schreit er und poltert rot und verschwitzt und atemlos zur Tür herein.

»Was ist los?«, frage ich. »War das Sherlock-Holmes-Museum so aufregend?«

»Nein! Doch, schon, die hatten wirklich coole Sachen, und ich habe einen Deerstalker gekauft, aber … ich muss dir was anderes sagen!«

»Na schön.« Ich räume die Fotos zusammen und verstaue sie im Dora-Rucksack. »Was musst du mir sagen?«

»Belinda hat angerufen. Du bist nicht ans Handy gegangen. Sie ist zu der der Adresse gefahren, die Liam ihr gegeben hat, und sagt, wir müssen uns dort mit ihr treffen. Es sei wichtig.«

»Lieber nicht, Michael. Meine Entscheidung steht fest.«

»Sie hat gesagt, dass du das sagen würdest. Und dass ich dir dann sagen muss, du sollst nicht so blöd sein und deinen Arsch in Bewegung setzen. Es sei nicht, wie wir gedacht hätten, und es sei noch Arbeit zu erledigen.«

Ich starre ihn an und lese die Aufregung in seinen Augen.

»Da hättest du am liebsten ›Das Spiel beginnt‹ gesagt, was?«

»Klar, und wie! Aber ich sage es zu oft und bin jetzt sauer, weil ich es vorher verschwendet habe. Na los – komm mit, bitte! Du wolltest aus den richtigen Gründen nach Hause fahren – aber wenn du jetzt aufgibst, tust du es aus den falschen Gründen. Belinda würde dich nicht dorthin bestellen, wenn es nicht wichtig wäre. Sie will doch immer recht behalten. Also – sei nicht blöd!«

Seine Energie ist beinahe greifbar, sein schlaksiger Körper tanzt förmlich auf der Schwelle, seine Stimme klingt mit jedem Wort höher und nachdrücklicher. Einen Moment lang erstarre ich, zwischen zwei Schicksalen gefangen, bevor seine Energie auf mich überspringt.

Ich nicke und folge ihm die Treppe hinunter und nach draußen. Michael wirft sich praktisch vor ein schwarzes Taxi, und dann sind wir auf dem Weg nach Norden, vorbei am grünen Rand des Regent's Park, durch den Stau in Euston, vorbei am Gedränge des Camden Market.

Das Taxi lädt uns vor einer viktorianischen Villa ab, die

bessere Zeiten gesehen hat. Überall vielsagende Anzeichen einer WG: diverse Mülleimer vor dem Haus, eine lange Namensliste an der Tür, zu viele Autos auf zu wenig Platz.

Eine faszinierende Gegend, eine Mischung aus umgebauten Villen wie dieser und kleineren Einfamilienhäusern, dazu ein altmodischer Pub namens The Strawberry, der stolz an der nächsten Straßenecke thront.

Michael ist kaum zu bremsen, er zieht mich am Arm die ausgetretenen Stufen vor der Haustür hinauf. Er hat wohl Angst, ich könnte es mir anders überlegen.

Er drückt eine Klingel, und der Summer ertönt sofort. Der Flur ist hell erleuchtet, weiß gestrichen, mit vielen Briefkästen und Fahrrädern und einem Müllsack voller verschlissener Plüschtiere. Ein abgenutztes Hasenohr hängt einsam heraus und macht mich traurig.

Michael führt mich in den ersten Stock, wo Belinda uns erwartet. Sie zwinkert mir grinsend zu, als wir die Wohnung betreten.

Das Wohnzimmer ist nicht sehr groß, hat aber eine hohe Decke und einen schönen Blick auf die ehemaligen Stallungen dahinter. Es ist in verblichenem Fuchsia und Violett dekoriert, mit roten Samtvorhängen und einer Chaiselongue mit Zebramuster.

An den Wänden hängen Fotos in vergoldeten Rahmen, die eine zierliche dunkelhaarige Frau an abenteuerlichen Orten zeigen. Eins scheint aus den 1930er Jahren zu stammen – sie trägt Pilotenbrille und Lederjacke und steht wie Amelia Earhart neben dem Propeller eines kleinen Flugzeugs. Ein anderes zeigt sie auf einem Kamel in der Wüste. Dann wieder sieht man sie vor einer prächtigen Bergkulisse beim Skilaufen. Und am Fuß des Eiffelturms in einem Ballkleid mit einem Champagnerglas in der Hand.

Ich betrachte die Chaiselongue mit dem Zebramuster und die winzige Gestalt, die sich darauf drapiert hat. Sie muss hundert Jahre alt sein und hat die ausgetrocknete Haut eines Menschen, der sein Leben im Freien verbracht hat. Ihre Haare sind pures Silber, sie trägt sie kurz wie Audrey Hepburn, dazu einen grünen Jogginganzug von Adidas und rosa Turnschuhe. Sie grinst mich an, und das noch immer lebhafte Lächeln und die noch immer funkelnden braunen Augen bestätigen, dass sie die Frau auf den Fotos ist.

Ich weiß nicht, ob ich mich freuen soll, weil sie ihr Leben so gut gelebt hat, oder traurig sein, weil es hier, allein, in einer schlecht umgebauten Londoner Wohnung zu enden scheint.

»Dies«, sagt Belinda und deutet schwungvoll auf die verschrumpelte Gestalt, »ist Miss Ada Wilbraham. Ehemalige Archäologin, Weltreisende und Genießerin. Außerdem kennt sie Joe. Miss Wilbraham, das ist Jess.«

Sie schaut mich so eindringlich an, dass kein Zweifel an ihrer geistigen Klarheit besteht, und winkt mich neben sich.

»Wie reizend, Sie kennenzulernen«, sagt sie mit kultivierter Stimme. »Ich habe damals viel von Ihnen gehört.«

Sie streckt mir ihre winzige, runzlige Hand entgegen, deren Haut sich wie durchscheinendes Backpapier über die Knöchel spannt, und ich bin mir nicht sicher, ob ich sie schütteln oder den riesigen Diamantring küssen soll, den sie trägt.

Ich reiche ihr meine Hand, die sie sehr fest umschließt. »Sie armes Mädchen. Das Leben war nicht gut zu Ihnen, was?«

Die spontane Geste des Mitgefühls überwältigt mich.

Ich schüttle den Kopf, meine Lippen zittern. Für Miss Wilbraham brauche ich nicht tapfer zu sein – sie hat zweifellos viel mehr erlebt als ich, vermutlich kann sie nichts mehr schockieren.

»Woher kennen Sie Joe?«, frage ich und überlasse ihr weiter meine Hand.

»Na ja, wir haben uns wegen der lauten Musik kennengelernt und wegen der Beschwerde.«

»Joe hat zu laut Musik gehört?«, frage ich verwundert. Es passt nicht zu ihm, so rücksichtslos zu sein.

»Nein, meine Liebe, das war ich – Joe hat sich über mich beschwert. Natürlich sehr reizend. Möchten Sie die ganze Geschichte hören? Haben Sie Zeit für die Erinnerungen einer alten Dame?«

Ich nicke, und sie erwidert: »Sehr gut. Belinda hat mir erzählt, dass Sie alle auf der Jagd nach Joe sind. Ich wünsche Ihnen viel Glück dabei und würde um einen Gefallen bitten – falls Sie ihn finden, sagen Sie ihm, dass ich ihn liebe und noch immer vermisse. Er wird schockiert sein, dass ich noch am Leben bin!«

Bei den letzten Worten kichert sie und fügt hinzu: »Ganz ehrlich, mich schockiert es manchmal selbst, dass ich noch lebe … aber egal. Lassen Sie mich meine Geschichte erzählen. Sie beginnt am Silvesterabend des Jahres 2008 …«

32. Kapitel

Es gab nichts, das Ada mehr genoss, als im Mittelpunkt zu stehen. So war sie schon als Kind gewesen – hatte Teepartys und Picknicks organisiert und ihre Freundinnen in ihr Haus in Devon eingeladen, wo sie Sommerbälle für ihre Puppen und Teddys gab.

Nach Schule und College war der Zweite Weltkrieg ausgebrochen, und sie hatte sich durch ihn hindurchgefeiert – hatte mit der aufregenden, aber schweren Arbeit als Krankenwagenfahrerin im bombengeschüttelten London und herrlichen Abendgesellschaften jongliert, bei denen es Frühstücksfleisch, billigen Alkohol und hinreißend attraktive US-Piloten gab.

Ihre Reisen durch Afrika und Indien waren wunderbar gewesen: Sie hatte schwer gearbeitet, schwer gefeiert, exotisches Essen und Gewürze, Früchte und Getränke genossen und die exotischen Männer noch viel mehr. Es war geradezu berauschend gewesen, und sie wurde süchtig nach der Droge des Lebens. Nach dem Gefühl der Sonne auf ihrer Haut, wenn sie in den grellblauen Himmel hinaufblinzelte, nach dem Geräusch von Trommeln und Saiteninstrumenten, die fremdartige Melodien spielten, nach dem wunderbar simplen Genuss eines Gin Tonic auf Eis in einer dunklen Bar in einem entlegenen Winkel der Welt.

Jetzt ist sie eine alte Dame, eine sehr alte Dame – aber sie verspürt immer noch den Drang, das Leben zu feiern, die Menschen zu feiern, die Welt um sie herum kurios und aufregend zu finden.

Kentish Town ist nicht ganz so aufregend wie die Souks von Marokko oder die Salzebenen Namibias – aber da ist sie nun gelandet. Also finden die Partys eben hier statt.

Sie ist zufrieden, wenn sich Menschen in ihrer kleinen Wohnung drängen. Zufrieden, dass sie selbst mit über achtzig noch eine Meute um sich scharen kann.

Die Musik ist laut – die Rolling Stones, ein todsicherer Hit bei jeder generationenübergreifenden Party –, und die Menschen tanzen in der Mitte des leergeräumten Zimmers zu »Jumpin' Jack Flash«. Andere lungern auf dem Boden oder den Sofas herum, Gläser in der Hand, reden miteinander. Knüpfen Verbindungen. Es könnte sogar einige Romanzen geben, wenn 2009 beginnt, denkt sie mit einem Blick auf den nervösen Bibliothekar und die Blumenverkäuferin mit den prachtvollen Brüsten, die sich unterhalten.

Die Küche ist gerappelt voll mit Alkohol, Essen und Menschen – wie bei allen guten Partys ist die Küche der absolute Mittelpunkt. Clara ist da, mit Jennifer. Die beiden sind so jung, so schön, so verliebt – aber auch so schrecklich traurig. Natürlich können sie sich nicht an den Krieg erinnern – an eine Zeit, in der junge Liebespaare regelmäßig von Kampf und Tod und Invasion auseinandergerissen wurden. Oder wie die Verwandten ihres Vaters, die in Deutschland lebten, von Marschstiefeln, Gewehrläufen und knurrenden Hunden.

Doch sie erleben ihr eigenes Drama – sie sind jung. Sie sind verliebt. Sie werden durch die Umstände getrennt, die Welt geht für sie unter. Es ist furchtbar traurig, aber Ada glaubt, dass alles gut wird. Wenn man so alt ist wie sie, begreift man, dass das emotionale Trauma von heute die Dinnerparty-Anekdote von morgen ist.

Die Musik wechselt – Jack Flash hört auf zu springen und weicht Iggy Pops hinreißendem »Lust For Life«, das hoffentlich auf ihrer Beerdigung gespielt wird; vorausgesetzt, Plan A – die Unsterblichkeit – sollte scheitern. In der kurzen Pause zwischen den Stücken klingelt jemand, obwohl sie die Tür nur angelehnt hat.

Sie geht lächelnd durch den Flur, drängt sich an einem knutschenden Dichterpaar und ihrem Reflexologen vorbei, der auf dem Couchtisch Tarotkarten legt. Sie weiß, wer vor der Tür wartet, und es macht sie glücklich.

»Hoffentlich keine Beschwerde, Joe?«, fragt sie grinsend. »Ich habe vorsichtshalber das ganze Haus eingeladen.«

Er schüttelt den Kopf und reicht ihr die mitgebrachte Flasche Wein, und als er lächelt, ist sie wieder neunzehn und tanzt in den Armen eines Air-Force-Captain zu den Klängen einer Bigband.

»Nein, keine Beschwerde. Und ich muss sagen, Ada, du siehst heute Abend hinreißend aus.«

Sie lacht, dreht sich in ihrem voluminösen Batikkaftan und wedelt mit den Armen, als wären sie die Schwingen eines Schmetterlings.

»Einer der vielen Vorteile eines langen Lebens besteht darin, dass die ganze Garderobe irgendwann wieder modern wird!«

Sie ist winzig und barfuß und muss sich recken, um ihm eine beinahe schwarze Haarsträhne hinter das Ohr zu streichen.

»Und du, mein ewig Liebster, siehst zum Fressen aus. Wäre ich nur sechzig Jahre jünger …«

»Wenn du sechzig Jahre jünger wärst, würdest du mich keines Blickes würdigen; dann wärst du nämlich mit einem Prinzen oder George Clooney verheiratet«, antwortet er und folgt ihr ins Wohnzimmer. »Ich kann von Glück sagen, dass ich dich so spät im Leben erwischt habe.«

Joe sagt immer das Richtige. Er verfügt über die altmodischste und unterschätzteste aller Eigenschaften – Charme.

Er ist vor einigen Monaten in die winzige Kellerwohnung gezogen, die hochtrabend als Studio bezeichnet wird, aber eigentlich nur ein besserer Besenschrank ist. Er arbeitet als Hausmeister und bekommt vom Vermieter dafür einen gewaltigen Mietrabatt.

Sie haben sich kennengelernt, als Ada ihren Wagner zu laut gehört hat. Anscheinend war manchen Leuten nachts um zwei nicht nach Walkürenritt. Als es klopfte, stand Joe auf der Matte.

Zugegeben, sie hatte fast eine ganze Flasche Sherry intus und den Lautstärkeregler nicht ganz im Griff, aber Ada ließ sich ungern Vorschriften machen. Ihre Eltern hatten es versucht. Ihre Lehrer hatten es versucht. Ihre Kollegen hatten es versucht. Zuletzt hatten ihre Ärzte es versucht. Alle waren gescheitert. Mit Trotz hat sie es im Leben weit gebracht und beabsichtigt, dabei zu bleiben.

Doch etwas an Joe entschärfte die Situation sofort. Er hatte sich vorgestellt und mit seinem wunderbar fremdartigen Akzent gesprochen, und, na ja, er hatte ausgesehen, wie er eben aussah, dunkle geheimnisvolle Augen und schlanke Muskeln. Sie war alt, aber nicht tot – und Joe ein Leckerbissen.

Sie hatte ein stilles Dankgebet an Wagner und all jene geschickt, die seine Herrlichkeit nicht zu schätzen wussten, und Joe auf einen Drink eingeladen. Sie waren stundenlang aufgeblieben, hatten geredet und gelacht und waren seither eng befreundet.

Es hatte viele Vorteile, mit Joe befreundet zu sein. Man hatte Spaß mit ihm, und er flirtete geradezu unverschämt. Aber er konnte auch gut zuhören, war freundlich und geduldig und half einem still und heimlich. Ada war kein Mensch, der andere um Hilfe bat, doch bei Joe brauchte sie das auch nicht. Er merkte es auch so.

Kleine Aufgaben wurden schnell erledigt, kleine Reparaturen wortlos ausgeführt. Manche gehörten zu seinem Job, wie den Wasserhahn in der Küche zu reparieren, der seit mindestens fünfzehn Jahren tropfte, oder die Heizungen zu entlüften, wenn es kalt wurde. Anderes aber war typisch Joe – einmal bemerkte er, wie sie sich abmühte, einen der Küchenschränke zu öffnen, und brachte unaufgefordert Griffe an, die sie mit ihren arthritischen Fingern besser bedienen konnte.

Oder er hatte Blumenkästen gekauft und mit frischen Kräutern bepflanzt, nachdem sie ihm von dem Essen in den fernen Ländern erzählt hatte, die sie bereist hatte. Er hatte auch »zufällig« immer dann frei, wenn sie einen Arzttermin hatte, und musste »zufällig« in dieselbe Richtung.

Bei jedem anderen wäre sie beleidigt gewesen, weil er ihre Unabhängigkeit anzweifelte – doch Joe drehte es, als täte sie ihm einen Gefallen. Auch das war Teil seines Charmes.

Irgendwann hatte er ihr seine Geschichte erzählt. Er hatte

ihr Fotos seiner geliebten Gracie gezeigt, und sie hatten bei einer Flasche von Adas gutem Brandy, den sie vor langer Zeit aus Paris mitgebracht hatte, gemeinsam geweint. Auch sie hatte einmal ein Kind gehabt, eine kostbare kleine Seele namens Henry, der nach einer wilden Affäre mit einem norwegischen Ägyptologen unehelich in Kairo geboren worden war.

Der arme kleine Henry hatte nicht lange gelebt. Er wurde zu früh geboren und gedieh nie richtig, und die Medizin war damals nicht so weit wie heute – vor allem nicht in Kairo. Sie hatte sich immer gefragt, ob es geholfen hätte, wenn sie ins graue alte England mit seinen grauen alten Krankenhäusern zurückgekehrt wäre.

Ob sie jetzt eine exzentrische Großmutter wäre, die ihre Enkelinnen vergötterte, ihnen unerhörte Geschichten erzählte und sie nach dem Ballettunterricht zum Tee einlud. Aus irgendeinem Grund waren ihre imaginären Enkelkinder immer Mädchen.

So aber war sie einfach nur exzentrisch. Sie hatte einen Teil von sich mit Henry in der Hitze Nordafrikas gelassen, die die Haut schrumpfen ließ, und war danach nie wieder ganz dieselbe gewesen, so fröhlich sie auch erscheinen mochte.

Ada sprach nie über ihn – es war zu schmerzlich, und trotz ihrer vielen Reisen war sie auch zu britisch, um ihren Schmerz zu zeigen. Joe aber hatte sie davon erzählt und mit ihm zahllose Trinksprüche auf ihre verlorenen Kinder ausgebracht und auf das Leben, das ihnen verwehrt geblieben war.

Er hatte ihr auch von dem Mädchen erzählt, von Jess, und ihrem gemeinsamen Leben. Wie klug sie war, wie tapfer, wie er immer das Lied für sie gespielt hatte – Baby I love you.

Er hatte erzählt, wie der Unfall ihr Licht ausgelöscht und sie in eine Dunkelheit gestürzt hatte, aus der sie nicht herausfand. Er hatte in der Vergangenheit von ihr gesprochen und gesagt, es ginge ihr jetzt gut, hatte es mehrfach wiederholt, als wollte er sich selbst davon überzeugen.

Sie kannte Joe und wusste, dass er noch immer zutiefst bereute, dass er Jess nicht hatte helfen können. Er war ein junger Mann, aber eine alte Seele, und besaß die Gabe, Dinge in Ordnung zu bringen. Tropfende Wasserhähne, widerspenstige Küchenschränke, einsame alte Damen, die nicht zugeben wollten, dass sie einsam waren. Er musste sich nützlich fühlen, er konnte nicht anders – als versuchte er, seine angebliche Nutzlosigkeit auszugleichen, als hätten unfreundliche Hände schon früh tiefe Selbstzweifel in ihm gesät.

Als an diesem Abend die Uhren der Mitternacht entgegenticken und die Party um sie tobt, folgt er Ada durchs Gedränge, vorbei an dem Bibliothekar und der Floristin, die zu Tina Turners »Proud Mary« tanzen, vorbei an den Dichtern, die Absinth nippen, dem Reflexologen, der mit seinen Karten dem hübschen Ding, das im Strawberry bedient, weismachen will, das soeben aufgedeckte Symbol der Liebenden gelte für sie und diesen Abend.

Ada hat eine Idee, den Beginn eines Plans. Joe liebt es, Dinge in Ordnung zu bringen. Und sie kennt zwei Menschen, die das dringend nötig haben.

Sie führt ihn durch den klappernden bunten Perlenvorhang in die Küche, zu den Schalen voller Hummus und Tarama und Muhammara mit roten Paprika und dem Waschbecken voller Eiswürfel, in dem falscher Champagner gekühlt wird. Zu Clara und Jennifer, die mit verschränkten Händen und tränennassen Gesichtern in der Ecke hocken.

»Joe«, sagt sie lächelnd, »das sind Clara und Jennifer. Sie haben ein Problem.«

Die beiden jungen Frauen sehen verwirrt, verlegen, vor allem aber traurig aus.

»Tut mir leid, das zu hören«, sagt er wie erwartet. »Kann ich euch irgendwie helfen?«

Und so fängt die Geschichte an. Die Geschichte von Jennifer, die für sechs Monate nach London gekommen ist, um viktorianische Literatur zu studieren. Die ein Mädchen namens Clara kennengelernt und sich in sie verliebt hat. Deren Studienvisum 2009 ausläuft und die nach New Hampshire zurückkehren soll, wohin sie gar nicht will. Die Geschichte einer Zeit, in der es noch keine gleichgeschlechtliche Ehe gibt. Die Geschichte einer Frau, die verzweifelt in Großbritannien bleiben will – und die Geschichte des Mannes, den sie eines Abends auf einer Silvesterparty bei einer verrückten alten Dame kennenlernt.

Die Geschichte, wie Joe und Jennifer sich kennenlernen, sich nicht verlieben, aber trotzdem heiraten.

Ada lässt die drei allein, damit sie in Ruhe reden können, und kehrt ins Wohnzimmer zurück, wo gerade der betrunkene Countdown bis Mitternacht beginnt. Der Bibliothekar küsst die Floristin, die Thekenbedienung haut dem Reflexologen eine runter, und Ada lächelt. Heute Abend hat die verrückte alte Dame so einige Leben verändert.

33. Kapitel

»Es war also eine … Zweckehe?«, fragt Michael, der den Begriff sichtlich genießt.

»In der Tat«, erwidert Ada grinsend. »Joe mag ein attraktiver Typ gewesen sein, aber nicht so ganz der von Jennifer und Clara.«

Sie wendet sich zu mir, noch immer meine Hand in ihrer, und sagt: »Haben Sie etwas anderes geglaubt, meine Liebe? Haben Sie gedacht, er sei glücklich verheiratet?«

»Ja«, flüstere ich. »Und ich habe mich für ihn gefreut, ganz ehrlich. Aber …«

Ich lasse das Wort in der Luft hängen, weil ich nicht weiß, wohin es führt. Welch schrecklicher Gedanke – zu hoffen, dass jemand anderes unglücklich ist.

»Das ist doch nur menschlich«, sagt Ada und drückt meine Finger. »In Ihnen steckt immer noch das Mädchen, das sich auf den ersten Blick in Joe verliebt hat. Die trauernde Mutter, die sich danach sehnt, ihr Leben wieder zusammenzufügen. Das nimmt Ihnen niemand übel, Liebes. Wir sind alle unvollkommene Geschöpfe. Und was werden Sie jetzt machen? Wie sieht Ihr Plan aus?«

Das ist die große Frage. Was machen wir jetzt?

»Ich hatte gehofft, Sie könnten uns dabei helfen, Ada. Was ist aus ihnen geworden? Aus Joe und seiner … Frau?«

»Wie ich Belinda schon sagte, weiß ich nicht, wo Joe jetzt ist. Glauben Sie mir, ich hätte es mir nicht für eine dramatische Enthüllung aufgehoben, wenn ich es wüsste. Haben Sie von dem Gefängnisaufenthalt gehört? Wegen der Sache mit dem Hund und diesem furchtbaren Mann?«

Ich nicke und spüre, wie eine Welle des Entsetzens über mich hinwegflutet. Ich stelle mir Joe unwillkürlich dort vor – er hat es so gehasst, gefangen zu sein. Eingesperrt und kontrolliert zu werden. Es muss einer seiner schlimmsten Albträume gewesen sein.

»Nun, ich muss sagen, es hat ihn verändert. Danach war er nicht mehr ganz er selbst. Wir haben darüber gesprochen, aber so richtig offen war er nicht – er wollte mich wohl schützen. Joe war nicht sehr lange dort, aber länger als eigentlich nötig – und es hatte eine gewaltige Wirkung auf ihn. Ich war mir nie ganz sicher, was dort mit ihm geschehen ist. Und es nicht zu wissen, war natürlich noch schlimmer, da meine Phantasie vollkommen aus dem Ruder lief!«

»Ich glaube nicht, dass etwas Außergewöhnliches passiert sein muss«, sage ich. »Das Eingesperrtsein allein dürfte schlimm genug gewesen sein. Er … hatte keine schöne Kindheit, und darum war es ihm besonders wichtig, frei zu sein. Seine eigenen Entscheidungen zu treffen. So zu sein, wie er wollte, nicht so, wie das Schicksal es ihm scheinbar zugedacht hatte.«

Ada nickt, und in ihren dunklen Augen glänzen jetzt Tränen.

»Ich weiß, Liebes – Sie haben recht. Die arme Seele – er

war so ein guter Mensch, trotz allem. Denken Sie nur, was aus ihm hätte werden können, wenn seine Familie ihn geliebt und unterstützt hätte ... aber egal. Wir haben eine Weile weitergemacht wie vorher – offiziell war er mit Jennifer verheiratet und lebte mit ihr in der Wohnung im obersten Stock, wohnte in Wahrheit aber immer noch im Keller. Die Mädchen haben ihr Leben weitergeführt und wir das unsere.

Eines aber wollte er ändern: Er hatte beschlossen, die Vergangenheit ein wenig loszulassen. Gracie keine Geburtstagskarten mehr zu schicken. Im Jahr darauf, im Oktober 2010, feierten wir stattdessen eine kleine Teeparty für sie. Er wollte Sie nicht länger an sich binden – er dachte, dass die Karten, die er Ihnen jedes Jahr schickte, Sie vermutlich nur aufwühlten.«

Sie schaut mich mit einer hochgezogenen Augenbraue an und fragt sich wohl, was vorgefallen ist – warum ich ausgerechnet jetzt, nach all den Jahren, hergekommen bin.

»Ich wusste nichts davon«, antworte ich schlicht. »Ich war lange krank. Meine Eltern haben mir erzählt, Joe sei weggegangen, und haben seine Briefe und Karten abgefangen. Ich habe sie erst gefunden, nachdem meine Mutter kürzlich gestorben ist.«

»Wie furchtbar«, sagt Ada. »Dass Ihre Eltern Ihnen und sich selbst so etwas angetan haben, dass Sie das erleben mussten. Gut gemeint, aber eine riesige verfickte Scheiße.«

Michael prustet vor Lachen und wünscht sich vermutlich, Ada könnte ihn adoptieren.

»Also weiter im Text. Um 2013 veränderte sich etwas. Clara und Jennifer wollten in die USA ziehen. Jennifer war mit ihrem Studium fertig und arbeitete mit Postgraduierten.

Sie schrieb auch an einem Buch – über die Rolle des Korsetts in feministischen Schauerromanen oder so –, und man bot ihr eine Dozentenstelle an einem dieser alten Colleges an der Ostküste an.

»Die drei waren mittlerweile eng befreundet, und sie boten Joe an, er könne gerne mitkommen – auf dem Papier war er ja Jennifers Ehemann. Zuerst wollte er nicht, er sei hier sesshaft geworden und damit zufrieden. Er sagte alles Mögliche, aber ich ahnte, dass er sich Sorgen um mich machte. Das war natürlich absolut inakzeptabel, was ich ihm auch sehr deutlich erklärt habe.«

Sie lacht bei der Erinnerung, und ich kann mir die Szene genau vorstellen – was die Willensstärke angeht, war ihr der arme Joe hoffnungslos unterlegen. Wie die meisten Leute. Aber sie hat recht – seit Manchester hatte er nirgendwo so lange gewohnt wie hier, und Ada war eindeutig die Hauptattraktion. Sie brauchten sich wohl gegenseitig.

»Ich habe ihm gesagt, er solle gehen«, fährt sie fort. »Ich sei eine starke, unabhängige Frau, und so sehr ich ihn liebte, würde mein Leben auch ohne ihn weitergehen. Insgeheim war ich schrecklich traurig – und das wusste er natürlich. Aber er wusste auch, dass ich nicht mehr in den Spiegel hätte sehen können, wenn ich ihn zurückgehalten hätte. Er sollte frei dahinfliegen, die Welt erforschen und sie so erleben, wie es mir vergönnt gewesen war.

Am Ende hat er gesagt, er würde nur gehen, wenn ich mir eine *Betreuerin* nehme.«

Sie erschauert bei dem Wort, als wäre es ein uralter Fluch, der einen Riesenkraken zum Leben erweckt.

»Eine Betreuerin! Ist es zu fassen! Jedenfalls habe ich nur

zugestimmt, damit er Ruhe gibt, war aber fest entschlossen, die Person wegzuschicken, sobald sein Flugzeug in der Luft war. Joe wollte persönlich jemanden aussuchen, der es mit mir aufnehmen konnte, so eine Frechheit! Und das hat er wohl auch. Er hat Karolina gefunden – mit K –, die gleich am ersten Tag mit einer Flasche polnischem Grasovka und einer Schachtel Cocktailzigaretten hier auftauchte. Da wusste ich, wir würden uns verstehen. Sie ist immer noch bei mir, und ich betrachte sie nicht mehr als Betreuerin. Sie ist meine Freundin. Sie nennt mich alte Hexe und beschimpft mich in verschiedenen Sprachen – Karolina ist sehr talentiert.«

Ich lächle, als ich mir die Gespräche der beiden ausmale – wie sie die Welt bei einem Glas oder zwei zurechtrücken, aus ihrem Leben erzählen, lästern und herumzicken und lachen. Und ich stelle mir Joe vor, der sich verzweifelt nach einem neuen Anfang sehnte, den Schritt aber nur machen konnte, wenn er Ada glücklich und versorgt wusste.

»Das war das. Wir haben eine nette kleine Party gefeiert, und dann sind sie in ihr Abenteuer gestartet. Joe ist noch eine Weile in Kontakt geblieben, hat mir Postkarten geschickt, aber irgendwann hörte es auf, und damit kann ich gut leben. Beim Abschied hatte ich gesagt, er müsse nicht ewig in Kontakt bleiben und solle kein Mitleid mit mir haben und sich keine Sorgen machen.

Ich habe fast ein ganzes Jahrhundert gelebt. Ich habe viele besondere Menschen an besonderen Orten kennengelernt und den meisten Lebewohl gesagt. Es gehört zum Leben, und man sollte deswegen nicht traurig sein. Man sollte nicht trauern, weil sie nicht mehr da sind, sondern glücklich sein, weil man sie alle gekannt hat, weil das Leben einem ihre Gegenwart geschenkt hat. Was bei manchen Verlusten schwerer ist als bei anderen, das weiß ich.«

Sie meint Gracie und ihr Baby und den abnormalen Verlust, den Eltern erleben, wenn ihr Kind vor ihnen stirbt.

»Ja, es ist schwerer. Aber Sie haben recht. Ich habe jahrelang versucht, nicht an Gracie zu denken, mich von den Erinnerungen nicht aus der Bahn werfen zu lassen. Aber erst jetzt, so viel später, begreife ich allmählich, dass ich mich erinnern muss. Ich muss weinen, und ich muss feiern. Ich hatte ein kleines Mädchen. Sie war clever und witzig und süß und wunderschön. Und das gilt, obwohl sie nicht mehr da ist.«

Sie nickt, und wir schweigen einen Moment, teilen Schmerz und Verstehen miteinander, Hand in Hand, im Einklang.

»So. Genug von dem trübseligen Gerede! Belinda, seien Sie ein Engel, geben Sie mir die Kiste aus dem Regal. Ja, die kleine Holzkiste. Ich habe einige Karten aufbewahrt, die Joe mir geschickt hat. Sie könnten Ihnen helfen – vorausgesetzt, Sie wollen Ihre Mission fortführen!«

Eine Pause entsteht, und Belinda und Michael sehen mich erwartungsvoll an. Ich soll entscheiden.

»Das werden wir«, sage ich nachdrücklich. Ich bin entschlossener denn je – vielleicht hat Ada mich inspiriert. »Wozu ist mein Erbe gut, wenn ich es nicht für eine wilde Jagd bis ans Ende der Welt verpulvern kann?«

»Richtig so!«, sagt Ada und öffnet die Kiste. Sie holt einen kleinen Stapel Postkarten heraus und legt sie auf die Chaiselongue, wo sie sich bunt vom verblichenen Zebramuster abheben.

»So«, verkündet sie, »sie sind zuerst nach Boston geflogen, wo sie bei Jennifers Eltern wohnen konnten. Ich weiß nicht hundertprozentig, was die Mädchen danach gemacht haben, aber Clara hat mir einmal eine Karte von der Universität geschickt, an der Jennifer arbeitet. Sie sah aus wie ein efeubewachsener Traum, aber voller angelsächsischer weißer Protestanten. Joe scheint allein weitergezogen zu sein – was durchaus verständlich ist, ich kann ihn mir auch nicht auf einem verstaubten Campus vorstellen.«

Sie breitet die Karten aus, die verschiedene amerikanische Wahrzeichen zeigen – die Golden Gate Bridge, die Space Needle in Seattle, Old Faithful im Yellowstone-Nationalpark, Mount Rushmore und einige andere. Die Nachrichten sind alle kurz und wünschen Glück: Happy Birthday, Happy Passah, Happy Diwali.

Ada bemerkt meine Verwirrung. »Ich bin sehr offen, was Religion angeht. Ich sage immer, wenn es einen Grund zu feiern gibt, nehme ich ihn mit – wir haben mal eine Party zum Neujahrsfest der Rastafaris gegeben!«

»Sieht aus, als hätte er den allerbesten Road Trip der Welt hingelegt –«, sagt Michael mit großen Augen und ehrfürchtiger Stimme. »Machen wir jetzt auch den allerbesten Road Trip der Welt?«

»Das ist eigentlich nicht nötig«, antworte ich, worauf Belinda nickt. »Er hat einfach Urlaub gemacht. Er wollte sich in der Welt umsehen und ist nie lange an einem Ort geblieben. Ich weiß, dass ich bis jetzt darauf bestanden habe, Joe auf Schritt und Tritt zu folgen, aber diesmal sollten wir die Abkürzung nehmen.«

»Das macht weniger Spaß«, seufzt Michael, »aber ich kann dich verstehen. Wo landen wir dann?«

Ada hält eine Postkarte hoch. »Die letzte ist fast zwei

Jahre alt. Sie kam aus New York, und er hat mir einen Happy Dhamma Day gewünscht, der meines Wissens buddhistisch ist. Aus New York habe ich mehrere Karten bekommen, daher vermute ich, dass er dort sesshaft geworden ist.«

Ich nehme ihr die Karte aus der Hand, die auf der Vorderseite die Freiheitsstatue und auf der Rückseite Joes vertrautes Gekritzel zeigt.

»New York –«, sagt Belinda und klingt so mutlos, wie ich mich fühle. »Warum ausgerechnet New York? Da wohnen Abermillionen Menschen. Warum hat er sich nicht in einem winzigen Dorf mit einem total ausgefallenen Namen niedergelassen, in dem es nur einen einzigen Joe Ryan gibt?«

»Ein bisschen Zuversicht, meine Liebe«, sagt Ada. »Zynismus macht alt.«

Ich sehe, wie Belindas Augen sich leicht verengen, aber sie schafft es bewundernswert, sich zu beherrschen, und brüllt die alte Dame nicht an. Michael spürt unseren Trübsinn und setzt entschlossen den Deerstalker auf.

»Ich will es sagen! Bitte, ich will es sagen! Dies ist der *perfekte* Zeitpunkt!«

Ich lächle und hebe ergeben die Hände.

»Das Spiel«, verkündet er feierlich, »ist noch im Gange!«

34. Kapitel

Wir landen in Newark und nehmen den Bus nach Manhattan. Es herrscht Partystimmung, Menschen reden in verschiedenen Sprachen durcheinander, Gelächter hallt durch den Innenraum, während wir durch Vororte und Tunnel und über Brücken fahren.

Ich war noch nie in New York. Im Grunde kenne ich nur wenig von der Welt. Ein paar Urlaube mit meinen Eltern, meist in den Norfolk Broads oder, wenn sie besonders abenteuerlustig waren, auf den Kanalinseln. Vor einigen Jahren bin ich zum Junggesellinnenabschied einer Lehrerin nach Barcelona geflogen und habe eine Abschlussklasse zum Schüleraustausch ins Loire-Tal begleitet. Kurzum, ich bin nicht gerade eine Globetrotterin.

Joe und ich hatten vom Reisen geträumt, damals vor langer Zeit. Wir hatten in seinem Ford Fiesta gelegen, die Vordersitze so weit wie möglich nach hinten gekurbelt, durch die Windschutzscheibe auf die Sterne geschaut und uns vorgestellt, wie groß die Welt war und was wir uns alles gemeinsam ansehen würden. Er hatte meine Hand gehalten und mir Geschichten erzählt, und alles war möglich erschienen. Die Galaxis war ein Ort der Wunder und nur da, um von uns entdeckt zu werden.

Aber dann wurde ich mit Gracie schwanger – und wir begaben uns auf eine ganz andere gemeinsame Reise. Sie war weniger exotisch – wir besuchten nicht die Pyramiden oder liefen über die Chinesische Mauer –, aber irgendwie noch befriedigender.

Nun bin ich mit Belinda und Michael hier, in einer Stadt, die niemals schläft – obwohl ich mich verzweifelt danach sehne.

Ich war in London geblieben, während Belinda und Michael in den Norden fuhren, um ihre Angelegenheiten zu regeln. Belinda musste berufliche Dinge klären und sich vergewissern, ob ihre Freundin weiterhin die Büropflanze gießen und den Kater füttern konnte, der den hochtrabenden Namen Mr. Poopy Pants Gonzalez trug. Michael musste seine Sachen im Haus seines Freundes abholen und zu mir bringen und unsere Pässe holen.

Die beiden hatten während unserer ganzen Reise Anrufe bekommen, auf Nachrichten geantwortet, über Dinge gelacht, die Freunde ihnen geschickt hatten, sich Fotos von Malachi angesehen. Ich hatte diese völlig normalen sozialen Interaktionen bemerkt, weil es sie bei mir nicht gab. Mein Handy hatte sich genau zweimal gemeldet – als sich Sean, der Pubbesitzer aus Irland, erkundigte, ob wir Fortschritte machten, und als Vodafone mir einen aufregenden neuen Tarif anbot.

Die Schule hat Ferien, und meine Mutter ist tot. Die bittere Wahrheit lautet, dass ich vom Planeten fallen könnte, ohne dass mich jemand vermisst.

Meine Welt ist in jeder Hinsicht klein, und das muss ich ändern. Momentan bin ich ganz darauf fixiert, Joe zu finden, doch egal wie diese Suche endet, muss ich mich mehr um mein eigenes Leben kümmern. Ich brauche Freunde und Hobbys und Menschen, die mir GIFs von Disney-Figuren schicken, um mich aufzuheitern. Ich muss auf Menschen zugehen und etwas riskieren und mich aus meiner Blase befreien.

New York ist ein guter Ort, um damit anzufangen, beschließe ich, als wir in Midtown den Partybus verlassen.

Wir checken im Hotel ein, trinken Kaffee und laufen durch die umliegenden Straßen, um den Jetlag zu bekämpfen. Es wird gerade erst dunkel, vertraute Wahrzeichen wie das Chrysler und das Empire State Building locken, und ich komme mir vor wie auf einem Filmset.

Alles ist lebhaft und laut: die Wolkenkratzer, die gelben Taxis mit ihren Hupen, die Lieferwagen, aus denen Gyros verkauft wird, die blinkenden Ampeln, die uns sagen, ob wir gehen dürfen oder nicht.

Ein steter Strom von Menschen, eine Flutwelle von Leuten schleppt uns mit sich über Gehwege und Straßen, vorbei an Cafés und Bäckereien und Bars.

Die menschliche Vielfalt ist grenzenlos: Obdachlose mit aufgerollten Schlafsäcken auf dem Rücken, Straßenmusiker, die die Beatles covern, Geschäftsleute in eleganten Anzügen, die in Headsets sprechen, lächerlich glamouröse Frauen in schwarzer Kleidung mit rotem Lippenstift, Touristen wie wir, die staunend nach oben schauen und dabei gegen Laternenpfähle rennen.

Schließlich landen wir in einer Kneipe mit einem altmodischen Namen wie Clarence's oder Clive's und setzen uns an die lange Theke. An den Wänden hängen Fernseher, in denen Baseball, Basketball und Golf läuft. Michael ist fasziniert von den exotisch klingenden Biersorten und dem Sport, für den er sich sonst nie interessiert. Er balanciert auf der Kante seines

Hockers und sprudelt vor Energie wie ein Kind im Zuckerrausch.

»Ich wette, die nennen das hier nicht American Football, oder?« Er deutet auf einen Bildschirm, vor sich einen Teller mit Mini-Burgern. »Ich wette, die sagen einfach nur Football. Mensch, das sieht gruselig aus – zum Glück sind die gut gepolstert. In der Schule haben sie mich gezwungen, Rugby zu spielen, und ich habe es gehasst. Allerdings hat es meine Sprinttechnik verbessert, weil ich immer versucht habe, den brutalen Tieren auszuweichen, die mich jagten …«

Belinda und ich verdrehen die Augen wie genervte Eltern nach einem hektischen Tag, während er weiterplappert.

»Alles gut«, sagt sie und klopft ihm auf die Schulter, »der kippt gleich um.«

»Von wegen – niemals!«, antwortet er und bricht dramatisch über der Theke zusammen.

Dann hebt er den Kopf, grinst über seinen eigenen Witz und fragt: »Was jetzt, ihr weisen Menschen? Oder wollen wir uns einfach amüsieren? Wäre nicht verkehrt. Habe ich euch von dem Mann erzählt, den ich vorhin draußen getroffen habe? Er sagte, er käme direkt aus Rikers Island! Klingt das nicht aufregend? Wie ein Ort, an dem sie eine Realityshow drehen oder einen Film, in dem Flugzeuge abstürzen und verschollen gehen, oder eine Story über ein Geheimlabor, in dem ein verrückter Wissenschaftler Nilpferde mit Menschen kreuzt.«

»Es ist ein Gefängnis«, sagt Belinda schlicht.

»Na ja, trotzdem aufregend. Und vielleicht ein bisschen krass. Aber egal … was jetzt?«

»Es hat vermutlich wenig Sinn, ziellos durch eine der größten Städte der Welt zu laufen. Wir sollten versuchen, Jennifer und Clara zu finden. Wir kennen ihre Namen und das College, an dem Jennifer arbeitet, also sollten wir uns morgen darum kümmern.«

»Du hättest sie auch von Großbritannien aus suchen können, oder?«, fragt Belinda und neigt den Kopf zur Seite.

»Ja, das hätte ich.« Ich beiße mir auf die Lippe. »Habe ich aber nicht. Und das hat Gründe.«

»Und die wären?«

»Also – na schön, vielleicht wollte ich, dass das hier noch weitergeht. Ich wollte nicht hören, dass er glücklich verheiratet ist und auf einem Milchbauernhof in Wisconsin lebt, und dann entscheiden müssen, ob ich herkomme oder nicht. Ich wollte nicht hören, dass sie keine Ahnung haben, wo er steckt, was die Reise nach New York sinnlos gemacht hätte. Ich wollte nicht, dass das hier vorbei ist.«

Belinda hört zu und nickt verständnisvoll.

»Es gibt aber keine Garantie, dass Jennifer und Clara noch am selben Ort leben. Oder noch Kontakt zu Joe haben.«

»Das weiß ich selbst.« Die Müdigkeit macht mich gereizt. »Aber sie sind unsere einzige Spur. Wir hatten nie besonders viel in der Hand – sind immer nur vagen Hinweisen gefolgt, haben mit vielen Leuten geredet und die Dinge selbst zusammengefügt. Ich kann nur hoffen, dass wir wieder solches Glück haben.«

Sie nickt und starrt auf einen der Bildschirme, auf dem Männer in Rot und Blau mit einem Schläger gegen einen kleinen Ball hauen. Sie kneift die Augen zu, als hätte sie eine außerirdische Lebensform gesehen.

»Ich weiß. Du hast recht. Ich bin nur total fertig. Als du damals in meine Kanzlei gekommen bist, hätte ich nie gedacht, dass wir es so weit schaffen. Das hast du gut gemacht, Baby Spice.«

Ich lächle und lasse es ihr durchgehen. Sie meint es nicht böse – sie weiß ja nicht, dass ich mich jung und naiv und nutzlos fühle, wenn sie mich so nennt, was ich auf keinen Fall sein möchte.

Alle Menschen, mit denen wir gesprochen haben, zeichnen ein Bild von Joe, das mich in meiner tiefverwurzelten Überzeugung bestärkt: Was immer zwischen uns passiert ist, was immer als Nächstes passiert oder auch nicht, er ist und bleibt ein wunderbarer Mensch.

Ich selbst bin das nicht. Ich werde mir nie verzeihen, dass ich damals so schnell aufgegeben habe. Dass ich ihn losgelassen habe, nur weil meine Eltern es wollten. Ich weiß, warum ich es getan habe. Ich war in Trauer, am Boden zerstört und krank. Ich brauchte die Struktur und die Sicherheit, die mir das Leben mit meinen Eltern bot. Aber verzeihen kann ich es mir nicht. Dass ich Joe aus meinem Leben gleiten ließ, vor allem aber, dass er das alles allein durchstehen musste. Wir beide hatten unsere Tochter verloren – aber er verlor auch alles andere.

Er hatte nie Struktur und Sicherheit erlebt – beides hatte er erst mit mir und Gracie gefunden, und dann hatte man ihm alles weggenommen. Es macht mich traurig bis ins Mark meiner schmerzenden Knochen.

Belinda sieht erschöpft aus, und Michael ist künstlich aufgeputscht, und ich bin kurz davor, vor lauter Müdigkeit und Selbstgeißelung vom Barhocker zu fallen.

Also hole ich den Umschlag aus dem Rucksack. Er ist lila

und darauf steht: »Lies mich, wenn du lachen musst.« Ich öffne ihn und lächle, als ich die Zeilen überfliege.

»Klopf, klopf«, sage ich und schaue Belinda und Michael an, bis sie zögernd antworten: »Wer ist da?«

»Kuh macht.«

»Kuh macht wer?«

»Nein, Dummkopf – Kuh macht muuuuuh!«

Es war der erste Witz, den Gracie je gelernt hatte, und sie hatte so sehr gelacht, dass ihr die Tränen herunterliefen und sie keine Luft mehr bekam. Sie erzählte ihn wirklich jedem, den sie traf.

Die Erinnerung daran und die verdutzten Gesichter meiner Begleiter bringen mich zwar nicht zum Lachen, aber schmunzeln muss ich schon. Es tut gut, sich daran zu erinnern, wie glücklich und voller Leben sie war. Gut genug, um mich bis zum nächsten Morgen zu tragen.

35. Kapitel

Wir zwangen uns, bis zu einer für New York akzeptablen Zeit aufzubleiben, tranken bis kurz vor Mitternacht an der Hotelbar und fielen dann in die riesigen Betten in den riesigen Zimmern.

Ich beginne den Tag am Frühstücksbuffet, zusammen mit Michael, der völlig hingerissen von dem kleinen Apparat ist, mit dem man selbst Waffeln backen kann. Die simplen Freuden des Lebens.

Wir lassen Belinda ihren Schlaf nachholen und platzieren uns in einer Lounge, ausgerüstet mit wenigen Fakten und der gewaltigen Macht des Internets.

Wie sich herausstellt, ist Jennifer Fischer eine große Nummer in der Erforschung englischer Schauerliteratur, was nun wirklich nicht alltäglich ist. Ihr Foto auf der College-Website zeigt eine ernst wirkende junge Frau mit wilden dunklen Locken und Sommersprossen auf blasser Haut.

Dort sind ihre Veröffentlichungen und Qualifikationen aufgeführt, zusammen mit einer veralteten Übersicht ihrer Seminare und Veranstaltungen. Von denen gibt es eine ganze Menge – offensichtlich gibt es ein Paralleluniversum voller Schauerliteraturfans, in dem *Die Drehung der Schraube* und *Der*

Mönch genauso aufregend sind wie der neueste Thriller von Lee Child oder der aktuelle Marvel-Film.

Der letzte Termin liegt fast ein Jahr zurück. Ms. Fischer hat damals angekündigt, ein Sabbatical zu nehmen, um an ihrem eigenen Roman zu arbeiten. Ich google ihn, und er klingt weniger intellektuell als erwartet – eine Dystopie für junge Erwachsene über eine entlegene Fischersiedlung auf einer Insel, die ein Weltuntergangsvirus überlebt, das den Rest der Welt infiziert hat. Wer weiß, vielleicht ist es ein modernes Gegenstück zur Schauerliteratur.

Dann wechsle ich zur Website ihrer Agentin, auf der wir erfahren, dass der Roman von einem großen Verlag gekauft wurde, der ihn im Dezember veröffentlichen wird, und es bereits eine Filmoption gibt. Tolle Aussichten für Jennifer. Die Kurzbiographie verrät uns, dass sie im ländlichen New Hampshire geboren und aufgewachsen ist, in Princeton und London studiert hat und inzwischen mit ihrer Partnerin und ihrer kleinen Tochter auf Hawaii lebt.

Wir folgen dem Link zu Jennifers eigener Website, einer eher düsteren Angelegenheit in Grautönen, auf der die leuchtend rote Schrift des Buchcovers den einzigen Farbfleck darstellt. In Hawaii ist es sechs Stunden früher als in New York, aber ich schicke trotzdem eine schnelle Mail über die Kontaktseite. Auf den Inseln ist tiefe Nacht – ich komme mir vor wie eine Zeitreisende, die sich von London auf New York und jetzt auch noch auf Hawaii einstellen muss.

Michael holt uns noch einen Kaffee, und als er zurückkommt, habe ich schon eine Antwort.

»Sie schreibt, wir können skypen«, sage ich, aufgedreht und nervös und müde zugleich.

»Was? Sie hat schon geantwortet? Ist ja krass …«

»Vielleicht bleibt sie die ganze Nacht auf und schreibt – würde ja zur Schauerliteratur passen.«

»Es gibt wohl nur einen Weg, um das herauszufinden.« Er lässt sich in seinen Sessel fallen. Michael wirkt heute stiller als sonst, er ist wohl verkatert. Er wirkt wie ein Spielzeug, dessen Batterie man entfernt hat, schlaffe Gliedmaßen und verlangsamte Sprache. Seine Haare stehen wild in der Gegend herum, und er erinnert mich an einen überdimensionalen unausgeschlafenen Teenager.

»Danke.« Ich tätschle sein Knie. »Für das hier. Dass du mitgekommen bist. Dass du mir Gesellschaft leistest. Dass du mich nie im Stich lässt.«

Er lächelt schwach und antwortet: »Gern geschehen, Schatz. Danke, dass du mich eingeladen hast. Es war … aufschlussreich. Gestern Abend habe ich übrigens beschlossen, dass ich annehmen werde. Belindas Angebot. Und meinen Eltern gestehen, dass ich eine furchtbare Verirrung der Natur bin.«

»Du bist keine furchtbare Verirrung der Natur – das darfst du nicht mal im Scherz sagen.«

»Aber so werden sie es sehen. Dad wird meinen Namen im Golfclub nie wieder erwähnen.«

Er sagt es leichthin, aber ich merke, wie sehr es ihn trifft.

»Vielleicht überraschen sie dich«, sage ich und hoffe, dass ich recht habe. »Du hast doch den Brief meiner Mutter gelesen und kannst nachvollziehen, warum deine eigene Mum so ist, wie sie ist. Vielleicht tut sie etwas Unerwartetes – also nimm nicht das Schlimmste an, bevor es tatsächlich passiert ist.«

»Du hast natürlich recht, Cousine«, sagt er und trinkt gedankenverloren einen Schluck Kaffee. »Außerdem, wie viel schlimmer könnte es noch werden? Ich liebe meine Eltern – aber ich kann nicht mein eigenes Leben ihrer Wohlanständigkeit opfern. Es ist so tapfer, was du hier tust, Jess. Das müsstest du nicht. Du hättest die Vergangenheit hinter dir lassen und ein nettes, ruhiges Leben führen können. Die ganze Jagd nach Joe war nicht einfach – aber du hast sie durchgezogen. Und Belinda ist … na ja, so ganz und gar sie selbst und stolz drauf. Ihr beide habt mich inspiriert.«

»Heißt das, du gibst uns auch die Schuld, wenn es beschissen läuft?«

»Natürlich! Aber egal … sollen wir jetzt skypen, Darling? Der sapphisch geneigten Miss Hunger Games ein Aloha schicken?«

Ich nicke und öffne Skype.

Jennifer meldet sich nach kurzem Klingeln. Ihr Gesicht erscheint auf dem Bildschirm, hinter ihr ein dunkles Zimmer. Ich finde Videochats eher unangenehm. Für mich ist es immer noch wie Science-Fiction, man sieht den Menschen, mit dem man telefoniert, ist sich aber nicht sicher, ob man auf die richtige Stelle schaut.

Jennifer ist älter als auf dem offiziellen Foto, hat aber immer noch die Sommersprossen und die wilden Locken. Einige Falten sind hinzugekommen und die Sonnenbräune – kein Wunder, da sie auf Hawaii lebt. Wir schweigen beide einen Moment, und dann begreife ich, dass sie mich ebenso aufmerksam mustert wie ich sie. Ich lächle und frage, ob sie mich hören kann.

»Hi! Ja! Ich kann Sie hören … nur zur Warnung, falls plötzlich Geschrei ertönt, ich foltere niemanden in einem Verlies. Meine Tochter hat eine Ohrenentzündung – das hat man mir jedenfalls gesagt, aber sie benimmt sich, als wäre es eine tödliche Krankheit. Ich habe sie gerade mühsam zum Schlafen bekommen und kann nicht garantieren, dass es so bleibt. Darum war ich noch wach, als Ihre E-Mail kam.«

»Schon gut«, sage ich. »Verstehe vollkommen. Kinder leben nur im Augenblick – was meist schön ist, aber wenn sie Halsschmerzen oder Bauchweh oder eine Ohrenentzündung haben, leben sie auch nur in *diesem* Augenblick. Wie alt ist sie?«

»Mary ist fast drei und hatte in den letzten Tagen nur wenige gute Augenblicke. Aber, Jess, es ist schön, mit Ihnen zu sprechen. Was kann ich für Sie tun? Sie haben gesagt, Sie suchen Joe.«

Ihr Tonfall und die Bereitschaft, mitten in der Nacht mit mir zu reden, verraten mir, dass sie ganz genau weiß, wer ich bin. Wie so viele Menschen, denen ich auf dieser Reise begegnet bin, weiß sie von meiner Vergangenheit, von Gracie und wie es mit Joe zu Ende gegangen ist. Oder wie er glaubt, dass es zu Ende gegangen ist.

Ich begreife, dass auch das ein Geschenk von ihm an mich ist: Keiner dieser Menschen – seine Mutter, Ada, Jennifer, Geraldine – ist mir auch nur im geringsten feindselig begegnet. Es hätte auch anders sein können. Er hätte mich zu Recht als die Frau darstellen können, die ihn aus ihrem Leben ausgeschlossen und ihm den Rücken gekehrt hat. Doch das hat er nicht getan.

Als mir das klarwird, durchflutet mich eine plötzliche Wärme, eine so starke Emotion, dass meine Wangen rot werden und kleine Schmetterlinge ihre Flügel in meiner Brust entfalten. Er sieht mich nicht als Bösewicht, das darf ich nie vergessen. Vielleicht kann auch ich eines Tages aufhören, mich so zu sehen.

Ich erkläre kurz, was wir gemacht haben, und Jennifer ist fasziniert von unserer Mission. Sie stellt viele Fragen und lässt sich genau erklären, wie uns jede kleine Information und jede scheinbare Sackgasse hierhergeführt haben, in ein Mittelklassehotel im Herzen New Yorks, wo ich mit einer Fremden auf Hawaii spreche, während mein Cousin seinen x-ten Cappuccino herunterkippt.

»Wow«, sagt sie, als ich ihre Neugier schließlich befriedigt habe. »Das nenne ich ein Abenteuer!«

Mir fällt ein, dass sie Schriftstellerin ist. Natürlich muss sie neugierig sein – das gehört wohl zum Beruf.

»Na schön«, sagt sie, nachdem sie sich flüchtig umgedreht hat, um zu hören, ob Mary noch schläft, »die Luft ist rein. Es tut mir wirklich leid, die Spielverderberin zu sein, aber ich kann Ihnen nicht das Happy End bieten, auf das Sie vielleicht gehofft haben.

Wir haben uns schon länger aus den Augen verloren … warum, weiß ich nicht genau. Ich war sehr mit meiner Karriere beschäftigt und Clara mit ihrer Forschung – sie hat auch eine Stelle am College. Molekularphysik. Joe hat schwer gearbeitet. Also hatten wir alle zu tun, aber … ich weiß trotzdem nicht, wie es dazu kommen konnte. Er ist uns einfach entglitten.«

Meine erste Reaktion ist bittere Enttäuschung – dann aber fällt mir ein, dass wir schon öfter an diesem Punkt waren. Wir sind vielen Menschen begegnet, die sich liebevoll an Joe erinnern und dennoch nicht wissen, wo er steckt. Er ist für viele zu einer geradezu legendären Gestalt geworden – er kam, er half, er ging weg, nachdem seine Aufgabe erfüllt war.

In gewisser Weise hat auch Joe nur ein halbes Leben gelebt, genau wie ich. Hat sich nie so ganz auf Menschen eingelassen, die ihn umgaben, hat immer etwas von sich zurückgehalten. Er war ihnen nie zu nah gekommen – denn wenn man das tut, hat man zu viel zu verlieren.

»Schon gut«, sage ich, als sie mich bedauernd ansieht. »Das Leben ist manchmal hektisch – vor allem mit Kindern. Und nach allem, was ich gehört habe, ist Joe ohnehin kein Mann, den man leicht festhalten kann.«

»Das stimmt. Eine treffende Beschreibung. Wir haben uns immer seltener gesehen, die Anrufe wurden weniger, geplante Treffen wurden abgesagt – und es lag nicht immer an uns. Es war beinahe, als wäre er bereit, weiterzuziehen, als wollte er sich befreien. Was unerfreulicher klingt, als es gemeint ist. Er war einfach … ruhelos. Körperlich und emotional – er konnte nie an einem Ort bleiben.

Vielleicht hätten wir uns mehr angestrengt, wenn wir uns nicht so auf unser eigenes Leben konzentriert hätten – aber so war es eben. Als wir das letzte Mal telefoniert haben, hatten wir gerade erfahren, dass Clara schwanger war. Er hat sich gefreut – aufrichtig gefreut. Aber ich habe da schon geahnt, dass wir nicht mehr von ihm hören würden – er glaubte wohl, dass es für ihn Zeit zum Loslassen war. Dass es uns auch ohne ihn gutgehen würde.«

»Das passt sehr gut«, sage ich und lächle traurig. Der arme Joe. Immer unterwegs, immer auf der Suche. »Können Sie mir sagen, wo er gewohnt hat, als Sie das letzte Mal mit ihm gesprochen haben? Irgendetwas, das uns helfen könnte?«

»Nicht viel. Er wohnte in New York, das steht fest. Er hat eine Weile für meine Eltern gearbeitet – sie haben eine Apfelfarm –, und ich weiß, dass er Freude daran hatte. Sie haben ihm zu viel bezahlt, ihn kostenlos bei sich wohnen lassen, waren so dankbar für alles, was er für mich getan hatte – und er war natürlich auch ein guter Arbeiter.

Dann ist er ein bisschen gereist und hat irgendwann in einer Kneipe beim Times Square gearbeitet. Madigan's oder Hanigan's oder so. Ich weiß, dass er gespart hat – Joe konnte immer von fast nichts leben. Mit dem Geld, das ich für einen neuen Pullover ausgab, kam er einen ganzen Monat aus …«

Jennifer sagt es lachend, aber sie hat recht – er war mit so wenig aufgewachsen, dass es zur Gewohnheit geworden war. Als wir zusammengezogen waren, hatte es ihm gar nichts ausgemacht, dass wir praktisch mittellos waren. Er hatte immer gearbeitet, immer gespart, immer geplant, wie er unser Leben besser machen könnte.

»Er sagte, er wolle ein Haus kaufen – eins, das renoviert werden musste, aber darauf verstand er sich ja. Darum wohnte er in einem schäbigen Zimmer neben der Kneipe und arbeitete so viel wie nur möglich. An den Namen der Kneipe erinnere ich mich nicht, aber ich habe möglicherweise noch die Adresse des Zimmers. Vielleicht hilft Ihnen das weiter. Wir haben ihm einmal Ada zu Ehren eine Happy-Hanukkah-Karte geschickt. Vielleicht habe ich auch noch seine Handynummer.«

»Ja, das würde mir helfen, vielen Dank. Schreiben Sie mir, wenn Sie etwas gefunden haben?«

Die Vorstellung, Joes Telefonnummer zu bekommen, ist – verlockend und erschreckend zugleich. Ada hatte sie nicht –

sie weigert sich aus Trotz, ein Handy anzurufen –, doch bei Jennifer könnte ich Glück haben. Was werde ich tun, wenn ich ihn anrufe und nur die Mailbox erreiche? Wie werde ich auf seine Stimme reagieren? Jedenfalls ist es eine Herausforderung.

»Klar doch«, erwidert sie rasch. »Tut mir leid, dass ich nicht mehr zu bieten habe. Als wir das letzte Mal miteinander gesprochen haben, wirkte er glücklich, falls das ein Trost ist. Oder immerhin zufrieden.«

Ja, das tröstet mich, und ich frage noch einmal, wann genau das war. Vor dreieinhalb Jahren, schätzt Jennifer.

Plötzlich wirkt sie abgelenkt, und ich kann im Hintergrund das klagende Geschrei eines Kindes hören.

»Eine Minute«, sagt Jennifer und legt das Handy weg. Ich sehe eine Zeitlang nur die Zimmerdecke, dann kommt sie zurück und setzt sich mit Mary auf dem Schoß wieder hin. Das Gesicht des kleinen Mädchens ist gerötet und fiebrig, blonde Haare kleben an rundlichen Wangen, sie reibt sich die Augen.

»Sag Jess mal hallo«, sagt Jennifer und hält der Kleinen das Handy vors Gesicht. »Sie ist eine Freundin von deinem Onkel Joe.«

Mary schreit in der schönen alten Tradition aller Kleinkinder, die sich nicht vorführen lassen wollen: »Nein, Mommy, nein – will nicht!« Dann versteckt sie sich an der Brust ihrer Mutter.

Jennifer will sich entschuldigen, doch ich unterbreche sie.

»Keine Sorge. Ich weiß, wie das ist … und ich habe Sie lange genug aufgehalten. Falls Ihnen noch etwas einfällt, haben Sie ja meine Nummer.«

Sie nickt und streicht Mary über die Haare, die Zeitverzögerung lässt ihre Bewegungen abgehackt erscheinen.

»Das mache ich. Und … falls Sie ihn finden …«

»Werde ich Joe von Ihnen grüßen. Und von Mary.«

Die Liste wird immer länger.

36. Kapitel

Der Times Square sieht fast so aus, wie ich ihn aus zahllosen Filmen und Fernsehserien kenne. Neonreklame und Menschenmassen und Straßenkünstler und gigantisch hohe Gebäude und lange Schlangen vor Schaltern, die verbilligte Broadway-Tickets verkaufen. Gewirr und Gedränge und eine seltsam ansteckende Aufregung.

Wir haben den Tag in verschiedenen Stadien der Erholung verbracht und sehr halbherzig Sightseeing gemacht, während wir darauf warteten, dass Jennifer uns genauere Informationen schickt.

Wir hatten im Hotel nachgefragt, aber der Empfangschef teilte uns mit, er kenne keine Kneipe namens Hanigan's oder Madigan's und es gäbe so an die sieben Millionen Kneipen in New York mit ähnlichen Namen. Sehr ermutigend. Michael suchte kurz im Internet, fand aber nichts heraus. Falls die Kneipenszene in New York so ist wie bei uns, ändern Pubs und Clubs auch hier ständig ihre Namen.

Es ist eine frustrierende Ruhepause, aber wir sind auch zu müde, um ziellos durch die gewaltige Metropole zu wandern. Nach der langen Reise und dem Flug ist es vermutlich ein Segen, mal einen Tag freizuhaben.

Um die Abendessenszeit sitzen wir in einer kleinen Pizzeria in Little Italy, rot-weiße Tischdecken und Opernmusik, Rotwein und Salamipizza, aus der orangefarbenes Öl quillt.

Da ruft Jennifer an. Ich hatte zwischendurch nicht nachgefragt, weil sie mit ihrem kranken Kind zu tun hatte und vermutlich selbst Schlaf nachholen musste.

Sie schickt uns eine Adresse und eine Telefonnummer. Es kommt mir vor, als würde ich die Telefonnummer stundenlang anstarren, und meine Hände zittern bei der Vorstellung, sie zu wählen. Bei der Vorstellung, seine Stimme zu hören, mit ihm zu sprechen, ihm zu erklären, dass ich gerade um die Ecke bin.

Das ganze Unterfangen war immer irgendwie hypothetisch – bis jetzt. Sicher, ich hatte geglaubt, dass wir ihn letztlich finden würden – aber es war ein bisschen, wie wenn man ein Lotterielos kauft und glaubt, den Hauptgewinn zu ziehen. Tief im Inneren weiß man, dass die Chancen gegen null tendieren.

Ich kann mir nicht vorstellen, was ich zu Joe sagen werde. Wie ich mich fühlen werde, wenn ich ihn sehe. Wie er sich fühlen wird, wenn er mich sieht. Tausend mögliche Ergebnisse reduzieren sich auf ein einziges: ich und Joe, die zum ersten Mal seit siebzehn Jahren miteinander reden. Siebzehn Jahre sind eine lange Zeit. In dieser Zeit wurden Menschen geboren und sind aufgewachsen, haben vielleicht schon eigene Babys. Regierungen haben gewechselt, die Sterne haben sich verschoben, Eiskappen sind geschmolzen, und jeder trägt einen winzigen Computer in der Hosentasche.

Ich habe mich verändert. Er wird sich verändert haben. Jetzt wird es real – womöglich treffen wir uns wieder, sind aber nicht mehr dieselben. So viel verbindet uns – Liebe, Erfahrung, Verlust. Es scheint undenkbar, dass sich all diese Bindungen aufgelöst haben sollen wie Schneeflocken im Regen, aber sicher kann ich mir nicht sein.

Er könnte wütend auf mich sein. Sein Herz könnte gebrochen sein. Er könnte – und das ist das schlimmste Szenario von allen – mir vollkommen gleichgültig begegnen. Er könnte zu dem Schluss gelangt sein, dass meine Eltern recht hatten: dass unsere Beziehung nicht mehr war als eine alberne Teenagerliebe, eine vorübergehende Schwärmerei, die von den Stürmen der Zeit davongeweht wurde, weil Gracie uns nicht mehr aneinander band.

Es fällt mir schwer, die Nummer zu wählen, die ich auf eine Serviette gekritzelt habe. Mein Handy liegt vor mir, und ich weiß, dass ich es tun muss – und schaffe es doch nicht.

Irgendwann nimmt Belinda mir die Serviette aus der Hand und wählt die Nummer selbst. Ich widerspreche nicht – es ist ihre Suche ebenso wie meine. Ich beiße so fest von innen auf meine Wange, dass ich rotes Metall schmecke, während sie wählt und wartet und den Kopf schüttelt.

»Der Anschluss ist tot«, verkündet sie. »Du kannst weiteratmen.«

Jetzt trotten wir durch eine erleuchtete Stadtlandschaft, die an Blade Runner erinnert. Ein Junggesellinnenabschied fährt auf Rollerskates an uns vorbei, und ein Streichquartett spielt lautlos auf Pappinstrumenten, was ihnen viel Gelächter und Geld in einem offenen Geigenkasten einbringt. Überall werben Plakate für *Wicked* und *The Book of Mormon* und *Chicago*, und der Geruch von Street Food hängt in der Luft. Selbst am Abend ist es noch heiß, als würden wir langsam dampfgegart.

Ich stelle mir Joe hier vor, wie er von dieser Energie zehrt, dem ungeheuren Potenzial. Es wäre ein guter Ort für ihn.

»Für eine so große, überaus verrückte Stadt«, sagt Michael und betrachtet den Stadtplan auf dem Handy – »ist sie erstaunlich gut organisiert. Wenn man das mit den Nummern und Querstraßen erst einmal kapiert hat, ist es eigentlich ganz einfach.«

Belinda schnaubt, und ich muss lächeln, da wir uns schon x-mal verirrt haben.

»Na schön, Bear Grylls«, sagt sie sarkastisch, »dann mal los.«

Er schaut sie vorwurfsvoll an und marschiert davon. Wir drängen uns hinter ihm durch die Menschenmenge, vorbei an einer Gruppe Breakdancer und den Ticketschaltern mit ihren Sicherheitsleuten und Absperrungen.

Wir überqueren den Broadway und gehen zur 42. Straße, wo Michael uns in eine Gasse führt, die man nur als den Arsch des Theaterdistrikts bezeichnen kann. Da draußen sind helle Lichter und hohe Häuser, aber dieser Ort liegt ganz schön versteckt.

Bisher sind die Menschen im Big Apple, entgegen aller Behauptungen, uns armen naiven Touristen freundlich und hilfsbereit begegnet, fast wie Erwachsene, die Dorothy und ihren Freunden auf der Yellow Brick Road in Oz begegnen.

Dieser Ort hier aber wirkt dunkler, nahezu bedrohlich.

»Oooh«, sagt Michael und schaut in die Hauseingänge, um die Nummern zu checken. »Das ist nicht gerade *Sex and the City*, was? Es macht mir ein bisschen Angst. Ich bin froh, dass wir Belinda bei uns haben.«

Sie lacht laut und hat Spaß daran, die Rolle der Beschützerin zu spielen. Ihre schweren Stiefel hämmern auf dem unebenen Pflaster.

Um mich abzulenken, konzentriere ich mich auf Stiefel und Pflastersteine und die Tatsache, dass ich vielleicht eine Ratte gesehen habe – denn ich weiß, dass wir durch eine Straße gehen, in der Joe gewohnt hat und vielleicht noch immer wohnt.

Auch seine Füße sind über dieses unebene Pflaster gegangen, seine Finger haben die rauen Ziegelsteine dieser Mauern berührt, seine Lungen haben die feuchte Luft eingeatmet, die nach abgestandenem Bier und Müll riecht. Er hat sein Spiegelbild in den Fenstern der geschlossenen Läden gesehen.

Wir könnten in die nächste Kneipe gehen und ihn dort entdecken. Vielleicht steht er hinter der Theke, bedient Gäste, verzaubert sie mit seinem Akzent und seinem Lächeln. Er könnte gerade etwas trinken oder Karaoke singen oder mit seiner Freundin in einer Nische sitzen. Er könnte dort sein, ohne zu ahnen, dass ich jeden Moment durch die Tür kommen kann – in einem dieser »Von allen Spelunken dieser Welt muss sie ausgerechnet in meine kommen«-Augenblicke.

Vor uns taucht ein Neonschild auf. Michael wirft einen Blick aufs Handy und sagt, das müsse es sein. Wir gehen schweigend weiter und spüren sehr deutlich, dass wir womöglich am Ende unserer Reise angekommen sind.

Doch das Neonschild, das in der Dunkelheit flackert, gehört nicht zu Madigan's oder Hanigan's, sondern zu einem libanesischen Restaurant.

Michael schaut noch mal aufs Handy, dann zu dem Gebäude und durchs Fenster in einen kleinen Raum, der mit Tischen und Menschen vollgepackt ist. Dann hoch zum ersten Stock, wo Joe sein Zimmer hatte. Und zum Haus nebenan, das mit Holzbrettern vernagelt und mit Graffiti dekoriert ist.

Die Mauern, die zwischen den Brettern hindurchschauen, sind mit Ruß bedeckt und die oberen Fenster nur gähnende Löcher, schwarz und leer, blinde Augen, die auf die Straße blicken.

An dem vernagelten Haus hängt dort, wo die Tür gewesen sein muss, noch ein Schild, und wir können einzelne Buchstaben erkennen – ein »M« und ein »a« am Anfang, ein halbes »s« am Ende. Der Rest ist zerstört, verrottet und abgeblättert. Das Restaurant nebenan ist hell und lebendig – dieser Ort ist tot. Tot und so gut wie begraben.

Wir stehen da und starren gedankenverloren auf die Ruine, reimen uns im Geist zusammen, was das bedeuten könnte.

»Sieht nach einem Feuer aus«, sagt Belinda schließlich, ein Echo meiner eigenen Gedanken. Brandflecken auf den Ziegelsteinen; Unkraut wuchert aus den verbrannten Fensterrahmen und rankt über versengtes Holz.

Es ist nicht schwer, sich das Unglück vorzustellen: die Flammen zu sehen, die über das Gebäude lecken, das Knistern von Holz und kochender Farbe zu hören, die Hitze im Gesicht zu spüren, die Panik der Menschen, die noch im Haus sind und verzweifelt auf die Straße wollen.

Meine Beine geben unter mir nach, mein Puls beschleunigt sich, und ich umklammere Belindas Hand. Ich brauche Körperkontakt. Ich brauche Realität. Ich muss mich erden und auf das Hier und Jetzt konzentrieren – mein Kopf darf mich nicht an einen anderen dunklen Abend zurückführen, in eine andere große Stadt, in der ich in einem brennenden Auto gefangen war und meinen Körper fast zerriss, um meine sterbende Tochter zu erreichen.

Sie drückt meine Finger und murmelt etwas Beruhigendes und dreht mich weg von dem zerstörten Gebäude, so dass ich sie anschaue und nicht die klaffende Wunde, wo der Pub einmal gestanden hat.

»Alles gut«, sagt sie und streicht mir die Haare aus dem Gesicht. »Es hat nichts zu bedeuten. Es ist nur ein Gebäude. Es ist nicht Joe. Wir wissen nicht, was passiert ist.«

Ich nicke und lasse sie glauben, dass dies der Grund für meine Reaktion ist – die Sorge um Joes Sicherheit. Natürlich gehört das dazu – aber der Rest? Ein reiner Flashback. Ich atme und zähle und klammere mich so fest an ihre Finger, dass sie das Gesicht verzieht.

Michael klopft ans Fenster des Restaurants, um einen Kellner auf sich aufmerksam zu machen. Schließlich kommt ein großer dünner Mann mit wehenden schwarzen Haaren heraus und fragt, was wir wollen. Er sieht aus wie ein Libanese, spricht aber mit unverfälschtem New Yorker Akzent. Es täte ihm leid, er habe erst morgen wieder einen freien Tisch.

»Nein, nein, darum geht es nicht«, sprudelt Michael hervor. »Wir müssen wissen, was mit dem Pub passiert ist. Mit Madigan's.«

»Oh! Na klar. Sicher. Da hat es gebrannt.«

»Das haben wir uns fast gedacht.«

»Nun, das ist alles, was ich Ihnen sagen kann. Wir haben erst letztes Jahr eröffnet, lange danach – vermutlich ist die Miete deshalb so günstig. Aber ich habe gehört, dass es schlimm war. Ein Problem mit der Elektrik, sagte man uns. Jemand sei gestorben, vielleicht der Barkeeper. Danach hatte der Besitzer genug. Er hat das Geld von der Versicherung genommen und ist weggegangen. Seither steht es so da. Warum wollen Sie das wissen?«

»Ein Mann hat in einem Zimmer über Ihrem Restaurant gewohnt«, sage ich. »Er hat im Pub gearbeitet. Wissen Sie, was aus ihm geworden ist? Ist er noch hier?«

Belinda sieht grimmig aus, ihre Haut wirkt im Licht der Straßenlaternen beinahe grau. Michael steht der Mund offen. Ich darf mich von ihrem Schock nicht anstecken lassen – die Tatsache akzeptieren, dass ein Mann bei dem Brand gestorben ist. Ich muss erst mehr erfahren, bevor ich es an mich heranlasse. Es ist nicht immer schlecht, in Schubladen zu denken – manchmal kann man nur so funktionieren.

»Nein, ist er nicht.« Es sieht uns nacheinander an und begreift wohl, dass es um etwas Wichtiges geht. »Man hat uns das Gebäude leerstehend verkauft.«

Leerstehend verkauft. Etwas an dem Ausdruck stößt mich ab. Ich stelle mir vor, wie Joe in diesem kleinen Zimmer gelebt hat, das sauber und karg war, wie er hart gearbeitet und gespart und aus wenig das Beste gemacht hat. Ich stelle mir den Brand vor und wie er sein Leben riskiert hat, um anderen zu helfen. Ich stelle mir das Ergebnis vor, reduziert auf diese beiden Wörter: leerstehend verkauft.

»Darf ich mir das Zimmer ansehen?«, frage ich flehend.

»Wieso?«, antwortet er und runzelt die Stirn, das übliche Misstrauen des Großstadtbewohners setzt ein. »War der Typ ein Freund von Ihnen?«

»Er war mein bester Freund«, sage ich nur.

Natürlich hätte ich noch mehr sagen können. Dass er der Vater meines Kindes war. Meine erste und einzige Liebe. Der wichtigste Mensch in meinem Leben. Meine Rettung. Doch bester Freund scheint irgendwie alles abzudecken – und es funktioniert.

»Na schön«, sagt er, nachdem er uns gründlich gemustert hat. »Dann kommen Sie. Aber ich muss Sie warnen, wir nutzen es als Lagerraum. Ich heiße übrigens George.«

»Danke, George«, sage ich, als wir ihm ins Restaurant folgen. Dank der Klimaanlage ist es wohltuend kühl, der Raum voller Stimmengewirr, durchdrungen vom Aroma der Gewürze und exotischen Gerichte.

George führt uns an einem kleineren Barraum vorbei und eine steile, schmale Treppe hinauf. Oben öffnet er eine Tür und winkt uns hinein.

Ich weiß wirklich nicht, was ich erwartet habe. Vielleicht eine Spur von Joe. Irgendein Überbleibsel, einen Geist, der mir Hoffnung schenkt. Ein Bild von Gracie an der Wand, ein vergessenes Buch, irgendetwas, das mich mit ihm verbindet.

Stattdessen sehe ich einen kleinen Raum mit Regalen, mit zwei schmutzigen Fenstern, die auf die Gasse hinausgehen. Ich sehe riesige Plastikbehälter mit Öl, Serviettenstapel und große Kartons, die säuberlich nebeneinander aufgereiht sind. Ich sehe einen Schreibtisch voller Papiere und eine metallene Geldkassette und einen Kalender. Nichts, aber auch gar nichts deutet darauf hin, dass Joe jemals hier gelebt hat. Er hat kein Echo hinterlassen. Er ist weg.

»Vielen Dank«, murmele ich und wende mich so rasch wie möglich ab, muss unbedingt raus hier. Ich eile die Treppe hinunter und durchs Restaurant, vorbei an den Tischen mit den Kerzen und den Menschen, die daran sitzen. Den Menschen, deren Leben noch heil ist.

Draußen holen Belinda und Michael mich ein, beide sind besorgt. Ich weiß, wie ich aussehe. Ich bin blass und zittere und sehe aus wie ein Zombie. Ich fühle mich desorientiert. Mir ist alles egal – auch das ist typisch für die Desorientierung.

Ich lasse mich von ihnen zurück zur Straße führen, und wir gehen schweigend in die nächste Kneipe. Sie ist klein und dunkel, ein Pianist spielt Songs von Billy Joel, und der Barkeeper sieht mit dem gewaltigen roten Bart wie ein Wikinger aus.

»Alles okay mit ihr?« Er nickt zu mir, als die anderen bestellen. Mein Bick flackert in seine Richtung, und Belinda sagt: »Es geht ihr gut.«

Sie klingt nicht überzeugt, und es stimmt auch nicht. Sie verfrachten mich in eine Nische, auf eine Sitzbank mit rotem Kunstleder, und stellen etwas vor mich hin, das wie Brandy riecht. Ich blinzle so rasch, dass das Glas zu schimmern und zittern und flackern scheint, als wäre es nicht real, sondern ein Produkt meiner Phantasie.

Nun, da wir sicher sind, eingehüllt in einen Kokon aus Holz und Plastik, holt Michael sein Handy heraus. Ich sehe, wie er von Seite zu Seite springt und nach Informationen sucht. Er will mir helfen, auf die praktischste Weise, die er kennt. Belinda hat sich neben mich gequetscht, ihren Oberschenkel an meinem, als verspürte sie das Bedürfnis, mich festzuhalten und zu beschützen.

»Ich habe einen Artikel gefunden«, verkündet Michael, klickt Videos weg und überfliegt den Text. Er runzelt die Stirn.

Belinda schiebt mir mein Glas hin und besteht darauf, dass

ich davon trinke. Die bernsteinfarbene Flüssigkeit brennt in meiner Kehle, ich muss husten.

Michael liest und sagt nichts, was immer ein schlechtes Zeichen ist. Er schaut uns über den Holztisch und die einsame Schale mit Erdnüssen an.

Es kommt mir vor, als besäße ich plötzlich telepathische Superkräfte. Als könnte ich in seinem Kopf hineinschauen, durch die Haare und die dicke, schützende Kuppel des Schädels hinein ins Labyrinth der surrenden und blubbernden Gehirnzellen. Die Rädchen drehen sich, neue Verbindungen entstehen, Nachrichten werden abgeschickt: Er befürchtet, ich könnte zusammenbrechen. Mich verlieren. Und dass das, was er zu sagen hat, es noch schlimmer macht.

Er erinnert sich an den Tag, an dem meine Mutter begraben wurde, es scheint eine Ewigkeit her. Den Tag, an dem ich den Schuhkarton gefunden habe und an dem er zum ersten Mal erlebt hat, wie weit sich seine Cousine entfernen kann, während sie mit ihm im selben Zimmer sitzt. Er ist besorgt und traurig und hat auch ein bisschen Angst vor mir und schämt sich deswegen. Seelische Gesundheit. Eine unendliche Geschichte.

»Schon gut. Sag es mir einfach.«

»Na schön. George hatte mit allem recht. Es ist knapp zwei Jahre her. Die Elektrik wird nicht erwähnt, weil der Artikel gleich am nächsten Tag erschien. Hier steht nur, dass die Ursache noch untersucht wird. Es gibt keine Folgestory …«

Das überrascht mich nicht. New York ist eine große Stadt, in der vieles passiert, das wichtiger ist als ein Brand in einer Kneipe, bei dem nur ein einziger Mensch gestorben ist.

»Sie nennen keinen Namen«, sagt er rasch, als würde mich

das trösten. »Aber es heißt, dass ein männlicher Angestellter Mitte dreißig, der angeblich aus Großbritannien stammte, beim Brand gestorben sei.

Er versuchte, Menschen zu retten, und als er das Haus verlassen wollte, war es zu spät. Ein weiterer Mann – er wird als Passant beschrieben – wurde mit Verbrennungen an den Händen ins Krankenhaus eingeliefert. Auch er hatte versucht zu helfen. Alle anderen sind mit einer Rauchvergiftung davongekommen und wurden vor Ort behandelt. Das ist so weit alles. Tut mir leid, dass ich es nicht früher gefunden habe. Wir hatten ja die Adresse, aber ich war ein bisschen müde und habe mich wohl nicht genug bemüht.«

»Keine Sorge«, sage ich und höre meine Stimme wie durch einen Filter. Ich bin froh, dass sie fast normal klingt. »Ich wäre sowieso hierhergekommen. Es gibt keinen idealen Weg, um so etwas herauszufinden, und nachdem ich es mit eigenen Augen gesehen habe, glaube ich es wenigstens.«

»Du glaubst was?«, fragt Belinda stirnrunzelnd. »Dass Joe tot ist?«

»Du das etwa nicht?«

»Ich … ich will nicht … nicht nach alldem. Ich will es nicht glauben. Aber … vielleicht müssen wir es. Vielleicht müssen wir es akzeptieren. Vielleicht können wir weitergraben und mehr herausfinden, aber … ja. Ich glaube, dass Joe tot ist.«

Ihre braunen Augen quellen über von Tränen, und sie ballt die Faust auf der Tischplatte. Ihre Schultern beben in plötzlicher Trauer. Ich lege eine Hand auf ihre, um sie zu trösten. Eine einstudierte Geste – ich weiß, dass man es von mir erwartet, dass ein normaler Mensch so etwas tun würde. Ich murmele bedeutungslose Worte und streichle ihre Hand und warte, bis der erste schmerzhafte Adrenalinstoß ihren Körper verlassen hat.

»Es ist nicht fair«, sagt Michael leise, fast vorwurfsvoll. »Nach allem, was passiert ist. Wir sind so weit gekommen, waren so nah dran, und jetzt das …«

»Das Leben ist nicht fair«, sage ich und lächle künstlich. »Wenn es das wäre, wäre nichts von alldem passiert. Dann würde ich mit Joe und Gracie in einem Vorort leben. Meine Eltern wären noch am Leben. Alles wäre anders gelaufen. Und ja, wir sind weit gekommen – aber ohne Zeitmaschine geht es nicht weiter. Es ist vorbei.«

Ich stehe auf und kippe den letzten Rest Brandy herunter. Belinda macht keine Anstalten, sich zu bewegen, also klettere ich über ihren Schoß, um der Nische zu entfliehen.

»Wohin gehen wir?«, fragt Michael und steht so abrupt auf, dass die Erdnussschale umkippt und die gesalzenen Nüsse über den Tisch kullern.

»*Wir* gehen nirgendwohin. Ich muss – eine Weile allein sein. Keine Sorge. Ich mache keine Dummheiten, ich stürze mich nicht von der Brooklyn Bridge. Aber ich brauche ein bisschen Zeit für mich. Wir sehen uns später im Hotel.«

37. Kapitel

Ich habe versprochen, keine Dummheiten zu machen, kann aber nicht garantieren, dass ich mich klug verhalten werde.

Ich wandere in die Nacht hinaus, ohne zu wissen, wohin, pralle von den Leuten ab wie eine menschliche Flipperkugel.

Hier draußen ist alles wie zuvor: die Lichter, die Geräusche, der Lärm. Nur fühlt es sich jetzt anders an. Besser gesagt, ich fühle mich anders. Ich fühle mich losgelöst und distanziert und isoliert, als wäre ich eine außerirdische Lebensform, die zum ersten Mal auf dem Planeten Erde landet und mit wachsamen Blick die sonderbaren sozialen Rituale und das Paarungsverhalten der Menschen studiert.

Nichts davon fühlt sich real an, nicht einmal, als ich so fest gegen einen Poller geschubst werde, dass ich meinen Dora-Rucksack fallen lasse. Ich hebe ihn auf, drücke ihn an die Brust und funkle eine Welt an, die es wagt, ihn auch nur versehentlich zu bedrohen.

Es ist so voll hier. So *übervoll*. Ich schlängle mich gefühlte Stunden den Broadway entlang. Die Menge dünnt aus, es ist noch hektisch, aber nicht mehr ganz so überwältigend. Ich komme an Geschäften und Cafés und Imbisswagen und Kneipen vorbei, an Radfahrern und Autofahrern, an feiernden

Gruppen und einzelnen Menschen und einem Mann, der sieben Hunde an einer einzigen Leine führt.

Schließlich lande ich in SoHo mit seinen supercoolen Geschäften und diesen mit Schmiedeeisen verzierten Gebäuden und Straßen mit Kopfsteinpflaster; an jeder Ecke gibt es ein Café, eine Galerie oder ein Restaurant, überall sind Menschen. Er ist verblüffend, wie oft mir Orte vertraut erscheinen, weil ich sie aus Fernsehsendungen und Filmen kenne.

Ich kaufe mir Wasser und bleibe trotzig stehen, während ich es trinke. Ich stelle mir vor, ich hätte ein Kraftfeld um mich errichtet, eine Blase, die mich vor dem Rest der Menschheit schützt. Die Leute machen einen großen Bogen um mich, was eher nicht an meinem Kraftfeld liegt, sondern daran, dass ich ein bisschen verstört wirke und New Yorker das gewöhnt sind und sich von solchen Leuten lieber fernhalten.

Ich merke, dass ich zu weit gegangen bin und allmählich nach Midtown zurückkehren muss. Oder, denke ich, ich könnte … es auch lassen. Einfach weiterlaufen. Wie Forrest Gump auf eine Odyssee verschwinden. Ich könnte weitergehen, über Brücken laufen, Fähren nehmen. Ich könnte durch New Jersey gehen und bis Philadelphia und Washington und vielleicht sogar bis nach Texas. Ich könnte die Grenze nach Mexiko überqueren und eine wilde Frau werden, die in einer verstaubten Hütte lebt und Maultiere züchtet.

Ich könnte, beschließe ich, auch kehrtmachen und wieder nach Norden gehen. Ich drohe mir zu entgleiten und muss mich mit den Fingernägeln festklammern.

Ich trinke das Wasser aus und gehe wieder los, meine Füße tun trotz Skechers weh, meine Haare sind feucht von der Hitze. Ich gehe in einen Imbiss beim Flatiron Building und verbringe länger auf der Toilette als mit meinem Kaffee. Ich spritze mir Wasser ins blasse Gesicht, streiche meine Haare glatt und versuche sie mit Gracies winziger Bürste zu zähmen. Ich besprühe mich mit den kostenlosen Toilettenartikeln und zwinge mich, in den Spiegel zu sehen.

Ich bewege die Hände und schneide Grimassen, um mich zu vergewissern, dass mein Spiegelbild das Gleiche tut. Um mich zu vergewissern, dass ich noch dreidimensional bin, noch zusammenhalte. Eine Frau mit silbernen Haaren taucht aus einer Kabine auf und sieht mich mitfühlend an, während sie sich die Hände wäscht.

»Alles gut?«, fragt sie, als sie nach den Papierhandtüchern greift. »Brauchen Sie Hilfe?«

»Ich glaube, es geht schon«, antworte ich nach kurzem Überlegen. »Ich habe nur gerade erfahren, dass jemand, den ich liebe, wahrscheinlich tot ist. Das muss jetzt irgendwie in mein Gehirn passen.«

»Oh. Das ist schwierig. Vielleicht passt es nie so ganz hinein, Liebes – und falls doch, könnte Ihr Gehirn danach eine andere Form haben. Geben Sie gut auf sich acht, ja?«

Ich nicke und runzle die Stirn, als ich überlege, welche verschiedenen Formen mein Gehirn im Lauf der Zeit wohl angenommen hat. So ziemlich jede Form, einschließlich Dodekaeder und Pyramide und abstraktes Wollknäuel.

Ich setze mich an einen anderen Tisch und trinke Kaffee. Es ist nicht meiner, und er ist kalt, aber meine Hände sind immerhin beschäftigt.

Nun, da ich mich gewaschen und beruhigt habe, geht es mir besser. Alles hat sich verlangsamt. Meine Beine tun weh, meine Wadenmuskeln sind angespannt, meine Knie protestieren, weil ich an einem heißen Abend so schnell und weit gelaufen bin. Aber das ist in Ordnung – das alles ist normal. Solange ich alltägliche Schmerzen wahrnehmen kann, geht es mir gut. Eine Kellnerin bietet mir an, den Kaffee nachzufüllen. Sie trägt eine rosa Uniform und ein Namensschild, auf dem Hilde steht, und sieht mit ihren blonden Haaren und den riesigen blauen Augen ein bisschen wie ein Engel aus. Ich trinke frischen Kaffee aus einer Tasse, die nicht mir gehört, und öffne dann den Rucksack.

Ich hole die wenigen Fotos von Joe heraus, breite sie auf dem Tisch aus und lasse die Augen darüber wandern. Ich habe so viel über sein Leben nach mir erfahren, nach Gracie. Ich habe erfahren, dass er weiter freundlich und tapfer war und sich nützlich gemacht hat. Dass er das Leben anderer Menschen verändert hat. Dass er gern getrunken und gelegentlich Karaoke gesungen hat. Dass er hart gearbeitet hat, manchmal jähzornig war und versucht hat, glücklich zu sein.

Ich habe erfahren, dass er mich nie vergessen hat, und auch unsere Tochter nicht. Dass er diese Zeit nie wirklich hinter sich gelassen hat – trotz seiner Reisen und neuen Freundschaften war Joes Leben genau wie meins von dem geprägt, was damals geschehen ist.

Ich hoffe, weitere Fotos zu finden, wenn ich daheim den Dachboden endgültig ausräume und die Kartons bei Belinda abhole. Ich werde Fotos von mir und Joe finden, als wir selbst noch halbe Kinder waren, aufgenommen mit Einwegkameras auf irgendwelchen Partys, die wir als Teenager besucht hatten. Ich werde Fotos einer winzigen Gracie finden und einer etwas weniger winzigen Gracie und einer Gracie, die so groß war, wie sie werden durfte.

An jenem letzten Tag hatte Joe Fotos gemacht, als wir auf dem Rückweg beim Weihnachtsmann vorbeigeschaut hatten. Ich kann mich nicht erinnern, sie je gesehen zu haben, aber das hat nichts zu bedeuten – vielleicht habe ich sie nur vergessen. Gesehen und doch nicht gesehen, weil ich nach ihrem Tod zu zerbrechen begann.

Ich streichle sein Gesicht auf dem glänzenden Papier und frage mich, ob Jennifer auch Fotos von ihm hat. Vermutlich schon. Wenn ich wieder die Kraft finde zu sprechen, frage ich sie danach.

Am schwersten wird es, mit all den Menschen zu reden, von denen ich Joe grüßen soll. Seiner Mutter, seinen Freunden, seiner Exfrau zu sagen, dass er tot ist. Ich wollte nicht, dass es so endet, mit noch mehr Schmerz und Trauer und Verlust.

Ich beschließe, es aufzuschieben, bis ich weiß, wo er ist. Bis ich weiß, wo er begraben liegt. Bis ich Lebewohl statt hallo gesagt habe.

Ich bin zornig, das wird mir jetzt klar. Es ist kein Zorn, bei dem ich schreien und toben und Teller zerschlagen möchte, sondern ein stiller, tiefsitzender Zorn.

Ich bin so weit gekommen. Habe so lange gesucht. Habe so viel gefunden – und stehe nun vor einer neuen Suche. Der Suche nach einem Grab, einer Einäscherung, einem offiziellen Eintrag in einem emotionslosen Logbuch menschlichen Lebens mit seinen Geburten und Eheschließungen und Todesfällen, die so wenig über die wirklichen Geschichten hinter den Namen verraten.

Ich sammle meine Fotos ein. Ich werde in New York bleiben, bis ich herausgefunden habe, was mit ihm geschehen ist. Und dann werde ich mich richtig verabschieden – ich werde ihm sagen, dass ich ihn liebe, dass ich ihn immer geliebt habe. Dass ich niemals damit aufgehört habe.

Und danach … wer weiß? Vielleicht kehre ich in meine kleine Schule in meinem kleinen Dorf zurück, lebe allein in einem großen Haus und füge mich in eine Existenz, die ich eigentlich nicht will.

Vielleicht aber auch nicht. Vielleicht kann ich es besser machen. Vielleicht werde ich freundlich und tapfer und mache mich nützlich – so wie Joe. Vielleicht umarme ich mein Leben – und lebe es endlich wirklich.

Ich weiß nicht, was ich mir von dieser Reise erhofft habe. Dieser epischen Tour, bei der ich Kontinente durchquert und ganze Lebensspannen verfolgt habe und ihm so nah gekommen bin, dass ich beinahe die Hand hätte ausstrecken und ihn berühren können. Seine seidigen Haare unter meinen Fingern fühlen, seine Arme um mich spüren, während wir tanzen, sein Lachen hören und wissen, dass ich geliebt wurde. Wahrhaft geliebt.

Fürs Erste aber gestatte ich mir, zornig zu sein. Traurig zu sein. Zu verzweifeln. Aber es wird nicht den Rest meines Lebens bestimmen – denn wenn ich eines auf meiner Suche nach Joe gelernt habe, dann, dass wir alle Hoffnung brauchen. Ich habe Hoffnung empfunden, so flüchtig sie auch sein mag. Sie hat mich verwandelt, und ich muss darum kämpfen, sie zu bewahren, so unmöglich es mir jetzt auch vorkommt.

Ich habe noch einen Umschlag übrig, und dies ist der richtige Zeitpunkt, um ihn zu öffnen. Auf dem schlichten weißen Umschlag stehen die prophetischen Worte »Lies mich, wenn du glaubst, dass alles verloren ist«.

»Jess, wir beide sind durch die Hölle gegangen. Und wir haben einen Teil von uns dort gelassen, da bin ich mir sicher. Ich jedenfalls. Manchmal fällt es mir schwer, weiterzumachen, und selbst nach all den Jahren gibt es Augenblicke, in denen mich eine Erinnerung zerstören kann. Ich sehe dich und Gracie, wie ihr zwischen den Bäumen im Park Nachlaufen spielt, die Sonne fällt durchs Laub auf eure Gesichter, ihr kichert und seid glücklich, während ihr herumrennt und euch versteckt. Ich erinnere mich an solche kleinen, perfekten Augenblicke und möchte mich nie von ihnen trennen.
Manchmal kommt mir diese Welt – die Welt der Vergangenheit, die Welt jener perfekten Erinnerungen – realer vor als diese hier. Es tut weh, und ich fühle mich, als hätte ich alles verloren, was ich je geliebt habe. Dann aber fällt mir ein, dass das nicht stimmt. Dass ich euch beide habe, sicher in meinem Herzen. Dass ich euch für immer in mir trage. Dass ich nie wirklich allein sein werde, weil ich dich hatte und mich das zum glücklichsten Mann auf Erden macht.«

Er hat mit seinem Namen, mit Küssen, mit Liebe unterzeichnet. Er bricht mir aufs Neue das Herz.

Ich trinke meinen Kaffee aus. Ich verlasse den Imbiss, trete in einen warmen Abend in einer fremden Stadt in einem neuen Land und gehe wieder los.

38. Kapitel

Ich schlendere umher, statt drauflosszumarschieren, betrachte die Sehenswürdigkeiten, nehme die Geräusche einer fremden Stadt in mich auf. Ich gehe zu einem winzigen Park in einer Straße, die von herrschaftlichen Häusern gesäumt wird. Es ist einer dieser Parks, für die man einen Anwohnerschlüssel braucht. Gerade kommt ein Mann mit einem winzigen Fellknäuel von Hund heraus.

»Letzte Runde heute Abend?« frage ich.

»Mein Gott, das hoffe ich – sie ist vier Monate alt, das ist, als hätte man ein Baby!«

Ich gebe mich mitfühlend, und wie erhofft, hält er mir das Tor auf. Der Park ist wunderschön, sehr klein, aber dicht bepflanzt mit Büschen, Bäumen und Blumen. Schmale Betonwege schlängeln sich durchs Grün.

Es ist fast Mitternacht, und die Stadt, die niemals schläft, scheint hier in diesem Park ein Nickerchen zu halten. Ich setze mich auf eine schmiedeeiserne Bank vor einer Statue von jemandem, den ich nicht kenne. Sie ragt hoch über mir auf, wirft aber wegen der Dunkelheit keinen Schatten.

Ich schaue aufs Handy. Mehrere verpasste Anrufe von Belinda und Michael, kein Wunder. Ich rufe Belinda an, und das

Licht des Displays erleuchtet die Füße der Statue, die Stiefel mit Schnallen trägt.

Es ist still, ich höre nichts außer dem geheimnisvollen Rascheln der Nachtgeschöpfe und einer fernen Autohupe. Belinda meldet sich beim zweiten Klingeln und wirkt erleichtert.

»Alles gut? Wo bist du? Kommst du zurück ins Hotel? Wir warten in der Bar auf dich.«

»Bitte nicht. Es kann noch eine Weile dauern. Ich versuche gerade, meinen Kopf ein bisschen zu ordnen und … das geht nicht so schnell.«

»Wir sind auch in der Hotelbar, weil wir nicht schlafen können und einen Drink brauchen.«

»Oh. Dann ist es ja gut. Nur zu.«

»Michael hat ein bisschen recherchiert. Er glaubt, er hat die Leute gefunden, mit denen wir reden müssen. Die uns sagen können, was … passiert ist. Mit Joe. Nach dem Brand, meine ich.«

»Du meinst, was mit Joes Leiche passiert ist?«

»Ja. Ich wollte es nicht laut aussprechen, weil es dann so real klingt. Geht es dir wirklich gut? Mir nämlich nicht, und Joe war … er war mein Freund. Ein Teil meiner Vergangenheit. Aber er war für mich nicht das, was er für dich ist. Es tut mir so furchtbar leid, Jess.«

Ich sitze in meinem mitternachtsdunklen geheimen Garten und lächle. »Mir auch. Und danke. Dass du mitgekommen bist und mir geholfen hast. Es geht mir gerade wirklich nicht gut – aber irgendwann vielleicht wieder. Ich muss daran glauben, dass all das nicht umsonst war.«

»Das war es nicht«, sagt sie rasch. »Es war wichtig. Joe hat es verdient, oder? Dass wir ihm folgen, etwas über ihn erfahren – um ihn trauern.«

»Und ob. Und wir haben es verdient, die Wahrheit zu erfahren. Nur ist es leider oft so, dass man sie nicht mehr will, wenn man sie kennt. Jedenfalls muss ich über vieles nachdenken. Eine Menge erledigen. Heute Abend aber laufe ich einfach nur herum und denke nach und spüre mich. Darum bin ich keine gute Gesellschaft. Der Statue hier scheint das nichts auszumachen, aber bei Menschen ist das sicher anders.«

Es entsteht eine lange Pause, und ich merke, dass meine Worte keinen Sinn ergeben.

»Ich bin in einem Park. Hier steht eine Statue. Es ist keine Halluzination.«

»Ach so. Gut, sei vorsichtig. Das ist New York bei Nacht, und du bist nur B…«

»Ich bin nicht nur Baby Spice, Belinda. Ich bin nicht einfach ›nur‹ irgendetwas. Ich bin eine erwachsene Frau mit viel Lebenserfahrung, also nenn mich bitte nicht mehr so.«

Siehst du? Ich bin schon viel tapferer geworden.

»Cool. Dann nenne ich dich von jetzt an Snappy Spice.«

»Kaum besser, aber wir können morgen drüber diskutieren. Bitte wartet nicht auf mich. Ich laufe noch ein bisschen herum. Es hilft mir.«

Wir verabschieden uns. Ich überlasse die Nachtgeschöpfe ihren dunklen Forschungen und trete wieder auf die prächtige Straße, die ich vermutlich nie wiedersehen werde.

Ich folge den Straßen in Richtung Times Square. Komme an den Theatern vorbei, die jetzt geschlossen sind, und an Kneipen, die gerade schließen, laufe immer weiter nach Westen. Ich habe den vagen Wunsch, den Fluss zu sehen, bevor mein Körper endgültig die Segel streicht, und beschließe, bis dorthin zu laufen und dann ein Taxi zum Hotel zu nehmen.

Ich überquere die 9th Avenue, tauche in die Nebenstraßen und spüre, wie sich die Atmosphäre verändert. Diese Stadt ist sonderbar – nur wenige Schritte, und man gelangt von einer Welt in die nächste, von China nach Italien, von Glanz zu Dreck.

Ich bin in Hell's Kitchen, und es ist anders als alle Viertel, in denen ich heute Abend war. Auch hier säumen hohe Gebäude die Straßen, aber sie sind schmaler, stehen dichter gedrängt. Die metallenen Feuertreppen dienen als improvisierte Treffpunkte, auf denen Menschen sitzen und reden und rauchen.

Ich höre alle Arten von Musik, Rap und Latino Pop und irischen Folk und sogar Opernmusik, und es riecht nach Essen aus allen Winkeln der Welt. Manche Supermärkte haben noch geöffnet, die Autos parken dicht an dicht. Normale Autos – klein, eckig und verstaubt, nicht die eleganten Limousinen, die ich anderswo gesehen habe.

Dies ist eine echte Wohngegend, ein Viertel, in dem echte Menschen leben und arbeiten und lieben. Etwas daran erinnert mich an unsere Wohnung und Yusuf aus dem Kebabladen.

Viele Kneipen und Cafés sind schon geschlossen oder schließen gerade, doch die Straßen vibrieren vor Lebendigkeit. Sie wirkt ansteckend, und ich laufe umher und lasse etwas von der Energie in meine müden Knochen dringen. Es ist die Energie des Lebens, und die kann ich gut gebrauchen. Ich befinde mich in einem Schwebezustand und könnte in beide Richtungen gerissen werden.

Ich komme an einer katholischen Kirche und einer Schauspielschule und einem Laden vorbei, der Do-it-yourself-Hundewäsche anbietet. Ich überlege, ob es Zeit für einen Zwischenstopp ist. Mich einen Augenblick ausruhen, etwas trinken, meinen Körper und Geist checken und mich vergewissern, ob noch alles an Ort und Stelle ist. Mir die Fotos anschauen, mich an Joe – meinen Joe – erinnern und ein wenig die Leere füllen, die tief in mir zu wuchern beginnt.

Als ich stehen bleibe und mich umsehe, bemerke ich ein flackerndes Neonschild. An. Aus. Wieder an. Schließlich bleibt es aus. Ein bisschen wie bei einem Rave.

Ich schüttle den Kopf und blinzle, fest davon überzeugt, dass ich halluziniere.

Ich glaube nicht ans Übernatürliche und fürchte mich nicht vor der Dunkelheit. Die Wirklichkeit ist grauenvoll genug, ohne dass ich etwas hinzuerfinden müsste. Und doch frage ich mich einen Sekundenbruchteil lang, ob ich mich irre – ob es nicht doch Geister gibt oder jenen zarten Spitzenschleier, der zwischen dieser und der anderen Welt schwebt.

Ich frage mich, ob ich wirklich gesehen habe, was ich zu sehen glaubte: das Neonschild eines Lokals namens *Gracie's*.

Die Beleuchtung ist jetzt aus, aber ich gehe in die Richtung, in der ich sie gesehen habe. Mag sein, dass ich sie mir nur eingebildet habe. Oder sie war echt, aber der Name hat nichts zu bedeuten.

Dann stehe ich vor dem Eckhaus. Darin befindet sich eine Kneipe, und sie heißt *Gracie's*. Der Name ist mit einer Schablone auf die Fenster geschrieben, geschwungen und verschnörkelt wie eine altmodische Handschrift.

Die hölzernen Türen sind geschlossen, und das Schild

bleibt ausgeschaltet. Ich lege die Hände um die Augen und schaue durchs Fenster, sehe Holzdielen, Tische mit leeren Biergläsern und eine lange, glänzende Theke mit Zapfhähnen. Es gibt Guinness und Blue Moon, Bud und Samuel Adams.

Die Wand hinter der Theke ist verspiegelt, davor hängen Flaschenhalter mit Spirituosen, Regale mit Gläsern und Untersetzern, daneben eine Collage aus aufgeklebten Fotos.

Ganz am Ende steht ein Mann, der wohl beim Aufräumen ist und gerade Gläser auf die Theke stellt.

Ich starre durchs Fenster und sehe ihn dort stehen, in Jeans und einem T-Shirt mit dem *Gracie's*-Logo auf der Brust. Ich sehe, wie er die Gläser beiseiteschiebt, um Platz zu schaffen, bevor er weiter Tische abräumt.

Ich sehe ihn und weiß, dass es Joe ist.

Joe ist nicht tot – er steht genau da, vor meinen Augen.

Ich sehe ihm bei der Arbeit zu. Ich betrachte seine Bewegungen, trinke förmlich seine Gestalt in mich hinein und überlege wieder, ob es real ist.

Es ist real. Er ist real. Er ist genau hier, hinter einer dünnen Glasscheibe.

Joe ist nicht tot. Joe ist nicht bei dem Brand gestorben – wir haben uns geirrt. Ich bin wie betäubt, stehe einen Moment lang reglos da, weil ich mir nicht sicher bin, ob ich schlafwandle oder wach bin und träume. Ich bin mir immer noch nicht sicher, ob etwas von alldem hier real ist. Ich schließe die Augen, berühre die festen Mauersteine und atme tief ein, wobei ich merke, dass hier die Raucherecke ist. Ich beiße mir so fest auf die Lippe, dass sie blutet – eine extreme Version des Sich-selbst-Kneifens.

Schließlich öffne ich die Augen wieder. Er ist noch da.

Die Kneipe heißt immer noch *Gracie's*, und Joe sammelt immer noch Gläser ein. Ich habe ihn gefunden – gerade als ich dachte, ich hätte ihn für immer verloren.

Ich habe ihn gefunden und weiß nicht, was ich jetzt tun soll. So hatte ich es mir nicht vorgestellt. Ich hatte mir vorgestellt, Freude zu empfinden und Gewissheit und Überzeugung.

Stattdessen bin ich zittrig und schwach. Wenn ich dort hineingehe – wenn ich diese wenigen Schritte mache –, verändere ich unser beider Leben. Er wirkt zufrieden und glücklich. Er hat seine Kneipe. Er hat ein Leben, für das er hart gearbeitet hat. Habe ich das Recht, es zu erschüttern? Soll ich lieber den Gewinn einstreichen und aussteigen? Im Wissen weggehen, dass Joe wohlauf und glücklich ist? Einfach dankbar dafür sein?

Doch sowie sich der Gedanke in meinem Kopf schleicht, wird mir klar, wie feige das wäre. Nun, da der Moment endlich gekommen ist, habe ich Angst. Bin überwältigt. Ich habe mich danach gesehnt, ihn wiederzusehen, und nun ist das alles zu groß, um es zu verarbeiten.

Hinter diesen Mauern erwartet mich nicht nur Joe, sondern alles, was mich damals zerstört hat. Dass wir unsere Tochter verloren haben. Dass ich glaubte, Joe hätte mich verlassen. Es kann gefährlich werden, nachdem ich mich mühsam wieder zusammengesetzt, mich gefestigt und gelernt habe, mich mit einem normalen Leben zu begnügen, in dem ich mich nie wirklich wohl gefühlt habe.

Ich lasse mir all die Nachrichten durch den Kopf gehen, die Joe mir hinterlassen hat. Über das Tapfersein. Über die Einsamkeit. Über das Glück, dass wir einander hatten.

Noch vor wenigen Minuten hatte ich geglaubt, er sei tot,

und mir geschworen, mein Leben zu leben – es wirklich zu leben. Nun, da er am Leben ist, muss ich es ebenfalls tun.

Ich werde nicht feige sein. Mich nicht verstecken. Mich nicht einschüchtern lassen – mein normales Leben ist es nicht wert, geschützt zu werden, es ist fadenscheinig und freudlos. Wenn ich jetzt gehe, werde ich es mir nie verzeihen – werde mich bis zu meinem letzten Atemzug verabscheuen und in einer Sicherheit leben, die meine Seele zerstört. Ich werde, von tiefer Reue erfüllt, mitsamt den Fernbedienungen im Sessel meiner Mutter sitzen und über Jahrzehnte hinweg allmählich sterben.

Ich zögere noch eine Minute. Mir fällt ein, dass meine Haare chaotisch aussehen, meine Kleidung verschmutzt ist, ich nicht geschminkt bin. Ich erinnere mich an einen Moment, in dem ich mich für eine Party fertig gemacht und dabei mit dem Inhalt der Make-up-Tasche gekämpft hatte, die mir am Tag unserer ersten Begegnung hingefallen war.

»Schmink dich, wie du willst«, hatte Joe belustigt gesagt. »Es ist dein Gesicht. Du sollst nur wissen, dass du das nicht nötig hast – du bist wunderbar, so wie du bist. Es ist, als würdest du der Mona Lisa eine Kunstbräune verpassen.«

Ich streiche die Haare zurück und atme ein paarmal tief durch. Dies ist nicht der richtige Zeitpunkt, um an mein Aussehen zu denken. Dies ist der richtige Zeitpunkt, um zu handeln. Etwas zu tun, bevor ich es mir ausrede oder vor Angst gelähmt bin.

Ich gehe zur Tür, lege meine zitternden Hände flach darauf und drücke fest dagegen.

39. Kapitel

In romantischen Filmen gibt es immer einen Augenblick, in dem der Held und die Heldin wieder zusammenfinden, umhüllt von den gewaltigen Klängen eines Streichorchesters. In dem das Happy End wirklich wird und man weiß, dass es kitschig ist, aber trotzdem mitfühlt – die Vollendung spürt. Das Ende der Reise.

Doch hier und jetzt gibt es keine romantischen Streicher, keinen Weichzeichner, kein sentimentales Voiceover, das mir sagt, wie ich mich fühlen soll. Es gibt nur mich und ihn und dazwischen die Theke.

Er blickt hoch, als ich hereinkomme, hält mich wohl für einen verspäteten Gast. Einen Augenblick lang erstarren wir beide, und ich sehe, wie er blinzelt, seinen Augen nicht traut und sich fragt, ob er wirklich sieht, was er zu sehen glaubt.

Ich trete näher. Er legt das Handtuch weg, stellt die Gläser ab, bleibt ganz still. Wir sind beide ganz still, betrachten einander eine Ewigkeit und wenige Sekunden.

Seine Haare sehen immer noch wild aus, dichte dunkle Strähnen fallen ihm in die Stirn. Sein Gesicht ist gezeichnet von Lachen und Verlust. Seine Augen glänzen noch genau wie früher. Er ist noch immer Joe und noch immer der schönste Mann, den ich je gesehen habe.

»Ich dachte, du bist tot«, sage ich, als er auf mich zukommt.

»Ich war kurz davor«, erwidert er und bleibt wenige Schritte vor mir stehen. »Bist du das wirklich oder träume ich?«

Ich weiß genau, wie er sich fühlt. Ich habe nach ihm gesucht. Ich hatte geglaubt, er sei für immer verloren – und habe ihn nun gefunden. Natürlich hatte er keine Ahnung, dass ich komme. Dass ich durch die Jahrzehnte wandern würde, durch die Vergangenheit und zuletzt durch die Tür seiner Kneipe.

Ich strecke die Hände nach seinen aus. Die Haut ist rau und vernarbt – die Hände eines Passanten, der in ein brennendes Gebäude lief, um die Menschen dort drin zu retten.

Er verschränkt seine Finger mit meinen und lässt die Augen über mein Gesicht wandern, überprüft jedes Detail, untersucht jeden Millimeter. Er hält mich sehr fest, als fürchtete er, ich könnte in einer verzauberten Rauchwolke aufgehen oder weglaufen.

»Ich bin es wirklich«, sage ich. »Ich habe dir so viel zu sagen – aber das Erste und Wichtigste ist, dass ich mich nie von dir abgewendet habe. Ich wollte dich nicht verlassen. Meine Eltern haben mir gesagt, du seist weggezogen, um neu anzufangen. Du hättest mich verlassen. Sie haben mich all die Jahre belogen, und erst als beide tot waren, habe ich deine Briefe und Karten gefunden. Seither suche ich nach dir.«

In seinem Gesicht spiegeln sich die Gefühle, die ihn überwältigen. Zorn. Traurigkeit. Reue.

»Es ist so viel passiert …«, murmelt er schließlich.

»Ich weiß. Jedenfalls manches davon. Ich habe deinen letzten Brief gelesen und verstehe, was du damit sagen wolltest. Also bin ich deinen Schritten gefolgt, habe gesehen, was du gesehen hast, bin den Menschen begegnet, die dich geprägt haben. Ich bin mit Belinda und meinem Cousin hier und habe Ada und Geraldine und viele andere kennengelernt. Wir waren beim Madigan's und haben gedacht, du wärst bei dem Brand gestorben.«

»Nein«, sagt er, während ich das zerstörte Fleisch streichle, das seine eigene Geschichte erzählt. »Das war Josh, einer der Barkeeper. Ich habe versucht … ich habe versucht, ihn zu erreichen, aber es ging nicht. So wie ich auch dich und Gracie nicht erreichen konnte.«

Der Schmerz in seinen Worten ist unbeschreiblich. Er ist roh und frisch und genauso brutal wie vor all den Jahren. Es ist eine Schuld, mit der er seither gelebt hat, ganz allein.

»Ich weiß, dass du es versucht hast, Joe. Ich weiß, dass du lieber selbst gestorben wärst, als so etwas zuzulassen. Ich habe dir so viel zu sagen …«

Er nickt und zieht die Hände weg. Sofort fühle ich mich verlassen und kalt. Ich habe ihre Berührung zu lange vermisst und möchte sie behalten, sie in meine hüllen, für immer.

»Du kannst mir alles sagen. Und ich kann dir alles sagen. Und wir können bis zur Morgendämmerung reden und dann in den Park gehen und weiterreden. Wir können reden, wie wir früher geredet haben, die ganze Nacht hindurch, wenn wir die Sterne betrachtet und geflüstert haben, um Gracie nicht zu wecken. Für all das ist Zeit. Aber genau jetzt möchte ich was anderes tun –«

Er wendet sich ab, und ich sehe seine Schultern, seine langen Beine, seine Haare, die sich im Nacken kringeln. Er ist hier. Ich bin hier. Wir beide sind real, und dies ist ein Anfang – kein Ende.

Er holt Münzen aus der Tasche und wirft sie in die Musikbox, die in der Ecke steht. Er drückt die Knöpfe, ohne hinzusehen, er kennt sie auswendig.

Er kommt zu mir, als ich das vertraute langsame Klatschen am Beginn des Liedes höre. Des Liedes, das uns beide so lange begleitet hat.

Er nimmt den Dora-Rucksack von meinen Schultern und legt ihn lächelnd auf den Tisch. Er streicht mir sanft eine Haarsträhne aus dem Gesicht, und ich lehne mich in die Berührung hinein. Er nimmt mich in die Arme, und ich drücke den Kopf an seine Brust. An den weichen Stoff des T-Shirts, das den Namen unserer verlorenen Tochter trägt.

Ich lege die Hände um seine Taille und werde ganz friedlich, als wir zu tanzen beginnen. Ich bin sicher. Ich bin zu Hause.

Ich erinnere mich an einen Kuss in einem Auto an einem verschneiten Abend, kurz bevor alles anders wurde. Eines der vielen Dinge, die ich im Laufe der Jahre verdrängt hatte – es war ein so besonderer, vollkommener Kuss, dass ich ihn beinahe wieder auf den Lippen spüre. Ich lächle, und mein Herz fliegt hoch in den Himmel.

»Baby, I love you –«, singt er, sein Atem warm auf meiner Haut, während wir uns in einer leeren Kneipe drehen, in der Stadt, in der der Sänger unseres Liedes geboren wurde und gestorben ist.

Wir tanzen und sind zusammen, und die Zeit beschreibt einen Kreis: Es fühlt sich an, als wären wir nie getrennt gewesen, wären nie verschiedene Wege gegangen, hätten nie fern voneinander gelebt. Wir sind wieder zusammen, und nur das zählt.

Wir tanzen und sind zusammen. Wir halten einander fest. Wir haben wieder Hoffnung. Wir haben die Liebe wiedergefunden.

Wir leben wieder.

Danksagung

Nun, liebe Leserin, lieber Leser, wenn Sie es bis ans Ende von »Maybe One Day« geschafft haben, werden Sie die ein oder andere Träne verdrückt haben – so ging es mir jedenfalls. Als Autorin geht man in verschiedenen Stadien der Arbeit ungefähr siebentausendmal durch das eigene Buch – aber Jess und Joe und Gracie berühren mich immer noch. Ich hoffe, Sie haben ebenso gern von ihnen gelesen, wie ich über sie geschrieben habe.

Für einige von Ihnen wird es das erste meiner Bücher gewesen sein, das Sie gelesen haben, für andere vielleicht das neueste in einer langen Reihe. In jedem Fall: danke – dafür, es auszuwählen, es zu kaufen, es zu lesen, mir die Ehre zu geben, mit meinen Geschichten in Ihr geschäftiges Leben einzudringen. Ohne Sie hätte ich diesen wunderbaren, verrückten Beruf nicht und wäre nicht in der Lage, meinen Kindern neue Schuhe für die Schule und Nutella zu kaufen.

»Maybe One Day« war sehr viel Teamarbeit. Ich mag diejenige mit dem stieren Blick am Laptop gewesen sein, die sich die Finger wund tippte, aber ein Buch wird nicht veröffentlicht ohne sehr viel Hilfe von anderen.

Für die berufliche Ebene möchte ich mich bei Hayley Steed,

Liane-Louise Smith und allen anderen bei der Madeleine Milburn Agency für ihre harte Arbeit im Hintergrund bedanken. Bei meinem Verlag Orion geht ein großes Hallo an das ganze Team – Katie Espiner, Maura Wilding, Lynsey Sutherland, Victoria Oundjian, Frances Doyle, Harriet Bourton, Alainna Hadjigeorgiou, Brittany Sankey, Victoria Laws und Olivia Barber. Ich bin euch allen überaus dankbar und freue mich darauf, mit dem Dreamteam weiter voranzuschreiten.

Danke an Charlotte Ledger und Clare Hey, zwei exzellente Damen, die auch hervorragend Bier trinken und über Bücher sprechen können – meine Lieblingsbeschäftigungen –, und an meine Autorenfreundinnen Catherine Isaac, Jane Linfoot, Carmel Harrington und besonders meiner Schwester im Geiste, Milly Johnson (die eine Medaille dafür verdient hätte, sich dauernd mein Stöhnen anzuhören). Ihr seid alle sehr cool.

Danke an alle meine anderen Freunde für alles, was ihr zur Party beitragt: Quiz-Abende, Kuchen essen, Hunde bewundern, Kinderbetreuung, ausgehen-obwohl-wir-alt-sind, Kaffee trinken, Bücher leihen und unzählige Stunden des Planens, was wir tun würden, wenn wir im Lotto gewönnen. Ich widerstehe dem Impuls, etwas Kitschiges in der Art, ich hätte mit euch schon den Jackpot gewonnen (hüstel), zu sagen – aber ich danke euch allen von Herzen. Sandra Shennan, ich habe hier eine Notiz, dir für eine Recherche zu danken, kann mich aber nicht daran erinnern, worüber – vielleicht einen Pub? Und danke für die tatsächliche Recherche an Karen Murphy Genealogy Research.

Danke an meine erweiterte Familie: Tara, Dave und den Rest der Bande. Während ich dieses Buch schrieb, haben wir meine Schwiegermutter Terry verloren. Ihr Tod hat eine riesige Lücke in unseren Leben hinterlassen, wo vorher eine leicht überdrehte Irin ihren Platz hatte. Sie war eine Mutter, Ehefrau, Großmutter, Freundin und Verwandte für viele und schaffte es, bei alldem wie das Model auszusehen, das sie früher einmal gewesen war. Sie war nie langweilig, nicht eine einzige Minute lang. Wir vermissen dich, Terry.

Vor allem aber möchte ich natürlich den Menschen danken, mit denen ich ein Zuhause und ein Leben teile: Dom, Keir, Daniel und Louisa. Ich liebe euch so sehr, dass ich vor lauter Freude explodieren könnte, auch wenn ihr mich wahnsinnig macht. Ihr seid meine Sippe, und ich bete euch an.

Debra Johnson

Nur wer den Kopf hebt, sieht die Sonne

Roman

Sally Summers ist eigentlich ganz zufrieden mit ihrem Mittelklasse-Vorortleben. Das Letzte, was sie von ihrem Ehemann erwartet hätte, war, dass er sie verlässt. Nachdem ihre heile Welt in Trümmern liegt, fühlt Sally sich mehr als erholungsbedürftig und packt ebenfalls die Koffer. Zusammen mit ihrer Tochter Lucy, die gerade eine heftige Phase zelebriert, und ihrem Sohn Ollie fliegt Sally für zwei sonnige Wochen in den Süden. Strand, Pool, Cocktails, das perfekte Programm für eine Frau mit gebrochenem Herzen – zumal sich auch ein attraktiver alleinerziehender Vater im Hotel eingebucht hat.

Aus dem Englischen
von Birgit Schmitz
480 Seiten, broschiert

Debra Johnson
Von A wie allein bis Z für zusammen
Roman

Trauern, Wüten, Hoffen, Lachen, Weinen –
Eine berührende Spurensuche im Alphabet des Lebens

A für Andrea, die ihren zerstrittenen Töchtern eine Aufgabenliste hinterlässt.
P für Poppy. Sie bewahrt stets Haltung. Doch hinter der perfekten Fassade der Karrierefrau verbirgt sich große Einsamkeit.
R für Rose, Poppys Schwester. Die alleinerziehende Mutter hat Stress. Sie isst zu viel und lässt sich gehen. Kann ausgerechnet Poppy ihr helfen?
T für Taschentücher bereithalten.

Aus dem Englischen
von Birgit Schmitz
464 Seiten, broschiert

Weitere Informationen finden Sie auf
www.fischerverlage.de

AZ 596-70233/1